人文素质教育实践教学创新系列教材

# 文学欣赏

主编　耿国丽

副主编　白尉华

武汉大学出版社
WUHAN UNIVERSITY PRESS

主　编　耿国丽

副主编　白尉华

编　委　张海霞　董研　刘瑞敏　秦建光

# 前　　言

根据教育部《关于加强高职高专教育人才培养工作的意见》和《关于制定高职高专教育专业教学计划的原则意见》，职业教育的基本特征是“以培养高等技术应用性专门人才为根本任务，以适应社会需要为目标，以培养技术应用能力为主线设计学生的知识、能力、素质结构和培养方案，以应用为主旨和特征构建课程和教学内容体系”。基于此，要培养技能型、实用型人才，就要建立相应的教学内容和教学方法。本书即是在这样的背景及要求下编写的，旨在适应高职高专的教学，完善基础课的弹性配课体系。

文学欣赏的课程在高职高专是一门基础课，所谓基础，简而言之就是为后来的专业课提供有效的支撑。由此，提升学生文学素养的课程就定位为：为使学生的专业技术和社会综合能力得到充分发挥，潜能得到充分显现，适应提高学生的文化素质和学习文化专业知识的需要，在对专业课程教育的同时实现通才教育，而开设的一门基础课。文学欣赏作为最具综合性、基础性，横向联系各学科能力最强的一门学科，它具有丰富的文化内涵，但也不可陈义过高，无限制地扩充领地，致其无所不包，使学生不堪重负；当然也不可与高中语文教学的内容和模式略无差别，以致疑“高四”之讥。大学阶段的文学素养的学习不同于大学前教育，这一课程着眼于高等职业教育特点，在教学中融语文教育的工具性、人文性、审美性与开放性于一体的“大语文”观念，对学生的能力、知识、职业道德和人文素养集成培养。

这一课程主要按照横向和纵向两个纬度伸展。从纵向上看，主要是根据时间顺序，选择中外文学史上各个重要的“点”，以点带线，尽量给同学们一个较为完整的文学史概念。从横向上看，主要是根据诗歌、小说、散文、戏剧四种文体的组合，选择四种文体中各类较为典型的作品，以点带面，尽量给同学们一个较为清晰的文体概念。

本书根据高职教育教学的特点和实际要求，以教人知识、启人心智、育人品格为目的，系统地选取了古今中外的优秀文学篇章。全书内容按文学作品的体裁分为四个单元：诗歌单元、小说单元、散文单元、戏剧单元。选文既以经典名家名作为主，又注入了新的时代元素，以供学生阅读，每个单元开首为文体常识与欣赏，每篇文章既有注解也有题解，同时附有启示性的思考题。这些都突出了本书的时代性、开放性、实践性的特点。

本课程具有鉴赏的性质，考虑到学生在此之前已经对一些中外文学的优秀作品有所涉猎，因此，既要考虑到知识的连贯性，又要考虑到知识的巩固和深化，充分引导学生更加深入地理解和认识文学史上具有代表性的作家、作品和文学现象，并初步掌握文学鉴赏和文学作品评析的方法。本课程学时有限，因此，课内教学以教授为主，以篇带组，以篇带类，尽可能使知识的系统性与有重点的深入理解、感受相结合。

本书的编撰者都是从事高职教学的一线教师，既了解当今社会的实际需求，又有比较扎实的专业知识。因此本书既适合作为高职院校的文学欣赏课程教材，也可作为其他专业和文学爱好者的参考用书。

本书在编写和出版的过程中得到石家庄理工职业学院及武汉大学出版社的支持与帮助，在此表示深深的谢意。本书参考了很多专家学者的著作，所列参考文献难免不周，在此一并表示诚挚的感谢！

由于编者水平有限，书中难免存在错误和不足，敬请广大读者批评指正。

**编者**

# 目　录

# 第一章 文学欣赏概述

## 第一节 文学欣赏的特征

广义的文学，指一切用文字书写的书籍文献，包括纯文学和政治、哲学、历史、宗教等一般文化形态，这是一种文化型的文学观念。我国在魏晋以前，西方在18世纪以前都是这一观念。狭义文学指用语言塑造形象以反映社会生活、表达作者思想感情的艺术，通常分为诗歌、散文、小说、戏剧等，这是一种审美型的文学观念。

本书从狭义文学的角度选取内容，帮助读者学习如何鉴赏文学作品。教材旨在通过对一些经典作品的讲解，使读者能从相对专业的角度去读懂一首诗、一篇散文、一部小说甚至一部戏剧，能从文学作品中获得更多的感悟，更深刻的心灵提升。

文学欣赏不仅能让我们变得充实，更能让我们获得一种精神的愉悦和享受。奥地利作家茨威格写过一部中篇小说《象棋的故事》，写盖世太保想要逼迫受托管理皇室成员财产的律师说出财产去向，并没有对他进行严刑拷打，而是把他囚禁于大旅馆徒有四壁的单间内，在无比空虚孤寂中，这个人试图在脑子里重现过去背熟的东西，民歌、儿歌、荷马史诗，甚至靠一本偷来的棋谱熬过艰难的日子。这部小说向人们展示了这样的事实：文学作品的欣赏对于人精神领域的重要意义，在文学作品的鉴赏中可以获得心灵的慰藉。

好的文学作品创造的文学世界，是一个丰富的情感世界，它能够让我们感动，能够让我们获得丰富而深刻的情感体验，能够给我们提供充分的精神愉悦和满足，却没有任何功利的要求。从这个角度讲，在我们心灵成长、人性完善和人格建构中，在保证我们精神的平衡性、完整性和丰富性上，文学阅读、鉴赏所起的作用都是不可替代的。

我们的生活中不能没有文学阅读，那么，是不是说对于作品只要阅读了，就是学会了对于文学作品的欣赏呢？应该说仅仅读懂作品所写的内容，并能被作品感动，一定意义上就是相当不错的欣赏了，但文学又不止于作品的故事、情节、感情的抒发的欣赏。我们要透过文本的字面意思去领悟那涵咏不尽的真意，要能细致地体悟文字中含蕴的情趣、妙味，还要能够从作者的选词用字去领会作者独具的匠心。

那么，什么是文学作品的欣赏呢？读者在翻阅或听别人诵读文学作品的过程中，获得对艺术形象的具体感受和体验，产生思想感情上的激动和共鸣，并上升为审美享受，进而领会出文学形象所包含的深层意义，那么，这样的翻阅或诵读，就构成了对文学作品的欣赏。这个文学欣赏的活动，是有别于阅读政治、哲学、历史、经济等社会科学著作时的精神活动。在文学欣赏过程中，一方面作品所塑造的形象，会把读者带到一个特定的、具体的艺术境界，激起读者思想感情的波涛。例如小说《生死场》，作品反映的是哈尔滨附近一个偏僻小村庄三家子里农民的悲惨命运，以及他们的觉醒与抗争。前十章描述农民在封建地主阶级压迫奴役下的悲惨生活，东北的自然环境是恶劣的，一年中的大半年处在寒冷中，特别是冬天，白毛风，鹅毛雪，能播种的日子非常有限；与此同时，他们也无法逃脱"地租"、"高利贷"、"刑罚"带给他们的厄运。在这样的环境里，人的价值被彻底地泯灭了。"农家无论是一棵菜或是一株茅草也要超过人的价值。"金枝仅仅因为错摘了青柿子，便遭到了母亲的痛打，口鼻流血；王婆服毒自杀后，她的丈夫不是急着救人，而是赶到乱葬岗子看坟；月英这个村子里最美丽的女人，因为患了瘫病，丈夫让她睡土炕，身上盖着砖，因为拉尿都在炕上，身上长了白花花的蛆；小说还描写了五姑姑的姐姐分娩时遭受的"罚刑"：为了不压财，所以不能压柴。产妇不但不给铺席子，连草也不给铺。五姑姑的姐姐光着身子，和一条鱼似的，由于阵痛在土炕上来回爬而扬起灰尘，由于难产而痛叫，于是一边的丈夫不耐烦地举起一大盆凉水，向她泼去。于是受罪的女人，再不敢哼一声，"身边若有洞，她将跳进去！身边若有毒药，她将吞下去"。当孩子死于难产时，妇人也"横在血光中，用身体来浸着血"。作者在描写五姑姑的姐姐分娩之时，还以对比的手法，描写了"房后草堆上，狗在那里生产"。这一对比的描写充分说明当时的北方人民过着非人的生活，人的境遇甚至还不如畜牲。这是多么残酷的现实啊！鲁迅在为《生死场》作的序中，称它是"北方人民的对于生的坚强，对于死的挣扎"的一部"力透纸背"的作品。读者在这部小说中看到了各种在痛苦生活中挣扎着的女性，也深深地感受到小说弥漫的这种浓重的悲剧意识，读者看到了在苦难中坚强生活着的中国底层劳动人民的悲剧命运，从而激起悲愤的思想情感。

另一方面，读者又会根据自己的思想感情和生活经验，来理解或解释作品中的形象，有时甚至会以自己的经验来丰富并补充作品里形象的内涵。梁实秋在《馋》里曾讲道："他曾痴想北平羊头肉的风味，想了七八年；胜利还乡之后，一个冬夜，听得深巷卖羊头肉小贩的吆喝声，立即从被窝里爬出来，把小贩唤进门洞，坐在懒椅上看着他于暗淡的油灯照明之下，抽出一把雪亮的薄刀，横着刀刃片羊脸子，片得飞薄，然后取出一只蒙着纱布的羊角，洒上一些焦盐。他托着一盘羊头肉，重复钻进被窝，在枕上将一片一片的羊头肉放进嘴里，不知不觉地进入了睡乡，十分满足地解了馋瘾。"读者每每读到此，都会不约而同地被梁实秋先生感染，甚至还会感慨：那时的作料少了些，今天要吃羊肉必会多加些诸如孜然、辣椒粉之类的配料。所以，读者对于文学作品的欣赏，显然带有某些艺术再创造的性质，它不是消极的接受，而是包含着读者形象思维活动的一种积极的感受、体验和认识。

欣赏活动不仅仅以欣赏作品中的有限形象为满足，而且还要通过作品中直接呈现的有限形象去领会它所包含的更广阔、更深远的内容。这种从有限通向无限，就要通过欣赏者的"再创造"活动去实现。比如，我们读一首优秀的小诗，就能够在有限的形象中品味出丰富的意趣。看小说也是这样，吃喝拉撒睡不可能全部写出来，否则再长的篇幅也容纳不下。如《水浒传》写武松，通过武松打虎来表现他的性格，他打西门庆、蒋门神，因为这些都是不同类型的“虎”，都是所谓“不明道德的人”，对这些事件就写得比较详细，其他与武松性格无多大关系的，如他从前打死过人，给知县送礼，做都头，投奔二龙山等，就一笔带过去了。

文学艺术中许多表现手法和艺术技巧的运用，都是以欣赏者在欣赏活动中能够对艺术形象进行丰富、补充、扩展作为条件的。如对人物的侧面描写，欣赏者就只能在作品的有限描绘的诱导下，通过“再创造”活动来感受和把握那没有被直接描写出来的形象，如古诗《陌上桑》中罗敷的形象，诗歌描写罗敷的惊人美貌，作者没有作正面描绘，而是从她生活的环境、所用的器物、所梳的发式及所着的衣服落墨。诗中运用了别开生面的烘托手法，通过旁观者见到罗敷时的神态举止来表现罗敷的美：过路人看到她，不由自主地放下担子捋着胡须注目而视；少年人看到她，脱下帽子戴上帩头，想引起她的注意；耕者忘记了身边的犁，锄者也忘记了手中的锄……各种人都因罗敷而神魂颠倒，你想罗敷有多美！不直接写美的形象，而去写美的效果，引导读者凭借自己的想象去“再创造”一个罗敷，这正是作者的匠心所在。

又比如对人物或景物的概括描写，戏曲中的虚拟动作，绘画中的寓实于虚、寓显于隐，电影中的蒙太奇等，都是如此。如果没有欣赏者以想象和体验为基础的“再创造”活动来补充、丰富、扩展形象的有限性，那么文学艺术就将失去深入、广阔反映生活的可能，欣赏者在欣赏活动中也不可能获得令人满意的审美效果。

因此，文学欣赏活动既是一种特殊的精神活动，又是一种审美认识活动。

读者对文学作品的反映、实现、改变、丰富的过程，就是融汇了读者的感受、体验、联想、想象，以及审美判断等多种心理活动机制的特殊的认识活动和心理活动过程。从实践上看，文学作品的解读和鉴赏大体上是一个由一般性阅读、细读再到批评性阅读的逐步深入的过程。

一般性阅读是指由通晓文字(词、句)到把握作者意图或作品“原意”的阅读过程。主要是初步把握组成文本的字、词、句、段之间的关系和相互作用，领会文本在特殊的词、句组合中包含的基本意思，乃至文本的基本主旨。由于读者在进入具体文本的阅读和鉴赏过程之前，对这一个文本大体总是陌生的，读者的积极参与总要在对于文本逐渐了解的基础上才能出现。因此，一般性阅读大体上也是一个相对被动的“非生产性”的阅读过程。

细读是指在一般性阅读的基础上，通过细致研究词的搭配，特殊句式、句群的意味、语气，以及特殊的修辞手段的运用等，来细致体味每个词的本义、暗示义、联想义，在词、句的关系，也即由“上下文”构成的具体“语境”中，重新确定词义的过程。文学文本中的词语运用，并不像日常语言或科学语言那样，仅仅通过它们的辞典义来完成一种指称或认知的功能，更多的是要传达一份情味，显示一种旨趣。特别是在一些关键之处，作家们常常要打破语言的常规，在特殊的语境中赋予词语新的意义。大多数情况下，我们都要经过细致地品味，才能透过字面发现它们的情味、妙处。

欣赏者只有在这种细读的活动中，在这种积极的能动的精神状态下，才能更充分和深刻地感受和体验艺术形象从而获得审美乐趣。例如：《红楼梦》第四十八回有一段是讲香菱学诗，在读到王维的两句诗："渡头余落日，墟里上孤烟"时，香菱谈到了自己的欣赏感受："这'余'字和'上'字，难为他怎么想来，我们那年上京来，那下晚便挽住船，岸上又没有人，只有几棵树，远远的几家人家做晚饭，那个烟竟是青碧连天。谁知我昨儿晚上看了这两句，倒像我又到了那个地方去了。"香菱对这两句诗之所以能获得如此深切的审美感受，是因为她不是被动地接受欣赏对象，而是调动了自己的生活经验，在细读品味作品本身之后，积极"参与"艺术形象的创造，把作品中的艺术形象"再创造"为自己头脑中的艺术形象。而经过欣赏者"参与"创造的艺术形象，与作品中原来的艺术形象已经不完全相同。香菱所能想象和体会的"渡头余落日，墟里上孤烟"与王维所想象和描绘的具体情境已经略有不同了。

批评性阅读指将文学文本与作者、与时代联系起来，对文本作延伸性阅读的过程。文学文本的解读既不能完全停留在文本本身，也不能仅仅停留在纯粹个人化的反应，我们还要能够对文本的美学趣味、社会意义、审美价值等作出分析和判断。批评性阅读过程中对文本所作的审美判断总是带有个体体验性质，总会受到个体艺术趣味的影响，但是，批评性阅读毕竟是一种认识活动，读者不能完全从自己的个人反应出发去对文本作判断，而应该尽可能地站在一定思想的高度来认识文本。创作者是从现实到作品，欣赏者是从作品到现实。比如，鲁迅在半封建半殖民地的中国看到时了使人"哀其不幸，怒其不争"的"国民性"，就通过阿 Q 等形象反映出来，告诉人们，这就是人们受苦受难的原因之一。人们通过阿 Q 等形象，就能具体地认识到这种"国民性"及其危害，并有可能自觉地起来改造自身或他人身上的"国民性"。

上述文学文本阅读的三个步骤是一个相互联系、相互交叉的整体过程，在作品阅读过程中的某个特定的片刻，可能其中一个步骤的特征显示得更加突出一些，但我们并不能据此就可以在时间过程上明确划定它们分属的步骤或阶段。

## 第二节　文学欣赏的基本要求

文学作品的欣赏是以审美活动为主导的综合活动，是读者通过阅读、期待、想象、领悟、回味等方式，使之互相关联、渗透的心理活动。这就要求读者在进行文学欣赏时需要具备多方面能力。

首先是欣赏者艺术感受力，即读者对于艺术形象的感觉能力、审美能力，是读者必备的一种基本能力。文学欣赏者的艺术感受力包括对于文学语言的音韵、节奏，以及由音韵、节奏形成的文学语言、文学作品的整齐美、抑扬美、回环美等形式美的感受力。只有初步具备这种能力，才能更好地阅读文本，才能更好地去把握作者的本意，才能体会和领悟作者的言外之意。

其次是艺术推想力，即体味作品的语言内涵，将语言符号转换成为艺术符号，由此进行再建性想象，以准确把握作品中的艺术形象并对它有所补充、有所丰富、有所发展的能力。这是任何一个文学欣赏者都应该具备的一种思维能力。文学欣赏实践中艺术推想力的作用，首先体现于通过再建性想象的发挥，帮助读者填补艺术"空白"，把握整体形象。尤其是一些言短意丰的诗歌，那些美丽宏大的意境，必须进行联想和想象，比如“大漠孤烟直，长河落日圆”两句，我们必须运用合理的想象在脑海中把画面进行还原才能体会其场景画面的美好。又如杜甫诗歌《闻官军收河南河北》，我们必须把这些诗句通过合理的想象和联想还原成具体的场景，这样我们才能体会到作者听到收复失地的消息后“喜欲狂”的心情。同时，还体现于欣赏过程中对作品人物、内涵、主题意蕴以及艺术构想的发掘，引导读者深入发掘作品意义，并对作品艺术上的成败得失，获得更加清晰的认识。

很多读者在阅读叙事性作品时，总是追求情节的生动性、趣味性，对作品所表现的时代风貌、社会意义、文化意蕴……统统视而不见，实际上这才是作家真正用心和作品的真正价值所在。例如鲁迅先生小说《阿 Q 正传》，故事的情节及阿 Q 的人物形象给读者带来了很多愉悦，但是作者显然不仅是要这一形象引人发笑，其真正用意是提醒读者阿 Q 的这些令人匪夷所思的想法与行为的原因是什么。只有置于情节之外，领会作者的言外之意，才能解释阿 Q 的表现正是辛亥革命的不彻底性在农村留下的影响。因此，对于文学作品的鉴赏，要调动联想与想象，填补作品虚实相间、留有空白的地方，以获得审美感受；用心体会作品表达的思想，领悟其弦外之音，题外之旨。

最后，一定的生活阅历和知识储备。人生阅历和生活经验是我们判断作品反映的社会生活的真实性、艺术描写的生动性的很重要的依据，也是我们深入体验和理解作品情感的必不可少的基础。文学欣赏者应该具备的知识储备，是十分广泛的，其中相应的文史知识和关于文学语言、文学文本的知识尤其重要。对文学的理解很重要的一点就是，文学是一种社会意识形态，它和社会生活有着密切的关系，文学是源于生活但又高于生活的。所以，我们具体欣赏的时候就会明白，对于一个具体人物，我们需要将其放到具体的时代中去分析，否则，我们的分析就可能是片面的，甚至是错误的。应该从作品的整体着眼，依据一定的阅历知识，从而正确评判出作品的优劣。

# 第二章 诗歌欣赏

## 第一节 诗歌的产生与发展

诗歌是一种主情的文学体裁，它高度凝练，用丰富的想象、富有节奏感、韵律美的语言和分行排列的形式来抒发思想感情。诗歌是有节奏、有韵律并富有感情色彩的一种语言艺术形式，也是世界上最古老、最基本的文学形式。

关于诗歌的起源，长期以来，众说纷纭，没有统一的界定。其中一种说法认为，诗歌起源于上古的社会生活，是因劳动生产、两性相恋、原始宗教等原因而产生的一种有韵律、富有感情色彩的语言形式。《尚书·虞书》提出："诗言志，歌永言，声依永，律和声。"《礼记·乐记》中有："诗，言其志也；歌，咏其声也；舞，动其容也；三者本于心，然后乐器从之。"诗歌发展早期，诗、歌与乐、舞是合为一体的。诗即歌词，在实际表演中总是配合音乐、舞蹈而歌唱，后来诗、歌、乐、舞各自发展，独立成体。

另外一种说法认为，诗歌这种最古老、最具有文学特质的文学样式来源于古代人们的劳动号子和民歌，原是诗与歌的总称。开始诗和歌不分，诗和音乐、舞蹈结合在一起，统称为诗歌。鲁迅在《且介亭杂文》谈到诗歌起源时说得很清楚：人类是在未有文字之前，就有了创作的，可惜没有人记下，也没有法子记下。我们的祖先的原始人，原是连话也不会说的，为了共同的劳作，必须发表意见，才渐渐地形成复杂的声音来。假如那时大家抬木头，都觉得吃力了，却想不到发表。其中有一个叫道"杭育杭育"，那么这是创作……倘若用什么记号留存了下来，这就是文学；他当然就是作家，也是文学家，是"杭育杭育"派。

《毛诗序》云："在心为志，发言为诗，情动于中而形于言，言之不足，故嗟叹之，嗟叹之不足，故咏歌之，咏歌之不足，不知手之舞之足之蹈之也。"这便形象地指诗与诗歌的内在联系。后来人们就把诗与歌并列，称为"诗歌"，目前，诗歌已经成为诗的代名词了。

中国诗歌的发展经历了"《诗经》→《楚辞》→汉赋→汉乐府诗→建安诗歌→魏晋南北朝民歌→唐诗→宋词→元曲→明清诗歌→现代诗"的发展历程。

我国最早的诗歌，相传是帝尧时代的《击壤歌》："日出而作，日入而息。凿井而饮，耕田而食。帝力于我何有哉！"然尧舜时代是传说中的史前时代，那时候恐怕还没有文字记录。而到了周代，情况就不一样了，先民们已积累了丰富的乐歌创作的经验，诗歌艺术也达到了较高水平，而且有了可靠的文献记载。

《诗经》是我国文学史上最早的诗歌总集，大抵是周初到春秋中叶五百多年的作品，也是儒家“六艺”之一。本只称为“诗”，后世才称为“诗经”，共305篇，按作品性质及乐调的不同，分为“风”、“雅”、“颂”三大类，都是可以配乐演唱的。“风”即正，即朝廷的正乐，分为大雅和小雅，都是用于宴会的典礼，内容主要是对从前英雄的歌颂和对现实政治的讽刺。“颂”是统治者宗庙祭祀的乐歌，有祭祖先的，有祭天地山川的，也有祭神农的。《诗经》从各方面表现了当时的社会生活，对于周人的建国经过、周初的经济制度和生产情况以及某些重大的政治历史事件，都有直接或间接的反映；对人所遭受的痛苦、西周后期至春秋的政治混乱局面、统治者的残暴和罪恶行为进行了深刻的揭露。如《硕鼠》、《伐檀》等篇章就深刻揭露了统治者的腐朽，喊出了反抗剥削和压迫的呼声；《伯兮》、《君子于役》表达了对徭役、兵役的憎恨；《关雎》、《蒹葭》、《静女》表现了爱情的美好和对美好婚姻的向往；《氓》则表现了妇女的不幸遭遇，是一首弃妇诗。可以说，《诗经》开创了我国古代诗歌现实主义的优良传统，是现实主义的开端。《诗经》中赋、比、兴手法的运用，既是《诗经》艺术特征的重要标志，也成为我国古代诗歌创作的基本手法。《诗经》中的句式以四言为主，期间杂有二言至八言不等，多用重章叠句和回环往复的句式，语言朴素优美，韵律和谐。写景抒情都富于艺术感染力，为后世文学创作奠定了深厚的人文基础和艺术底蕴。

公元前4世纪，即《诗经》成书后三百年，战国时期的楚国以其自身独特的文化基础，加上北方文化的影响，孕育出了伟大的爱国诗人屈原。屈原以及深受其影响的宋玉等人创造了一种新的诗体——楚辞。楚辞是指以具有楚国地方特色的月调、语言、名物而创作的诗赋。楚辞发展了诗歌形式，它突破了《诗经》的四言形式，内容明显增多，句法参差错落，铺张排比，文辞绚烂，想象丰富。在创作方法上，楚辞吸收了神话的浪漫主义精神，开辟了中国文学浪漫主义的创作道路，《楚辞》是我国浪漫主义文学的源头。楚辞的杰出代表屈原，运用这种形式创作了《离骚》《九歌》《九章》《天问》等诗篇，其中《离骚》是我国诗歌史上带有自传性质的第一部伟大的长篇抒情诗。

《楚辞》的出现标志着我国诗歌从民间集体创作发展到诗人独立创作的更高阶段。《诗经》和《楚辞》是我国诗歌现实主义和浪漫主义的两大源头，在文学史上并称“风骚”，共同开创了我国古代诗歌的优秀传统，对后世文学的发展产生了广泛而深刻的影响。

继诗经、楚辞之后，诗歌在汉代又出现了一种新的形式，即汉乐府民歌，通称“乐府诗”。汉代出现的“乐府诗”原由汉代专门掌管音乐的机构名称“乐府”而来，汉乐府民歌是乐府诗的精华，流传到现在有100多首，其中多以五言形式写成，一般以五字句、七字句为主体，间以长短不同的各种句式，体现了诗歌艺术的新发展。五七言字句的反复出现，在节奏和表现力上的特点，被文人发掘，而成为五七言古诗存在的土壤。魏晋时期成为文人主要的诗歌形式。汉乐府民歌继承《诗经》的现实主义传统，“多感于哀乐，缘事而发”，通俗易懂，多采用口语化的语言表现人物的性格，人物形象生动，富于生活气息。最著名的是长篇叙事诗《孔雀东南飞》，表现出浪漫主义与现实主义艺术手法的完美结合。

五言诗是中国古典诗歌的主要形式，东汉末年，文人五言诗日趋成熟，呈现了“五言腾踊”的局面，文学进入自觉时代。五言诗从民间歌谣到文人写作，经过了很长时间，达到成熟的标志是《古诗十九首》的出现。《古诗十九首》出自汉代文人之手，内容多叙离别、相思以及对人生短促的感受。长于抒情，善用比兴手法。其作者不是一人，而是多人。《古诗十九首》代表了汉代文人五言诗的最高成就。

汉末建安时代，“三曹”、“七子”并世而出，继承汉乐府民歌的现实主义传统，并普遍采用五言形式，第一次掀起文人诗歌高潮，为中国诗歌打开了一个新的局面。“三曹”（曹操、曹丕、曹植）、“七子”（孔融、陈琳、王粲、徐干、阮瑀、应玚、刘桢）他们的诗作表现了时代精神，具有慷慨悲凉的阳刚气派，形成为后世称做“建安风骨”的独特风格。“七子”中成就最高的是王粲，其代表作《七哀诗》和《登楼赋》最能代表建安文学的精神。《七哀诗》写他由长安避乱荆州时途中所见饥妇弃子的场面，深刻揭示汉末军阀混战造成的惨象及人民的深重灾难，使人怵目惊心。曹氏父子是建安文坛的风云人物，其中曹植诗文采气骨兼备，所取得的艺术成就最高。建安时代的诗，是从汉乐府发展到五言诗的转变关键，曹植的诗受汉乐府的影响却比汉乐府有更多的抒情成分。

建安之后，正始时期司马氏专权，作家陷于极度苦闷之中。阮籍是正始时代的代表诗人，他的《咏怀诗》曲折隐晦地抒发感慨、批判现实及忧国、惧祸、避世之意。与阮籍同期的还有嵇康，他的诗愤世嫉俗，锋芒直指黑暗现实。

两晋时期玄言诗统治诗坛，从建安、正始、太康以来诗歌艺术正常发展的脉络中断了，玄言成分的过度膨胀，使诗歌偏离了艺术，变成了老庄思想的枯燥注疏。直到东晋末年的陶渊明才给诗坛带来接近现实的作品，增添了许多充满生机的因素，给诗坛吹进了一阵清新之风。陶渊明继承汉乐府的现实主义传统，为古典诗歌开创了一个新的境界。他将“自然”提升为一种美的至境；将玄言诗所表达的玄理，改为日常生活的哲理；使诗歌与日常生活结合，开创了田园诗这种新的题材，对唐代山水田园诗有直接影响。陶渊明是魏晋南北朝时期成就最高的诗人。

南北朝时期是中国诗歌史上的又一发展时期，这表现在又一批乐府民歌集中地涌现出来。它们不仅反映了新的社会现实，而且创造了新的艺术形式和风格。这一时期民歌篇幅短小，抒情多于叙事。南朝乐府保存下来的诗歌大多是情歌，是“艳曲”，北朝乐府的数量要少得多，但多是“军乐”、“战歌”，其内容丰富、风格刚健是南朝乐府所不及的。在体裁上，北朝乐府除以五言四句为主体外，还创造了七言四句的七绝体，并发展了七言古诗和杂言体诗。北朝乐府长篇叙事诗《木兰诗》与《孔雀东南飞》并称为中国诗歌史上的“双璧”。

南齐永明年间，“声律说”盛行，诗歌创作都注意音调和谐。这样“永明体”的新诗体逐渐形成，这种新诗体是格律诗产生的开端。这时期比较著名的诗人是谢朓。以山水诗著名的谢朓，他的新体诗对唐代律诗、绝句的形成有一定影响。

中国古代早期的诗歌，没有严格的格律限制。自初唐以后，才正式出现了具有严密限制的诗体——律诗和律绝。格律诗又称近体诗，通常指五言或七言的律诗、绝句和排律，有严格的句数、字数、音律和对仗等方面的格式要求，相对而言，把唐以前没有严格格律限制的诗体，称为“古体诗”。但楚辞和乐府诗都别具特色，往往把它们另立门类。

诗歌发展到唐代，迎来了成熟的黄金时代。在唐代近三百年的时间里，留下了近五万首诗，有风格的诗人 60 个左右。“初唐四杰”王勃、杨炯、卢照邻、骆宾王扩大了诗歌题材，显示了雄伟的气势和开阔的襟怀，在诗歌的体式上完成了五言和七言律诗的定型。稍后的陈子昂力扫齐梁宫体诗颓靡诗风，发出清新康健的歌唱，提倡“汉魏风骨”，为唐诗的发展铺平了道路。盛唐时期是诗歌繁荣的顶峰，出现了两大诗歌流派：一是以王维、孟浩然为代表的田园诗派；二是以高适、岑参为代表的边塞诗派。接着出现了两位泽被后世、彪炳千秋的伟大诗人：李白、杜甫。“诗仙”李白的诗歌，反映了盛唐时期乐观向上的创新精神以及不满封建秩序的潜在力量。他继承和发扬中国诗歌的浪漫主义传统，歌颂祖国大好河山，强烈抒发主观情感，表现理想与现实的矛盾，感情奔放、风格豪放，成为屈原以后浪漫主义诗歌的新高峰。“诗圣”杜甫经历了唐朝由盛转衰的急剧变化的过程，其诗广泛而深刻地反映了唐王朝的时代风貌，被誉为“诗史”，感情内在深沉，风格沉郁顿挫。安史之乱后，进入中唐时期，经过短期的过渡，唐诗呈现出第二次繁荣。以元稹、白居易为代表的元白诗派，倡导了一场新乐府运动。他们主张“文章合为时而著，歌诗合为事而作”，创作了针砭时弊的讽喻诗。白居易的《长恨歌》《琵琶行》是古代长篇歌行名篇，至今仍为人传唱。此外中唐著名的诗人还有柳宗元和刘禹锡。晚唐怀古诗的数量大增，情调也与往时不同，晚唐诗人看待世事的盛衰推移，普遍表现出伤悼的情调。李商隐、杜牧的成就最高，有“小李杜”之誉。杜牧擅长七绝，咏史怀古、抒情写景，李商隐工七律，风格深情，绮丽婉转，尤其是其“无题”诗，更是意蕴隽永。

诗歌发展到宋代已经不似唐代辉煌，但自成特色。对比而言，唐诗主情韵，以境胜；宋诗主理致，以意胜。宋代诗坛成就最大的是苏轼和黄庭坚。苏轼将宋诗、宋文、宋词发展到了高峰。黄庭坚是江西诗派的宗主，注重诗歌语言的借鉴和创造，其诗崇尚杜甫，瘦硬生新。南宋诗人的杰出代表是“中兴四大诗人”陆游、尤袤、杨万里、范成大，他们均能自成一家。陆游是宋代伟大的爱国诗人，存诗近万首，他的诗激励着一代代仁人志士。到宋末，文天祥的爱国诗篇，为宋代诗篇添上了最后一抹光辉。金元杰出的诗人是元好问，其诗内容丰富，感情真挚悲凉。

源于唐代的词，盛于宋代，是一种配合燕乐歌唱的新诗体，又称长短句。在艺术上，词长于比兴，注重寄托，深婉含蓄，声情并茂。

晚唐五代时期出现了词的专家与专集，唐末的温庭筠第一个专力作词。他的词辞藻华丽，多写妇女的离别相思之情，被后人称为“花间派”。他编的《花间集》收录 18 位词人的 500 首词，从此，词在中国文学史上独成一体，并与诗并行发展。南唐后主李煜在词的发展史上占有较高的历史地位。他后期的词语言接近口语，以词抒写自己的人生际遇和真实性情，写故国之思和亡国之痛，缘情而行，感情真挚。王国维评价云：“词至李后主而眼界始大，感慨遂深，遂变伶工之词为士大夫之词。”

词从产生到北宋时期，大都风格柔婉，其内容多表现离愁别绪以及花前月下的情调。宋初晏殊、欧阳修均有出色的作品，但没有脱离花间派的影响。直至柳永，开始创作长调的慢词，词的规模发生了显著变化。到了苏轼，词的题材又得以进一步发展，他用词来抒写自己的抱负，创造了一种豪迈的风格。南北宋之交出现了我国古代最优秀的女词人李清照，形成独特的“易安体”，她善于炼字炼意，擅长白描，三言两语即勾勒出清新动人的意境。受题材的限制，词在艺术流派方面不如诗歌众多，习惯上词可以划分为“婉约派”与“豪放派”两大流派。辛弃疾是这一时期的代表人物，被誉为“爱国诗人”。南宋后期的词人以姜夔最为著名。词在南宋已经达到高峰，元代散曲流行后，诗词就退居其后了。

元代出现的散曲是金末元初兴起的一种新型诗体，代表了元代诗歌创作的最高成就。它大大扩展了表现范围，形式更自由，语言更活泼，具有俚俗韵味。散曲的体制主要有小令、套数以及介于二者之间的带过曲等几种。小令是散曲体制的基本单位，其基本形式是单支曲，又称“叶儿”。套数，又称“套曲”、“散套”、“大令”，套数是在同一宫调内由几支曲牌组成，歌咏一个内容。元代散曲的发展分为前后两期。前期作品质朴自然、诙谐泼辣。后期代表作品一改前期质朴的本色，趋于典丽雅正。元曲中上乘之作是马致远的小令《天净沙 · 秋思》。

明代诗歌是在拟古和反拟古的反反复复中前行的，没有杰出的作品和诗人出现。明朝初期，高启、刘基等人的诗歌较有社会现实内容，但接着兴起的“台阁体”诗派，歌功颂德，空阔浮泛。明中叶以后，以李梦阳为首的“前七子”和以李攀龙、王世贞为首的“后七子”，先后发起复古运动，主张“文必秦汉，诗必盛唐”。然而，他们盲目尊古，受到有识之士的批评。先有以归有光为代表的“唐宋派”起而矫之，继有以袁宏道为代表的“公安派”，主张“独抒性灵，不拘格套”，极大地冲击了前后七子的复古主张。稍后的“竟陵派”钟惺、谭元春等人，主张与“公安派”相仿，但追求幽深孤峭的诗风。

清代的诗词流派众多，但大多数作家并未摆脱拟古主义和形式主义的套路，难有超出前人之处。清末龚自珍以其先进的思想，打破了清中叶以来诗坛的沉寂，领近代文学史风气之先。其诗常着眼于社会、历史和政治的观点来揭露现实，使诗成为现实社会的批判工具。后来的黄遵宪、康有为、梁启超等新诗派更是将诗歌直接用做资产阶级改良运动的宣传载体。

中国新诗是随着“五四”新文化运动而形成的。胡适是新诗最早开拓者，并提出“诗体”大解放主张。他的《尝试集》是中国现代文学史上第一部白话诗集。在新诗诞生过程中，新诗形成了没有一定格律，不拘泥于音韵，不讲雕琢，不尚典雅，只求质朴，以白话嵌入诗行的基本共性。1921 年郭沫若的第一部诗集《女神》出版，一方面把新诗运动的“诗体解放”推到了极致；另一方面，使诗的抒情本质与诗的个性化得到充分体现，富有浪漫主义色彩，实际看做是现代新诗的奠基之作，也是新诗真正取代旧诗的标志。闻一多是继郭沫若之后又一位对新诗成功作出划时代贡献的大诗人，他为格律诗理论作出了很大贡献，提出建设诗歌的音乐美、绘画美、建筑美，并为此进行了艰苦的创作实践。经过开辟阶段，新诗形成了以自由体为主，同时兼有新格律诗、象征派诗的较为完善的形态，与古体诗比较，新诗的形式更加灵活自由，内容更加丰富多彩，真正冲破了旧有的种种禁锢束缚，走进了一个崭新时代。

文学研究的作家们创作了大量的自由体诗，他们的诗多以抒情为主，表现了觉醒后小资产阶级知识分子的追求与苦闷。其中朱自清的成就较为突出，他的诗突出地表现了积极进取的精神。文学研究会中自成一家的冰心，受泰戈尔《飞鸟集》的影响，创作出版了《繁星》《春水》两部诗集。她的这些诗被称为“繁星体”，多表现母爱、童真和自然之情，满蕴温柔、忧愁之风。提倡格律诗的是新月派，徐志摩是新月社的一位重要诗人，他的诗主要表达对光明的追求、对理想的希冀、对现实的不满。他的诗风婉约，文字清爽、明净，感情渲染浓烈、真挚，气氛柔婉、轻盈，表现手法讲究多变。几乎与新月派同时，象征派也出现在中国的诗坛上，象征派的诗既不真实描写，也没直抒胸臆，而是常采用不同于常态的联想、隐喻、幻觉、暗示等手段制造朦胧、神秘的色彩。李金发是象征派的代表人物，李金发被称为“诗怪”，是因其怪诞，可读性差，但他的诗也有许多成功之处，如诗中大量形象鲜明的比喻、形象化的语言、表现强烈的感觉等皆为许多人所不及。20 世纪 30 年代的左翼诗派以高昂的战斗激情领诗坛一派风骚。左翼派的重要代表团体是中国诗歌会。他们的艺术主张是诗歌大众化，倡导诗歌面向下层人民，歌唱抗日救亡运动。新月派后，描写现代人在现代生活中的现代情绪的现代诗派兴起，戴望舒是现代诗派的主要诗人。他因 1928 年发表的《雨巷》一诗获“雨巷诗人”的美名，他的诗集中表现了知识分子在大革命失败后的幻灭感和孤独感。他的诗大量采用象征意象，但因贴近主观情绪，诗意虽曲折、朦胧但并不过于晦涩。他常用的譬喻也新鲜而贴切，他的诗另一特色是富于节奏感。抗战后诗坛上最重要的诗派是七月派，七月派的创作中，政治抒情诗占有很大比重，诗作多充满爱国主义激情，呼唤人们的抗敌斗志。在艺术上不讲究文学的雕琢、修辞，质朴、粗犷、奔放是七月诗人共有的艺术特色。

20 世纪 40 年代后半期，后来被称为民歌体的诗在解放区发展成熟了。它多以市民熟悉的民谣、小调写成，轻松、诙谐而又锐利、泼辣，锋利的笔锋扫荡了末日社会和各个角落。新中国的成立，使人们满怀激情抒写了一首首新时代的颂歌。诗歌形式有所创新，吸取民歌营养的信天游、接受外来影响的阶梯式、新格律诗等形式相继出现。

20 世纪 50 年代末至 60 年代初，诗坛兴起了新民歌运动，发展了传统民歌。政治抒情诗以独立艺术形式在 20 世纪 60 年代出现，郭小川、贺敬之是当时两位优秀的政治抒情诗人。这一时期诗歌创作的突出成就就是长篇叙事诗别具特色。取得成绩的同时，这一时期的诗歌创作也存在题材、主题、形式风格不够丰富的缺点。

新时期以来，沉寂十载的诗坛呈现出百花齐放的新景象。诗歌在表现手法上，得以从古今中外广泛借鉴，形式则更趋于松散的自由体，风格千姿百态。新时期初期，欢呼胜利、反思历史的诗歌继承了现实主义的传统，并使之继续发展，与此同时，一批青年诗人，如舒婷、顾城、江河在 20 世纪 70 年代末、80 年代初快速成长起来。他们的诗通常表现出一种晦涩的、不同于寻常的复杂情绪，人们谓之“朦胧诗”。以“朦胧诗”为发端的现实主义诗潮，冲击着文坛，造成了诗歌新旧观念的猛烈撞击。1984 年以后，朦胧诗潮又逐渐受到“新生代”诗的冲击。“非非主义”、“莽汉主义”、“大学生诗派”等数十个诗派团体的诗作以及不少自立门派的个人诗作，呈现出复杂纷繁的文学景观。当今诗坛由于大量网络诗坛和民刊的崛起而更活跃，有欣欣向荣之势。

## 第二节 诗歌的欣赏技巧

在阅读和欣赏诗歌之前，首先要了解诗歌写作的相关知识。

### 一、诗歌的基本特点

诗歌是高度集中地概括反映社会生活的一种文学体裁，它饱含着作者的思想感情与丰富的想象，语言精炼而形象性强，具有鲜明的节奏，和谐的音韵，富于音乐美，语句一般分行排列，注重结构形式的建筑美。

我国现代诗人、文学评论家何其芳曾说："诗是一种最集中地反映社会生活的文学样式，它饱和着丰富的想象和感情，常常以直接抒情的方式来表现，而且在精炼与和谐的程度上，特别是在节奏的鲜明上，它的语言有别于散文的语言。"

这个定义性的说明，实际上概括了诗歌的几个基本特点：

第一，高度集中、概括地反映社会生活。文学是社会生活的反映，一切文学作品反映社会生活都要求进行艺术的集中概括，但是诗歌与其他文学体裁相比较，要求集中性、概括性的程度更高。诗歌怎样高度集中、概括地反映社会生活的呢？一般地讲，诗人总是选取生活中最有特征、最典型的事物，将丰富的生活内容和思想感情高度浓缩，集中概括在这些事物之中，通过描写这典型事物的形象特征，就可以表现更广泛的社会生活和具有更普遍的思想意义。白居易的《琵琶行》，全诗通过描写一个歌女弹奏琵琶的事件，高度集中地概括反映了丰富复杂的社会生活与思想感情。诗的前半部分(从"浔阳江头夜送客"到"唯见江心秋月白")，通过集中描绘琵琶弹奏的音乐，表现歌女"平生不得志"的"幽情暗恨"，隐约地反映着她的"心中无限事"。紧接着第二段(从"沉吟放拨插弦中"到"梦啼妆泪红阑干")，歌女自述其生活遭遇，集中概括了她从少到老的生活经历，同时从一个侧面反映了当时京城长安的繁华生活。末尾一段，诗人自叙受谗被贬，谪居浔阳城的生活景况。诗中用"同是天涯沦落人，相逢何必曾相识"两句，将诗人与歌女都从帝京沦落到"天涯"的生活遭遇和"不得志"的思想感情联系起来，从而使所反映的生活事件更具有普遍意义。结尾"座中泣下谁最多，江州司马青衫湿"，更是集中地表现了诗人长期郁结在心中的思想感情。全诗不论是描写景物、叙述事件或是抒发感情，都是十分集中、凝炼的。毛泽东的七律《长征》，全诗只有8句56字，由于选择了长征过程中最富有特色、最有代表的事物加以描写，因而能以最精炼的形式形象地概括了中国工农红军历尽艰难险阻，胜利完成二万五千里长征的战斗历程，充分表现了红军战士的英雄气概和作者的革命豪情，显示了诗歌高度集中概括地反映生活的特点。

第二，抒情言志，饱含着丰富的思想感情。诗歌的抒情性极强，作品饱含着丰富而强烈的思想感情。我国传统的诗歌理论都很重视这个特点。《尚书·尧典》中就有"诗言志，歌永言，声依永，律和声"这样的记载；汉代的《毛诗序》在论及诗歌抒情言志的特点时写道："诗者，志之所之也，在心为志，发言为诗。情动于中而形于言，言之不足故嗟叹之，嗟叹之不足故咏歌之，咏歌之不足，不知手之舞之，足之蹈之也。"这里已经说明诗歌、音乐、舞蹈都是人们心中的"情"、"志"的表现，是由"情动"而引起的。对此，汉唐及以后的学者还有不少的解释，他们认为"情"、"志"、"意"实为一体，都是属于人的思想感情。所谓"诗言志"，用现代的话来说，就是诗歌要表达思想，抒发感情。实践经验证明，诗歌的创作过程自始至终都是伴随着诗人感情的变化而进行的，是其强烈感情的产物。郭沫若就曾经谈过诗人的感情与诗歌作品感情的密切关系。他在《论诗三札》中说：大波大浪的洪涛便成为"雄浑"的诗，便成为屈子的《离骚》、蔡文姬的《胡笳十八拍》、李杜的歌行、但丁的《神曲》、弥尔顿的《失乐园》、歌德的《浮士德》。小波小浪的涟漪便成为"冲淡"的诗，便成为周代的《国风》、王维的绝诗、日本古诗人西行上人写芭蕉的歌句、泰戈尔的《新月集》。这里说"雄浑"的诗是由"大波大浪的洪涛"式的感情形成的，"冲淡"的诗则是由"小波小浪的涟漪"式的感情形成的。其中所举中外诗人的作品，虽有各自不同的风格特点，但都渗透着诗人丰富强烈的思想感情。饱含着诗人的思想感情既然是诗歌的一个根本性的特点，那么，诗人的思想感情是高尚健康、还是低级庸俗；是真情实感、还是虚情假意；是同时代精神、人民感情相联系，还是脱离时代、脱离群众的"自我表现"，就直接影响作品的格调和艺术价值了。因此，高尔基说"诗人是世界的回声，而不仅仅是自己灵魂的保姆"。郭沫若说："抒情不仅是抒写个人的感情，要抒写时代的感情。把个人和集体打成一片，把作者和人民打成一片，那就有把握抒写时代的感情。"

第三，丰富的想象、联想和幻想。诗歌不仅要有丰富的思想感情，而且还要将思想感情与作品描绘的生活图画融为一体，通过生动优美的形象感染读者。这就需用丰富的想象，大胆的联想和幻想，从而突破物我之间、时空之间的界限，最大限度地将人的心灵感受和丰富情感表现出来。

因此，对于诗歌而言，想象、联想和幻想，不仅是意象的联缀、运动，而且是意象的创造，境界的拓展，情感的释放。没有想象、联想和幻想，也就没有诗。无论是古诗还是新诗，或是中国诗还是外国诗，想象、联想和幻想都是活跃生动而丰富多彩的。且不说在我国从屈原的《离骚》到李白、李贺直到现代诗人郭沫若、闻一多等人的浪漫主义诗歌，有比比皆是的想象、联想和幻想。从《诗经》发端直到杜甫、白居易再到现代诗人的艾青、田间等偏重于现实主义的诗歌，也都有丰富的想象、联想和幻想。《诗经》首篇的《关雎》起句："关关雎鸠，在河之洲。窈窕淑女，君子好逑。"从表现手法的角度讲是"起兴"，从想象联想的角度讲，则属于相似性联想。白居易是有定评的现实主义诗人，但不仅他的《琵琶行》《长恨歌》想象瑰丽，联想丰富，就是他那《江南好》的词调，也实在是一幅想象创造的胜景挚情。至于在外国诗歌中，不论是拜仑、雪莱，还是歌德、海涅，不论是普希金、莱蒙托夫，还是惠特曼、泰戈尔，其作品都同样有想象、联想和幻想的鲜明特点。

第四，语言的音乐美。诗歌语言特别要求富有音乐性，音乐美可以增强作品的表现力和艺术感染力。诗歌语言的音乐性因素，包括节奏、音调、韵律等。诗句要求节奏鲜明、音调和谐，符合一定的韵律，吟诵动听感人，具有音乐美。节奏是诗歌语言音乐性的最主要因素，包括诗句中音节有规律的间歇和停顿，即通常讲的“拍节”和“顿数”，也包括音响的抑扬相间和强弱配合。节奏的强弱缓急与人的思想情绪有直接的联系，例如电影《红色娘子军》中军歌的歌词“向前进、向前进”的节奏，与歌剧《洪湖赤卫队》中的“洪湖水、浪打浪”的节奏就迥然不同。前者激昂短促，是战斗情绪的表现；后者平和舒缓，是愉快心情的表现。郭沫若在《论节奏》中说：情绪的进行自有它的一种波状的形式，或者先抑而后扬，或者先扬而后抑，或者抑扬相间，这些表现出来便成了诗的节奏。所以节奏之于诗是它的外形，也是它的生命，我们可以说没有诗是没有节奏的，没有节奏的便不是诗。

了解了诗歌的基本特征后，我们从以下几方面谈谈欣赏诗歌的方法。

1. 剖文析义，结合诗歌写作的时代背景，正确领会诗句含义

由于诗歌的语言精炼，因此，欣赏诗歌时，首先要领会词语的深刻内涵。扫除文字障碍，疏通字义，对于古典诗词，由于作者所处的时代不同，古今词义的差别较大，平仄格律的限制等因素，给阅读带来极大的不便。如李清照《声声慢》中有这样一句：“守着窗儿，独自怎生得黑。”“怎生”是诗词中的习惯用语，即“怎样”、“如何”的意思。“怎生得黑”就是“怎样才能挨到天黑”的意思。遇到这样的障碍时，得借助工具书或者注释进行一一疏通。只有弄懂了词句的基本含义，才能准确分析和理解文意。

诗言志，但贵含蓄，有很多的诗词字面意思不难理解，但含义深刻，这就需要我们深入探究发掘隐含在文字背后的丰富含义。含蓄，也称蕴藉，特点是意在言外，常常不是直接表达，而是曲折委婉地倾诉，让读者去体味。李商隐《贾生》：“可怜夜半虚前席，不问苍生问鬼神。”这里其实是用了典故的，借汉文帝不能真正重用贾谊之典，来慨叹作者自己的怀才不遇。如果对这一典故不熟悉的话就会影响对诗意的理解。诗人因受现实生活中某种因素的触动有感而发，其怒哀乐，与其所处的历史时代及自身的生活遭际有着密不可分的联系。因此，了解某首诗歌的写作背景，对领会其情感内容颇有裨益。结合写作背景分析，是指把握作者所处的历史时代及自身境况的变化。

2. 通过把握形象，发挥想象，进入诗歌的意境

我们欣赏诗词就要欣赏古典诗词的意境美，领略、把握诗词的意境。意境美是中国古代诗歌所追求的最高的艺术标准，也是欣赏诗歌首先应当注意的。真正能够体现一首诗意境美的，应当是情和景的有机结合、情和景的密不可分，也就是说，我们欣赏一首诗，就要看它怎样写景，看它怎样通过写景来把意思感情融会其中。

(1)从分析形象入手。诗歌中的形象和画面是诗人创造意境的手段，阅读和欣赏诗歌就要充分利用诗中的形象和画面，通过联想和想象，进入诗的意境。

(2)充分发挥想象和联想。诗歌的语言精炼、含蓄、跳跃，它既有表面的意思，又有内在的意义；既有比喻义，又有象征义；成分可以减少，意义可以隐含，过程可以省略，语气可以间歇，感情可以跳跃。因此，必须充分发挥想象和联想，把省略的过程衔接起来，把间歇的语气连续起来，把跳跃的感情连缀起来，特别是要把那言外之意、弦外之音挖掘出来。这样，才能进入诗的意境，领会诗歌所表现的丰富的生活内

容和思想含义。

3. 把握情和景的关系，由外景感悟作者内在的情

通过写景抒发作者的感情在古代抒情诗词中最为常见。古代诗词作者通过写景以表达情怀，往往采用以下几种方式：(1)融情于景；(2)借景寄托；(3)移情于景；(4)因情造景。

4. 反复诵读，感受诗歌的音乐美

中国古典诗歌非常讲究韵美、音乐美、句式的整齐参差变化，讲求节奏和对偶，讲求平仄和押韵，追求声情并茂的效果，追求读起来琅琅上口，悦耳动听。诗不仅押韵，而且讲究节奏，讲究单调的高低、轻重、长短、停顿和间歇，这种节律使诗句抑扬顿挫，富有音乐美。我们学习和欣赏诗歌，应该反复朗诵，通过反复吟诵、感受诗歌的节奏、韵律，获得美的享受。

## 第三节　诗歌作品赏析

### 蒹　葭

《诗经》

#### 作家与作品

《蒹葭》这首诗出自《诗经》。《诗经》是中国文学史上最早的诗歌总集，收入自西周初年至春秋中叶大约五百多年的诗歌(公元前11世纪至前6世纪)。另外还有6篇有题目无内容，即有目无辞，称为笙诗。先秦称为《诗》，或取其整数称《诗三百》。西汉时被尊为儒家经典，始称《诗经》，并沿用至今。汉朝毛亨、毛苌曾注释《诗经》，因此又称《毛诗》。《诗经》中诗的作者，绝大部分已经无法考证。其所涉及的地域，主要是黄河流域，西起陕西和甘肃东部，北到河北西南，东至山东，南及江汉流域。诗同乐不能分。

《诗经》按音乐性质不同，分为风、雅、颂三类。“风”是民谣、土乐，有十五国风，160篇，大多数为劳动人民的口头创作，具有浓厚的民歌特色；“雅”是周王朝直接统治地区的音乐，根据音节、律吕分为大雅、小雅，共105篇，多为贵族、士大夫所作；“颂”多采用庙堂祭祀舞曲，有商颂、周颂、鲁颂，共40篇。

《诗经》对当时社会生活进行了多角度、全方位的反映，内容有民族史诗、婚恋诗、农事诗、战争徭役诗、政治美刺诗及宴饮诗等。表现形式方面，句式以四言为主，讲求节奏与用韵；常采用重章叠句、循环往复的结构以深化所要表达的思想内容；表现手法上，多采用赋、比、兴等手法。语言质朴优美，音节和谐明快，形象鲜明，寓意深刻，富于艺术感染力。《诗经》对后代的现实主义文学产生了深远影响，《诗经》被奉为现实主义诗歌的源头。

## 原文与注解

### 蒹葭[1]

蒹葭[2]苍苍[3]，白露为霜[4]。所谓[5]伊人[6]，在水一方[7]。
溯洄[8]从[9]之，道阻[10]且长。溯游从之，宛在水中央[11]。

蒹葭萋萋[12]，白露未晞[13]。所谓伊人，在水之湄[14]。
溯洄从之，道阻且跻[15]。溯游从之，宛在水中坻[16]。

蒹葭采采，白露未已[17]。所谓伊人，在水之涘[18]。
溯洄从之，道阻且右[19]。溯游从之，宛在水中沚[20]。

## 注释

【1】选自《诗经·秦风》。秦，周朝时诸侯国名，在今陕西中部和甘肃东部一带。

【2】蒹葭(jiān jiā)：芦荻，芦苇。

【3】苍：深青色。后面的“萋萋”、“采采”义同。

【4】白露为霜：晶莹的露水凝结成了霜。为，……成……

【5】所谓：所说、所念，这里指所怀念的。

【6】伊人：那人，指隐居的贤人，有人认为诗中人物所追寻的，是一种可望而不可即的理想境界。

【7】在水一方：在水的另一边。一方，那一边，指对岸。

【8】溯洄(sù huí)：逆流而上。

【9】从：跟随，这里是追寻的意思。

【10】阻：险阻，(道路)难走。

【11】宛在水中央：(那个人)仿佛在河的中间。意思是相距不远却无法到达。宛，宛然、好像。

【12】萋萋：茂盛的样子。下文“采采”义同。
【13】晞(xī)：干。
【14】湄(méi)：岸边，水与草交接之处。
【15】跻(jī)：升，高，意思是道路险峻，需攀登而上。
【16】坻(chí)：水中小洲，小岛。
【17】未已：还没有完，指露水尚未被阳光蒸发完毕。已，完毕。
【18】涘(sì)：水边。
【19】右：迂回曲折。
【20】沚(zhǐ)：水中沙滩。

## 导读与鉴赏

《蒹葭》写主人公在一个结着霜的秋晨，沿着河水去追寻所仰慕思念的人，可是不管他怎样努力也没法接近。道路艰难而遥远，河水迂回而曲折。“伊人”一会儿在水那边，一会儿又像在水中央，一会儿又似在水之岸，总是扑朔迷离，可望而不可即。

《蒹葭》共分三章。每章均为两个层次。第一层，每章前四句。首两句借景起兴——即借蒹葭起兴，展现一幅河上秋色图。三四句展示诗的中心意象——即主人公隔河企望，追寻“伊人”。第二层，每章后四句。分别对在水一方、可望难即境界之两种不同情景进行描述。追寻伊人而不可得的境况：逆流追寻时艰难险阻；顺流追寻时的幻象迷离。全诗流露出诗人对“伊人”的真诚向往、执著追求以及追寻不得的失望、惆怅。

从艺术表现上看，全诗三章都采用了《诗经》中常用的赋和兴的手法。以景起兴，借景抒情。诗的每一章开头都用“蒹葭”起兴，引出对“伊人”的追寻，用清秋萧瑟的景象来烘托主人公空虚和惆怅的感情。诗歌还采用重章叠句，回环往复的艺术手法。这一形式，不仅有回环往复、一唱三叹之美，有一种回旋跌宕的艺术效果，而且有层层推进、步步深化诗歌意境的作用。用“苍苍”、“萋萋”“采采”三个同义的叠词，描绘蒹葭的繁茂。从“白露为霜”到“白露未晞”再到“白露未已”，这是时间的推移，象征主人公追寻时间之长；从“在水一方”、“在水之湄”、“在水之涘”以及“宛在水中央”、“宛在水中坻”、“宛在水中沚”这是地点的转换，象征“伊人”位置移动，缥缈难寻；从“长”、“跻”、“右”，渲染追寻道路的艰难，以突显主人公坚持不已的精神。在重复中有变化，在变化中有重复。这是《诗经》中民歌常用的表现手法。

《蒹葭》另外一个特点是意境朦胧，含蕴不尽。诗歌意境的讲求始于唐代，但在这首诗中，读者的视线被“水”引向了远方，这个远方由于有水阻隔，所向往的目标求而不得，求而不得的心情就与“蒹葭苍苍，白露为霜”的萧瑟物境相关合；此外“苍苍”、“萋萋”发音的苍凉之感，使诗在物象和声音不同的层面上有了混融，诗歌的诗境就产生了。

### 思考与练习

1. 你认为应如何理解诗中“伊人”这一形象？
2. 此诗何以具有动人心魄、千古不衰的艺术魅力？

## 九歌·山鬼

### 作家与作品

屈原(约公元前339—前278)，伟大的爱国诗人，战国末期楚国人。名平，字原。又自云名正则，字灵均，出身楚国贵族。楚武王熊通之子屈瑕的后代。丹阳(今湖北秭归)人。一生经历了楚威王、楚怀王、楚襄王三个时期，而主要活动于楚怀王时期。这个时期正是中国即将实现大一统的前夕，“横则秦帝，纵则楚王”。屈原因出身贵族，又明于治乱，娴于辞令，故而早年深受楚怀王的宠信，26岁就位列左徒、三闾大夫。屈原为实现楚国的统一大业，对内积极辅佐怀王变法图强，对外坚决主张联齐抗秦，使楚国一度出现了国富兵强、威震诸侯的局面。但是由于在内政外交上屈原与楚国腐朽贵族集团发生了尖锐的矛盾，由于上官大夫等人的嫉妒，屈原后来遭到朝中奸佞小人的诬陷和楚怀王的疏远，后秦襄王继位，屈原被流放江南，辗转流离于沅、湘二水之间。公元前278年，秦将白起攻破郢都，屈原悲愤难捱，遂自5月投沉汨罗江。《史记》有传，有《离骚》《九歌》《天问》《九章》等不朽作品传世。

### 原文与注解

#### 九歌·山鬼

若有人兮山之阿[1]，被薜荔兮带女萝[2]。
既含睇兮又宜笑[3]，子慕予兮善窈窕。
乘赤豹兮从文狸[4]，辛夷车兮结桂旗[5]。
被石兰兮带杜蘅[6]，折芳馨兮遗所思[7]。

余处幽篁兮终不见天[8]，路险难兮独后来。
表独立兮山之上[9]，云容容兮而在下[10]。
杳冥冥兮羌昼晦[11]，东风飘兮神灵雨[12]。
留灵修兮憺忘归[13]，岁既晏兮孰华予[14]？

采三秀兮于山间[15]，石磊磊兮葛蔓蔓。
怨公子兮怅忘归[16]，君思我兮不得闲。
山中人兮芳杜若[17]，饮石泉兮荫松柏，

君思我兮然疑作[18]。靁填填兮雨冥冥[19]，
猨啾啾兮又夜鸣[20]。风飒飒兮木萧萧，思公子兮徒离忧。

## 注释

【1】山之阿(ē)：山隈，山的弯曲处。

【2】被(pī)：同披。薜荔、女萝：皆蔓生植物。

【3】含睇：含情而视。睇(dì)，微视。宜笑：笑得很美。

【4】赤豹：皮毛呈褐色的豹。从：跟从。文：花纹。狸：狐一类的兽。文狸：毛色有花纹的狸。

【5】辛夷车：以辛夷木为车。结：编结。桂旗，以桂为旗。

【6】石兰、杜蘅：皆香草名。

【7】遗(wèi)：赠。

【8】余：我。篁：竹。

【9】表：独立突出之貌。

【10】容容：即"溶溶"，水或烟气流动之貌。

【11】杳冥冥：又幽深又昏暗。羌：语助词。

【12】神灵雨：神灵降下雨水。

【13】灵修：指神女。憺(dàn)：安乐。

【14】晏：晚。华予：让我像花一样美丽。华，花。

【15】三秀：芝草，一年开三次花，传说服食了能延年益寿。

【16】公子：也指神女。

【17】杜若：香草。

【18】然疑作：信疑交加。然，相信；作，起。

【19】靁：同"雷"。填填：雷声。

【20】猨：同"猿"。

## 导读与鉴赏

《九歌·山鬼》是《九歌》11 首之一，为战国伟大的爱国主义诗人屈原所作。该篇为第九首，是祭祀山鬼的祭歌，叙述的是一位多情的女山鬼，在山中采灵芝及约会她的恋人。

山鬼即一般所说的山神，因为未获天帝正式册封在正神之列，故仍称山鬼。此篇所描写的可能就是早期流传的神女形象。她只能在夜间出现，没有神的威仪，和《九歌》中所祀的其他神灵不同。歌辞全篇都是巫扮山鬼的自白。楚国神话中有巫山神女的传说。郭沫若根据"于"字古音读"巫"推断于山即巫山，认为山鬼即巫山神女。巫山是楚国境内的名山，巫山神女是楚民间最喜闻乐道的神话。读这首诗先得注意两点：一是"山鬼"究竟是女神还是男神？宋元以前的楚辞家多据《国语》《左传》所说，定山鬼为

“木石之怪”、“魑魅魍魉”，而视之为男性山怪。但元明时期的画家，却依诗中的描摹，颇有绘作“窈窕”动人的女神。清人顾成天《九歌解》首倡山鬼为“巫山神女”之说，又经游国恩、郭沫若的阐发，“山鬼”当为“女鬼”或“女神”的意见，遂被广泛接受。此处品赏即以此说为据，想来与诗中所述山鬼的形象也更为接近。苏雪林提出《九歌》表现“人神恋爱”之说以后，大多数研究家均以“山鬼”与“公子”的失恋解说此诗，该说法似乎不妥。按先秦及汉代的祭祀礼俗，巫者降神必须先将自己装扮得与神灵相貌、服饰相似，神灵才肯“附身”受祭。但由于山鬼属于“山川之神”，古人采取的是“遥望而致其祭品”的“望祀”方式，故山鬼是不降临祭祀现场的。此诗即按照这一特点，以装扮成山鬼模样的女巫，入山接迎神灵而不遇的情状，来表现世人虔诚迎神以求福佑的思恋之情。诗中的“君”、“公子”、“灵修”，均指山鬼；“余”、“我”、“予”等第一人称，则指入山迎神的女巫。了解了这两点，读者对这首轻灵缠绵的诗作，也许可品味到一种不同于“人神恋爱”说的文化内涵和情韵了。

此诗一开头，那打扮成山鬼模样的女巫，就正欣欣然飘行在接迎神灵的山隈间。读者从诗人对巫者装束的精妙描摹，便可知道楚人传说中的山鬼该是怎样倩丽，“若有人兮山之阿”，是一个远镜头。诗人下一“若”字，状貌她在山隈间忽隐忽现的身影，开笔即给人以缥缈神奇之感。镜头拉近，便是一位身披薜荔、腰束女萝、清新鲜翠的女郎，那正是山林神女所独具的风采！此刻，她一双眼波正微微流转，蕴含着脉脉深情；嫣然一笑，齿白唇红，更使笑靥生辉！“既含睇兮又宜笑”，着力处只在描摹其眼神和笑意，却比《诗经·卫风·硕人》“手如柔荑，肤如凝脂，领如蝤蛴”之类铺排，显得更觉轻灵传神。女巫如此装扮，本意在引得神灵附身，故接着便是一句“子(指神灵)慕予兮善窈窕”——我这样美好，可要把你羡慕死了。口吻也是按传说中山鬼的性格设计的，开口便是不假掩饰的自夸自赞，一下显露了活泼、爽朗的意态。这是通过女巫的装扮和口吻为山鬼画像，应该说已极精妙了。诗人却还嫌气氛冷清了些，所以又将镜头推开，色彩浓烈地渲染她的车驾随从：“乘赤豹兮从文狸，辛夷车兮结桂旗……”这真是一次堂皇、欢快的迎神之旅！火红的豹子，毛色斑斓的花狸，还有开着笔尖状花朵的辛夷、芬芳四溢的桂枝，诗人用它们充当迎神女巫的车仗，既切合所迎神灵的环境、身份，又将她手燃花枝、笑吟吟前行的气氛，映衬得格外欢快和热烈。

自“余处幽篁兮终不见天”以下，情节出现了曲折，诗情也由此从欢快的顶峰跌落。满怀喜悦的女巫，只因山高路险耽误了时间，竟没能接到山鬼姑娘(这当然是按“望祀”而神灵不临现场的礼俗构思的)！她懊恼、哀愁，同时又怀着一线希冀，开始在山林间寻找。诗中正是运用不断转换的画面，生动地表现了女巫的这一寻找过程及其微妙心理：她忽而登上高山之巅俯瞰深林，但慢慢升腾的山雾，却遮蔽了她焦急顾盼的视野；她忽而行走在幽暗的林丛，但古木森森，昏暗如夜；那山间的飘风、飞洒的阵雨，似乎全为神灵所催发，可山鬼姑娘就是不露面。人们祭祀山灵，无非是想求得她的福佑。现在见不到神灵，还有谁能使我(巫者代表的世人)青春长驻呢？为了宽慰年华不再的失落之感，她便在山间采食灵芝(“三秀”)，以求延年益寿。这些描述，写的虽是巫者寻找神灵时的思虑，表达的则正是世人共有的愿望和人生惆怅。诗人还特别妙于展示巫者迎神的心理：“怨公子兮怅忘归”，分明对神灵生出了哀怨；“君思我兮不得闲”，转眼却又怨意全消，反去为山鬼姑娘的不临辩解起来。“山中人兮芳杜若”，字面上与开头的“子慕予兮善窈窕”相仿，似还在自夸自赞，但放在此处，则又隐隐透露了不遇神灵的自怜和自惜。“君思我兮然疑作”，对山鬼不临既思念、又疑惑的，明明是巫者自己；但开口诉说之时，却又推说是神灵。这些诗句所展示的主人公心理，均表现得复杂而又微妙。

到了此诗结尾一节，神灵的不临已成定局，诗中由此出现了哀婉啸叹的变徵之音。“靁填填兮雨冥冥”三句，将雷鸣猿啼、风声雨声交织在一起，展现了一幅极为凄凉的山林夜景。诗人在此处似乎运用了反衬手法：他愈是渲染雷鸣啼猿之夜声，便愈加见出山鬼所处山林的幽深和静寂。正是在这凄风苦雨的无边静寂中，诗人的收笔则是一句突然迸发的哀切呼告之语：“思公子兮徒离忧!”这是发自迎神女巫心头的痛切呼号——她开初曾那样喜悦地拈着花枝，乘着赤豹，沿着曲曲山隈走来；至此，却带着多少哀怨和愁思，在风雨中凄凄离去，终于隐没在一片雷鸣和猿啼声中。大抵古人“以哀音为美”，料想神灵必也喜好悲切的哀音。在祭祀中愈是表现出人生的哀思和悱恻，便愈能引得神灵的垂悯和呵护。

### 思考与练习

1. 简析屈原诗歌的特点。
2. 谈谈《山鬼》的浪漫主义艺术风格体现在哪些方面？

## 春江花月夜

**张若虚**

### 作家与作品

张若虚(约660—约720)，初唐诗人，扬州(今属江苏)人。曾任兖州兵曹。事迹略见于《旧唐书·贺知章传》。中宗神龙(705—707)中，与贺知章、贺朝、万齐融、邢巨、包融俱以文词俊秀驰名于京都，与贺知章、张旭、包融并称“吴中四士”。他在诗风上厌恶六朝以来的空洞艳体，追求自由豪放，富有理想的高远意境。玄宗开元时尚在世。张若虚的诗仅存二首《春江花月夜》、《代答闺梦还》于《全唐诗》中。他的诗打破了六朝以来宫体诗的空洞庸俗，言之有物，并开拓了诗歌的高远意境和格律，使诗歌的内容和形式达到了完美统一。为写景、叙事、抒情融合一体的诗歌铺垫了基础，后世包括词、曲在内的多种文学形式都可能受到该诗在音韵、场景描写等方面创意影响，从而也奠定了张若虚在中国文学史上的地位。

被闻一多先生誉为“诗中的诗，顶峰上的顶峰”(《宫体诗的自赎》)的《春江花月夜》，一千多年来使无数读者为之倾倒。一生仅留下两首诗的张若虚，也因这一首诗，“孤篇横绝，竟成大家”。

## 原文与注解

### 春江花月夜

春江潮水连海平，海上明月共潮生。
滟滟[1]随波千万里，何处春江无月明。
江流宛转绕芳甸[2]，月照花林皆似霰[3]。
空里流霜[4]不觉飞，汀[5]上白沙看不见。
江天一色无纤尘[6]，皎皎空中孤月轮[7]。
江畔何人初见月？江月何年初照人？
人生代代无穷已[8]，江月年年望(一作“只”)相似。
不知江月待何人，但见[9]长江送流水。

白云一片去悠悠[10]，青枫浦[11]上不胜愁。
谁家今夜扁舟[12]子？何处相思明月楼[13]？
可怜楼上月徘徊[14]，应照离人[15]妆镜台[16]。
玉户[17]帘中卷不去，捣衣砧[18]上拂还来。
此时相望不相闻[19]，愿逐[20]月华[21]流照君。
鸿雁长飞光不度，鱼龙潜跃水成文[22]。
昨夜闲潭[23]梦落花，可怜春半不还家。
江水流春去欲尽，江潭落月复西斜(古音 xiá)。
斜月沉沉藏海雾，碣石潇湘[24]无限路[25]。
不知乘月[26]几人归，落月摇情[27]满江树。

## 注释

【1】滟(yàn)滟：波光闪动的光彩。

【2】芳甸(diàn)：遍生花草的原野。

【3】霰(xiàn)：雪珠，小冰粒。

【4】流霜：飞霜，古人以为霜和雪一样，是从空中落下来的，所以叫流霜。这里比喻月光皎洁，月色朦胧、流荡，所以不觉得有霜霰飞扬。

【5】汀(tīng)：沙滩。

【6】纤尘：微细的灰尘。

【7】月轮：指月亮，因月圆时像车轮，故称月轮。

【8】穷已：穷尽。

【9】但见：只见、仅见。

【10】悠悠：渺茫、深远。

【11】青枫浦上：青枫浦，地名，今湖南浏阳县境内有青枫浦。这里泛指游子所在

的地方。浦上，水边。

【12】扁舟：孤舟，小船。

【13】明月楼：月夜下的闺楼。这里指闺中思妇。

【14】月徘徊：指月光移动。

【15】离人：此处指思妇。

【16】妆镜台：梳妆台。

【17】玉户：形容楼阁华丽，以玉石镶嵌。

【18】捣衣砧(zhēn)：捣衣石、捶布石。

【19】相闻：互通音信。

【20】逐：跟从、跟随。

【21】月华：月光。

【22】文：同“纹”。

【23】闲潭：安静的水潭。

【24】潇湘：湘江与潇水。

【25】无限路：言离人相去很远。

【26】乘月：趁着月光。

【27】摇情：激荡情思，犹言牵情。

## 导读与鉴赏

《春江花月夜》是乐府《清商曲辞·吴声歌曲》旧题。创制者是谁，说法不一。或说“未详所起”；或说陈后主所作；或说隋炀帝所作。今据郭茂倩《乐府诗集》所录，除张若虚这一首外，尚有隋炀帝二首，诸葛颖一首，张子容二首，温庭筠一首。它们或显得格局狭小，或显得脂粉气过浓，远不及张若虚此篇。这一旧题，到了张若虚手里，突发异彩，获得了不朽的艺术生命。时至今日，人们甚至不再去考索旧题的原始创制者究竟是谁，而把《春江花月夜》这一诗题的真正创制权归之于张若虚了。

张若虚《春江花月夜》赋予了乐府旧题以新的内涵，具体表现在：形式上改过去此题的五言为七言，变短章为长篇歌行；在内容上《春江花月夜》作者吸取了南朝民歌的内容形式，以和谐的歌调，描述了动人心弦的春江花月夜之景，点染出祖国锦绣的江山，探索宇宙的神奇奥妙，抒写了游子思妇离恨闺怨之情。格调宛转优美，抒情幽怨缠绵，语言清新优美，韵律宛转悠扬，洗去了宫体诗的浓脂艳粉，给人以澄澈空明、清丽自然的感觉。

诗歌所展现出的优美动人的艺术境界，以及对世界、对生活所作的单纯明净而又充满渴慕和欣喜之情的观照，使全诗洋溢着浓郁的青春气息。自此以后，这些富有青春旋律的诗篇就如潮水般涌来，成为唐诗的鲜明特色之一。(引自章培恒、骆玉明《中国古代文学史》)

诗人一开篇便就题生发，勾勒出一幅春江月夜的壮丽画面：江潮连海，月共潮生。这里的“海”是虚指。江潮浩瀚无垠，仿佛和大海连在一起，气势宏伟。这时一轮明月随潮涌生，景象壮观，一个“生”字，就赋予了明月与潮水以活泼的生命。月光闪耀千万里之遥，哪一处春江不在明月朗照之中！江水曲曲弯弯地绕过花草遍生的春之原野，月色泻在花树上，像撒上了一层洁白的雪。诗人真可谓是丹青妙手，轻轻挥洒一笔，便点染出春江月夜中的奇异之“花”。同时，又巧妙地写尽了“春江花月夜”的题面。诗人对月光的观察极其精微：月光荡涤了世间万物的五光十色，将大千世界浸染成梦幻一样的银辉色。因而“流霜不觉飞”，“白沙看不见”，浑然只有皎洁明亮的月光存在。细腻的笔触，创造了一个神话般美妙的境界，使春江花月夜显得格外幽美恬静。这八句，由大到小，由远及近，笔墨逐渐凝聚在一轮孤月上了。

清明澄彻的天地宇宙，仿佛使人进入了一个纯净的世界，这就自然地引起了诗人的遐思冥想：“江畔何人初见月？江月何年初照人?”诗人神思飞跃，但又紧紧联系着人生，探索着人生的哲理与宇宙的奥秘。诗的主题前一部分是感慨宇宙永恒，人生短暂，但作者别开生面，他的思想没有陷入前人窠臼，而是翻出了新意：“人生代代无穷已，江月年年只相似。”个人的生命是短暂即逝的，而人类的存在则是绵延久长的，因之“代代无穷已”的人生就和“年年只相似”的明月得以共存。这是诗人从大自然的美景中感受到的一种欣慰。诗人虽有对人生短暂的感伤，但并不是颓废与绝望，而是缘于对人生的追求与热爱。全诗的基调是“哀而不伤”，使我们得以聆听到初盛唐时代之音的回响。

“不知江月待何人，但见长江送流水”，这是紧承上一句的“只相似”而来的。人生代代相继，江月年年如此。一轮孤月徘徊中天，像是等待着什么人似的，却又永远不能如愿。月光下，只有大江急流，奔腾远去。随着江水的流动，诗篇遂生波澜，将诗情推向更深远的境界。江月有恨，流水无情，诗人自然地把笔触由上半篇的大自然景色转到了人生图像，引出下半篇男女相思的离愁别恨。

“白云”四句总写在春江花月夜中思妇与游子的两地思念之情。“白云”、“青枫浦”托物寓情，白云飘忽，象征“扁舟子”的行踪不定。“青枫浦”为地名，但“枫”“浦”在诗中又常用为感别的景物、处所。“谁家”“何处”二句互文见义，正因不止一家、一处有离愁别恨，诗人才提出这样的设问，一种相思，牵出两地离愁，一往一复，诗情荡漾，曲折有致。以下“可怜”八句承“何处”句，写思妇对离人的怀念。然而诗人不直说思妇的悲和泪，而是用“月”来烘托她的怀念之情，悲泪自出。诗篇把“月”拟人化，“徘徊”二字极其传神：一是浮云游动，故光影明灭不定；二是月光怀着对思妇的怜悯之情，在楼上徘徊不忍去。它要和思妇作伴，为她解愁，因而把柔和的清辉洒在妆镜台上、玉户帘上、捣衣砧上。岂料思妇触景生情，反而思念尤甚。她想赶走这恼人的月色，可是月色“卷不去”，“拂还来”，真诚地依恋着她。这里“卷”和“拂”两个痴情的动作，生动地表现出思妇内心的愁怅和迷惘。月光引起的情思在深深地搅扰着她，月色不也照着远方的爱人吗？共望月光，依托明月遥寄相思之情。望长空：鸿雁远飞，飞不出月的光影；看江面，鱼儿在深水里跃动，激起阵阵波纹。“尺素在鱼肠，寸心凭雁足。”向以传信为任的鱼雁，如今也无法传递音讯——该又平添几重愁苦！

最后八句写游子，诗人用落花、流水、残月来烘托他的思归之情。“扁舟子”连做梦也念念归家，江水流春，流去的不仅是自然的春天，也是游子的青春、幸福和憧憬。江潭落月，更衬托出他凄苦的寞寞之情。沉沉的海雾隐遮了落月；碣石、潇湘，天各一方，道路是多么遥远。“沉沉”二字加重地渲染了他的孤寂；“无限路”也就无限地加深了他的乡思。在这美好的春江花月之夜，不知有几人能乘月归回自己的家乡！他那无着无落的离情，伴着残月之光，洒满在江边的树林之上……

“落月摇情满江树”，这结句的“摇情”——将月光之情，游子之情，诗人之情交织成一片，洒落在江树上，也洒落在读者心上，情韵袅袅，摇曳生姿。

《春江花月夜》在思想与艺术上都超越了以前那些单纯模山范水的景物诗，诗人将这些屡见不鲜的传统题材，凭借对春江花月夜的描绘，尽情赞叹大自然的奇丽景色，把对游子思妇的同情心扩大开来，与对人生哲理的追求、对宇宙奥秘的探索结合起来，从而汇成一种情、景、理水乳交融的幽美而邈远的意境。

全诗紧扣春、江、花、月、夜的背景来写，而又以月为主体。“月”是诗中情景兼融之物，在全诗中犹如一条生命纽带，通贯上下，触处生神，诗情随着月轮的生落而起伏曲折。月在一夜之间经历了升起——高悬——西斜——落下的过程。在月的照耀下，江水、沙滩、天空、原野、枫树、花林、飞霜、白云、扁舟、高楼、镜台、砧石、长飞的鸿雁、潜跃的鱼龙，不眠的思妇以及漂泊的游子，组成了完整的诗歌形象，展现出一幅充满人生哲理与生活情趣的画卷，体现出春江花月夜清幽的意境美。

诗的韵律节奏也饶有特色。全诗共36句，四句一换韵，共换九韵。全诗随着韵脚的转换变化，平仄的交错运用，一唱三叹，前呼后应，既回环反复，又层出不穷，音乐节奏感强烈而优美。这种语音与韵味的变化，又是切合着诗情的起伏，可谓声情与文情丝丝入扣，宛转谐美。

### 思考与练习

1. 这首诗将诗情、画意与哲理融为一体，具体体现在哪些方面？
2. 试分析这首诗对后世诗歌的影响。

## 将进酒

**李白**

## 作家与作品

李白(701—762)，字太白，号青莲居士，唐代伟大的浪漫主义诗人，在中国历史上，被称为“诗仙”。祖籍陇西成纪(今甘肃省天水市)，隋朝末年，迁徙到中亚碎叶城(今吉尔吉斯斯坦楚河州之托可马克市)，李白即诞生于此。

李白诗风雄奇豪放，想象丰富，语言流转自然，音律和谐多变。他善于从民歌、神话中汲取营养和素材，构成其特有的瑰丽绚烂的色彩，是屈原以来浪漫主义诗歌的新高峰。与杜甫并称“李杜”。李白生活在唐代极盛时期，具有“济苍生”的进步理想，毕生为实现这一理想而奋斗。他的大量诗篇，既反映了那个时代的繁荣气象，也揭露和批判了统治集团的荒淫和腐败，表现出蔑视权贵，反抗传统束缚，追求自由和理想的积极精神。在艺术上，他的诗想象新奇，感情强烈，意境奇伟瑰丽，语言清新明快，形成豪放、超迈的艺术风格，达到了我国古代积极浪漫主义诗歌艺术的高峰。存诗900余首，有《李太白集》。

## 原文与注解

### 将进酒[1]

君不见，黄河之水天上来，奔流到海不复回[2]！
君不见，高堂[3]明镜悲白发[4]，朝如青丝暮成雪[5]！
人生得意[6]须尽欢，莫使金樽空对月。
天生我材必有用，千金散尽还复来[7]。
烹羊宰牛且为乐，会须[8]一饮三百杯。
岑夫子，丹丘生[9]，将进酒，杯莫停。
与君歌一曲，请君为我侧耳听[10]。
钟鼓馔玉[11]不足贵，但愿长醉不复醒。
古来圣贤皆寂寞[12]，惟有饮者留其名。
陈王昔时宴平乐[13]，斗酒十千恣欢谑[14]。
主人何为言少钱，径须[15]沽取对君酌。
五花马，千金裘[16]，呼儿将出[17]换美酒，与尔同销万古愁[18]。

## 注释

【1】将进酒这首诗写于唐玄宗开元二十四年(736)。将(qiāng)进酒，乐府旧题。将，请。

【2】奔流到海不复回：黄河东流入海，不会倒流回来。

【3】高堂：父母。

【4】悲白发：为鬓发斑白而伤感。

【5】朝如青丝暮成雪：形容时光匆促，人生短暂。青丝，黑色的头发。暮成雪，到晚上黑发变白。

【6】得意：指心情愉快，有兴致。

【7】千金散尽还复来：意思是金钱不足贵，散去还会来。

【8】会须：应该。

【9】岑夫子，丹丘生：李白的朋友岑勋、元丹丘。

【10】侧耳听：侧着耳朵听，形容听得认真、仔细。侧，一作“倾”。

【11】钟鼓馔玉：代指富贵利禄。钟鼓，古时豪贵之家宴饮以钟鼓伴奏。馔玉，形容食物珍美如玉。

【12】寂寞：默默无闻。一说“被世人冷落”。

【13】陈王昔时宴平乐：陈王，指三国时魏诗人曹植(192—232)，封陈王。宴平乐，在洛阳的平乐观宴饮。

【14】斗酒十千恣欢谑：斗酒十千，一斗酒值十千钱，指酒美价昂。曹植《名都篇》：“归来宴平乐，美酒斗十千。”斗，盛酒器，有柄。恣欢谑，尽情寻欢作乐。谑，喜乐。

【15】径须：只管。

【16】五花马，千金裘：五花马，指名贵的马。千金裘，名贵的皮衣。

【17】将出：拿出。

【18】万古愁：绵绵不尽的愁。

## 导读与鉴赏

《将进酒》原是汉乐府短箫铙歌的曲调，属汉乐府《鼓吹曲·铙歌》旧题。题目意译即“劝酒歌”。

关于这首诗的写作时间，说法不一。黄锡珪《李太白编年诗集目录》系于天宝十一载(752)。一般认为这是李白天宝年间离京后，漫游梁、宋，与友人岑勋、元丹丘相会时所作。此时距李白被唐玄宗“赐金放还”(744)已有8年之久。这一时期，李白多次与友人岑勋(岑夫子)应邀到嵩山另一好友元丹丘(丹丘生)的颍阳山居为客，三人登高饮宴，借酒放歌。诗人在政治上被排挤，受打击，理想不能实现，常常借饮酒来发泄胸中的郁积。人生快事莫若置酒会友，作者又正值“抱用世之才而不遇合”之际，于是满腔不合时宜借酒兴诗情，以抒发满腔不平之气。

诗篇开头是两组排比长句，气势豪迈。“君不见，黄河之水天上来，奔流到海不复回”，李白此时在颍阳山，距离黄河不远，登高纵目，所以借黄河来起兴。黄河源远流长，落差极大，如从天而降，一泻千里，东走大海。景象之壮阔，并非肉眼可见，所以此情此景是李白幻想的，言语中带有夸张。紧接着，“君不见，高堂明镜悲白发，朝如青丝暮成雪”，恰似一波未平、一波又起。前两句为空间范畴的夸张，这二句则是时间范畴的夸张。悲叹人生短促，显现出一种对镜自照手抚两鬓、却无可奈何的情态。将人生由青春至衰老的全过程说成“朝”、“暮”之事，与前两句相比是“反向”的夸张。

开篇的这组排比长句既有比意——以河水一去不返喻人生易逝，又有反衬作用；以黄河的伟大永恒衬出生命的渺小脆弱。这个开端具有惊心动魄的艺术力量，同时也是由长句排比开篇的气势感造成的。悲感虽然不免，但悲观却非李白性分之所近。在他看来，只要“人生得意”便无所遗憾，当纵情欢乐。

五、六两句便是一个逆转，由“悲”而翻作“欢”“乐”。从此直到“杯莫停”，诗情渐趋狂放。但句中没有直写杯中之物，而用“金樽”、“对月”的形象语言来突出隐喻，更将饮酒诗意化了；未直写应该痛饮狂欢，而以“莫使”、“空”的双重否定句式代替直陈，语气更为强调。“人生得意须尽欢”，这似乎是宣扬及时行乐的思想，然而只不过是现象而已。诗人此时郁郁不得志，是失望与愤慨。

诗人并不就此消沉，而是肯定自我：“天生我材必有用”，这是一个令人击节赞叹的句子。于此，从貌似消极的现象中露出了深藏其内的一种怀才不遇而又渴望入世的积极的本质内容来。实现自我理想的这一天总会来到的，此句深蕴在骨子里的豪情，与此气派相当，作者描绘了一场盛筵，“烹羊宰牛”，不喝上“三百杯”决不甘休，筵宴中展示了痛快气氛，诗句豪壮。至此，狂放之情趋于高潮，诗的旋律加快。诗人那眼花耳热的醉态跃然纸上，恍然使人如闻其高声劝酒：“岑夫子，丹丘生，将进酒，杯莫停！”几个短句忽然加入，使诗歌节奏富于变化。“钟鼓馔玉”可诗人以为“不足贵”，并放言“但愿长醉不复醒”。诗情至此，便分明由狂放转而为愤激。以下“古来圣贤皆寂寞”二句亦属愤语，诗人已是用古人酒杯，浇自己块垒了。说到“惟有饮者留其名”，便举出“陈王”曹植作代表，并化用其《名都篇》“归来宴平乐，美酒斗十千”之句。此诗开始似只涉人生感慨，而不染政治色彩，其实全篇饱含一种深广的忧愤和对自我的信念。诗情所以悲而不伤，悲而能壮，即根源于此。

《将进酒》篇幅不算长，却五音繁会，气象不凡。它笔酣墨饱，情极悲愤而作狂放，语极豪纵而又沉着。诗篇具有震动古今的气势与力量，这诚然与夸张手法不无关系，比如诗中屡用巨额数目字(“千金”、“三百杯”、“斗酒十千”、“千金裘”、“万古愁”等)表现豪迈诗情，同时，又不给人空洞浮夸感，其根源就在于它那充实深厚的内在感情，那潜在酒话底下如波涛汹涌的郁怒情绪。此外，全篇大起大落，诗情忽翕忽张，由悲转乐、转狂放、转愤激，再转狂放，最后结穴于“万古愁”，回应篇首，如大河奔流，有气势，亦有曲折，纵横捭阖，力能扛鼎。通篇以七言为主，而以三、五十言句“破”之，极参差错综之致；诗句以散行为主，又以短小的对仗语点染(如“岑夫子，丹丘生”，“五花马，千金裘”)，节奏疾徐尽变，奔放而不流易。

诗篇思想内容深沉，艺术表现成熟，极能表现李白的个性。诗由黄河起兴，感情发展也像黄河之水那样奔腾激荡。全诗围绕一个“酒”字，感情跌宕起伏：悲伤——欢乐——愤激——狂放，而这所有的情感又都是基于一个“愁”字，作者因愁而悲叹时光易逝，因愁而纵酒作乐，因愁而慷慨愤激，也因愁而狂放失态，豪放是它的外壳，愤激是它的内核，表现了一种怀才不遇又渴望用世的矛盾复杂的情感。这首诗非常形象地表现了李白桀骜不驯的性格：一方面对自己充满自信，孤高自傲；一方面在政治前途出现波折后，又流露出纵情享乐之情。在这首诗里，他演绎庄子的乐生哲学，表示对富贵、圣贤的藐视。而在豪饮行乐中，实则深含怀才不遇之情。全诗气势豪迈，感情奔放，语言流畅，具有很强的感染力。

全诗直抒胸臆，洋溢着豪情逸兴，大胆的夸张与新奇的比喻，通俗而又精炼，语言风格明朗而又含蓄，而且还创造性地运用了一切浪漫主义的手法，使内容和形式得到高度的统一，取得出色的艺术成就。

### 思考与练习

1. 领会这首诗的思想感情。
2. 诗人的浪漫主义诗风在这首诗中是如何体现的？

## 石壕吏

杜　甫

### 作家与作品

《石壕吏》被选入《全唐诗》的第 217 卷。《石壕吏》是杜甫著名的“三吏三别”之一。这首五言古诗通过作者亲眼所见的石壕吏趁夜捉人的故事，揭露封建统治者的残暴，反映了唐代“安史之乱”引起的战争给广大人民带来的深重灾难，表达了诗人对劳动人民的深切同情。

杜甫(712—770)，字子美，自号少陵野老，汉族，巩县(今河南巩义)人。杜甫曾祖父(杜审言父亲)起由襄阳(今属湖北)迁居巩县(今河南巩义)。盛唐时期伟大的现实主义诗人，被后世尊称为“诗圣”。杜诗以古体、律诗见长，风格多样，具有“沉郁顿挫”的作品风格，而以沉郁为主。杜甫生活在唐朝由盛转衰的历史时期，其诗多涉笔社会动荡、政治黑暗、人民疾苦，反映当时社会矛盾和人民疾苦，他的诗记录了唐代由盛转衰的历史剧变，表达了崇高的儒家仁爱精神和强烈的忧患意识，因而被誉为“诗史”。杜甫一生写诗 1500 多首，其中很多是传颂千古的名篇，被称为世上疮痍，诗中圣哲；民间疾苦，笔底波澜。杜甫与李白合称“李杜”，为了与另两位诗人李商隐与杜牧即“小李杜”区别，杜甫与李白又合称“大李杜”。

杜甫善于运用古典诗歌的许多体制，并加以创造性地发展。他是新乐府诗体的开路人。他的乐府诗，促成了中唐时期新乐府运动的发展。他的五七古长篇，亦诗亦史，展开铺叙，而又着力于全篇的回旋往复，标志着我国诗歌艺术的高度成就。杜甫在五七律上也表现出显著的创造性，积累了关于声律、对仗、炼字炼句等完整的艺术经验，使这一体裁达到完全成熟的阶段。有《杜工部集》传世。

### 原文与注解

### 石　壕　吏

暮[1]投[2]石壕村，有吏[3]夜[4]捉人。

老翁逾[5]墙走[6]，老妇出门看。
吏呼[7]一何[8]怒[9]！妇啼[10]一何苦[11]！
听妇前[12]致[13]词[14]：三男邺城[15]戍[16]。
一男附书至[17]，二男新[18]战死。
存[19]者且偷生[20]，死者长已矣[21]！
室中[22]更无人[23]，惟[24]有乳下孙[25]。
有孙母未[26]去[27]，出入无完裙[28]。
老妪[29]力虽衰[30]，请从吏夜归[31]。
急应[32]河阳[33]役[34]，犹得[35]备[36]晨炊[37]。
夜久[38]语声绝[39]，如[40]闻[41]泣幽咽[42]。
天明[43]登前途[44]，独[45]与老翁别。

## 注释

【1】暮：在傍晚。
【2】投：投宿。
【3】吏：官吏，低级官员，这里指抓壮丁的差役。
【4】夜：时间名词作状语，在夜里。
【5】逾(yú)：越过；翻过。
【6】走：跑，这里指逃跑。
【7】呼：诉说，叫喊。
【8】一何：何其、多么。
【9】怒：恼怒，凶猛，粗暴，这里指凶狠。
【10】啼：哭啼。
【11】苦：凄苦。
【12】前：上前，向前。
【13】致：对……说。
【14】词：说话。
【15】邺城：即相州，在今河南安阳。
【16】戍(shù)：防守，这里指服役。
【17】附书至：捎信回来。
【18】新：最近，刚刚。
【19】存：活着，生存着。
【20】且偷生：姑且活一天算一天。且，姑且，暂且。偷生，苟且活着。
【21】长已矣：永远完了。已，停止，这里引申为完结。
【22】室中：家中。
【23】更无人：再没有别的(男)人了。更，再。
【24】惟：只，仅。

【25】乳下孙：正在吃奶的孙子。
【26】未：还没有。
【27】去：离开，这里指改嫁。
【28】完裙：完整的衣服。
【29】老妪(yù)：老妇人。
【30】衰：弱。
【31】请从吏夜归：请让我和你晚上一起回去。请，请求。从，跟从，跟随。
【32】应：响应。
【33】河阳：今河南省洛阳市吉利区(原河南省孟县)，当时唐王朝官兵与叛军在此对峙。
【34】急应河阳役：赶快到河阳去服役。
【35】犹得：还能够。得，能够。
【36】备：准备。
【37】晨炊：早饭。
【38】夜久：夜深了。
【39】绝：断绝；停止。
【40】如：好像，仿佛。
【41】闻：听。
【42】泣幽咽：低微断续的哭声。有泪无声为“泣”，哭声哽塞低沉为“咽”。
【43】明：天亮之后。
【44】登前途：踏上前行的路。登，踏上。前途，前行的路。
【45】独：唯独、只有。

## 导读与鉴赏

公元758年，为平息安(安禄山)史(史思明)之乱，郭子仪、李光弼等九位节度使，率兵20万围攻安庆绪(安禄山的儿子)所占的邺郡(现在河南安阳)，胜利在望。但在第二年春天，由于史思明派来援军，加上唐军内部矛盾重重，形势发生逆转，在敌人两面夹击之下，唐军全线崩溃。郭子仪等退守河阳(现在河南孟州市)，并四处抽丁补充兵力。759年(唐肃宗乾元二年)春，已经48岁的杜甫，由左拾遗贬为华州司功参军。杜甫这时刚好从洛阳回华州，途经新安、石壕、潼关等地，根据目睹的现实，写了一组诗，《石壕吏》是其中的一首。石壕，也叫石壕镇，现在河南三门峡东南。吏，小官，这里指差役。

《石壕吏》是一首杰出的现实主义的叙事诗，写了差吏到石壕村趁夜捉人征兵，连年老力衰的老妇也被抓服役的故事，揭露了官吏的残暴和兵役制度的黑暗，对安史之乱中人民遭受的苦难深表同情。艺术上，精炼是这首诗的一大特点；把抒情和议论寓于叙事之中，爱憎分明；场面和细节描写自然真实；善于裁剪，中心突出。

前四句可看做第一段。首句“暮投石壕村”，单刀直入，直叙其事。“暮”字、“投”

字、“村”字都需品味，读者不能轻易放过。在封建社会里，由于社会秩序混乱和旅途荒凉等原因，旅客们都“未晚先投宿”，更何况在兵祸连接的时代。而杜甫，却于暮色苍茫之时才匆匆忙忙地投奔到一个小村庄里借宿，这种异乎寻常的情景就富于暗示性。他或者是压根儿不敢走大路；或者是附近的城镇已荡然一空，无处歇脚。总之，寥寥五字，不仅点明了投宿的时间和地点，而且和盘托出了兵荒马乱、鸡犬不宁、一切脱出常轨的景象，为悲剧的演出提供了典型环境。“有吏夜捉人”一句，是全篇的提纲，以下情节，都从这里生发出来。不说“征兵”、“点兵”、“招兵”而说“捉人”，已于如实描绘之中寓揭露、批判之意。再加上一个“夜”字，含意更丰富。第一、表明官府“捉人”之事时常发生，人民白天躲藏或者反抗，无法“捉”到；第二、表明县吏“捉人”的手段狠毒，于人民已经入睡的黑夜，来个突然袭击。同时，诗人是“暮”投石壕村的，从“暮”到“夜”，已过了几个小时，这时当然已经睡下了；所以下面的事件发展，他没有参与其间，而是隔门听出来的。“老翁逾墙走，老妇出门看”两句，表现了人民长期以来深受抓丁之苦，昼夜不安；即使到了深夜，仍然寝不安席，一听到门外有了响动，就知道县吏又来“捉人”，老翁立刻“逾墙”逃走，由老妇开门周旋。

从“吏呼一何怒”至“犹得备晨炊”这十六句，可看做第二段。“吏呼一何怒！妇啼一何苦！”两句，极其概括、极其形象地写出了“吏”与“妇”的尖锐矛盾。一“呼”、一“啼”，一“怒”、一“苦”，形成了强烈的对照；两个状语“一何”，加重了感情色彩，有力地渲染出县吏如狼似虎，叫嚣隳突的横蛮气势，并为老妇以下的诉说制造出悲愤的气氛。矛盾的两方面，具有主与从、因与果的关系。“妇啼一何苦”，是“吏呼一何怒”逼出来的。下面，诗人不再写“吏呼”，全力写“妇啼”，而“吏呼”自现。“老妪力虽衰，请从吏夜归。急应河阳役，犹得备晨炊。”老妇的“致词”，到此结束，表明县吏勉强同意，不再“怒吼”了。最后一段虽然只有四句，却照应开头，涉及所有人物，写出了事件的结局和作者的感受。“天明登前途，独与老翁别”两句，收尽全篇，于叙事中含无限深情。

在艺术表现上，这首诗最突出的一点则是精炼。全篇句句叙事，无抒情语，亦无议论语；但实际上，作者却巧妙地通过叙事抒发感情，生发议论，爱憎分明，倾向鲜明。寓褒贬于叙事，既节省了很多笔墨，又丝毫没有给读者概念化的感觉。诗中还运用了藏问于答的表现手法。“吏呼一何怒！妇啼一何苦！”概括了双方的矛盾之后，便集中写“妇”，不复写“吏”，而“吏”的蛮悍、横暴，却于老妇“致词”的转折和事件的结局中暗示出来。由于诗人笔墨简洁、洗练，用了较短的篇幅，在惊人的广度与深度上反映了生活中的矛盾与冲突，十分难能可贵。

### 思考与练习

1. 本诗是如何展现精炼的艺术特点的？
2. 体会杜甫诗歌的艺术风格。

# 相　见　欢

**李　煜**

## 作家与作品

李煜(937—978)，祖籍徐州，原名从嘉，字重光，号钟山隐士、钟峰隐者、白莲居士、莲峰居士等，为南唐中主第六子。宋建隆二年(961年)在金陵即位，在位15年，世称李后主，南唐的末代君主。975年(开宝八年)，宋朝灭南唐，李煜亡家败国，肉袒出降，被囚禁待罪于汴京。宋太祖赵匡胤因李煜曾守城相拒，封其为“违命侯”。李煜忍屈负辱地过起了囚徒生活。太平兴国三年(978年)七夕是他的四十二岁生日，宋太宗恨他有“故国不堪回首月明中”之词，命人在宴会上下牵机药将他毒死。追封吴王，葬洛阳邙山。

李煜是中国历史上首屈一指的词人，被誉为词中之帝，作品千古流传。李煜的词以被俘为界，分为前后两期，后主前期词作风格柔靡绮丽，还不脱“花间”习气，国亡后在软禁生涯中，多倾泻失国之痛和去国之思，沉郁哀婉，感人至深。他以一首首泣尽以血的绝唱，使亡国之君成为千古词坛的“南面王”，这些后期词作，把一个亡国之君的思乡情、亡国恨表现得哀婉凄美而极富感染力，“眼界始大，感慨遂深”(王国维《人间词话》)成为词史上承前启后的大宗师。《相见欢》便是后期词作中很有代表性的一篇。

## 原文与注解

### 相　见　欢

无言独上西楼，月如钩。寂寞梧桐深院锁清秋[1]。

剪[2]不断，理还乱，是离愁[3]。别是一般[4]滋味在心头。

## 注　　释

【1】锁清秋：深深被秋色所笼罩。清秋，一作深秋。

【2】剪：一作翦。

【3】离愁：指去国之愁。

【4】别是一般：另有一种意味。别是，一作别有。

## 导读与鉴赏

《相见欢·无言独上西楼》是南唐后主李煜的名篇，词牌名为《相见欢》，咏的却是离别愁。这是作者被囚于宋国时所作。词中的缭乱离愁不过是他宫廷生活结束后的一个插曲，由于当时已经归降宋朝，这里所表现的是他离乡去国的锥心怆痛。这首词感情真实，深沉自然，突破了花间词以绮丽腻滑笔调专写“妇人语”的风格，是宋初婉约派词的开山之作。

这首词上阕选取典型的景物为感情的抒发渲染铺垫，下片借用形象的比喻委婉含蓄地抒发真挚的感情。首句“无言独上西楼”将人物引入画面。“无言”二字活画出词人的愁苦神态，“独上”二字勾勒出作者孤身登楼的身影，孤独的词人默默无语，独自登上西楼。神态与动作的描写，揭示了词人内心深处隐寓的很多不能倾诉的孤寂与凄婉。

“月如钩，寂寞梧桐深院锁清秋”，寥寥12个字，形象地描绘出了词人登楼所见之景。仰视天空，缺月如钩。“如钩”不仅写出月形，表明时令，而且意味深长：勾起了词人的离愁别恨。俯视庭院，茂密的梧桐叶已被无情的秋风扫荡殆尽，词人不禁“寂寞”情生。然而，“寂寞”的不只是梧桐，即使是凄惨秋色，也要被“锁”于这高墙深院之中。“寂寞”和“锁”这两个词是传神之笔，是词人“以我心观它物，物皆染上我心之色彩”的主观印象。

缺月、梧桐、深院、清秋，这一切无不渲染出一种凄凉的境界，反映出词人内心的孤寂之情，同时也为下片的抒情做好铺垫。作为一个亡国之君，一个苟延残喘的囚徒，他在下片中用极其婉转而又无奈的笔调，表达了心中复杂而又不可言喻的愁苦与悲伤。

下阕“剪不断，理还乱，是离愁”。用丝喻愁，新颖而别致。前人以“丝”谐音“思”，用来比喻思念，李煜用“丝”来比喻“离愁”，别有一番新意，那千丝万缕的“离愁”却是“剪不断，理还乱”。这位昔日的南唐后主心中所涌动的离愁别绪，是追忆荣华富贵，是思恋故国家园，是悔失帝王江山。然而，时过境迁，如今已是亡国奴、阶下囚，荣华富贵已成过眼烟云，故国家园亦是不堪回首，帝王江山毁于一旦。阅历了人间冷暖、世态炎凉，经受了国破家亡的痛苦折磨，这诸多的愁苦悲恨哽咽于词人的心头难以排遣。作者尝尽了愁的滋味，而这滋味，是无法排解的。

末句“别是一般滋味在心头”，紧承上句写出了李煜对愁的体验与感受。“别是”二字极佳，昔日唯我独尊的天子，如今成了阶下囚徒，备受屈辱，遍历愁苦，心头淤积的是思、是苦、是悔、还是恨……词人自己也难以说清，常人更是体会不到。只能“无言独上西楼”，眼望残月如钩、梧桐清秋，将心头的哀愁、悲伤、痛苦、悔恨强压在心底。这种无言的哀伤更胜过痛哭流涕之悲。

整首词运用声韵变化，做到声情合一。下片押两个仄声韵(“断”、“乱”)，插在平韵中间，加强了顿挫的语气，似断似续；同时在三个短句之后接以九言长句，铿锵有力，富有韵律美，也恰当地表现了词人悲痛沉郁的感情。全词情景交融，感情沉郁。

## 思考与练习

1. 简述李煜词的特点。
2. 作者为何会发出“剪不断，理还乱，是离愁”的感慨？

# 江城子(乙卯正月二十日夜记梦)

苏　轼

## 作家与作品

苏轼(1037—1101)，著名文学家。字子瞻，又字和仲，号东坡居士，故又名苏东坡。眉州眉山(今四川眉山)人。公元1057年(宋仁宗嘉祐二年)与弟苏辙同登进士，深受主考欧阳修赏识。嘉祐六年(1061)应中制科入第三等，授福昌县主簿、大理评事、签书凤翔府节度判官，召直史馆。公元1079年(神宗元丰二年)知湖州时，以讪谤系御史台狱，次年贬黄州团练使，筑室于东坡，自号东坡居士。公元1086年(哲宗元祐元年)还朝，为中书舍人，翰林学士，知制诰。公元1094年(绍圣元年)，又被劾奏讥斥先朝，远贬惠州、儋州。公元1100年(元符三年)，始被召北归，次年卒于常州。

苏轼诗、词、文、书、画皆工，是继欧阳修之后北宋文坛的领袖人物。词存340多首，具有广阔的社会内容，将北宋诗文革新运动的精神，扩大到词的领域，扫除了晚唐五代以来的传统词风，开创了与婉约派并立的豪放派，扩大了词的题材，丰富了词的意境，冲破了诗庄词媚的界限，对词的革新和发展做出了重大贡献。作品今存《东坡全集》115卷。词有《东坡乐府》等。

## 原文与注解

### 江　城　子

乙卯正月[1]二十日夜记梦

十年[2]生死两茫茫，不思量[3]，自难忘。千里[4]孤坟[5]，无处话凄凉。纵使相逢应不识，尘满面，鬓如霜[6]。

夜来幽梦[7]忽还乡，小轩窗[8]，正梳妆。相顾[9]无言，惟有泪千行。料得年年肠断处，明月夜，短松冈[10]。

## 注　释

【1】乙卯(mǎo)正(zhēng)月：公元1075年，即北宋熙宁八年。

【2】十年：指结发妻子王弗去世已十年。

【3】思量(liáng)：想念。“量”按格律应念平声liáng。

【4】千里：王弗葬地四川眉山与苏轼任所山东密州，相隔遥远，故称“千里”。

【5】孤坟：孟启《本事诗·徵异第五》载张姓妻孔氏赠夫诗：“欲知肠断处，明月照孤坟。”其妻王氏之墓。

【6】“尘满面”两句：形容年老憔悴。

【7】幽梦：梦境隐约，故云幽梦。
【8】小轩窗：指小室的窗前。轩，门窗。
【9】顾：看。
【10】明月夜，短松冈：苏轼葬妻之地。短松，矮松。

## 导读与鉴赏

中国文学史上，从《诗经》开始，就已经出现“悼亡诗”，而用词写悼亡，是苏轼的首创。《江城子·乙卯正月二十日夜记梦》是苏轼为悼念原配妻子王弗而写的一首悼亡词，表现了绵绵不尽的哀伤和思念。此词情意缠绵，字字血泪。上阕写词人对亡妻的深沉的思念，写实；下阕记述梦境，抒写了词人对亡妻执著不舍的深情，写虚。上阕记实，下阕记梦，虚实结合，衬托出对亡妻的思念，奠定全词的悲伤基调。词中采用白描手法，出语如话家常，却字字从肺腑镂出，自然而又深刻，平淡中寄寓着真淳。全词思致委婉，境界层出，情调凄凉哀婉，为脍炙人口的名作。

题记中“乙卯”年指的是公元1075年(宋神宗熙宁八年)，其时苏东坡任密州(今山东诸城)知州，年已40。这首“记梦”词，实际上除了下阕五句记叙梦境，其他都是抒情文字。开头三句，排空而下，真情直语，感人至深。“十年生死两茫茫”生死相隔，转瞬十年。“不思量，自难忘”，不是经常想念，但绝不是已经忘却。作者将“不思量”与“自难忘”并举，利用这两组看似矛盾的心态之间的张力，真实而深刻地揭示自己内心的情感。“千里孤坟，无处话凄凉”，极大程度上表达了作者孤独寂寞、凄凉无助而又急于向人诉说的情感，格外感人。“纵使相逢应不识，尘满面，鬓如霜。”这三个长短句，把现实与梦境混同了起来，在这种绝望的、不可能的假设中将种种忧愤，苍老的容颜、衰败的形体和盘托出，感情是深沉、悲痛，而又无奈的，表现了作者对爱侣的深切怀念，也把个人的变化做了形象的描绘，使词的意义更加深了一层。下阕的头五句，才入了题开始记梦，“夜来幽梦忽还乡”是记叙，写自己在梦中忽然回到了故乡，“小轩窗，正梳妆”依稀当年，正在梳妆打扮，夫妻相见，竟是“相顾无言，惟有泪千行”，这正是东坡笔力奇崛之处，妙绝千古。正是“无言”，方显沉痛；正是“无言”，才使梦境令人感到无限凄凉。结尾三句，“料得年年肠断处；明月夜，短松冈”，又从梦境落回到现实上来。最后这三句，意深，痛巨，余音袅袅，让人回味无穷。

本词运用了倒叙的表述方式，运用了描写和抒情的手法，上半阕多用抒情，是作者在梦醒之后对亡妻的思念之情，表达了悲痛之感。下半阕多用描写，描写了作者梦中的情景。描写和抒情并用使得词作情景交融，表达更为深刻，意味无穷。

以虚映实，虚中见实，是这首词在艺术表现上的另一显著特色。梦是虚幻的、缥缈的，然而梦中人的感情却是无比真挚的。借助于梦境的虚幻与缥缈，感情格外真切。感情的表现，在梦前和梦中，前后一致，而随着入梦和梦醒，又一步步深化。全词凄婉哀伤，出语悲苦，一字一泪。

这首词如春蚕吐丝，从词人胸臆倾泻而出，质朴自然。无矫饰之情，无故作之态，无使事用典，无锻炼词句，纯以日常口语，以情动人，构成了吸引读者的强烈的艺术感染力。

## 思考与练习

1. 体会这首词中诗人表达的思想感情。
2. 分析这首词的艺术风格与苏轼其他作品的不同。

# 声 声 慢

李清照

## 作家与作品

李清照(1084—1155)，号易安居士，山东章丘县明水镇人。李清照的父亲李格非官居礼部员外郎，是位著名学者；母亲王氏是状元的孙女，也工于文章。由于家庭的熏陶，清照年少时就有了诗名，为晁补之赏识。18岁嫁宰相赵挺之幼子赵明诚，婚后夫妇唱和，共同从事书画金石的收藏、研究。南渡不久，赵明诚病死，她亲历变乱，颠沛流离，晚年尤寂寞。

李清照一生跨了南北宋两个时代，属南渡词人，为宋词一大家，她论词强调协律、典雅、情致、重铺叙，反对以作诗之法作词，严分词与诗的区别，重视词自身的艺术特点，提出词“别是一家”之说(见《词论》)。她亦工诗能文，诗文感时咏史，与词风迥异。她还擅长书画，兼通音律。

以南渡为界，李清照前期词作多写闺情相思，表现对爱情的向往和对自然景物的喜爱，热情明快，长于以优美的韵调表现相思离别等传统题材；后期词写破国亡家后的凄凉身世遭遇，沉郁悲凉。她工于造语，长于白描，创意出奇，塑造出鲜明的艺术形象。

其词现存70多首。

## 原文与注解

### 声 声 慢

寻寻觅觅[1]，冷冷清清，凄凄惨惨戚戚[2]。乍暖还寒[3]时候，最难将息[4]。三杯两盏淡酒，怎敌他[5]晚来风急[6]。雁过也，正伤心，却是旧时相识。

满地黄花堆积，憔悴损[7]，如今有谁堪摘[8]。守着窗儿，独自怎生[9]得黑。梧桐更兼细雨，到黄昏、点点滴滴。这次第[10]，怎一个愁字了得[11]！

## 注 释

【1】寻寻觅觅：意谓想把失去的一切都找回来，表现非常空虚怅惘、迷茫失落的

心态。

【2】凄凄惨惨戚戚：忧愁苦闷的样子。

【3】乍暖还(huán)寒：指秋天的天气。忽然变暖，一下子又转寒冷。

【4】将息：调养休息，保养安宁。

【5】怎敌他：对付，抵挡。

【6】晚来风急："晚"一本作"晓"。

【7】损：表示程度极高。

【8】堪摘：可，可摘。

【9】怎生：怎样的。生，语气助词。

【10】次第：光景、情境。

【11】得：一个"愁"字怎么能概括得尽呢？

## 导读与鉴赏

《声声慢》亦作《胜胜慢》。此调有平韵、仄韵两种。毛先舒《填词名解》云："词以慢名者，慢曲也。拖音袅娜。不欲辄尽。"

从宋室仓皇南渡到丈夫去世，短短两年里，李清照遭受了国破、家亡、夫死等一系列灭顶之灾，她的生活、思想及精神都发生了急剧的变化。女词人独留建康，抚今追昔，不胜身世之感，因作此词。全词通过残秋景色的衬托，抒发了家破夫亡、自己饱经忧患和漂泊流离生活的愁苦惨痛。在一定程度上反映了宋室南渡以后，许许多多背井离乡、骨肉离散之人的共同感受，具有一定的现实意义。

全词在写法上善用叠字，以奇取胜。词的上片连用 14 个叠字，增强了反复抒情的效果，很富有感染力，而且极富音乐的节奏感。声情并茂，字字打动人心。"寻寻觅觅"，写四处张望若有所失的神态，表现内心极度的空虚；"冷冷清清"，由天寒暗示社会冷漠，表现内心的孤独；"凄凄惨惨戚戚"，在前两句的基础上直抒内心极度凄惨、悲苦的心境。下片"点点滴滴"再次运用叠字，突出悲苦之情，缠绵如不绝细雨，直穿心底，难以排遣。如此大量地运用叠字，并且取得这样好的艺术效果实乃前所未有，堪称奇特大胆。

全词巧妙而自然地用铺叙的手法，将日常生活加以高度概括，突出地表现了主题。作者以"悲愁"两字贯穿全词，不断变换角度，反复渲染。开首 14 叠字，定下情感基调，统领全篇。接着从天气寒冷、晚来风急、雁过伤心、黄花遍地、守窗独坐、梧桐细雨等六个方面反复渲染悲愁伤痛之情。结尾以"愁"字点出，词人直抒胸臆，以一个"愁"字反问收束全词，可谓独辟蹊径。层层铺叙，首尾呼应，将沉痛无比的悲愁，抒发得淋漓尽致。

语言质朴自然，令人回味无穷。全篇纯用口语，朴素自然，毫无斧凿之迹。词面意思似浅实深，令人回味无穷。作者描绘的几个画面，其深层含义，难以一时体味尽然。"声声慢"属慢曲，拖音袅娜，更增缠绵悲愁之情。通篇又用仄韵体，押入声韵，读来短促幽咽，饮恨吞声，使悲愁之感，哀叹之情更见浓郁。

## 思考与练习

1. 词人是怎样通过独特意象来表现别样情感的？
2. 作者是如何将自己的满腹愁情一步步推向高潮的？
3. 本词在语言运用上有哪些特点？

# 雨　　巷

**戴望舒**

## 作家与作品

戴望舒（1905—1950），浙江杭县人，中国现代著名诗人和翻译家，被称为“雨巷诗人”。早年在上海大学、复旦大学读书，曾因宣传革命被捕。1928 年发表《雨巷》一举成名并引起广泛的关注。后留学法国、西班牙等国。他的诗歌创作深受法国象征派的影响，1932 年参与创办《现代》杂志，提倡“纯诗”，他是 20 世纪 30 年代中国“现代派”诗歌的代表人物。戴望舒早期的诗歌创作，较多地追求朦胧的审美情趣，以哀怨伤感的格调见长。这时出版的诗集有《我的记忆》《望舒草》等。抗日战争爆发后，诗人投入了抗日活动，1941 年在香港被日军逮捕入狱，表现出了英武不屈的精神和坚贞的民族气节。遭遇了这段经历，使他后期的诗歌创作风格发生了很大的变化：充满激情，爱憎分明。像《狱中题壁》及《我用残损的手掌》等诗作，充分地表现出诗人高尚的爱国主义情操以及对美好未来的憧憬。出版有诗集《望舒诗集》《灾难的岁月》等，无论理论还是创作实践，都对中国新诗的发展产生过相当大的影响。另有译著等数十种。

## 原文与注解

### 雨　　巷[1]

撑着油纸伞，独自
彷徨在悠长、悠长
又寂寥的雨巷，
我希望逢着
一个丁香一样地
结着愁怨的姑娘。

她是有
丁香一样的颜色，
丁香一样的芬芳，

丁香一样的忧愁，
在雨中哀怨，
哀怨又彷徨；

她彷徨在这寂寥的雨巷
撑着油纸伞
像我一样，
像我一样地
默默彳亍[2]着，
冷漠、凄清，又惆怅。

她静默地走近
走近，又投出
太息一般的眼光，
她飘过
像梦一般的，
像梦一般的凄婉迷茫。

像梦中飘过
一枝丁香地，
我身旁飘过这女郎；
她静默地远了，远了，
到了颓圮[3]的篱墙，
走尽这雨巷。

在雨的哀曲里，
消了她的颜色，
散了她的芬芳，
消散了，甚至她的
太息般的眼光，
丁香般的惆怅。

撑着油纸伞，独自
彷徨在悠长、悠长
又寂寥的雨巷，
我希望飘过
一个丁香一样地
结着愁怨的姑娘。

## 注　释

【1】本诗最初发表于1928年8月第十九卷第八号的《小说月报》上，后收入诗集《我的记忆》。

【2】彳亍(chì chù)：慢慢行走的样子，走走停停。

【3】颓圮(tuí pǐ)：坍塌，损坏。

## 导读与鉴赏

《雨巷》是戴望舒的成名作和前期的代表作，他曾因此而赢得了"雨巷诗人"的雅号。叶圣陶评价他为"替新诗的音节开了一个新纪元"。

《雨巷》产生于1927年夏天，是中国历史上一个最黑暗的时代。反动派对革命者的血腥屠杀，造成了笼罩全国的白色恐怖。戴望舒因曾参加进步活动而不得不避居于松江的友人家中，在孤寂中嚼味着"在这个时代做中国人的苦恼"(《望舒草·序》)。大革命失败后的幻灭与痛苦，使他心里充满了迷惘的情绪和朦胧的希望。《雨巷》一诗就是他的这种心情的表现，其中交织着失望和希望、幻灭和追求的双重情调。这种情怀在当时是有一定的普遍性的。

《雨巷》在艺术上一个重要的特色是运用了象征主义的方法抒情，注意挖掘诗歌暗示隐喻的能力，《雨巷》诗里那撑着油纸伞的诗人，那寂寥悠长的雨巷，那像梦一般地飘过有着丁香一般忧愁的姑娘，是充满象征意味的抒情形象。诗人表面上是写对一个少女的追慕和美好的理想破灭后的惆怅，实际上却象征着当时一部分小资产阶级知识分子的精神状态，《雨巷》创设了一个富于浓重象征色彩的抒情意境。

富于音乐性是《雨巷》的另一个突出的艺术特色。《雨巷》全诗共七节，第一节和最后一节除"逢着"改为"飘过"之外，其他语句完全一样。这样起结复见，首尾呼应，同一主调在诗中重复出现，加强了全诗的音乐感，也加重了诗人彷徨和幻灭心境的表现力。整个诗每节6行，每节3、6行押韵，每行字数长短不一，参差不齐，每节押韵两次到三次，从头至尾没有换韵。有些同样的字在韵脚中多次出现，如"雨巷""姑娘""芬芳""惆怅""眼光"，有意地使一个音响在人们的听觉中反复，音韵和谐，从头至尾保持了鲜明的音乐效果。这样就造成了一种回荡的旋律和流畅的节奏。朱自清先生说："戴望舒氏也取法象征派。他译过这一派的诗。他也注重整齐的音节，但不是铿锵而是轻清的；也照一点朦胧的气氛，但让人可以看得懂。""他是要把捉那幽微的精妙的去处。"(《中国新文学大系·诗集·导言》)《雨巷》朦胧而不晦涩，低沉而不颓唐，深情而不轻佻，确实把握了象征派诗歌艺术的幽微精妙大去处。

为了强化全诗的音乐性，诗人还吸取了外国诗歌中的一些技法，在同一节诗中让同样的字句更迭相见。这种语言上的重叠反复的手法，回环往复，不仅营造了诗的抒情气氛，同时也美化了声律，又加重了诗的抒情色彩，造成了回环往复的旋律和婉转悦耳的乐感。

此外，戴望舒的诗深得中国古典诗词中婉约诗风的遗韵，用丁香结，即丁香的花蕾来象征人们的愁心，是中国古代诗词中一个传统的表现方法。诗人创造了一个丁香一样的结着愁怨的姑娘的象征性的抒情形象。既有古诗词的风格，又不失法国象征诗派的影响。他的早期诗作总体上表现出孤独、抑郁和消沉的特点。

### 思考与练习

1. 诗中的“丁香姑娘”具有怎样的象征内涵，作者借此表达了什么样的情思？
2. 联系时代背景分析这首诗表达的思想感情。
3. 这首诗运用了哪些艺术手法？

## 再别康桥

徐志摩

### 作家与作品

徐志摩(1896—1931)，现代诗人、散文家。原名章垿，字槱森，留学英国时改名志摩。徐志摩是新月派代表诗人，新月诗社成员。1915 年毕业于杭州一中，先后就读于上海沪江大学、天津北洋大学和北京大学。1918 年赴美国克拉克大学学习银行学。10 个月即告毕业，获学士学位，得一等荣誉奖。同年，转入纽约的哥伦比亚大学的研究院，进经济系。1920 年赴英国留学，入剑桥大学研究政治经济学。1921 年开始写诗，曾经用过的笔名有：南湖、诗哲、云中鹤等。在剑桥两年深受西方教育的熏陶及欧美浪漫主义和唯美派诗人的影响。1922 年回国后，先后在北京大学、光华大学、大夏大学等校任教。1923 年与胡适等成立新月社，为主要成员，1924 年，印度大诗人泰戈尔访华，徐志摩任翻译，后随泰戈尔漫游欧洲。1924 年任北京大学教授。1926 年任光华大学、大夏大学和南京中央大学(1949 年更名为南京大学)教授。1930 年辞去了上海和南京的职务，应胡适之邀，再度任北京大学教授，兼北京女子师范大学教授。1931 年 11 月 19 日因飞机失事罹难。

徐志摩是中国现代文学流派“新月派”的代表诗人。早期诗歌多表现对理想的向往与追求，也有同情下层人民生活疾苦和对黑暗社会现实不满的诗作；后期诗歌多表达理想破灭后的彷徨、感伤及至颓废的思想情绪。他的诗多为抒情诗，善于运用细腻的笔触表现丰富而复杂的情感，讲究意境和形象，有较高的艺术性。比喻生动贴切，语言清新自然，音节和谐优美。代表作品有《再别康桥》《翡冷翠的一夜》，主要诗集有《志摩的诗》《翡冷翠的一夜》《猛虎集》等。

原文与注解

## 再别康桥[1]

轻轻的我走了，
正如我轻轻的来；
我轻轻的招手，
作别西天的云彩。

那河畔的金柳，
是夕阳中的新娘；
波光里的艳影，
在我的心头荡漾。

软泥上的青荇[2]，
油油的在水底招摇[3]；
在康河的柔波里，
我甘心做一条水草！

那榆荫下的一潭，
不是清泉，是天上虹；
揉碎在浮藻间，
沉淀着彩虹似的梦。

寻梦？撑一支长篙[4]，

向青草更青处漫溯[5]；
满载一船星辉，
在星辉斑斓里放歌。

但我不能放歌，
悄悄是别离的笙箫；
夏虫也为我沉默，
沉默是今晚的康桥！

悄悄的我走了，
正如我悄悄的来；
我挥一挥衣袖，
不带走一片云彩。

## 注　释

【1】康桥：即“剑桥”(Cambridge)，英国著名的学术、文化中心，风景胜地，是徐志摩曾经学习生活的地方，徐志摩对它有很深的感情。1920 年秋，徐志摩经美国到伦敦，在剑桥大学、伦敦大学学习，1922 年上半年由剑桥大学皇家学院特别生转为正式研究生。过了半年的正式学生生活后，8 月中旬回国。1923 年 3 月在《时事新报》上发表了第一首回忆康桥的诗——《康桥再会吧》，但艺术上松散冗长，效果不佳；1925 年 7 月再次访问伦敦，1926 年 1 月写下了为人熟知的现代散文名篇——《我所知道的康桥》；1928 年 8 月第三次来到英国，11 月 16 日即将归国的途中，灵感闪现，挥洒自如地写下了这首传世经典之作——《再别康桥》。

【2】青荇(xìng)：多年生草本植物，叶子略呈圆形，浮在水面，根生在水底，花黄色。

【3】招摇：这里有“逍遥”之意。

【4】篙(gāo)：用竹竿或杉木等制成的撑船工具。

【5】溯(sù)：逆着水流的方向走。

## 导读与鉴赏

此诗初载 1928 年 12 月 10 日《新月》月刊第 1 卷第 10 号，署名徐志摩。康桥时期是徐志摩一生的转折点。诗人在《猛虎集 · 序文》中曾经自陈道：在 24 岁以前，他对于诗的兴味远不如对于相对论或民约论的兴味。正是康河的水，开启了诗人的心灵，唤醒了久蛰在他心中的诗人的天命。因此他后来曾满怀深情地说：“我的眼是康桥教我睁的，我的求知欲是康桥给我拨动的，我的自我意识是康桥给我胚胎的。”(《吸烟与文化》)

这首诗表现出诗人高度的艺术技巧。全诗以离别康桥时感情起伏为线索，抒发了对康桥依依惜别的深情。语言轻盈柔和，形式精巧圆熟，诗人用虚实相间的手法，描绘了一幅幅流动的画面，构成了一处处美妙的意境。诗人将具体景物与想象糅合在一起构成诗的鲜明生动的艺术形象，巧妙地把气氛、感情、景象融汇为意境，达到景中有情，情中有景。

诗的结构形式严谨整齐，错落有致。全诗7节，每节4行，组成两个平行台阶；1、3行稍短，2、4行稍长，每行6至8字不等，诗人似乎有意把格律诗与自由诗二者的形式糅合起来，使之成为一种新的诗歌形式，富有民族化、现代化的建筑美。首尾回环呼应、结构严谨，给人以整体之美。

诗的语言清新秀丽，节奏轻柔委婉，和谐自然，伴随着情感的起伏跳跃，犹如一曲悦耳徐缓的散板，轻盈婉转，拨动着读者的心弦。诗歌的第一节，便三次用了“轻轻的”，这个形容词，显得节奏轻快、旋律柔和，带着细微的弹跳性；诗在韵式上严守二、四押韵，抑扬顿挫，朗朗上口。这优美的节奏契合着诗人感情的潮起潮落，有一种独特的审美快感。七节诗错落有致地排列，韵律在其中徐行缓步地铺展，体现了徐志摩的诗歌音乐美的主张。

8节诗，几乎每一节都包含一个可以画得出的画面，给人视觉上美的享受。画面表现之一是，诗人使用了色彩较为绚丽的词语，如将“河畔的金柳”看做“夕阳中的新娘”将潭水视做“天上虹”，创造了一系列鲜明生动的意境。画面美表现之二是，诗人通过动作性很强的词语，如“招手”、“荡漾”、“招摇”、“揉碎”、“漫溯”等，使每一幅画面变成了动态的画面，给人以立体美感。

诗人闻一多20世纪20年代曾提倡现代诗歌的“建筑的美”、“音乐的美”、“绘画的美”，《再别康桥》一诗，可以说是“三美”具备，堪称徐志摩诗作中的绝唱。

### 思考与练习

1. 这首诗是如何体现诗人对美的追求的?
2. 这首诗表现了诗人怎样的思想感情?
3. 联系徐志摩其他几首诗歌谈谈他的诗歌唯美倾向。

## 雪落在中国的土地上

艾　青

### 作家与作品

艾青(1910—1996)，中国诗人，原名蒋海澄。浙江金华人。1928年中学毕业后考入国立杭州西湖艺术院。1929年在林风眠校长的鼓励下到巴黎勤工俭学，在学习绘画的同时，接触欧洲现代派诗歌。1932年创作第一首诗《会合》，此诗以笔名“莪伽”发表于同年七月出版的《北斗》第2卷第3、4期合刊。1932年5月回到上海，加入中国左翼美术家联盟，并组织春地画社。7月，被国民党当局逮捕入狱，在狱中创作了名篇《大堰河——我的保姆》。

1935年10月，经保释出狱。1937年抗战爆发后到武汉，写下《雪落在中国的土地上》。1938年初到西北地区，创作了《北方》等著名诗篇。同年到桂林，任《广西日报》副刊编辑，又与戴望舒合办诗刊《顶点》，此间较重要作品有《诗论》。1940年到重庆任育才学校文学系主任，不久赴延安，在陕甘宁边区文化协会工作。此时代表作有《向太阳》等。1945年10月随华北文艺工作团到张家口，后任华北联合大学文艺学院领导工作，写有《布谷鸟》等诗。新中国成立后即担任《人民文学》杂志副主编。1957年被错划为右派分子，1958年到黑龙江农垦农场劳动，1959年转到新疆石河子垦区。1979年彻底平反后，当选为中国作家协会副主席。1996年在北京去世。著有诗集《大堰河》《北方》《向太阳》《归来的歌》，长篇小说《绿洲笔记》等。有5卷本《艾青全集》(1991)。在中国现代新诗的发展史上，艾青是继郭沫若、闻一多等人之后推动一代诗风的诗人。

艾青诗作努力反映民族和人民的苦难与命运，反映现实的生活和斗争，突出表现对光明的热烈向往和讴歌，风格朴素雄浑。在诗歌理论上主张内容和形式的统一、民族性和多样性的统一，强调诗人的时代使命感。

## 原文与注解

### 雪落在中国的土地上

雪落在中国的土地上，
寒冷在封锁着中国呀……

风，
像一个太悲哀了的老妇，
紧紧地跟随着，
伸出寒冷的指爪
拉扯着行人的衣襟，
用着像土地一样古老的话，
一刻也不停地絮聒[1]着……

那丛林间出现的，
赶着马车的
你中国的农夫
戴着皮帽，
冒着大雪
你要到哪儿去呢？

告诉你
我也是农人的后裔——
由于你们的
刻满了痛苦的皱纹的脸
我能如此深深地
知道了
生活在草原上的人们的
岁月的艰辛。

而我
也并不比你们快乐啊
——躺在时间的河流上
苦难的浪涛
曾经几次把我吞没而又卷起——
流浪与监禁
已失去了我的青春的
最可贵的日子，
我的生命，
也像你们的生命
一样的憔悴呀。

雪落在中国的土地上，
寒冷在封锁着中国呀……

沿着雪夜的河流，
一盏小油灯在徐缓地移行，
那破烂的乌篷船里，
映着灯光，垂着头
坐着的是谁呀？

——啊，你，
蓬发垢面的少妇，
是不是
你的家，
——那幸福与温暖的巢穴——
已被暴戾[2]的敌人
烧毁了么？
是不是

也像这样的夜间，
失去了男人的保护，
在死亡的恐怖里
你已经受尽敌人刺刀的戏弄？

咳，就在如此寒冷的今夜，
无数的，
我们的年老的母亲，
都蜷伏在不是自己的家里
就像异邦人
不知明天的车轮，
要滚上怎样的路程……
——而且
中国的路
是如此的崎岖
是如此的泥泞呀。

雪落在中国的土地上，
寒冷在封锁着中国呀……

透过雪夜的草原，
那些被烽火所啮啃着的地域，
无数的，土地的垦植者
失去了他们所饲养的家畜
失去了他们肥沃的田地
拥挤在
生活的绝望的污巷里；
饥馑的大地
朝向阴暗的天
伸出乞援的
颤抖着的两臂。

中国的苦痛与灾难，
像这雪夜一样广阔而又漫长呀！
雪落在中国的土地上，
寒冷在封锁着中国呀……

中国，

我在没有灯光的晚上
所写的无力的诗句
能给你些许的温暖么？

1937 年 12 月 28 日夜间

## 注释

【1】絮聒(guō)：唠叨不休。
【2】暴戾(lì)：残暴，凶狠。

## 导读与鉴赏

这是一首爱国主义的抒情诗。1937 年抗日战争爆发后，作者怀抱烈火般的热情，立即投身于艰苦卓绝的抗日战争。“雪落在中国的土地上，寒冷在封锁着中国呀……”是诗中反复出现的核心意象，既是中国北方寒夜的生活写照，同时也是诗人对当时严峻时势的高度概括，构成了贯通全诗的沉重、忧郁的抒情基调。

全诗简单来看可分为两个部分：前一个部分分别描述寒冷的夜晚赶着马车的农夫、坐在船上的少妇、离家的年老母亲、土地的垦植者等中国民众的生活实感画面；后一部分是诗人当时心境的写真，也是对诗人与祖国命运关系的自我探询，作为抒情的高潮与总括。

强烈的爱国主义激情，具有写实倾向与艺术美的画面感，以及富于表现力的象征手法，是本诗最主要的创作特色。

形象鲜明，富有画面感。运用经过精心提炼的、鲜明形象来表达真情。艾青曾说：“诗是由诗人对外界所引起的感觉，注入了思想感情，而凝结为形象，终于被表现出来的一种‘完成’的艺术。”(《诗论》)艾青在诗中最忌浮泛、无力的叫喊。为了表现人民的苦难，民族的苦难，作者精心选择了北方的农夫，还有少妇和母亲的形象。这些形象经过简笔勾勒，显得生动、传神，而且蕴含丰富，犹如一幅幅生动的画面，融进了诗人对受苦受难的劳动人民的无比关切，无比同情。

运用象征、反复等多种艺术手法，增强艺术感染力。用“雪”来象征战争、灾难，用“风”、“寒冷”象征当时中国环境的险恶，把读者带入了一种诗的情境之中。通过对风雪中人民生活苦难的描绘，艺术地再现了当时的现实生活，使作品更富于感染力。反复手法的运用，增强了诗的抒情气氛，加强了诗的抒情效果。“雪落在中国的土地上，寒冷在封锁着中国呀”如同贯穿全诗的主题音乐，四次出现，随着诗歌情感发展，回环反复，突出了主题，增强了诗歌的艺术感染力。

语言清新、自然，具有节奏感。这首诗的语言经过精心锤炼，清新、朴实、自然，如行云流水，丝毫无雕琢的痕迹。语言表达服从于情感发展变化的需要。诗歌不过分讲究外在形式，却具有一种内在的节奏感，“在参错里取得和谐”，“在运动里取得均衡”。诗句虽长短不齐，但节奏鲜明，读来琅琅上口，具有音乐美。

### 思考与练习

1.“雪落在中国的土地上，寒冷在封锁着中国呀……”这反复咏叹的主旋律，在全诗中起的作用是什么？

2. 诗中不少地方用拟人手法描写景物，这样描写有什么表达效果？

## 回 答

北 岛

### 作家与作品

北岛(1949— )，原名赵振开，曾用名北岛、石墨等。祖籍浙江湖州，生于北京。香港中文大学讲师。中国当代诗人，为朦胧诗代表人物之一，曾多次获诺贝尔文学奖提名。1969 年当建筑工人，后在某公司工作。1970 年开始写作。1978 年，北岛和诗人芒克创办了民间诗歌刊物《今天》。80 年代末移居国外，先后在德国、挪威、瑞典、丹麦、荷兰、法国等国家居住。1990 年，旅居美国，曾任教于加州戴维斯大学，担任斯坦福大学、加利福尼亚大学伯克莱分校、香港中文大学客座教授。2007 年受聘于香港中文大学，现为香港中文大学东亚研究中心人文学科讲座教授。出版的诗集有《陌生的海滩》《北岛诗选》《在天涯》《午夜歌手》《零度以上的风景线》《开锁》等。

北岛的诗歌创作开始于十年动乱后期，反映了从迷惘到觉醒的一代青年的心声，十年动乱的荒诞现实，造成了诗人独特的“冷抒情”的方式——出奇的冷静和深刻的思辨性。他在冷静的观察中，发现了“那从蝇眼中分裂的世界”如何造成人的价值的全面崩溃、人性的扭曲和异化。他想“通过作品建立一个自己的世界，这是一个真诚而独特的世界，正直的世界，正义和人性的世界”。在这个世界中，北岛建立了自己的“理性法庭”，以理性和人性为准绳，重新确定人的价值，恢复人的本性；悼念烈士，审判刽子手；嘲讽怪异和异化的世界，反思历史和现实；呼唤人性的富贵，寻找“生命的湖”和“红帆船”。

清醒的思辨与直觉思维产生的隐喻、象征意象相结合，是北岛诗显著的艺术特征，具有高度概括力的悖论式警句，造成了北岛诗独有的振聋发聩的艺术力量。

### 原文与注解

#### 回 答

卑鄙是卑鄙者的通行证，
高尚是高尚者的墓志铭。
看吧，在那镀金的天空中，

飘满了死者弯曲的倒影。

冰川期过去了，
为什么到处都是冰凌？
好望角发现了，
为什么死海里千帆相竞？
我来到这个世界上，
只带着纸、绳索和身影，
为了在审判之前，
宣读那些被判决的声音：

告诉你吧，世界，
我—不—相—信！
如果你脚下有一千名挑战者，
那就把我算作第一千零一名。

我不相信天是蓝的；
我不相信雷的回声；
我不相信梦是假的；
我不相信死无报应。

如果海洋注定要决堤，
让所有的苦水注入我心中；
如果陆地注定要上升，
就让人类重新选择生存的峰顶。

新的转机和闪闪的星斗，
正在缀满没有遮拦的天空，
那是五千年的象形文字，
那是未来人们凝视的眼睛。

### 导读与鉴赏

《回答》作于1976年清明前后，后发表于朦胧诗主要阵地《今天》第一期，是北岛最著名的诗作。1976年是“文革”的末期，连续十年的动乱使得社会秩序趋于混乱，广大的知识分子更是饱经磨难，精神濒于崩溃。这首诗表达了一个青年知识分子对当时变异社会的强烈的怀疑和否定。作者运用朦胧诗的典型笔法来表现对十年浩劫的独特感受。在这里，诗人不仅仅是“回答”，更多的像是一篇宣言——一个和时代决裂的宣言，同时也是一种梦想的预示。

诗歌一开始就写得很尖锐，甚至有点叛经离道，它把一个时代的某些特征赤裸裸地解剖出来示众。诗人以一种冷然而坚硬的语气说：“卑鄙是卑鄙者的通行证，高尚是高尚者的墓志铭。”这句诗最明了不过，在某个特定的政治环境里，卑鄙的人拥有身份的认可，而这正好是高尚者的丧歌。接着，诗人用象征的笔法描绘了当时冷漠、混乱的社会。继而再从客观的描述转为以主观的“我”为抒情的主体，对那个无序、混乱的社会提出否定和质疑，敢于做第一千零一位挑战者。在诗歌的最后，诗人则表现出了难得的理性和坚定，他对未来的转机充满了希望。

在写作手法上，《回答》最具特色的是大量象征手法的运用，那些象征性的形象又带有明确的意义指向。尽管这象征的形象相对直白，但是并没有影响诗歌的感性特征。“冰凌”、“死海”等形象生动地写出了现实生活的困境和艰难。诗中那新颖的意象和丰富的情感的巧妙组结，带有明显的朦胧诗特点，诗歌的思想倾向也带有明显的朦胧诗的特征。

整首诗结构完整，层次分明，全诗所表现出来的感情经历了“审视——怀疑——否定——挑战”等一系列的转变过程，让诗歌更具有跌宕起伏的艺术效果。此外，诗歌的语言也颇具特色，诗人灵活运用了问句、感叹句、陈述句等不同的句式，同时还运用了对偶、排比等手法来抒发自己的感情，语言简洁、明白晓畅，显示出了一种冷峻而刚强的美，具有强烈的艺术感染力。

### 思考与练习

1.《回答》一诗中，作者写了一连串的“不相信”，那么诗人相信什么呢？
2.《回答》中如何体现北岛和朦胧诗人理想主义的精神特质？
3. 诗中“只带着纸、绳索和身影”一句中的“纸”“绳索”“身影”有何深意？

## 一棵开花的树

**席慕蓉**

### 作家与作品

席慕容(1943— )，蒙古族女诗人。原籍内蒙古查哈尔盟明安旗。蒙古名字全称穆伦·席连勃，意为“浩荡大江河”。1943 年生于原四川重庆。出身高贵，蒙古族王族之后，外婆是王族公主。随父军旅，1949 年跟父母到台湾。她 13 岁起在日记中写诗，14 岁入台北师范艺术科，后入台湾师范大学艺术系。1964 年入比利时布鲁塞尔皇家艺术学院专攻油画，毕业后任台湾新竹师专美术科副教授。举办过数十次个人画展，出过画集，多次获多种绘画奖。1981 年，台湾大地出版社出版席慕容的第一本诗集《七里香》，一纸风行，一年之内再版七次，引起文坛震动，造成“席慕蓉旋风”。后席慕蓉作品传入大陆，亦大受欢迎，“席慕蓉旋风”迅速席卷大江南北。其他诗集也是一版再版。

她是台湾知名画家，更是著名散文家与诗人，著有诗集《七里香》(1981)、《无怨的青春》(1982)、《时光九篇》(1987)，散文集《有一首歌》《江山有诗》，美术论著《心灵的探索》《雷色艺术异论》等。席慕容的诗文多写爱情、人生、乡愁，文辞美妙，淡雅剔透，抒情灵动，饱含着对生命的挚爱真情，影响了整整一代人的成长历程。

## 原文与注解

### 一棵开花的树

如何让你遇见我
在我最美丽的时刻　为这
我已在佛前　求了五百年
求佛让我们结一段尘缘

佛于是把我化做一棵树
长在你必经的路旁
阳光下　慎重地开满了花
朵朵都是我前世的盼望

当你走近　请你细听
那颤抖的叶是我等待的热情
而当你终于无视地走过
在你身后落了一地的
朋友啊　那不是花瓣
是我凋零的心

## 导读与鉴赏

《一棵开花的树》诗情画意、情景交融、空灵奇幻，让人回味无穷。这首诗是席慕蓉的名诗。从字面看，很明显这首诗是首爱情诗，写一位女子痴痴等待她心仪的男子，但漫长的等待中换来的却是意中人一个偶然的经过。诗歌以女子等候男子过程中由祈求到盼望再到失望的心态转变，刻画出了一个青春少女对理想爱情的热切渴望和痴心守候。

诗歌成功地突出了抒情主人公与开花的树、物与我的关系，凝聚成传情达意的意象群落，以及将感受视听化的艺术效果，读之不由人不叹息。尤其是，一棵树，“阳光下慎重地开满了花”，极具画面感，极具视觉冲击力，几乎开在读者心里，让人过目难忘。全诗体现的总体风格是宁静、执著的，在看似平淡的语气下，是波澜起伏的心的大海。这心海的波澜将一直为爱而潮起潮落。

但作者创作此诗的本意却另有所指。2007年席慕蓉参加在福建举行的“海峡诗会”时曾经披露过她创作此诗的经过。当时席慕蓉在台湾新竹师范学院教书，5月份有一次坐火车经过苗栗的山间，火车不断从山洞间进出。当火车从一个很长的山洞出来以后，她无意间回头朝山洞后面的山地上张望，看到高高的山坡上有一棵油桐开满了白色的花。“那时候我差点叫起来，我想怎么有这样一棵树，这么慎重地把自己全部开满了花，看不到绿色的叶子，像华盖一样地站在山坡上。可是，我刚要仔细看的时候，火车一转弯，树就看不见了。”

就是这棵真实地存在于席慕蓉生命现场里的油桐，让她念念不忘。她心想，正如海是蓝给自己看一样，花当然也是慎重地开给它自己的，但是，如果没有自己那一回头的机缘，树上的花儿是不是就会纷纷凋零？这促使她写下了《一棵开花的树》。她说：“这是我写给自然界的一首情诗。我在生命现场遇见了一棵开花的树，我在替她发声。”诗歌的解读是多层次的，不管这首诗最终要表达什么，它都给读者传达了一种美的享受。

### 思考与练习

1. 诗歌是怎样通过“树”的意象来表达“我”“等待”时的心情的？
2. 谈谈你对这首诗的理解。

## 爱情和麦子一起成熟

原野牧夫

### 作家与作品

原野牧夫(1965— )，原名张雁，字祖豪，号明清居士，湖南郴州人。中国当代著名民间诗人，作家，新汉诗运动的倡导发起人。唐代名相及岭南诗祖张九龄公第47世孙，1965年8月出生于湘南。年少经历坎坷，浪迹天涯，白手起家创业，曾担任报社记者、电视编导、刊物常务副总编、创意策划人、公司董事长等，后来多年从事新闻传媒及文化旅游创意产业。业余从事诗歌创作及汉诗文化研究，兼写小说。现居海口。

自诩“一个原野上的自由牧放者”，也被称为“荒原上的诗歌王子”。虽然有30多年的诗龄，但一直都自认为还是那个赤足踩在诗笺上的长不大的孩子。5岁开始接受古体诗歌教育启蒙；10岁因读到一本普希金而爱上现代诗歌，试着开始练笔，并写了第一首小诗。在许多人都为诗歌而疯狂的年代，曾经非常迷恋艾略特、波特莱尔，甚至为写荒原诗，19岁那年独自行走大西北，足迹抵达沙漠小城格尔木……上岛数年后弃笔经商，与诗分离多年，痛感肢体麻木与失去灵魂一般。后因触网而重新业余写作，开始了键盘上的文字舞蹈。

写诗两千多首，未曾投稿在官方诗歌刊物发表，故被坊间称为“中国当代民间诗人第一人”。代表作《爱情和麦子一起成熟》《七月流火》等被选入清华大学出版社出版大学教材《文学欣赏》及大学语文教程、国学研究，以及中学语文教辅书等。获奖作品有：《五月，我的悲伤长出几棵青苗》《老屋》《重庆宝贝》等。创立新汉诗学及其理论，著有《新汉诗理论与漫谈》。

《爱情和麦子一起成熟》是一首浪漫主义与现实主义相结合的诗歌，诗中境界明媚，遐思飞扬，笔法独特，虚实结合，给人以极大的欣赏空间。这首经典诗作的一些艺术指向上的意义远非一般文本所能替代，著名诗歌泰斗洛夫先生读罢此诗，称它是一首现代“诗经”，现代田园诗歌的经典之作，她代表着诗歌创作的民族走向，在结构、手法及抒情气质上都彰显出民族化的特色，迎合了中国传统文学发展的时代需求，是对现代诗歌民族归位的一次成功实践。作为一首典型的网络诗歌，对于网络诗坛来讲，这无疑是一个具有划时代意义的信息。

### 原文与注解

## 爱情和麦子一起成熟

河滩上没有风。麦田里的收获季节
随着石头的呢喃早早来临。而你
是那只透视空气的青鸟，站在石头边的麦垛上

那么多镰刀的声音。水车在忙碌。赶在雨季之前
汗水还是从脸庞上流淌。低落的盐
扎进泥地里，让一阵子风吹的到处乱跑

我怎能说出那句话。让雨点羞红着五月的荷花
悬浮于睡眠的水面，那是田田荷叶
掩盖在麦穗里的心思。水看出这是没有成熟的爱情

来年还是这样一块麦田，还是这样的镰刀
发出收割的声音。而你让我过早
就将一个童话安插在河岸，让石头默默无语

我想我会是什么。我是你前世丢失的麦粒儿
从上帝的掌心上滑落，让风吹到
这条小河边，停止了流浪。而我却不是麦田的宠幸

还有一些心思，藏在睡眠的荷叶与水底下
我不想让自己沉落。卵石和游鱼。鸟翅
在运送许多马路上逐跑的消息。雨季终于来临

那就这样吧，让爱情和麦子一起成熟
那已经是来年的事情，却让人们等到一个收割的愿望
我看见了每天守望在河边的姑娘，她收拢着一个童话

## 导读与鉴赏

读原野牧夫的诗感觉是：温馨，抒情。这的确值得借鉴和学习。《爱情和麦子一起成熟》，恰好就具有这两种特征。虽然它的形式是命题诗歌，但是对擅长抒情的牧夫来说，他轻车熟路，写起来洋洋洒洒如行云流水。

这个题目应该是牧夫熟悉的抒情题目。他诗歌的底蕴和对诗歌的新鲜感受，带给读者直抒胸臆的愉悦。诗人独有的情怀可以在他的诗里来体味："河滩上没有风。麦田里的收获季节/随着石头的呢喃早早来临。而你/是那只透视空气的青鸟，站在石头边的麦垛上//"，无意于细致的描摹，只是一些心境的捕捉，寄托着诗人对爱的诸般思索和慨叹。直接抒情："我怎能说出那句话。让雨点羞红着五月的荷花/悬浮于睡眠的水面，那是田田荷叶/掩盖在麦穗里的心思。水看出这是没有成熟的爱情//"，还没成熟的爱深埋在心底，轻易不肯表白，这是全诗的主旨所在，构成他的诗作惯有的风格情调，构成灵活而生动的整体。语言宁静依情感和思维的波动自然而然变动着。"来年还是这样一块麦田，还是这样的镰刀/发出收割的声音。而你让我过早/就将一个童话安插在河岸，让石头默默无语//"这里有许多意象，都是为爱情提供注解的，爱情已经接近成熟，但还需要时间的濡染。"我想我会是什么。我是你前世丢失的麦粒儿/从上帝的掌心上滑落，让风吹到/这条小河边，停止了流浪。而我却不是麦田的宠幸//"对自己的爱没有信心，或者说对自己所深爱的人给予了希望，希望自己成为"麦田的宠幸"。其实只要付出真情就会有丰厚的收获。

诗的结尾："那就这样吧，让爱情和麦子一起成熟/那已经是来年的事情，却让人们等到一个收割的愿望/我看见了每天守望在河边的姑娘，她收拢着一个童话。"诗的结尾试图让读者真的看到了麦子成熟和希望，但不是今天而是来年的事情了，诗人在等待，在等待真的爱情的成熟，等待一个收割的渴望，等待她心仪可爱的姑娘，这应该不是童话，即使是童话，那也是美丽的童话，因为有河边姑娘的日夜守望。爱情一定会和美丽的愿望一起成熟。希望看到一派丰收的场面。相信只要付出劳动和心血，那收获的就不仅仅是爱情还有成熟的让读者为之心动的诗歌。

原野牧夫的诗里，融进了对爱的渴望和深情的向往，有执著的等待，有美好的祝愿，有深情的表白。诗写得激情而洋溢、多情而温婉，显得潇洒从容、诗意连贯、深情款款，给读者以诗意的回味和情感的共鸣。

（详见觅雪嫦晴：《一曲爱的赞歌——赏析原野牧夫〈爱情和麦子一起成熟〉》）

## 思考与练习

1. 诗歌表达了诗人怎样的生活态度？

2. 分析这首诗歌的语言风格。

## 当你老了

【爱尔兰】叶芝

### 作家与作品

威廉·巴特勒·叶芝(William Butler Yeats，1865—1939)是爱尔兰诗人、剧作家，著名的神秘主义者。叶芝是“爱尔兰凯尔特复兴运动”的领袖，也是艾比剧院(Abbey Theatre)的创建者之一。其诗吸收浪漫主义、唯美主义、神秘主义、象征主义和玄学诗的精华，几经变革，最终熔炼出独特的风格。其艺术被视为英语诗从传统到现代过渡的缩影。艾略特曾誉之为“20 世纪最伟大的英语诗人”。

叶芝早年的创作具有浪漫主义的华丽风格，善于营造梦幻般的氛围，进入不惑之年后，在现代主义诗人艾兹拉·庞德等人的影响下，尤其是在其本人参与爱尔兰民族主义政治运动的切身经验的影响下，叶芝的创作风格发生了比较激烈的变化，更加趋近现代主义了。

叶芝曾于 1923 年获得诺贝尔文学奖，获奖的理由是“以其高度艺术化且洋溢着灵感的诗作表达了整个民族的灵魂”。1934 年，他和拉迪亚德·吉卜林共同获得歌德堡诗歌奖。

### 原文与注解

#### 当你老了

当你老了，头发白了，睡意昏沉，
炉火旁打盹，请取下这部诗歌，
慢慢读，回想你过去眼神的柔和，
回想它们昔日浓重的阴影；

多少人爱你青春欢畅的时辰，
爱慕你的美丽，假意或真心，
只有一个人爱你那朝圣者的灵魂，
爱你衰老了的脸上痛苦的皱纹；

垂下头来，在红光闪耀的炉子旁，
凄然地轻轻诉说那爱情的消逝，
在头顶的山上它缓缓踱着步子，
在一群星星中间隐藏着脸庞。

## 导读与鉴赏

1889 年 1 月 30 日，23 岁的叶芝第一次遇见了美丽的女演员茅德·冈，她时年 22 岁，她在感受到爱尔兰人民受到英裔欺压的悲惨状况之后，开始同情爱尔兰人民，毅然放弃了都柏林上流社会的社交生活而投身到争取爱尔兰民族独立的运动中来，并且成为领导人之一。这在叶芝的心目中对于茅德·冈平添了一轮特殊的光晕。

叶芝对于茅德·冈一见钟情，而且一往情深，叶芝这样描写过他第一次见到茅德·冈的情形："她伫立窗畔，身旁盛开着一大团苹果花；她光彩夺目，仿佛自身就是洒满了阳光的花瓣。"叶芝深深地爱恋着她，但茅德·冈拒绝了叶芝的追求。

本诗写于 1893 年，当时叶芝 29 岁，从邂逅至五年的时间里，叶芝从未改变对于茅德·冈终身不渝的爱慕，遗憾的是，叶芝穷其一生的情感追求，却没得到茅德·冈的回报。因此，难以排解的痛苦充满了叶芝一生的时间。

这首爱情诗是独特的，其独特来自诗人独特而真挚的情感，没有这种情感，刻意去别出心裁，只会让人觉得做作。因而，本诗与其说是诗人在想象中讲述少女的暮年，不如说是诗人在向少女、向滔滔流逝的岁月剖白自己的真情。从这个意义上讲，打动我们的正是诗中流溢出的那股哀伤无望，却又矢志无悔的真挚情感。

诗人采用了多种艺术表现手法。文章通过深入剖析诗作中诗人所使用的艺术表现手法，诸如假设想象、对比反衬、意象强调、象征升华，再现了诗人对女友忠贞不渝的爱恋之情。整首诗韵律齐整，语言简明，意境优美。诗里没有华丽的辞藻，朴素平淡的文字背后却潜藏着磅礴的情感。任何一个青春的心都不会也不情愿去面对苍老，靠近死亡、层叠的皱纹、如银的白发，这是一种怎样的沉重。然而年轻的叶芝却站在时间的这一头，始终以一种平静的、娓娓的语调来叙说、想象老去后的情景，将自己对茅德·冈的爱恋之情发挥得淋漓尽致。

全诗共分三节。这三节诗，有起有结，相互照应，颇具匠心。第一节开篇点题，以一个假设性的时间状语开头，诗人想象若干年后年迈的恋人在炉火旁阅读诗集的情景。她满头染霜，独自坐着，但是她并不孤单，因为有诗陪伴。当她轻轻吟诵时，将回忆起过去的一切，她美丽的眼睛、柔美的光芒和幽深的晕影。叶芝写这首诗时才 29 岁，但"当你老了"这种假设却因为"头发白了"，"睡思昏沉"，"炉火旁打盹"这些意象而具体起来，"老了"的那一刻一下子来到了我们面前，它是朦胧的、静止的，然而又是生动而触目惊心的。

第二节是全诗的重心，诗人采用对比的手法表达了自己的一片深情。诗人指出，他人爱的是你的青春欢畅和你的美丽外貌，而我爱的是你那为民族自由奋斗不息的圣洁心灵。哪怕青春落尽，依然深爱着"你"脸上的哀戚和皱纹。诗人的爱深沉、真挚而忠贞。

第三节又转向未来虚拟的意境之中。诗人想象着心中爱人读诗歌时的景象——在炉火旁"凄然地回忆"那一段逝去的爱情。这一节通过恋人的思想，表白自己的永恒爱情。诗人写道："在头顶的山上它缓缓踱着步子，在一群星星中间隐藏着脸庞。"诗人的爱情并没有烟消云散，而是在头顶的山上流连，不忍离去，最后在一群星星之间，隐藏了自己。这两句中的“山”和“星星”的意象，拓展了诗的意境和空间，让人感到一种圣洁的美丽，诗人的爱向着纯净的崇高境界不断升华，成为永恒。

对叶芝而言，爱情永远不会消亡，这个以时间为命题的诗歌中，诗人以细腻的笔触生动地传达出生命个体独特的情感体验。这首诗歌以真挚的情感打动了全世界的人们，为后人一再模仿。

## 思考与练习

1. 诗歌体现了作者怎样的情怀？
2. 阅读全诗，体会作者选材的独特之处。

# 第三章　小说欣赏

## 第一节　小说的产生与发展

“小说”这个名称，是我国一个发展的概念，在不同的历史时期有着不同的内涵。小说的起源，比其名称的出现要早得多。鲁迅说，我们祖先劳动休息时，“亦必要寻一种事情以消遣闲暇”(《中国小说的历史的变迁》)。原始社会我们祖先集体口头创作的神话就是小说的胚胎和萌芽。

“小说”一词，最早见于《庄子·外物篇》：“饰小说以干县令，其余大达亦远矣。”其小说与大达作对举，指出小说是琐屑的言谈，是无关政教的小道理，意义与我们今天说的作为文学体裁的小说显然有不同。东汉初年，桓谭在《新论》里写道：“若其小说家，合残从小语，进取譬论，以作短书。”这种“短书”乃指丛杂的著作，如寓言、杂记之类。这里的小说虽然成为文章的种类，但仍不能理解为现代意义上的文学作品体裁。而至于班固的《汉书·艺文志》上说：“小说者，街谈巷语之说也。”这才近似现在的所谓小说了，又《汉书·艺文志》云：“小说家者流，盖出于稗官。”正如鲁迅所说“《汉志》乃云出于稗官，然稗官者，职唯采集而非创作，街谈巷语皆出于民间，固非一谁某之独造也……”古时稗官采集一般小民所谈的小话，借以考察国之民情，风俗而已；并无现在所谓小说之价值。稗官采集小说的有无，是另一问题；即使真有，也不过是小说书之起源，不是小说之起源。

应该说经过很长时间的孕育，魏晋南北朝时期，中国小说初具规模。这一时期的小说就其内容，大体可分为“志怪小说”和“志人小说”两类。魏晋南北朝时期，社会上宗教迷信思想盛行，神鬼小故事不断产生，谈鬼神怪异的“志怪小说”也就大量出现，保存到现在的有30余种，其中干宝的《搜神记》成就最高，是这类小说的代表。处于小说发展初期的“志怪小说”一般还只是粗陈梗概，目的在于证明上天和幽冥境界的存在和感灵，但也有粗具短篇小说规模的作品，如《搜神记》中的《干将莫邪》就以短小的篇幅记录了一个惊险曲折的故事。

魏晋南北朝时，品评人物之风盛行，因此记录人物轶闻琐事的“志人小说”便兴盛起来，比较完整地保存到现在的是《世说新语》。它是初创时期的“志人小说”的集大成之作，编撰人是刘义庆。《世说新语》大部分篇幅描写士族阶层的“名士风度”，还有一些记载了晋司马氏的暴政、豪门士族的享乐生活，此外还有称颂好人好事的内容。善于通过富有特征性的细节勾勒人物性格，记言叙事巧妙结合，语言精炼含蓄、隽永传神是《世说新语》艺术上的成功之处。《世说新语》是中国笔记小说的雏形，对后世文学有着深远的影响。它的许多故事被后代作家常作为创作素材加以利用。

到了唐代，中国小说发生了明显的变化，虽然题材上仍离不开搜神索逸，但较之魏晋南北朝小说，情节更曲折完整，人物性格更鲜明，文辞更华艳，结构更阔大。唐代称小说为传奇。唐人传奇的出现标志着中国短篇小说的成熟，因为它已超出了记录传闻逸事的范畴，而成为文人有意识的创作。唐人传奇大体可分为三类内容：第一类是神怪故事。这是直接继承笔记小说的神仙怪异小说，著名作品有沈既济的《枕中记》、李公佐的《南柯太守传》。这两部作品讽刺了热衷功名富贵的封建士子。第二类是恋爱故事。这一部分是唐代传奇小说中最有价值的作品。如《李娃传》《莺莺传》《霍小玉传》《任氏传》《柳毅传》等都是有名的作品。它们大都歌颂坚贞不渝的爱情，谴责封建礼教对妇女的迫害，并且塑造了一系列争取婚姻幸福的妇女形象。《柳毅传》讲的是落第书生柳毅替遭受婚姻折磨的洞庭龙女传书，使她获得解放，后历经坎坷，两人终成眷属的浪漫故事。人物描写是这部小说最成功的地方。柳毅的正义、龙女的深情、钱塘君烈火般的个性，都刻画得十分鲜明。它用幻想反映现实的手法，对后代文学影响很大。《李娃传》通过伎女李娃与荥阳公之子这对地位悬殊的恋人历经风雨，终于获得幸福的故事描写，批判了封建门阀观念，歌颂了郎才女貌的爱情标准。小说人物形象丰满，情节曲折，笔法清丽。第三类是侠义故事。这类作品描写侠客义士惩强扶弱的英雄行为，代表作品有《红线传》《谢小娥传》等。

唐人传奇不仅在题材、思想上超越了前人小说，而且艺术上也取得了很大成就。在唐人传奇中，很多篇章描述了一个人物某段时期或一生的经历，以表现人物的个性特点及思想发展。唐人传奇是中国风格小说形式的开始，它虽体制短小，但粗具长篇小说的轮廓。

宋元话本是中国小说发展史上的一个崭新阶段。话本就是“说话艺人”的底本。“说话”是宋代民间娱乐场所中的一种伎艺。当时属于说话的范围的有：小说、讲史、说经、合生或诨话四种。“讲史”是讲述史书上历代兴亡和战争的故事。这一体裁是后代演义小说的起源。“说经”是演说佛经故事。“小说”是说话中影响最大的一家，所讲述的主要是爱情、神怪和侠义故事，故事较简短，内容新鲜活泼，因此广受欢迎。现存的“小说”话本以爱情、公案类作品居多，成就也最高。《碾玉观音》《闹樊楼多情周胜仙》是这类爱情小说最具代表性的作品，它们均以爱情为主题，表现市井小民、尤其是妇女反抗封建势力的斗争活动。公案类的作品以《错斩崔宁》《宋四公大闹禁魂张》最有特色。这两部作品揭露了封建官府的黑暗，表现了人民的反抗。

宋元话本比以前的小说又有许多发展之处。首先，为使情节更能吸引观众，说话人在布局小说的结构时，设下层层悬念，步步引人入胜；其次，说话人已开始运用有典型意义的细节来刻画人物，如特定环境下人物的内心活动和言行等。此外，某些人物对话富于戏剧性，更能表现人物性格。自话本开始，通俗、生动的语言得以普遍应用，这使得中国文学语言开始了一个新的发展阶段。话本在结构布局和人物刻画上所运用的现实主义手法相比这之前的小说也是个大的进步。

明代，随着政治、经济和哲学思潮的发展和变化，小说作品日益为人们所接受，加上印刷术的发达，因此小说在以往的成就基础上进一步获得了辉煌的成就，出现了众多长、短篇作品。元末明初，在宋元讲史话本的基础上产生了一批长篇章回小说，如《三国志通俗演义》《残唐五代史演义》《平妖传》《水浒传》等。

章回小说是中国古典长篇小说的唯一形式，它的人物和内容依托历史，但又不拘泥于史实，比讲史的篇幅更长，内容更多，并且清楚地分了卷，每卷又分节，每节前另加目录以说明主要内容。《三国志通俗演义》是章回小说的开山之作，从此之后，历史小说开始大量兴起，从《开辟演义》一直到《清宫演义》。

明中叶以后，小说在以往的基础上进一步获得了更大的发展：闪耀着浪漫主义异彩的《西游记》首先亮相，紧接着又出现了以家庭生活为题材的《金瓶梅》。除此之外，数量最多的是历史演义和英雄传奇。著名的作品有：《新列国志》《北宋志传》《英烈传》《隋史遗文》。《西游记》出现后，神魔小说曾风靡一时，其中比较成功的是《封神演义》。在这部长篇小说里，作者以武王伐纣的故事为底本，博采民间传说，再加上自己的想象，将它演绎成通过神魔斗法，曲折影射现实的长篇神魔小说。

话本的大量刊行，逐渐引起文人注意，他们由对话本的编辑、加工，进而模拟话本写作，这就出现了主要供案头阅读的文人模拟的话本，通常称之为拟话本。冯梦龙在宋元话本和明代拟话本的基础上，加工编成了《喻世明言》《警世通言》《醒世恒言》三部短篇小说集，简称“三言”。凌濛初的《初刻拍案惊奇》《二刻拍案惊奇》两个拟话本集子，简称“二拍”。“三言”和“二拍”代表了明代短篇小说的成就。冯梦龙的“三言”中，每个短篇小说集各有40篇作品，主要内容表现为三个方面：其一是描写妇女追求幸福爱情，如《杜十娘怒沉百宝箱》《卖油郎独占花魁》《玉堂春落难逢夫》等。这些故事强调相爱的真挚，痛斥负心的薄情，提倡男女双方相互尊重。其二是揭露统治集团内部的斗争，如《沈小霞相会出师表》写忠言直谏的沈链同严嵩父子及党羽的斗争，《灌园叟晚逢仙女》写受欺凌的庄稼汉仰杖花神之力惩治恶霸的故事。其三是赞颂友谊，谴责背信弃义的行为，如《施润泽滩阙遇友》《桂员外穷途忏悔》。比较话本，“三言”的主题集中，情节曲折，人情世故描绘丰富，细节和心理刻画细腻，但矛盾冲突不够尖锐，语言欠生动。

凌濛初的“二拍”包括小说78篇。作品多取材于现成书籍，主题多寓有劝惩之意。明中叶后商业的发展和资本主义的萌芽得以在书中表现，如《转运汉巧遇洞庭红》《叠居奇程客得助》等篇，描绘了商人在海外冒险追逐金钱的活动。爱情类作品中的《宣徽院仕女秋千会》，公案类作品中的《进香客莽看金刚经》等也都较有特色。“二拍”中有许多充斥着色情、宣扬迷信的篇章，甚至还有歪曲农民起义的内容，影响了作品的价值。

清朝，《聊斋志异》将中国文言小说推至高峰，长篇白话小说的创作也取得巨大成就，诞生了《红楼梦》《儒林外史》等一批经典之作。

清中叶之前，英雄传奇小说占主流。陈忱的《水浒后传》写了32位幸存的梁山好汉再举义旗，抗击外来侵略者，后到海外创业的故事。书中的人物既继承《水浒传》中的性格特征，又在现实斗争中有所发展。全书在继承《水浒传》反抗官府精神的同时，又增加了表现爱国主义的主题。《说岳全传》由钱采、金丰在各种“岳传”基础上加工而成。主人公岳飞在书中是一位民族英雄和爱国统帅，同时又带有严重的愚忠的封建思想。金兀术、秦桧夫妇等反面人物的丑行劣迹被描绘得淋漓尽致。

明末清初，封建社会日趋没落，对婚姻爱情、伦理道德的探讨越来越多地出现在小说中，《醒世姻缘传》即是这样一部值得一提的小说。这部书以百万字数，描写了一个冤仇相报的两世姻缘的故事。全书围绕婚姻这条线索，生动地描绘了社会各阶层人物的群像，深刻地揭露了现实的黑暗，敏锐地反映了封建社会末期金钱势力的上升趋势。讽世小说中《镜花缘》算得上是优秀之作。全书100回，写百花仙获罪，被谪凡间，托生唐敖之女小山。唐敖落第，出海远游，历观海外诸国奇人异事后，入小蓬莱求仙不归。小山出海寻父，意外获得天书，回国恰逢女试，及第重返仙山。书中作者竭力描绘海外奇闻，借以寄托自己的社会理想。

清末，古典小说逐渐呈衰落之态，除产生《三侠五义》《小五义》《青楼梦》《海上花列传》等侠义和狭邪小说外，还出现了像《荡寇志》那样具有反动性的作品。

随着改良运动的蓬勃发展，文学改良的呼声也高亢起来，以李伯元的《官场现形记》和吴趼人的《二十年目睹之怪现状》为代表的谴责小说，自觉地将改良主义作为小说的主要内容，揭露官场的黑暗、帝国主义的罪行。此外，这一时期，刘鹗的《老残游记》也通过描写一个江湖医生的所见、所闻、所为，反映了晚清时的某些社会现实。曾朴的《孽海花》在晚清小说中成就较高。作品以金雯青和傅彩云的故事为主线，表现了当时所谓“高雅斯文”的名士文人的腐败生活和风气。

“五四”时期的文学革命掀开了中国文学发展新的一页，小说的形式和内容都在文学革命的浪潮中获得巨大突破。鲁迅的日记体短篇《狂人日记》冲出古典小说笔记体的叙述方式，创造了全新的形态，即经济、灵活、多样的结构特点。但在描写手法和小说风格上，他依然继承了传统小说的特色。内容上，新小说倾向于反映人生的真面目。在新小说形成时期，鲁迅的《呐喊》《彷徨》两部小说集脱颖而出，成为新小说乃至中国现代文学史的奠基石。1921年成立的文学研究会的诸成员，高举文艺为人生的旗帜，创作了大批问题“小说”，其中冰心的《两个家庭》《斯人独憔悴》《超人》，庐隐的《海滨故人》，许地山的《缀网劳蛛》《春桃》，王统照的《沉思》《微笑》，叶圣陶的《潘先生在难中》等都是发轫之作。对于作品中提出的家庭、婚姻、出路等问题，他们很少从政治、社会的角度来解释，而只是当做人生问题来探讨。这些作品还有一个共同之处，即表现泛爱思想，批判对“爱”与“美”的毁灭。

20年代中期，以乡土回忆为题材的小说兴盛起来，人们称之为乡土文学。乡土文学是为人生派发展过程中的一个支脉，它所表现的农村生活主要包括：农民的种种苦痛和他们的觉醒以及乡村地主阶级和小有产者的败落。主要的作家作品有王任叔的《疲惫者》，彭家煌的短篇集《怂恿》《茶杯里的风波》，台静农的短篇集《地之子》《建塔者》，许钦文的《天二哥》。鲁彦的《自立》《黄金》等。这些小说多具有浓郁的地方色彩，并促进了新文学向现实主义的深化。

与“为人生派”并存的还有“为艺术派”小说。这类小说创作，郁达夫成就最高。郁达夫早期代表作是短篇小说集《沉沦》。它以留日学生的生活为题材，表现了民族压迫对他们造成的精神伤害，后来他又创作了《春风沉醉的晚上》《她是一个弱女子》《迟桂花》等独具抒情味道的小说。“为艺术派”的另一位重要作家是张资平，他的代表作是

《冲积期化石》《植树节》等。

20年代末，在无产阶级的倡导和革命运动影响下，中国“左翼”作家的创作收获颇多，茅盾的《蚀》三部曲表现了大革命失败后的幻灭感，柔石的代表名篇《二月》和叶圣陶的《倪焕之》也属幻灭类小说。丁玲出于革命失败后对现实生活深深的幻灭感而创作的《莎菲女士的日记》使她一举成名。与幻灭情绪相对，文坛上同时还出现了激愤小说，蒋光赤的一些作品最有代表性，如《丽莎的哀怨》《野祭》《最后的微笑》等。

革命文学运动初期，许多左翼作家的创作难免带有概念化的痕迹，但张天翼、沙汀、艾芜的作品基本上没有这一弊病。张天翼的创作题材涉及各阶级、各阶层，其中以描写小资产阶级“灰色人生”的作品最能显示他的艺术个性。他的这类作品较为出色的有《皮带》《从空虚到充实》《宿命论与算命论》等。沙汀的小说最具特色的是那些暴露四川农村基层政权腐败和地方军阀罪恶的故事，代表作有《丁跛公》《代理县长》《兽道》《凶手》《在祠堂里》等。他的作品常把自己的主观感情隐藏于残酷的故事后，因而笔触显得异常冷静。艾芜小说的贡献主要在于他对题材的开拓。他的《人生哲学的第一课》《山峡中》《山中送客》等，描绘了边境各种流浪者的奔波和失望，小说带有浓郁的异地情调和传奇色彩。30年代，小说领域出现了茅盾、老舍、巴金等人的一批优秀长篇系列作品，这些大型作品的成功，是30年代文学获得突破性进展的标志。此外，四川的李劼人的长篇《死水微澜》，和他后来的《暴风雨前》《大波》，从中日甲午战争写到辛亥革命，包括许多四川的重大历史事件，构成了现代重要的长河小说。《死水微澜》是李劼人最成功的作品，具有浓郁的民族风格。它成功地塑造了几个性格鲜明的人物形象，对人情、风俗、服饰、饮食等描写丝丝入扣，一派蜀地风情。

20世纪30年代销量最多的小说，当属张恨水的《啼笑姻缘》。张恨水是“五四”以后，鸳鸯蝴蝶派中最有成就的作家，除代表作《啼笑姻缘》外，还有《春明外史》《金粉世家》等名篇，抗战时期，他站在民族立场上，写了《八十一个梦》《五子登科》等讽刺小说。

30年代文坛的成就是多方面的，除上面提到的以外，还有许多作家以他们不同的作品丰富了这个时期的小说创作。侧重于道德批判的沈从文是创作数量最多的作家之一，他最优秀的作品是那些描写家乡湘西地区人情风俗的小说，代表作品有《边城》《萧萧》《龙朱》《月小景》等。他笔下堕落的现代文明、淳朴的民风、乡村的愚昧都传达出他构筑一个善与美的世界的人生理想。

“九一八”事变后，以抗日救亡为题材的创作，要数萧军和萧红为代表的东北作家群的成就和影响最大。萧军的《八月的乡村》、萧红的《生死场》被“左翼”作家们肯定为给中国文坛带来了一个全新的场面的杰作。

抗日战争全面爆发后，小说与整个战时文学一道进入一个新的发展时期。一批反映抗日斗争中人们精神面貌的作品涌现出来。正面歌颂抗战期间新人物、新事物的有：丘东平的短篇《暴风雨的一天》、萧乾的《刘粹刚之死》、艾芜的《秋收》、姚雪垠的《差半车麦秸》等。从反面揭露阻碍抗战的阴暗面的作品有张天翼的《华威先生》、沙汀的《在其香居茶馆里》等。这时期出现了一些回忆性小说。它们多是作者对过去生活的回顾，重要的有萧红的长篇《呼兰河传》、端木蕻良的长篇《科尔沁旗草原》、齐同的长篇

《新生代》、骆宾基的长篇《混沌》等。

随着战争的深入，沦陷区的文学很难有所发展，因此，解放区和国统区小说创作成为战时小说创作的主要组成部分。延安文艺整风之后，在“文艺为工农兵服务”的方针指导下，解放区群众文艺运动蓬勃发展。反映农村生活的作品在小说的民族化、群众化方面做出了可喜的贡献，而贡献最大的当属赵树理。他的《小二黑结婚》《李有才板话》《李家庄的变迁》等名篇成功地塑造了翻身农民的形象，深入地反映了 40 年代解放区农村的变革。题材、语言与赵树理相近的作家是康濯，他的代表作有《我的两家房东》《亲家》《腊梅花》。他的小说认真而不刻板，细致而不烦琐，生动而朴素，淳厚而清新。

在短篇小说方面，孙犁和刘白羽也取得了相当突出的成绩。孙犁以描写农村妇女生活题材见长，刘白羽则侧重于军事题材，他的《无敌三勇士》，是最著名的一篇。典型环境的渲染是刘白羽小说的最成功之处。

出现较晚的解放区长篇小说大都注重表现重大题材。欧阳山 1946 年出版的《高干大》、柳青 1947 年完成的《种谷记》是描写农村发展生产的优秀作品；草明的中篇《原动力》是工业题材的成功之作；反映消灭封建土地所有制斗争的作品有丁玲的《太阳照在桑干河上》和周立波的《暴风骤雨》等。解放区军民可歌可泣的斗争生活为新英雄传奇提供了发展的土壤，柯蓝的《洋铁桶的故事》，出现较早，接着马烽、西戎又合著了《吕梁英雄传》，两部小说深受欢迎。袁静、孔厥的《新儿女英雄传》是这一品种的最佳作品。小说描写的是抗战时期，白洋淀地区农民英勇抗击日寇的故事。

皖南事变之后，国统区中长篇小说硕果累累，这些作品已不再只流连于战争的表面描写，而是对战争背景下的现实生活进行深入的挖掘。这时期著名的作品有：茅盾的《腐蚀》，沙汀的以《淘金记》为代表的三部反映四川农村生活的系列小说，艾芜的《丰饶的原野》《故乡》《山野》，老舍的《四世同堂》，巴金的《寒夜》，被誉为新《儒林外史》的钱钟书的《围城》等。

社会主义文学开拓时期(1949—1956)，小说成就最大的是那些反映革命战争和农村生活的作品。例如：刘白羽的《火光在前》、徐光耀的《平原烈火》、柳青的《铜墙铁壁》、杜鹏程的《保卫延安》、知侠的《铁道游击队》、高云览的《小城春秋》、王愿坚的《党费》、峻青的《黎明的河边》、杨朔的《三千里江山》、陆柱国的《上甘岭》等，是以革命战争为题材的受到广大读者热烈欢迎的著名作品。

以农村生活为题材的小说在这一时期占有很大比重，著名的作品有：赵树理的《登记》《三里湾》，马烽的《结婚》、高晓声的《解放》、李准的《不能走那条路》、秦兆阳的《在田野上，前进!》、孙犁的《铁木前传》、康濯的《春种秋收》、刘绍棠的《青枝绿叶》、李满天的《水向东流》等。这时期小说在人物塑造方面取得了可喜的成绩，尤其反面形象突破了脸谱化、简单化的写法。作品注重表现矛盾冲突，描写人物着力解剖人物的内心世界。

从 1957 年到“文革”前夕，长篇小说创作进入新中国建立后第一次高潮。这时期的长篇小说，不仅数量多，而且在反映生活的深度与广度方面也都有很大进展。在表现中华民族勇于反抗、敢于胜利的优良传统方面，有姚雪垠的《李自成》(第一部)、李劼人的《大波》、欧阳山的《三家巷》、艾明之的“火焰三部曲”第一部《火种》等；反映在中国共产党领导下摧毁旧世界的斗争的有：梁斌的《红旗谱》、陈靖的《金沙江畔》、吴强的《红日》、冯德英的《苦菜花》、刘流的《烈火金钢》、曲波的《林海雪厚》、杨沫的《青春之歌》、罗广斌和杨益言的《红岩》、李英儒的《野火春风斗古城》等；展现农村社会主义建设巨幅画卷的有：柳青的《创业史》、周立波的《山乡巨变》、康濯的《水滴石穿》等。周而复的《上海的早晨》是以对资本主义工商业进行社会主义改造为内容的佳作。此外，以工业、部队、知识分子为题材的许多作品，都丰富了这一时期小说的社会容量。如此丰富的作品，塑造了各式各样的人物形象，李自成、江姐、朱老忠、梁生宝、林道静、杨子荣、周炳等一批具有真实感、立体感、时代感的人物，带着震撼人心的艺术魅力进入现代小说的人物画廊。在艺术形式和艺术风格上，这一时期的许多长篇在吸收民族传统的基础上，又借鉴了外国文学中的某些表现手法，在这方面，作家们做出了许多新的尝试。

这一时期的短篇小说正视现实矛盾，敏锐地捕捉新题材、新人物、新角度，提出并回答了人们普遍关注的问题，比较有代表性的是：李准的《李双双小传》、艾芜的《南行记续篇》、赵树理的《“锻炼锻炼”》、马烽的《三年早知道》、西戎的《赖大嫂》等；胡万春的《特殊性格的人》、陆文夫的《葛师傅》等工人题材的作品带来了新的气息，王愿坚的《七根火柴》、峻青的《交通站的故事》、菡子的《万妞》、茹志鹃的《百合花》、刘真的《英雄的乐章》等是对昨日战争岁月的回顾。

掀起新时期小说创作第一个热潮的，是一批深刻地控诉十年动乱给人民造成的灾难和心灵创伤的作品的涌现，这批小说被称为“伤痕文学”。“伤痕文学”的主体是短篇小说，包括刘心武的《班主任》、卢新华的《伤痕》、陈国凯的《我该怎么办》、王蒙的《最可宝贵的》等。以叶辛的《蹉跎岁月》、周克芹的《许茂和他的女儿们》为代表的、为数不多的长篇小说，也是“伤痕文学”中的成绩突出者。“伤痕文学”中还有一类作品，它们以讴歌革命战士坚持斗争、不屈不挠的高风亮节为主题；从维熙的被人称为“大墙文学”，取材于监狱生活的系列作品，是这部分小说的代表。《大墙下的红玉兰》是从维熙的代表作。张洁的《森林里来的孩子》、张贤亮的《土牢情话》、叶蔚林的《在没有航标的河流上》等作品，是以赞美人民美好情操为主题的“伤痕文学”的重要组成部分。

“伤痕文学”亮出“伤痕”后，接下来自然就是对历史悲剧根源的探寻。茹志鹃的《剪辑错了的故事》首先反思了极“左”思想的危害。此外，高晓声的《李顺大造屋》、刘真的《黑旗》、张弦的《记忆》、鲁彦周的《天云山传奇》、王蒙的《蝴蝶》、古华的《芙蓉镇》等，都是对历史事实的深入回顾思考，因此它们被称为“反思文学”。

1979 年，正当“反思文学”方兴未艾之际，蒋子龙以他特有的敏锐感觉和出色才识把目光投向了一个崭新的领域。他的短篇小说《乔厂长上任记》以振聋发聩的思想和艺术力量，为新时期文学开拓了一片新的天地棗“改革文学”。很快，“改革文学”的大旗下便聚集了一批优秀的作家和作品。蒋子龙除《乔厂长上任记》之外，又陆续发表了《开拓者》《赤橙黄绿青蓝紫》《燕赵悲歌》等。此外，还有柯云路的《三千万》《新星》《夜与昼》，水运宪的《祸起萧墙》，张贤亮的《龙种》《男人的风格》，张洁的《沉重的翅膀》，李国文的《花园街 5 号》，陈冲的《无反馈快速跟踪》，张契的《改革者》，贾平凹的《鸡窝洼人家》和《浮躁》等。这些作品从不同侧面展示了各条战线的人们不畏艰险、锐意进取的精神风貌。

1949年后成长起来的第一批青年作家，修复好“文革”中折断的文学翅膀，在新时期再次振翅高飞。邓友梅在新时期伊始就创作了《我们的军长》和被誉为中篇“开路先锋”的《追赶队伍的女兵们》。80年代后，他的创作转向对市民生活的描写，创作了《寻访“画儿韩”》《那五》《烟壶》等充满地方色彩和民俗风情的作品，表现了他独特的美学追求。汪曾祺以短篇小说《大淖记事》《受戒》从逝去的年代里发掘蕴藏于各种人物身上的美好情愫，表达他对历史文化的见解。刘绍棠对“乡土文学”的倡导与实践，为新时期小说创作做出了独特贡献，代表作有《蒲柳人家》《渔火》《蛾眉》《瓜棚柳巷》《鱼菱风景》《小荷才露尖尖角》等。陆文夫的“小巷文学”在让人们欣赏苏州小巷中人物的表演的同时，细细地体味人生的真谛。冯骥才的“文化小说”《神鞭》《三寸金莲》等，以通俗的形式表达了鲜活的当代意识。何士光以清澈的忧郁细腻地刻画了普通知识分子的心理。代表作为《草青青》《似水流年》。

改革开放后，东西方文化的碰撞，启发了许多人回过头去追寻自己的文化传统，80年代中，一度出现了一股寻根热，这就是所谓的“寻根文学”，代表人物有：贾平凹、韩少功、李杭育、郑万隆等。其中虽不乏像郑义的《老井》这样的优秀之作，但仍有许多内容杂芜、手法怪异、令人费解的作品。

军旅题材小说在新时期，题材相对独立而自身发展又始终持续不断并有所突破。80年代，徐怀中的《西线轶事》首先突破以往注意战争过程与场面的写法，通过主人公刘毛妹矛盾、忧怨、苦闷的内心世界，展示了历史伤痕与当代军人职责之间对立而统一的思想与情操。很快，新时期的“军旅文学”便拥集有：朱苏进的《射天狼》、朱春雨的《沙海的绿荫》《亚细亚瀑布》、简嘉的《女饮事班长》、李斌奎的《天山深处的大兵》、刘兆林的《雪国热闹镇》、李存葆的《山中那十九座坟茔》、韩静霆的《凯旋在子夜》等大批优秀作品。新时期的“军旅文学”较之传统的军事文学有了长足的进步，这主要表现在：思想内涵丰富多样，人物形象与情感复杂深刻，叙事方法新颖独特。

新时期小说创作的另一支生力军，是在新时期步入文坛的青年作家，他们中间有铁凝、张抗抗、梁晓声、王安忆、孔捷生、史铁生、张承志等。王安忆以《雨，沙沙沙》为文坛所瞩目，它以抒情诗般的轻柔诉说着对理解和沟通的渴望；张抗抗的《夏》《北极光》等对当代青年的追求、理想、个性进行了深入的触及；张承志的《黑骏马》《北方的河》等充满了深厚的历史文化感与社会人生意蕴；史铁生的《我的遥远的清平湾》让读者感到逝去的岁月并非一片空白；梁晓生的《这是一片神奇的土地》讲述着英雄毁灭后庄严升腾的价值观；孔捷生的《南方的岸》以对城市空虚的极度厌倦表达对人生真正道路与真实价值的追寻……由高行健、李陀等人提倡，经刘索拉、徐星等人实践的现代派文学发展很快，刘索拉的《你别无选择》《蓝天绿海》、徐星的《无主题变奏》、刘西鸿的《你不可改变我》等，从各自角度展示了一代青年在旧价值观废弃后找不到新价值尺度的茫然与混乱状态；莫言的《透明的红萝卜》刻意追求与表现奇异、独特的艺术感觉；马原等人更多是在小说的叙事方式上下工夫。

我国的文学理论也是源远流长，历史上涌现出许多很有建树的文学理论家，其中著名的就有200多个。这些理论家为中华民族留下了丰富的宝贵的文化财富，像南朝梁刘勰(约465—约532)的《文心雕龙》，南朝梁钟嵘(466—518)的《诗品》，唐代司空图(837—908)的《二十四诗品》，清末和民国初年王国维(1877—1927)的《宋元戏曲考》和《人间词话》，就是成百上千部文学理论著作中最系统、最严密的经典作品。在现代文学史上，又出现了许多杰出的文学理论家，他们的著作为我国丰厚的文学理论又增添了新的光辉。

## 第二节　小说的欣赏技巧

究竟怎样欣赏小说，方法会不尽一样。从作品的构造入手来欣赏小说，不仅可以帮助读者减少盲目性，同时还可引导读者从迷人的故事中走出来并运用审美的眼光去进行欣赏。

以下分别从人物、情节、环境、主题四个方面来谈小说的欣赏。

### 一、人物的欣赏

#### (一)从人物的语言、行动和心理描写来分析人物

小说刻画人物的主要方法，是通过描写人物的语言、行动和心理来表现人物的思想感情和性格特征的，“言为心声”，人物的语言是人物思想性格的直接表白，是作者对人物思想性格的生动表现。

#### (二)从人物活动的社会历史背景来理解人物

小说里的人物，都是在一定的社会历史背景下活动的。人物的个性形成与他的生活环境有关，作者每塑造一个人物，都是把他作为一定历史时期的典型人物来塑造。一个人物形象的成功与否，不但要看他是否有鲜明的“个性”，还要看他是否具有广泛的“共性”。面对人物“共性”的分析，就必须放在一定的社会历史背景中去考察。

#### (三)从多种不同的角度对人物作面面观

小说人物的鉴赏不能停留在单一的线性思维上，我们对一个成功的人物形象要作多角度的观照，对这个人物的理解才不会浅薄、单一和乏味。

### 二、情节的欣赏

#### (一)找出线索，理清情节的来龙去脉

故事情节从发生到结局，前后是有着某种内在联系的，这内在联系也就是贯穿在整个作品中的情节线索。只要找到了这条贯穿整个作品的线索，情节的来龙去脉也就容易把握了。小说情节线索是指作品里的基本矛盾冲突所构成的情节发展线索。鉴赏小说情节，如能抓住情节的线索，把握其来龙去脉，将有助于我们在分析作品时统观全局，全面地把握作者的意图。

#### (二)由事见人，看情节发展如何为人物塑造服务

情节是人物性格发展的历史，所以鉴赏情节应该由事见人，将人物性格与情节联

系起来分析。以《孔乙己》为例，孔乙己到酒店喝酒，周围的人对他嘲笑、与他争辩的情节，正是要表现孔乙己偷窃、迂腐的坏毛病。孔乙己教“我”“茴”字的四种写法和分豆给孩子们吃的情节，又是表现孔乙己自傲和善良的品性。孔乙己被丁举人打断腿后爬着到酒店喝酒，又谎称腿是跌断的情节，则表现他受欺凌的悲惨命运和讲面子的弱点。小说即是通过这一系列的情节描写来刻画孔乙己这一人物形象的复杂性格的。

(三)见微知著，从场面和细节分析情节对表现主题的意义

作品的情节是由若干个场面构成的，场面是由很多个细节组成的。分析场面和细节是鉴赏情节的进一步深入，同时也只有这样的情节鉴赏才显得具体、充分和中肯。老作家魏金枝对《阿Q正传》的一段情节分析是这样写的：“写一个犯人在最后受判时画押，通常总是迟疑地颤抖地执着笔，无可奈何的画上一笔就算，鲁迅写阿Q的画押就大大不同，他写的画押却是独一无二的阿Q式的：一面是‘使尽平生的力气画圆圈’；而另一面却是‘这可恶的笔不但很沉重，并且不听话，刚刚一抖一抖的几乎要合缝，却又向外一耸，画成瓜子模样了’。我看，即使没有看过《阿Q正传》全文，不知道阿Q平生为人，单就这一节画押来看，阿Q的麻木、无知以及精神胜利法，岂不是都尽情地表露出来，然而那只是一个最后判决的场面描写。”

(四)赏析技巧，注意发现作者组织情节的艺术匠心

小说情节的生动曲折、波澜起伏和扣人心弦，是优秀小说的显著特点。《红楼梦》中刘姥姥三次进荣国府的情节中，即可看出它含义深远的特点。这三次均是写同一个人物进荣国府，但每次却是各不相同。一进，只让刘姥姥见了王熙凤，借此给读者展示了荣国府这个诗礼簪缨之族、温柔富贵之乡的豪奢；二进，刘姥姥见了贾母，又是饮宴，又是饱览，让读者见到了荣国府也有各种矛盾，由此埋下了贾府即将败落的伏笔；三进，则是那位曾向刘姥姥伸出援助之手的琏二奶奶也不得不向她呼救了，一层更深一层。鉴赏这样的情节时，我们不仅要注意情节本身的变化，还要注意发掘情节所寓示着的主题意义。

## 三、环境的欣赏

(一)分析环境对主题思想的暗示

环境描写是为表现作品的主题服务的，一切描写景物的文字都在于写作者之情意。我们鉴赏小说时，就应注意从环境描写中揣摩作品的主旨。

环境描写主要是为了展示人物的行动和命运以及刻画人物的性格创造必要的条件，提供生动的衬景。在《红楼梦》，作者写薛宝钗所住衡芜院的环境：“阴森透骨”，屋外长着“愈冷愈苍翠”的“奇草仙藤”，屋内“一色玩器全无”，像“雪洞一般”。这样的环境衬托出薛宝钗阴冷无情、装愚守拙的性格特征。这一性格特征的提示，可看出封建礼教虚伪性的一面，这正是作品主题的内容之一。

(二)分析环境对小说氛围的创造

作家特别注意创造一种特有的小说氛围。创造小说氛围的主要手段就是通过环境描写来渲染、创造和加强。鲁迅小说《药》的开头是：“秋天的后半夜，月亮下去了，太阳还没有出，只剩下一片乌蓝的天；除了夜游的东西，什么都睡着。”在华老栓为儿子

买"药"走在街上时："……街上黑沉沉的一无所有，只有一条灰白的路，看得分明。"这样的自然环境给人以死气沉沉、非常压抑的感觉，使人感受不出一点生命的活动。联系小说的时代背景，就能感受到1907年革命者秋瑾被害后的那种沉寂冷肃的氛围。

### 四、关于主题的欣赏

(一)从作者背景看主题

要正确理解一部作品，有必要了解作家的思想感情、思维方式，以及他所处的社会环境、作品所反映的社会生活背景。小说是社会生活在作家头脑中的反映，也是作家思想感情的表现。一部作品所反映的主题，总是与作家的身世、生活、思想感情以及他所处的时代环境分不开。因此，我们在理解小说主题时，必须"知人论世"，这个很重要。

(二)从人物塑造看主题

小说作者运用各种艺术手段，都是为了完成人物形象的塑造。人物形象是作者生活经验的结晶，也是作家的生活态度的形象体现。

(三)从情节发展看主题

小说写人不能离开人物活动的形式——情节，而情节又是通过一系列具有因果关系的故事来完成的。故事的中心必须以某些矛盾为内容，矛盾怎样发展，怎样解读，无不体现作者对这些问题的看法。

(四)从语言的情感色彩看主题

小说的主题，作者在行文中总是要对自己所提示的矛盾，以及所描述的人物等表现出一定的褒贬倾向或情感色彩。孙犁的《荷花淀》这篇小说，是歌颂白洋淀人民群众积极抗日的。这个主题通过故事的叙述来暗示，在行文中也有所透露。当敌人的大船追赶水生嫂她们时，作者写道："幸亏这些青年妇女，白洋淀长大的，她们摇的小船飞快。小船活像离开了水波的一条打跳的梭鱼。她们从小跟这小船打交道，驶起来，就像织布穿梭，缝衣透针一般快。""她们奔着那不知道有几亩大小的荷花淀去，那一望无际的密密层层的大荷叶，迎着阳光舒展开，就像铜墙铁壁一样。粉色荷花箭高高挺出来，是监视白洋淀的哨兵吧！"在这里，作者的赞美之情溢于言表。

## 第三节 小说作品赏析

### 《搜神记》一则

干 宝

#### 作家与作品

干宝(？—336)，东晋新蔡(今河南省新蔡县)人，字令升。著述颇丰，干宝自小博览群书，晋元帝时担任佐著作郎的史官职务，奉命领修国史，著《晋纪》，已佚。除精通史学，干宝还好易学，为撰写《搜神记》奠定了基础。他的《搜神记》志怪小说集在中国小说史上有着极其深远的影响，被称做中国志怪小说的鼻祖。干宝学识渊博，著述宏丰，横跨经、史、子、集四部，堪称魏晋间之通人。至今有关专家已收集到的干宝书目达26种，近200卷。《搜神记》原本已散佚。今本系后人缀辑增益而成，共20卷。所记多为神灵怪异之事，也有一部分属于民间传说。《搜神记》中故事大多篇幅短小，情节简单，设想奇幻，极富浪漫主义色彩。《搜神记》对后世文学有着深远的影响，如唐代传奇故事、蒲松龄的《聊斋志异》、神话戏《天仙配》及后世的许多小说、戏曲，都和它有着密切的联系。

## 原文与注解

### 三 王 墓[1]

楚干将莫邪为楚王作剑，三年乃成。王怒，欲杀之。剑有雌雄。其妻重身[2]当产。夫语妻曰："吾为王作剑，三年乃成。王怒，往必杀我。汝若生子是男，大，告之曰：'出户望南山，松生石上，剑在其背。'"于是即将[3]雌剑往见楚王。王大怒，使相[4]之。剑有二，一雄一雌，雌来雄不来。王怒，即杀之。

莫邪子名赤比，后壮[5]，乃问其母曰："吾父所在？"母曰："汝父为楚王作剑，三年乃成。王怒，杀之。去时嘱我：'语汝子出户望南山，松生石上，剑在其背。'"于是子出户南望，不见有山，但睹堂前松柱下石低[6]之上。即以斧破其背，得剑，日夜思欲报楚王[7]。

王梦见一儿，眉间广尺[8]，言欲报雠。王即购之千金[9]。儿闻之亡去[10]，入山行歌[11]。客有逢者，谓："子年少，何哭之甚悲耶？"曰："吾干将莫邪子也，楚王杀吾父，吾欲报之。"客曰："闻王购子头千金。将子头与剑来，为子报之。"儿曰："幸甚！[12]"即自刎[13]，两手捧头及剑奉之，立僵[14]。客曰："不负子也。"于是尸乃仆[15]。

客持头往见楚王，王大喜。客曰："此乃勇士头也，当于汤镬[16]煮之。"王如其言煮头，三日三夕不烂。头踔[17]出汤中，踬目[18]大怒。客曰："此儿头不烂，愿王自往临视[19]之，是必烂也。"王即临之。客以剑拟[20]王，王头随堕汤中，客亦自拟己头，头复坠汤中。三首俱烂，不可识别。乃分其汤肉葬之，故通名三王墓。今在汝南[21]北宜春县界。

## 注 释

【1】本篇选自《搜神记》卷十一。巧匠干将莫邪为楚王铸剑，反而被杀，其子为复仇而献头，客为代其复仇而自刎，被压迫者的复仇精神在作品得到了强烈的体现。干将莫邪是古代著名的铸剑师，姓干将，名莫邪。一说干将、莫邪是夫妻两人：干将是夫，莫邪是妻。

【2】重身：有身孕，因怀孕是身中身，故名重身。当产：临产，将要生产。

【3】将：带。往：去。

【4】相：察看。

【5】后壮：后来长大了。

【6】石低："低"疑应作"砥"。石砥，柱下基石。

【7】报楚王：为父寻楚王报仇。

【8】眉间广尺：两眉相间宽达一尺。广，宽。

【9】购之千金：悬赏千金捉拿他。购，悬赏。

【10】亡去：逃离。

【11】行歌：且走且唱。

【12】幸甚：太好了。

【13】刎：割，谓以剑割头。

【14】立僵：谓尸体僵硬，直立不倒。

【15】仆：向前倒下。

【16】镬(huò)：形似鼎而无足，秦汉时用作烹人刑具。

【17】踔(chuō)：跳跃。

【18】踬目：疑应作"瞋目"，睁大眼睛瞪人。

【19】临视：近看。

【20】拟：以刀箭对准人作砍杀状。此处有砍、割之意。

【21】汝南，汉郡名，治所在上蔡(今河南省上蔡西南)。北宜春县，在今河南省汝南县西南，西汉时名宜春，东汉时改名北宜春。[1]

## 导读与鉴赏

《搜神记》作者干宝在序中自称："虽考志于载籍，收遗佚于当时，盖非一耳一目所亲闻睹也，又安敢谓无失实者哉!"此书作为我国魏晋志怪小说中成就最高的代表作，保存了许多古代民间的传说，如《三王墓》《韩凭妻》《董永卖身》《李寄斩蛇》等，给后世文学艺术以深远影响。《三王墓》记述了一个经典的子报父仇的故事，故事想象出人意料，情节曲折完整，结局震撼人心，是武侠小说的早期雏形。其事亦见于《列士传》《吴越春秋》《越绝书》《博物志》《列异传》等书，文字各异，以《搜神记》所记最详，文辞亦最佳。在著名的《聊斋志异》《三国演义》《水浒传》《西游记》《红楼梦》等作品中，有许许多多的情景和描述都是从《搜神记》中汲取营养和精华的。近代文学大师鲁迅的《铸剑》故事就取自《搜神记》中的《三王墓》。

除此之外，《搜神记》的影响还体现在文学的其他领域，在戏剧方面，家喻户晓的《天仙配》《相思树》，就与《搜神记》中的《董永》《韩凭妻》有着直接的渊源关系；而元杂剧《窦娥冤》，其脉络可直接上溯到《搜神记》里的《东海孝妇》。在诗歌方面，唐代诗人白居易的《长恨歌》，写及杨贵妃死后，唐玄宗日夜思念，让道士施展法力求见贵妃魂魄，其情节就取自《搜神记》中的《李少翁》。

### 思考与练习

1. 分析《三王墓》中“山中客”的形象。
2. 简述《搜神记》的艺术成就及其对后世的影响。

## 《红楼梦》　宝玉挨打

曹雪芹

### 作家与作品

曹雪芹(约1715—约1763)，清代小说家，名霑，字梦阮，号雪芹、芹圃、芹溪。祖籍辽阳，先世原是汉族，后为满洲正白旗“包衣”(家奴)。曹家祖宗三代曾担任江宁织造这一要职，备受康熙帝玄烨的宠信，享受过钟鸣鼎食的富贵荣华。雍正初年，由于受统治阶级内部斗争的牵连，曹家受到革职抄家的沉重打击，家道从此败落。当曹雪芹迁居北京时，已是“举家食粥酒常赊”，其生活之困窘不难想见。尽管这样，他却以坚韧不拔的毅力从事《红楼梦》写作，晚年生活贫困，幼子夭折。1763年因贫病无医而去世。

曹雪芹给人留下了未完成的80回本《石头记》，后来高鹗续写了后40回并于1791年出版，改名为《红楼梦》，这就是今人所见的120回本《红楼梦》之最初版本，现行普及本大都是经过考订的120回本。

《红楼梦》采用章回体形式，采用大全景叙事，以贾宝玉、林黛玉的爱情悲剧为主线，生动描绘了贾、史、王、薛四大家族由盛而衰的必然趋势。它是雕梁画栋、布局复杂的殿堂，它积淀着深厚的文化意蕴，显示出典雅庄重的美学气质。它自然、逼真地叙述和描写了丰富的现实生活，塑造了一大批典型人物。它语言简洁纯净，准确传神，达到炉火纯青的境界。书中的诗词歌赋，对人物的塑造和情节的展开起了很好的辅助作用。《红楼梦》的光辉成就达到了中国古典小说的顶峰，对后世家庭社会小说有着极大影响。

曹雪芹的《红楼梦》把中国古典小说推向了高峰。自从问世以来，这部作品就一直受到人们的重视，从旧红学到新红学，从文学研究领域到思想文化运动，从文学文本到电影、电视剧、电视讲座，它在不同历史时期均产生了特殊的影响力。

## 原文与注解

### 宝玉挨打

原来宝玉会过雨村回来听见了，便知金钏儿含羞赌气自尽，心中早又五内摧伤，进来被王夫人数落教训，也无可回说。见宝钗进来，方得便出来，茫然不知何往，背着手，低头一面感叹，一面慢慢的走着，信步来至厅上。刚转过屏门，不想对面来了一人正往里走，可巧儿撞了个满怀。只听那人喝了一声“站住!”宝玉唬了一跳，抬头一看，不是别人，却是他父亲，不觉的倒抽了一口气，只得垂手一旁站了。贾政道：“好端端的，你垂头丧气嗐些什么？方才雨村来了要见你，叫你那半天你才出来；既出来了，全无一点慷慨挥洒谈吐，仍是葳葳蕤蕤委靡不振。我看你脸上一团思欲愁闷气色，这会子又唉声叹气。你那些还不足，还不自在？无故这样，却是为何？”宝玉素日虽是口角伶俐，只是此时一心总为金钏儿感伤，恨不得此时也身亡命殒，跟了金钏儿去。如今见了他父亲说这些话，究竟不曾听见，只是怔呵呵的站着。

贾政见他惶悚[1]，应对不似往日，原本无气的，这一三分气。方欲说话，忽有回事人来回：“忠顺亲王府里有人来，要见老爷。”贾政听了，心下疑惑，暗暗思忖道：“素日并不和忠顺府来往，为什么今日打发人来？”一面想，一面令“快请”，急走出来看时，却是忠顺府长史官[2]，忙接进厅上坐了献茶。未及叙谈，那长史官先就说道：“下官此来，并非擅造潭府[3]，皆因奉王命而来，有一件事相求。看王爷面上，敢烦老大人作主，不但王爷知情，且连下官辈亦感谢不尽。”贾政听了这话，抓不住头脑，忙陪笑起身问道：“大人既奉王命而来，不知有何见谕，望大人宣明，学生好遵谕承办。”那长史官便冷笑道：“也不必承办，只用大人一句话就完了。我们府里有一个做小旦的琪官，一向好好在府里，如今竟三五日不见回去，各处去找，又摸不着他的道路[4]，因此各处访察。这一城内，十停[5]人倒有八停人都说，他近日和衔玉的那位令郎相与甚厚。下官辈等听了，尊府不比别家，可以擅入索取，因此启明王爷。王爷亦云：‘若是别的戏子呢，一百个也罢了，只是这琪官随机应答，谨慎老诚，甚合我老人家的心，竟断断少不得此人。’故此求老大人转谕令郎，请将琪官放回，一则可慰王爷谆谆奉恳，二则下官辈也可免操劳求觅之苦。”说毕，忙打一躬。

贾政听了这话，又惊又气，即命唤宝玉来。宝玉也不知是何原故，忙赶来时，贾政便问：“该死的奴才！你在家不读书也罢了，怎么又做出这些无法无天的事来！那琪官现是忠顺王爷驾前承奉的人，你是何等草芥，无故引逗他出来，如今祸及于我。”宝玉听了唬了一跳，忙回道：“实在不知此事。究竟连‘琪官’两个字不知为何物，岂更又加‘引逗’二字!”说着便哭了。贾政未及开言，只见那长史官冷笑道：“公子也不必掩饰。或隐藏在家，或知其下落，早说了出来，我们也少受些辛苦，岂不念公子之德？”宝玉连说不知，“恐是讹传，也未见得”。那长史官冷笑道：“现有据证，何必还赖？必定当着老大人说了出来，公子岂不吃亏？既云不知此人，那红汗巾子[6]怎么到了公子腰里？”宝玉听了这话，不觉轰去魂魄，目瞪口呆，心下自思：“这话他如何得知！他既连这样机密事都知道了，大约别的瞒他不过，不如打发他去了，免的再说出别的事来。”因说道：“大人既知他的底细，如何连他置买房舍这样大事倒不晓得了？听得说他如今在东郊离城二十里有个什么紫檀堡，他在那里置了几亩田地几间房舍。想是在那里也未可知。”那长史官听了，笑道：“这样说，一定是在那里。我且去找一回，若有了便罢，若没有，还要来请教。”说着，便忙忙的走了。

贾政此时气的目瞪口歪，一面送那长史官，一面回头命宝玉“不许动！回来有话问你！”一直送那官员去了。才回身，忽见贾环带着几个小厮一阵乱跑。贾政喝令小厮“快打，快打！”贾环见了他父亲，唬的骨软筋酥，忙低头站住。贾政便问：“你跑什么？带着你的那些人都不管你，不知往那里逛去，由你野马一般！”喝令叫跟上学的人来。贾环见他父亲盛怒，便乘机说道：“方才原不曾跑，只因从那井边一过，那井里淹死了一个丫头，我看见人头这样大，身子这样粗，泡的实在可怕，所以才赶着跑了过来。”贾政听了惊疑，问道：“好端端的，谁去跳井？我家从无这样事情，自祖宗以来，皆是宽柔以待下人。——大约我近年于家务疏懒，自然执事人[7]操克夺之权[8]，致使生出这暴殄轻生[9]的祸患。若外人知道，祖宗颜面何在！”喝令快叫贾琏、赖大、来兴。小厮们答应了一声，方欲叫去，贾环忙上前拉住贾政的袍襟，贴膝跪下道：“父亲不用生气。此事除太太房里的人，别人一点也不知道。我听见我母亲说……”说到这里，便回头四顾一看。贾政知意，将眼一看众小厮，小厮们明白，都往两边后面退去。贾环便悄悄说道：“我母亲告诉我说，宝玉哥哥前日在太太屋里，拉着太太的丫头金钏儿强奸不遂，打了一顿。那金钏儿便赌气投井死了。”

话未说完，把个贾政气的面如金纸，大喝“快拿宝玉来！”一面说，一面便往里边书房里去，喝令“今日再有人劝我，我把这冠带家私[10]一应[11]交与他与宝玉过去！我免不得做个罪人，把这几根烦恼鬓毛剃去，寻个干净去处[12]自了，也免得上辱先人下生逆子之罪。”众门客仆从见贾政这个形景，便知又是为宝玉了，一个个都是啖指咬舌，连忙退出。那贾政喘吁吁直挺挺坐在椅子上，满面泪痕，一叠声“拿宝玉！拿大棍！拿索子捆上！把各门都关上！有人传信往里头去，立刻打死！”众小厮们只得齐声答应，有几个来找宝玉。

那宝玉听见贾政吩咐他“不许动”，早知多凶少吉，那里承望贾环又添了许多的话。正在厅上干转，怎得个人来往里头去捎信，偏生没个人，连焙茗也不知在那里。正盼望时，只见一个老姆姆出来。宝玉如得了珍宝，便赶上来拉他，说道：“快进去告诉：老爷要打我呢！快去，快去！要紧，要紧！”宝玉一则急了，说话不明白；二则老婆子偏生又聋，竟不曾听见是什么话，把“要紧”二字只听作“跳井”二字，便笑道：“跳井让他跳去，二爷怕什么？”宝玉见是个聋子，便着急道：“你出去叫我的小厮来罢。”那婆子道：“有什么不了的事？老早的完了。太太又赏了衣服，又赏了银子，怎么不了事的！”

宝玉急的跺脚，正没抓寻处，只见贾政的小厮走来，逼着他出去了。贾政一见，眼都红紫了，也不暇问他在外流荡优伶，表赠私物，在家荒疏学业，淫辱母婢等语，只喝令“堵起嘴来，着实打死！”小厮们不敢违拗，只得将宝玉按在凳上，举起大板打了十来下。贾政犹嫌打轻了，一脚踢开掌板的，自己夺过来，咬着牙狠命盖了三四十下。众门客见打的不祥了，忙上前夺劝。贾政那里肯听，说道：“你们问问他干的勾当可饶不可饶！素日皆是你们这些人把他酿[13]坏了，到这步田地还来解劝。明日酿到他弑君杀父，你们才不劝不成！”

众人听这话不好听，知道气急了，忙又退出，只得觅人进去给信。王夫人不敢先回贾母，只得忙穿衣出来，也不顾有人没人，忙忙赶往书房中来，慌的众门客小厮等避之不及。王夫人一进房来，贾政更如火上浇油一般，那板子越发下去的又狠又快。按宝玉的两个小厮忙松了手走开，宝玉早已动弹不得了。贾政还欲打时，早被王夫人抱住板子。贾政道：“罢了，罢了！今日必定要气死我才罢！”王夫人哭道：“宝玉虽然该打，老爷也要自重。况且炎天暑日的，老太太身上也不大好，打死宝玉事小，倘或老太太一时不自在了，岂不事大！”贾政冷笑道：“倒休提这话。我养了这不肖的孽障，已不孝；教训他一番，又有众人护持；不如趁今日一发勒死了，以绝将来之患！”说着，便要绳索来勒死。

王夫人连忙抱住哭道：“老爷虽然应当管教儿子，也要看夫妻分上。我如今已将五十岁的人，只有这个孽障，必定苦苦的以他为法，我也不敢深劝。今日越发要他死，岂不是有意绝我。既要勒死他，快拿绳子来先勒死我，再勒死他。我们娘儿们不敢含怨，到底在阴司里得个依靠。”说毕，爬在宝玉身上大哭起来。贾政听了此话，不觉长叹一声，向椅上坐了，泪如雨下。王夫人抱着宝玉，只见他面白气弱，底下穿着一条绿纱小衣皆是血渍，禁不住解下汗巾看，由臀至胫，或青或紫，或整或破，竟无一点好处，不觉失声大哭起来，“苦命的儿吓！”因哭出“苦命儿”来，忽又想起贾珠来，便叫着贾珠哭道：“若有你活着，便死一百个我也不管了。”此时里面的人闻得王夫人出来，那李宫裁王熙凤与迎春姊妹早已出来了。王夫人哭着贾珠的名字，别人还可，惟有宫裁禁不住也放声哭了。贾政听了，那泪珠更似滚瓜一般滚了下来。正没开交处，忽听丫鬟来说：“老太太来了。”一句话未了，只听窗外颤巍巍的声气说道：“先打死我，再打死他，岂不干净了！”贾政见他母亲来了，又急又痛，连忙迎接出来，只见贾母扶着丫头，喘吁吁的走来。

贾政上前躬身陪笑道：“大暑热天，母亲有何生气亲自走来？有话只该叫了儿子进去吩咐。”贾母听说，便止住步喘息一回，厉声说道：“你原来是和我说话！我倒有话吩咐，只是可怜我一生没养个好儿子，却教我和谁说去！”贾政听这话不像，忙跪下含泪说道：“为儿的教训儿子，也为的是光宗耀祖。母亲这话，我做儿的如何禁得起？”贾母听说，便啐了一口，说道：“我说一句话，你就禁不起，你那样下死手的板子，难道宝玉就禁得起了？你说教训儿子是光宗耀祖，当初你父亲怎么教训你来！”说着，不觉就滚下泪来。

贾政又陪笑道：“母亲也不必伤感，皆是作儿的一时性起，从此以后再不打他了。”贾母便冷笑道：“你也不必和我使性子赌气的。你的儿子，我也不该管你打不打。我猜着你也厌烦我们娘儿们。不如我们赶早儿离了你，大家干净！”说着便令人去看[14]轿马，“我和你太太宝玉立刻回南京去！”家下人只得干答应着。贾母又叫王夫人道：“你也不必哭了。如今宝玉年纪小，你疼他，他将来长大成人，为官作宰的，也未必想着你是他母亲了。你如今倒不要疼他，只怕将来还少生一口气呢。”贾政听说，忙叩头哭道：“母亲如此说，贾政无立足之地。”贾母冷笑道：“你分明使我无立足之地，你反说起你来！只是我们回去了，你心里干净，看有谁来许你打。”一面说，一面只令快打点行李车轿回去。贾政苦苦叩求认罪。

贾母一面说话，一面又记挂宝玉，忙进来看时，只见今日这顿打不比往日，又是心疼，又是生气，也抱着哭个不了。王夫人与凤姐等解劝了一会，方渐渐的止住。早有丫鬟媳妇等上来，要搀宝玉，凤姐便骂道：“糊涂东西，也不睁开眼瞧瞧！打的这么个样儿，还要搀着走！还不快进去把那藤屉子春凳[15]抬出来呢。”众人听说连忙进去，果然抬出春凳来，将宝玉抬放凳上，随着贾母王夫人等进去，送至贾母房中。

彼时贾政见贾母气未全消，不敢自便，也跟了进去。看看宝玉，果然打重了。再看看王夫人，“儿”一声，“肉”一声，“你替珠儿早死了，留着珠儿，免你父亲生气，我也不白操这半世的心了。这会子你倘或有个好歹，丢下我，叫我靠那一个！”数落一场，又哭“不争气的儿”。贾政听了，也就灰心，自悔不该下毒手打到如此地步。先劝贾母，贾母含泪说道：“你不出去，还在这里做什么！难道于心不足，还要眼看着他死了才去不成！”贾政听说，方退了出来。

此时薛姨妈同宝钗、香菱、袭人、史湘云也都在这里。袭人满心委屈，只不好十分使出来，见众人围着，灌水的灌水，打扇的打扇，自己插不下手去，便越性走出来到二门前，令小厮们找了焙茗来细问：“方才好端端的，为什么打起来？你也不早来透个信儿！”焙茗急的说：“偏生我没在跟前，打到半中间我才听见了。忙打听原故，却是为琪官金钏姐姐的事。”袭人道：“老爷怎么得知道的？”焙茗道：“那琪官的事，多半是薛大爷素日吃醋，没法儿出气，不知在外头唆挑了谁来，在老爷跟前下的火[16]。那金钏儿的事是三爷说的，我也是听见老爷的人说的。”袭人听了这两件事都对景[17]，心中也就信了八九分。然后回来，只见众人都替宝玉疗治。调停完备，贾母令“好生抬到他房内去”。众人答应，七手八脚，忙把宝玉送入怡红院内自己床上卧好。又乱了半日，众人渐渐散去，袭人方进前来经心服侍。

话说袭人见贾母王夫人等去后，便走来宝玉身边坐下，含泪问他：“怎么就打到这步田地？”宝玉叹气说道：“不过为那些事，问他做什么！只是下半截疼的很，你瞧瞧打坏了那里。”袭人听说，便轻轻的伸手进去，将中衣褪下。宝玉略动一动，便咬着牙叫“嗳哟”，袭人连忙停住手，如此三四次才褪了下来。袭人看时，只见腿上半段青紫，都有四指宽的僵痕高了起来。袭人咬着牙说道：“我的娘，怎么下这般的狠手！你但凡听我一句话，也不得到这步地位。幸而没动筋骨，倘或打出个残疾来，可叫人怎么样呢！”正说着，只听丫鬟们说：“宝姑娘来了。”袭人听见，知道穿不及中衣，便拿了一床袷纱被[18]替宝玉盖了。只见宝钗手里托着一丸药走进来，向袭人说道：“晚上把这药用酒研开，替他敷上，把那淤血的热毒散开，可以就好了。”说毕，递与袭人，又问道：“这会子可好些？”宝玉一面道谢说：“好了。”又让坐。宝钗见他睁开眼说话，不像先时，心中也宽慰了好些，便点头叹道："早听人一句话，也不至今日。别说老太太、太太心疼，就是我们看着，心里也疼"刚说了半句又忙咽住，自悔说的话急了，不觉的就红了脸，低下头来。宝玉听得这话如此亲切稠密，大有深意，忽见他又咽住不往下说，红了脸，低下头只管弄衣带，那一种娇羞怯怯，非可形容得出者，不觉心中大畅，将疼痛早丢在九霄云外，心中自思："我不过挨了几下打，他们一个个就有这些怜惜悲感之态露出，令人可玩可观，可怜可敬。假若我一时竟遭殃横死，他们还不知是何等悲感呢！既是他们这样，我便一时死了，得他们如此，一生事业纵然尽付东流，亦无足叹惜，冥冥之中若不怡然自得，亦可谓糊涂鬼祟矣。"想着，只听宝钗问袭人道："怎么好好的动了气，就打起来了？"袭人便把焙茗的话说了出来。

宝玉原来还不知道贾环的话，见袭人说出方才知道。因又拉上薛蟠，惟恐宝钗沉心[19]，忙又止住袭人道："薛大哥哥从来不这样的，你们不可混猜度。"宝钗听说，便知道是怕他多心，用话相拦袭人，因心中暗暗想道："打的这个形象，疼还顾不过来，还是这样细心，怕得罪了人，可见在我们身上也算是用心了。你既这样用心，何不在外头大事上做工夫，老爷也欢喜了，也不能吃这样亏。但你固然怕我沉心，所以拦袭人的话，难道我就不知我的哥哥素日恣心纵欲，毫无防范的那种心性。当日为一个秦钟，还闹的天翻地覆，自然如今比先又更利害了。"想毕，因笑道："你们也不必怨这个，怨那个。据我想，到底宝兄弟素日不正，肯和那些人来往，老爷才生气。就是我哥哥说话不防头[20]，一时说出宝兄弟来，也不是有心调唆：一则也是本来的实话，二则他原不理论[21]这些防嫌小事。袭姑娘从小儿只见宝兄弟这么样细心的人，你何尝见过天不怕地不怕、心里有什么口里就说什么的人。"袭人因说出薛蟠来，见宝玉拦他的话，早已明白自己说造次了，恐宝钗没意思，听宝钗如此说，更觉羞愧无言。宝玉又听宝钗这番话，一半是堂皇正大，一半是去己疑心，更觉比先畅快了。方欲说话时，只见宝钗起身说道："明儿再来看你，你好生养着罢。方才我拿了药来交给袭人，晚上敷上管就好了。"说着便走出门去。袭人赶着送出院外，说："姑娘倒费心了。改日宝二爷好了，亲自来谢。"宝钗回头笑道："有什么谢处。你只劝他好生静养，别胡思乱想的就好了。不必惊动老太太、太太众人，倘或吹到老爷耳朵里，虽然彼时不怎么样，将来对景，终是要吃亏的。"说着，一面去了。

袭人抽身回来，心内着实感激宝钗。进来见宝玉沉思默默似睡非睡的模样，因而退出房外，自去栉沐[22]。宝玉默默的躺在床上，无奈臀上作痛，如针挑刀挖一般，更又热如火炙，略展转时，禁不住"嗳哟"之声。那时天色将晚，因见袭人去了，却有两三个丫鬟伺候，此时并无呼唤之事，因说道："你们且去梳洗，等我叫时再来。"众人听了，也都退出。

这里宝玉昏昏默默，只见蒋玉菡走了进来，诉说忠顺府拿他之事，又见金钏儿进来哭说为他投井之情。宝玉半梦半醒，都不在意。忽又觉有人推他，恍恍忽忽听得有人悲戚之声。宝玉从梦中惊醒，睁眼一看，不是别人，却是林黛玉。宝玉犹恐是梦，忙又将身子欠起来，向脸上细细一认，只见两个眼睛肿的桃儿一般，满面泪光，不是黛玉，却是那个？宝玉还欲看时，怎奈下半截疼痛难忍，支持不住，便"嗳哟"一声，仍就倒下，叹了一声，说道："你又做什么跑来！虽说太阳落下去，那地上的余热未散，走两趟又要受了暑。我虽然挨了打，并不觉疼痛。我这个样儿，只装出来哄他们，好在外头布散与老爷听，其实是假的。你不可认真。”此时林黛玉虽不是嚎啕大哭，然越是这等无声之泣，气噎喉堵，更觉得利害。听了宝玉这番话，心中虽然有万句言词，只是不能说得，半日，方抽抽噎噎的说道：“你从此可都改了罢！”宝玉听说，便长叹一声，道：“你放心，别说这样话。就便为这些人死了，也是情愿的！”

一句话未了，只见院外人说：“二奶奶来了。”林黛玉便知是凤姐来了，连忙立起身说道：“我从后院子去罢，回来再来。”宝玉一把拉住道：“这可奇了，好好的怎么怕起他来。”林黛玉急的跺脚，悄悄的说道：“你瞧瞧我的眼睛，又该他取笑开心呢。”宝玉听说赶忙的放手。黛玉三步两步转过床后，出后院而去。

## 注 释

【1】惶悚(sǒng)：惶恐。悚，害怕，恐惧。

【2】长史官：总管王府内事务的官吏。从南朝起始设，以后各代王府都沿设。

【3】潭府：深宅大院。常用做对他人住宅的尊称。潭，深邃的样子。

【4】道路：行踪，去向。

【5】停：总数分成几份，其中一份叫一停。

【6】汗巾子：系内裤用的腰巾，因近身受汗，故名。

【7】执事人：具体操办某件事务的人。

【8】克夺之权：生杀予夺之权。

【9】暴殄(tiǎn)轻生：暴殄，恣意糟踏。殄，灭绝。轻生，不爱惜生命。

【10】冠带家私：冠带，帽子和束带，是官服的代称，这里代指官爵。家私，财产，代指家业。

【11】一应：所有的一切。

【12】烦恼鬓毛……干净去处：鬓毛，即头发，佛家称为“烦恼丝”。干净，佛家以为人世污浊不净，唯有佛门才能通向清净世界，即所谓净土。剃去烦恼鬓毛与寻个干净去处，都是出家当和尚的意思。

【13】酿惯：纵容。

【14】看料理：备办。

【15】藤屉子春凳：春凳，一种面较宽的可坐可卧的长凳。藤屉子，凳面用藤皮编成。

【16】下的火：使坏进谗的意思。

【17】对景：对得上号，情况符合。

【18】袷纱被：表里两层的纱被。袷(jiá)，同“夹”。

【19】沉心：多指言者无意而听者有心，陡生不快。也叫“吃心”或“嗔心”。

【20】防头：不留神，不经意。

【21】理论：不注意，不在意。

【22】栉(zhi)沐：梳洗。

## 导读与鉴赏

本文节选自《红楼梦》的第三十三回，即“手足耽耽小动唇舌，不肖种种大承笞挞”和第三十四回“情中情因情感妹妹，错里错以错劝哥哥”。《宝玉挨打》主要表现新旧两代人之间的矛盾冲突，突出表现了贾政与宝玉父子两代的思想冲突，明确展示了男主人公的叛逆性格。本文通过对宝玉挨打这一事件的描写，揭示了宝玉挨打的根本原因及社会背景，同时也展示了相关人员对宝玉挨打所持的态度。逐层递进的情节设计和错综复杂的矛盾冲突都写得非常出色。

宝玉挨打的起因有三个：第一，是宝玉会见官僚贾雨村时无精打采，令贾政不悦。王夫人午憩时，宝玉蹑足溜来，轻声与丫鬟金钏调笑，王夫人给金钏的一记耳光，吓得宝玉连忙跑出，却心系金钏，无心应对贾雨村，也表明他对传统的仕途经济的生活道路的厌弃。第二，是宝玉与戏子蒋玉菡的交往给贾家带来不测之祸。蒋玉菡是忠顺亲王最喜爱的戏子，宝玉却在参加冯紫英的寿宴席间竟然与戏子优伶交往，并且情趣相投，是他叛逆性格的表现。第三，贾环搬弄是非，污蔑宝玉逼死了金钏儿。这一下撩拨了贾政本来就愤怒的神经，转而使他决意毒打宝玉。宝玉不喜欢读书，却爱和丫鬟们厮混，他从少女身上看到了清纯自然的一面，与浊臭蠢笨的男人形成了鲜明对比。以上几个方面归结到一点，就是宝玉鄙弃仕途经济，背离封建理法的人生态度，这与贾政望子成龙、光宗耀祖的期望背道而驰，可谓大逆不道。表面上是写父亲教训儿子这样一件普通小事，实际上体现出了父子俩尖锐的思想冲突。贾政下手极狠，正反映出封建正统思想对叛逆意识的极端不能容忍，但被打的宝玉并不因此而放弃自己的选择与追求。父子所代表的两个阵营之间的尖锐矛盾冲突并未化解。

宝玉挨打集中反映了贾府各种矛盾冲突，同时揭示了丰富复杂的社会内容。除了卫道者与叛逆一代的思想冲突外，皇亲国戚的特权与腐化，上层社会的等级尊严，封建家庭的父权孝道和嫡庶之争，下层奴仆的卑微低贱等诸多社会现象都在这一事件中得到了展示，它也昭示出封建末世不可调和的社会矛盾和腐朽堕落。

宝玉挨打，引起大家的关切，众人态度不一。作者通过极富个性化、生动传神的语言和行动描写将人物性格刻画得栩栩如生。李纨是想念贾珠，痛哭不已；凤姐是管家风范，指挥若定；袭人是强忍悲伤，悉心服侍；钗、黛的表现，则尤其是作者用心之处。宝钗探伤时“手里托着一丸药走进来”，一个“托”字，反映了宝钗光明正大之态以及意欲让大家注意到她对宝玉的关切的心思。她的药据说颇有奇效，也反映出其家庭富裕的实情。当袭人怪罪薛蟠时，她言谈堂皇，表现大度，并借机规劝了宝玉，可以见出她化被动为主动、化尴尬为从容的高明手段，落落大方，流露爱意时不失矜持端庄。黛玉则不同，她极不愿意别人看到她对宝玉的关心，她的深情表现在她的无声之泣及简单的言辞里。写“两个眼睛肿的桃儿一般”，可见哭泣时间之长与伤心之重。黛玉的真情难掩，与宝玉息息相通。所以说，黛玉的关切是真情流露，宝钗的关切则多半是表面文章。黛玉感觉宝玉不该挨打，宝钗则以为事出有因，两人的思想也是不同的。

在情节的安排上用了层层着色的手法，情节逐步推进。宝玉挨打的前奏，作者用逐层递进法，使气氛愈来愈紧张，艺术技巧相当精湛。先写贾政不满于宝玉精神萎靡，次写忠顺府索琪官，接写贾环进谗言，终于激怒贾政。紧急情况下，宝玉却找不到人向内报信。遇到一个老婆子，偏偏耳聋，使气氛紧张到了极点。写贾政打子，也是层层递进：先是小厮打，次是亲手“盖”，三是在王夫人到来后板子下得又快又狠，终至于要用绳子勒死儿子，冲突发展到顶点。

作为中国古典文学的杰出代表，《红楼梦》的思想内容与艺术成就是说不尽的。几百年来，人们不知构想过多少种“读法”，阐释出多少种意义，但远不能穷尽其丰富的内涵。这也正是这部名著的魅力所在。

### 思考与练习

1. 小说通过宝玉挨打这一件小事反映了什么重大主题？
2. 小说在情节的安排上是怎样层层递进、渐趋高潮的？
3. 本文是怎样通过个性化的语言来塑造人物性格的？
4. 如何看待林黛玉的爱情？

## 在酒楼上

鲁　迅

### 作家与作品

鲁迅(1881—1936)，浙江绍兴人，原名周树人，字豫山、豫亭，后改名为豫才。他时常穿一件朴素的中式长衫，头发像刷子一样直竖着，浓密的胡须形成了一个隶书的“一”字。毛泽东评价他是伟大的无产阶级的文学家、思想家、革命家，是中国文化革命的主将。他也被人民称为“民族魂”。

他出身于破落封建家庭，1902 年去日本留学，原在仙台医学院学医，后从事文艺工作，希望用以改变国民精神。1905—1907 年，参加革命党人的活动，发表了《摩罗诗力说》《文化偏至论》等论文。1909 年，与其弟周作人一起合译《城外小说集》，介绍外国文学。同年回国，先后在杭州、绍兴任教。

辛亥革命后，曾任南京临时政府和北京政府教育部部员、佥事等职，兼在北京大学、女子师范大学等校授课。1918 年 5 月，首次用“鲁迅”的笔名，发表中国现代文学史上第一篇白话小说《狂人日记》，奠定了新文学运动的基石。五四运动前后，参加《新青年》杂志工作，成为五四新文化运动的主将。

1918年到1926年间，陆续创作出版了小说集《呐喊》《彷徨》，论文集《坟》，散文诗集《野草》，散文集《朝花夕拾》，杂文集《热风》《华盖集》《华盖集续编》等。其中，1921年12月发表的中篇小说《阿Q正传》，是中国现代文学史的上不朽杰作。

小说《在酒楼上》是鲁迅先生的一篇重要作品，被弟弟周作人先生誉为“最具有鲁迅色彩的文章”，是辛亥革命后中国知识分子精神面貌的写照。本文创作于20世纪20年代，通过发掘小说中的细节，探讨分析当时社会上新型知识分子的心态以及形象。该文收录在鲁迅的小说集《彷徨》中。

## 原文与注解

### 在酒楼上

我从北地向东南旅行，绕道访了我的家乡，就到S城。这城离我的故乡不过三十里，坐了小船，小半天可到，我曾在这里的学校里当过一年的教员。深冬雪后，风景凄清，懒散和怀旧的心绪联结起来，我竟暂寓在S城的洛思旅馆里了；这旅馆是先前所没有的。城圈本不大，寻访了几个以为可以会见的旧同事，一个也不在，早不知散到那里去了，经过学校的门口，也改换了名称和模样，于我很生疏。不到两个时辰，我的意兴早已索然，颇悔此来为多事了。

我所住的旅馆是租房不卖饭的，饭菜必须另外叫来，但又无味，入口如嚼泥土。窗外只有渍痕班驳的墙壁，帖着枯死的莓苔；上面是铅色的天，白皑皑的绝无精采，而且微雪又飞舞起来了。我午餐本没有饱，又没有可以消遣的事情，便很自然的想到先前有一家很熟识的小酒楼，叫一石居的，算来离旅馆并不远。我于是立即锁了房门，出街向那酒楼去。其实也无非想姑且逃避客中的无聊，并不专为买醉。一石居是在的，狭小阴湿的店面和破旧的招牌都依旧；但从掌柜以至堂倌却已没有一个熟人，我在这一石居中也完全成了生客。然而我终于跨上那走熟的屋角的扶梯去了，由此径到小楼上。上面也依然是五张小板桌；独有原是木棂的后窗却换嵌了玻璃。

“一斤绍酒。——菜？十个油豆腐，辣酱要多！”

我一面说给跟我上来的堂倌听，一面向后窗走，就在靠窗的一张桌旁坐下了。楼上“空空如也”，任我拣得最好的坐位：可以眺望楼下的废园。这园大概是不属于酒家的，我先前也曾眺望过许多回，有时也在雪天里。但现在从惯于北方的眼睛看来，却很值得惊异了：几株老梅竟斗雪开着满树的繁花，仿佛毫不以深冬为意；倒塌的亭子边还有一株山茶树，从暗绿的密叶里显出十几朵红花来，赫赫的在雪中明得如火，愤怒而且傲慢，如蔑视游人的甘心于远行。我这时又忽地想到这里积雪的滋润，著物不去，晶莹有光，不比朔雪的粉一般干，大风一吹，便飞得满空如烟雾。……

“客人，酒。……”

堂倌懒懒的说着，放下杯，筷，酒壶和碗碟，酒到了。我转脸向了板桌，排好器具，斟出酒来。觉得北方固不是我的旧乡，但南来又只能算一个客子，无论那边的干雪怎样纷飞，这里的柔雪又怎样的依恋，于我都没有什么关系了。我略带些哀愁，然而很舒服的呷一口酒。酒味很纯正；油豆腐也煮得十分好；可惜辣酱太淡薄，本来S城人是不懂得吃辣的。

大概是因为正在下午的缘故罢，这会说是酒楼，却毫无酒楼气，我已经喝下三杯酒去了，而我以外还是四张空板桌。我看着废园，渐渐的感到孤独，但又不愿有别的酒客上来。偶然听得楼梯上脚步响，便不由的有些懊恼，待到看见是堂倌，才又安心了，这样的又喝了两杯酒。

我想，这回定是酒客了，因为听得那脚步声比堂倌的要缓得多。约略料他走完了楼梯的时候，我便害怕似的抬头去看这无干的同伴，同时也就吃惊的站起来。我竟不料在这里意外的遇见朋友了，——假如他现在还许我称他为朋友。那上来的分明是我的旧同窗，也是做教员时代的旧同事，面貌虽然颇有些改变，但一见也就认识，独有行动却变得格外迂缓，很不像当年敏捷精悍的吕纬甫了。

“阿，——纬甫，是你么？我万想不到会在这里遇见你。”

“阿阿，是你？我也万想不到……”

我就邀他同坐，但他似乎略略踌躇之后，方才坐下来。我起先很以为奇，接着便有些悲伤，而且不快了。细看他相貌，也还是乱蓬蓬的须发；苍白的长方脸，然而衰瘦了。精神很沉静，或者却是颓唐，又浓又黑的眉毛底下的眼睛也失了精采，但当他缓缓的四顾的时候，却对废园忽地闪出我在学校时代常常看见的射人的光来。

“我们，”我高兴的，然而颇不自然的说，“我们这一别，怕有十年了罢。我早知道你在济南，可是实在懒得太难，终于没有写一封信。……”

“彼此都一样。可是现在我在太原了，已经两年多，和我的母亲。我回来接她的时候，知道你早搬走了，搬得很干净。”

“你在太原做什么呢？”我问。

“教书，在一个同乡的家里。”

“这以前呢？”

“这以前么？”他从衣袋里掏出一支烟卷来，点了火衔在嘴里，看着喷出的烟雾，沉思似的说：“无非做了些无聊的事情，等于什么也没有做。”

他也问我别后的景况；我一面告诉他一个大概，一面叫堂倌先取杯筷来，使他先喝着我的酒，然后再去添二斤。其间还点菜，我们先前原是毫不客气的，但此刻却推让起来了，终于说不清那一样是谁点的，就从堂倌的口头报告上指定了四样菜：茴香豆，冻肉，油豆腐，青鱼干。

“我一回来，就想到我可笑。”他一手擎着烟卷，一只手扶着酒杯，似笑非笑的向我说。“我在少年时，看见蜂子或蝇子停在一个地方，给什么来一吓，即刻飞去了，但是飞了一个小圈子，便又回来停在原地点，便以为这实在很可笑，也可怜。可不料现在我自己也飞回来了，不过绕了一点小圈子。又不料你也回来了。你不能飞得更远些么？”

“这难说，大约也不外乎绕点小圈子罢。”我也似笑非笑的说。“但是你为什么飞回来的呢？”

“也还是为了无聊的事。”他一口喝干了一杯酒，吸几口烟，眼睛略为张大了。“无聊的。——但是我们就谈谈罢。”

堂倌搬上新添的酒菜来，排满了一桌，楼上又添了烟气和油豆腐的热气，仿佛热闹起来了；楼外的雪也越加纷纷的下。

“你也许本来知道，”他接着说，“我曾经有一个小兄弟，是三岁上死掉的，就葬在这乡下。我连他的模样都记不清楚了，但听母亲说，是一个很可爱念的孩子，和我也很相投，至今她提起来还似乎要下泪。今年春天，一个堂兄就来了一封信，说他的坟边已经渐渐的浸了水，不久怕要陷入河里去了，须得赶紧去设法。母亲一知道就很着急，几乎几夜睡不着，——她又自己能看信的。然而我能有什么法子呢？没有钱，没有工夫：当时什么法也没有。

“一直挨到现在，趁着年假的闲空，我才得回南给他来迁葬。”他又喝干一杯酒，看说窗外，说，“这在那边那里能如此呢？积雪里会有花，雪地下会不冻。就在前天，我在城里买了一口小棺材，——因为我豫料那地下的应该早已朽烂了，——带着棉絮和被褥，雇了四个土工，下乡迁葬去。我当时忽而很高兴，愿意掘一回坟，愿意一见我那曾经和我很亲睦的小兄弟的骨殖：这些事我生平都没有经历过。到得坟地，果然，河水只是咬进来，离坟已不到二尺远。可怜的坟，两年没有培土，也平下去了。我站在雪中，决然的指着他对土工说，‘掘开来！’我实在是一个庸人，我这时觉得我的声音有些希奇，这命令也是一个在我一生中最为伟大的命令。但土工们却毫不骇怪，就动手掘下去了。待到掘着圹穴，我便过去看，果然，棺木已经快要烂尽了，只剩下一堆木丝和小木片。我的心颤动着，自去拨开这些，很小心的，要看一看我的小兄弟，然而出乎意外！被褥，衣服，骨骼，什么也没有。我想，这些都消尽了，向来听说最难烂的是头发，也许还有罢。我便伏下去，在该是枕头所在的泥土里仔仔细细的看，也没有。踪影全无！”

我忽而看见他眼圈微红了，但立即知道是有了酒意。他总不很吃菜，单是把酒不停的喝，早喝了一斤多，神情和举动都活泼起来，渐近于先前所见的吕纬甫了，我叫堂倌再添二斤酒，然后回转身，也拿着酒杯，正对面默默的听着。

“其实，这本已可以不必再迁，只要平了土，卖掉棺材；就此完事了的。我去卖棺材虽然有些离奇，但只要价钱极便宜，原铺子就许要，至少总可以捞回几文酒钱来。但我不这佯，我仍然铺好被褥，用棉花裹了些他先前身体所在的地方的泥土，包起来，装在新棺材里，运到我父亲埋着的坟地上，在他坟旁埋掉了。因为外面用砖墩，昨天又忙了我大半天：监工。但这样总算完结了一件事，足够去骗骗我的母亲，使她安心些。——阿阿，你这样的看我，你怪我何以和先前太不相同了么？是的，我也还记得我们同到城隍庙里去拔掉神像的胡子的时候，连日议论些改革中国的方法以至于打起来的时候。但我现在就是这样子，敷敷衍衍，模模胡胡。我有时自己也想到，倘若先前的朋友看见我，怕会不认我做朋友了。——然而我现在就是这样。”

他又掏出一支烟卷来，衔在嘴里，点了火。

“看你的神情，你似乎还有些期望我，——我现在自然麻木得多了，但是有些事也还看得出。这使我很感激，然而也使我很不安：怕我终于辜负了至今还对我怀着好意的老朋友。……”他忽而停住了，吸几口烟，才又慢慢的说，“正在今天，刚在我到这一石居来之前，也就做了一件无聊事，然而也是我自己愿意做的。我先前的东边的邻居叫长富，是一个船户。他有一个女儿叫阿顺，你那时到我家里来，也许见过的，但你一定没有留心，因为那时她还小。后来她也长得并不好看，不过是平常的瘦瘦的瓜子脸，黄脸皮；独有眼睛非常大，睫毛也很长，眼白又青得如夜的晴天，而且是北方的无风的晴天，这里的就没有那么明净了。她很能干，十多岁没了母亲，招呼两个小弟妹都靠她，又得服侍父亲，事事都周到；也经济，家计倒渐渐的稳当起来了。邻居几乎没有一个不夸奖她，连长富也时常说些感激的话。这一次我动身回来的时候，我的母亲又记得她了，老年人记性真长久。她说她曾经知道顺姑因为看见谁的头上戴着红的剪绒花，自己也想一朵，弄不到，哭了，哭了小半夜，就挨了她父亲的一顿打，后来眼眶还红肿了两三天。这种剪绒花是外省的东西，S城里尚且买不出，她那里想得到手呢？趁我这一次回南的便，便叫我买两朵去送她。

“我对于这差使倒并不以为烦厌，反而很喜欢；为阿顺，我实在还有些愿意出力的意思的。前年，我回来接我母亲的时候，有一天，长富正在家，不知怎的我和他闲谈起来了。他便要请我吃点心，荞麦粉，并且告诉我所加的是白糖。你想，家里能有白糖的船户，可见决不是一个穷船户了，所以他也吃得很阔绰。我被劝不过，答应了，但要求只要用小碗。他也很识世故，便嘱咐阿顺说，‘他们文人，是不会吃东西的。你就用小碗，多加糖！’然而等到调好端来的时候，仍然使我吃一吓，是一大碗，足够我吃一天。但是和长富吃的一碗比起来，我的也确乎算小碗。我生平没有吃过荞麦粉，这回一尝，实在不可口，却是非常甜。我漫然的吃了几口，就想不吃了，然而无意中，忽然间看见阿顺远远的站在屋角里，就使我立刻消失了放下碗筷的勇气。我看她的神情，是害怕而且希望，大约怕自己调得不好，愿我们吃得有味，我知道如果剩下大半碗来，一定要使她很失望，而且很抱歉。我于是同时决心，放开喉咙灌下去了，几乎吃得和长富一样快。我由此才知道硬吃的苦痛，我只记得还做孩子时候的吃尽一碗拌着驱除蛔虫药粉的沙糖才有这样难。然而我毫不抱怨，因为她过来收拾空碗时候的忍着的得意的笑容，已尽够赔偿我的苦痛而有余了。所以我这一夜虽然饱胀得睡不稳，又做了一大串恶梦，也还是祝赞她一生幸福，愿世界为她变好。然而这些意思也不过是我的那些旧日的梦的痕迹，即刻就自笑，接着也就忘却了。

“我先前并不知道她曾经为了一朵剪绒花挨打，但因为母亲一说起，便也记得了荞麦粉的事，意外的勤快起来了。我先在太原城里搜求了一遍，都没有；一直到济南……”

窗外沙沙的一阵声响，许多积雪从被他压弯了的一枝山茶树上滑下去了，树枝笔挺的伸直，更显出乌油油的肥叶和血红的花来。天空的铅色来得更浓，小鸟雀啾唧的叫着，大概黄昏将近，地面又全罩了雪，寻不出什么食粮，都赶早回巢来休息了。

“一直到了济南，”他向窗外看了一回，转身喝干一杯酒，又吸几口烟，接着说。“我才买到剪绒花。我也不知道使她挨打的是不是这一种，总之是绒做的罢了。我也不知道她喜欢深色还是浅色，就买了一朵大红的，一朵粉红的，都带到这里来。

“就是今天午后，我一吃完饭，便去看长富，我为此特地耽搁了一天。他的家倒还在，只是看去很有些晦气色了，但这恐怕不过是我自己的感觉。他的儿子和第二个女儿——阿昭，都站在门口，大了。阿昭长得全不像她姊姊，简直像一个鬼，但是看见我走向她家，便飞奔的逃进屋里去。我就问那小子，知道长富不在家。‘你的大姊呢?’他立刻瞪起眼睛，连声问我寻她什么事，而且恶狠狠的似乎就要扑过来，咬我。我支吾着退走了，我现在是敷敷衍衍……

“你不知道，我可是比先前更怕去访人了。因为我已经深知道自己之讨厌，连自己也讨厌，又何必明知故犯的去使人暗暗地不快呢？然而这回的差使是不能不办妥的，所以想了一想，终于回到就在斜对门的柴店里。店主的母亲，老发奶奶，倒也还在，而且也还认识我，居然将我邀进店里坐去了。我们寒暄几句之后，我就说明了回到S城和寻长富的缘故。不料她叹息说：

‘可惜顺姑没有福气戴这剪绒花了。’”

“她于是详细的告诉我，说是‘大约从去年春天以来，她就见得黄瘦，后来忽而常常下泪了，问她缘故又不说；有时还整夜的哭，哭得长富也忍不住生气，骂她年纪大了，发了疯。可是一到秋初，起先不过小伤风，终于躺倒了，从此就起不来。直到咽气的前几天，才肯对长富说，她早就像她母亲一样，不时的吐红和流夜汗。但是瞒着，怕他因此要担心，有一夜，她的伯伯长庚又来硬借钱，——这是常有的事，——她不给，长庚就冷笑着说：你不要骄气，你的男人比我还不如！她从此就发了愁，又怕羞，不好问，只好哭。长富赶紧将她的男人怎样的挣气的话说给她听，那里还来得及？况且她也不信，反而说：好在我已经这样，什么也不要紧了。’”

“她还说，‘如果她的男人真比长庚不如，那就真可怕呵！比不上一个偷鸡贼，那是什么东西呢？然而他来送殓的时候，我是亲眼看见他的，衣服很干净，人也体面；还眼泪汪汪的说，自己撑了半世小船，苦熬苦省的积起钱来聘了一个女人，偏偏又死掉了。可见他实在是一个好人，长庚说的全是诳。只可惜顺姑竟会相信那样的贼骨头的诳话，白送了性命。——但这也不能去怪谁，只能怪顺姑自己没有这一份好福气。’”

“那倒也罢，我的事情又完了。但是带在身边的两朵剪绒花怎么办呢？好，我就托她送了阿昭。这阿昭一见我就飞跑，大约将我当作一只狼或是什么，我实在不愿意去送她。——但是我也就送她了，母亲只要说阿顺见了喜欢的了不得就是。这些无聊的事算什么？只要模模胡胡。模模胡胡的过了新年，仍旧教我的‘子曰诗云’去。”

“你教的是‘子曰诗云’么?”我觉得奇异，便问。

“自然。你还以为教的是ABCD么？我先是两个学生，一个读《诗经》，一个读《孟子》。新近又添了一个，女的，读《女儿经》。连算学也不教，不是我不教，他们不要教。”

“我实在料不到你倒去教这类的书，……”

“他们的老子要他们读这些，我是别人，无乎不可的。这些无聊的事算什么？只要随随便便，……”

他满脸已经通红，似乎很有些醉，但眼光却又消沉下去了。我微微的叹息，一时没有话可说。楼梯上一阵乱响，拥上几个酒客来：当头的是矮子，拥肿的圆脸；第二个是长的，在脸上很惹眼的显出一个红鼻子；此后还有人，一叠连的走得小楼都发抖。我转眼去看吕纬甫，他也正转眼来看我，我就叫堂倌算酒账。

“你借此还可以支持生活么?”我一面准备走，一面问。

“是的。——我每月有二十元，也不大能够敷衍。”

“那么，你以后豫备怎么办呢?”

“以后?——我不知道。你看我们那时豫想的事可有一件如意?我现在什么也不知道，连明天怎样也不知道，连后一分……”

堂倌送上账来，交给我；他也不像初到时候的谦虚了，只向我看了一眼，便吸烟，听凭我付了账。

我们一同走出店门，他所住的旅馆和我的方向正相反，就在门口分别了。我独自向着自己的旅馆走，寒风和雪片扑在脸上，倒觉得很爽快。见天色已是黄昏，和屋宇和街道都织在密雪的纯白而不定的罗网里。

一九二四年二月一六日

(原刊1924年5月10日《小说月报》第15卷第5号)

### 导读与鉴赏

吕纬甫是《在酒楼上》的主人公，这是一个曾有过辛亥革命时期的革命热情，现在却变得意志消沉的“文人”，他是辛亥革命后中国知识分子精神面貌的写照。鲁迅自觉借鉴西方小说的形式，通过自己的转化、发挥，以及个人的独立创造，建立起中国现代小说的新形式。

“五四”时期，以知识分子生活为题材的小说甚多，其中尤以描写他们因婚恋不能自主的痛苦者为众，也有不少是反映他们失学、失业以及在社会上处处碰壁和苦闷的；鲁迅的知识分子题材小说，主要却是着眼于他们和封建制度的关系来展示社会生活，并包蕴着对知识分子的历史作用的深邃思考，在以初具民主主义思想意识的知识分子为描写对象的那些篇章中，这个特点尤为鲜明、突出。读《在酒楼上》《孤独者》和《伤逝》等作品，我们都能强烈地感受到鲁迅是多么热情地肯定了知识分子在反封建斗争中的勇敢精神，而对于他们的妥协、消沉、落荒则深为惋惜、感叹，并作出了严肃的针砭。

《在酒楼上》的主人公吕纬甫，当初曾以战士的英姿现身，但在屡遭挫折后却变得一蹶不振了。小说对吕纬甫的命运遭际，一方面寄予深切的同情，另一方面又尖锐地批评了他以“敷敷衍衍”、“模模糊糊”的态度对待现实的消极情绪。鲁迅是将他的这种人生态度作为彻底反封建的对立物来加以针砭的。在这种针砭中，正寄托着鲁迅对于知识分子作为一种革命力量的殷切期待。

这篇小说的艺术魅力在很大程度上得力于它动人地展现了主人公吕纬甫的感情世界。它的主要内容与情节是在“我”与吕纬甫的对话中展开的。这样的艺术构思，便于表现人物之间的感情交流；又由于叙事中夹带者抒情意味浓重的议论，感情也就袒露得更为分明。

《在酒楼上》有较多的景物描写。“我”来到“一石居”时，正值严寒季节，然而从窗口看废园，那里“几株老梅竟斗雪开着满树的繁花，仿佛毫不以深冬为意；倒塌的亭子边还有一株山茶树，从暗绿的密叶里显出十几朵红花来，赫赫的在血中明得如火，愤怒而且傲慢……”这不正是“我”高洁的情怀和坚贞不屈的意志的象征性写照吗！在吕纬甫叙述自己故事的间隙，小说中又穿插了一段生动的废园景色描绘：“窗外沙沙的一阵声响，许多积雪从被他压弯了的一枝茶树上滑下去了，树枝笔挺的伸直，更显出乌油油的肥叶和血红的花来。”在这里，正隐隐地透出了“我”的一种希冀，“我”是多么希望老友重新像这株红山茶那样挺立起来啊！这些生动的景物描写，并非仅仅作为人物活动的背景而存在，这是一些融情入景的画面，含蓄地展示着“我”的感情世界，有助于深化小说的题旨。

鲁迅探索将主体渗入小说的形式。《在酒楼上》的叙述者“我”与吕纬甫是自我的两个不同侧面或内心矛盾的两个侧面的外化，全篇小说具有自我灵魂的对话与相互驳难的性质。

### 思考与练习

1. 分析蔓延在文章里的凄楚氛围的实质。

2. 思考“几株老梅竟斗雪开着满树的繁花，仿佛毫不以深冬为意；倒塌的亭子边还有一株山茶树，从暗绿的密叶里显出十几朵红花来，赫赫的在雪中明得如火，愤怒而且傲慢，如蔑视游人的甘心于远行”在文中的象征意义。

3. 这篇小说是鲁迅先生的一篇重要作品，被鲁迅先生的弟弟周作人先生誉为“最具有鲁迅色彩的文章”，你认为鲁迅先生的“色彩”是什么？

## 萧　萧

沈从文

## 作家与作品

沈从文(1902—1988)，原名沈岳焕，笔名休芸芸、甲辰、上官碧、璇若等，乳名茂林，字崇文。湖南凤凰县人，祖母刘氏是苗族，其母黄素英是土家族，祖父沈宏富是汉族。沈从文是现代著名作家、历史文物研究家、京派小说代表人物。14 岁时，他投身行伍，浪迹湘川黔边境地区。1924 年开始文学创作，并先后在中国公学、青岛大学任讲师；抗战爆发后到西南联大任教。1946 年回到北京大学任教，新中国成立后先后在中国历史博物馆和中国社会科学院历史研究所工作，主要从事中国古代历史的研究。1988 年病逝于北京。

沈从文一生共出版了《石子船》《从文子集》等三十多种短篇小说集和《边城》《长河》等六部中长篇小说。他是具有特殊意义的乡村世界的主要表现者和反思者。他的小说主要有美好的湘西世界和都市世界两类题材。前者通过描写湘西人原始自然的生命形式，赞美人性美，追求小说的诗意效果。语言格调古朴、自然、纯净，美丽中透着悠长的感伤，具有浓郁的地方色彩，凸显出乡村人性特有的风韵与神采，充满了对人生的隐忧和对生命的哲学思考，形成别具一格的抒情乡土小说。后者通过表现都市生活的腐化堕落，揭示都市人性的压抑、病态和污秽。

## 原文与注解

### 萧　萧[1]

乡下人吹唢呐接媳妇，到了十二月是成天有的事情。

唢呐后面一顶花轿，四个伕子平平稳稳的抬着。轿中人被铜锁锁在里面，虽穿了平时不上过身的体面红绿衣裳，也仍然得荷荷大哭。在这些小女人心中，做新娘子，从母亲身边离开，且准备作他人的母亲，从此必然将有许多新事情等待发生。像做梦一样，将同一个陌生男子汉在一个床上睡觉，做着承宗接祖的事情。这些事想起来，当然有些害怕，所以照例觉得要哭哭，于是就哭了。

也有做媳妇不哭的人。萧萧做媳妇就不哭。这小女子没有母亲，从小寄养到伯父种田的庄子上，出嫁只是从这家转到那家。因此到那一天，这小女人还只是笑。她又不害羞，又不怕。她是什么事也不知道，就做了人家的新媳妇了。

萧萧做媳妇时年纪十二岁，有一个小丈夫，年纪还不到三岁。丈夫比她年少十来岁，断奶还不多久。地方规矩如此，过了门，她喊他做弟弟。她每天应作的事是抱弟弟到村前柳树下去玩，到溪边去玩，饿了，喂东西吃，哭了，就哄他，摘南瓜花或狗尾草戴到小丈夫头上，或者连连亲嘴，一面说：“弟弟，哪，再来。”在那满是肮脏的小脸上亲了又亲，孩子于是便笑了。孩子一欢喜兴奋，行动粗野起来，会用短短的小手乱抓萧萧的头发。那是平时不大能收拾蓬蓬松松在头上的黄发。有时候，垂到脑后那条小辫儿被拉得太久，把红绒线结也弄松了，生了气，就挞那弟弟几下，弟弟自然哇的哭出声来。萧萧于是也装成要哭的样子，用手指着弟弟的哭脸，说：“哪，人不讲理，可不行！”

天晴落雨日子混下去，每日抱抱丈夫，也帮同家中作点杂事，能动手的就动手。又时常到溪沟里去洗衣，搓尿片，一面还捡拾有花纹的田螺给坐在身边的小丈夫玩。到了夜里睡觉，便常常做这种年龄人所做过的梦，梦到后门角落或别的什么地方捡得大把大把铜钱，吃好东西，爬树，自己变成鱼到水中各处溜，或一时仿佛身子很小很轻，飞到天上众星中，没有一个人，只是一片白，一片金光，于是大喊“妈！”人就吓醒了。醒来心里还只是跳。吵了隔壁的人，不免骂着：“疯子，你想什么！白天玩得疯，晚上就做梦！”萧萧听着却不作声，只是咕咕的笑。也有很好很爽快的梦，为丈夫哭醒的事情。那丈夫本来晚上在自己母亲身边睡，吃奶方便，但是吃多了奶，或因另外情形，半夜大哭，起来放水拉稀是常有的事。丈夫哭到婆婆无可奈何，于是萧萧轻脚轻手爬起床来，睡眼迷蒙，走到床边，把人抱起，给他看月光，看星光；或者仍然啵啵的亲嘴，互相觑着，孩子气的“嗨嗨，看猫呵！”那样喊着哄着，于是丈夫笑了。玩一会会，困倦起来，慢慢的阖上眼。人睡定后，放上床，站在床边看着，听远处一递一声的鸡叫，知道天快到什么时候了，于是仍然蜷到小床上睡去。天亮后，虽不做梦，却可以无意中闭眼开眼，看一阵在面前空中变幻无端的黄边紫心葵花，那是一种真正的享受。

萧萧嫁过了门，做了拳头大的丈夫小媳妇，一切并不比先前受苦，这只看她一年来身体发育就可明白。风里雨里过日子，像一株长在园角落不为人注意的蓖麻，大叶大枝，日增茂盛，这小女人简直是全不为丈夫设想那么似的，一天比一天长大起来了。

夏夜光景说来如做梦。大家饭后坐到院中心歇凉，挥摇蒲扇，看天上的星同屋角的萤，听南瓜棚上纺织娘咯咯咯拖长声音纺车，远近声音繁密如落雨，禾花风翛翛吹到脸上，正是让人在各种方便中说笑话的时候。

萧萧好高，一个人常常爬到草料堆上去，抱了已经熟睡的丈夫在怀里，轻轻的轻轻的随意唱着自编的四句头山歌。唱来唱去却把自己也催眠起来，快要睡去了。

在院坝中，公公婆婆，祖父祖母，另外还有帮工汉子两个，散乱的坐在小板凳上，摆龙门阵学古，轮流下去打发上半夜。

祖父身边有个烟包，在黑暗中放光。这用艾蒿作成的烟包，是驱逐长脚蚊得力东西，蜷在祖父脚边，犹如一条乌梢蛇。间或又拿起来晃那么几下。

想起白天场上的事情，祖父开口说话：“我听三金说，前天又有女学生过身。”

大家就哄然笑了起来。

这笑的意义何在？只因为在大家印象中，都知道女学生没有辫子，留下个鹌鹑尾巴，像个尼姑，又不完全像。穿的衣服像洋人，又不是洋人。吃的，用的……总而言之，事事不同，一想起来就觉得怪可笑！

萧萧不大明白，她不笑。所以老祖父又说话了。他说：“萧萧，你长大了，将来也会做女学生！”

大家于是更哄然大笑起来。

萧萧为人并不愚蠢，觉得这一定是不利于己的一件事情，所以接口便说：“爷爷，我不做女学生。”

“你像个女学生，不做可不行。”

“我一定不做。”

众人有意取笑，异口同声地说：“萧萧，爷爷说得对，你非做女学生不行！”

萧萧急得无可如何，“做就做，我不怕。”其实做女学生有什么不好，萧萧全不知道。女学生这东西，在本乡的确永远是奇闻。每年一到六月天，据说放“水假”日子一到，照例便有三三五五女学生，由一个荒谬不经的热闹地方来，到另一个远地方去，取道从本地过身。从乡下人眼中看来，这些人都近于另一世界中活下的人，装扮奇奇怪怪，行为更不可思议。这种女学生过身时，使一村人都可以说一整天的笑话。

祖父是当地一个人物，因为想起所知道的女学生在大城中的生活情形，所以说笑话要萧萧也去作女学生。一面听到这话，就感觉一种打哈哈趣味，一面还有那被说的萧萧感觉一种惶恐，说这话的不为无意义了。女学生由祖父方面所知道的是这样一种人：她们穿衣服不管天气冷暖，吃东西不问饥饱，晚上交到子时才睡觉，白天正经事全不作，只知唱歌打球，读洋书。她们都会花钱，一年用的钱可以买十六只水牛。她们在省里京里想往什么地方去时，不必走路，只要钻进一个大匣子中，那匣子就可以带她到地。城市中还有各种各样的大小不同匣子，都用机器开动。她们在学校，男女在一处上课读书，人熟了，就随意同那男子睡觉，也不要媒人，也不要财礼，名叫“自由”。她们也做州县官，带家眷上任，男子仍然喊作“老爷”，小孩子叫“少爷”。她们自己不养牛，却吃牛奶羊奶，如小牛小羊；买那奶时是用铁罐子盛的。她们无事时到一个唱戏地方去，那地方完全像个大庙，从衣袋中取出一块洋钱来(那洋钱在乡下可买五只母鸡)，买了一小方纸片儿，拿了那纸片到里面去，就可以坐下看洋人扮演影子戏。她们被冤了，不赌咒，不哭。她们年纪有老到二十四岁还不肯嫁人的，有老到三十四十居然还好意思嫁人的。她们不怕男子，男子不能使她们受委屈，一受委屈就上衙门打官司，要官罚男子的款，这笔钱她有时独占自己花用，有时和官平分。她们不洗衣煮饭，也不养猪喂鸡；有了小孩子，也只花五块钱或十块钱一月，雇个人专管小孩，自己仍然整天看戏打牌，或者读那些没有用处的闲书。……总而言之，说来事事都希奇古怪，和庄稼人不同，有的简直还可说岂有此理。这时经祖父一为说明，听过这话的萧萧，心中却忽然有了一种模模糊糊的愿望，以为倘若她也是个女学生，她是不是照祖父说的女学生一个样子去做那些事情？不管好歹，女学生并不可怕，因此一来，却已为这乡下姑娘初次体念到了。

因为听祖父说起女学生是怎样的人物，到后萧萧独自笑得特别久。笑够了时，她说：“爷爷，明天有女学生过路，你喊我，我要看看。”

“你看，她们捉你去作丫头。”

“我不怕她们。”

“她们读洋书念经你也不怕？”

“念观音菩萨消灾经，念紧箍咒，我都不怕。”

“她们咬人，和做官的一样，专吃乡下人，吃人骨头渣渣也不吐，你不怕？”

萧萧肯定的回答说：“也不怕。”

可是这时节萧萧手上所抱的丈夫，不知为甚么，在睡梦中哭了，媳妇于是用作母亲的声势，半哄半吓的说：“弟弟，弟弟，不许哭，不许哭，女学生咬人来了。”

丈夫还仍然哭着，得抱起各处走走。萧萧抱着丈夫离开了祖父，祖父同人说另外一样古话去了。

萧萧从此以后心中有个“女学生”。做梦也便常常梦到女学生，且梦到同这些人并排走路。仿佛也坐过那种自己会走路的匣子，她又觉得这匣子并不比自己跑路更快。在梦中那匣子的形体同谷仓差不多，里面还有小小灰色老鼠，眼珠子红红的，各处乱跑，有时钻到门缝里去，把个小尾巴露在外边。

因为有这样一段经过，祖父从此喊萧萧不喊“小丫头”，不喊“萧萧”，却唤作“女学生”。在不经意中萧萧答应得很好。

乡下里日子也如世界上一般日子，时时不同。世界上人把日子糟蹋，和萧萧一类人家把日子吝惜是同样的，各有所得，各属分定。许多城市中文明人，把一个夏天完全消磨到软绸衣服、精美饮料以及种种好事情上面。萧萧的一家，因为一个夏天的劳作，却得了十多斤细麻，二三十担瓜。

作小媳妇的萧萧，一个夏天中，一面照料丈夫，一面还绩了细麻四斤。到秋八月工人摘瓜，在瓜间玩，看硕大如盆、上面满是灰粉的大南瓜，成排成堆摆到地上，很有趣味。时间到摘瓜，秋天真的已来了，院子中各处有从屋后林子里树上吹来的大红大黄木叶。萧萧在瓜旁站定，手拿木叶一束，为丈夫编小小笠帽玩。

工人中有个名叫花狗，年纪二十三岁，抱了萧萧的丈夫到枣树下去打枣子。小小竹竿打在枣树上，落枣满地。

“花狗大[2]，莫打了，太多了吃不完。”

虽这样喊，还不动身。到后，仿佛完全因为丈夫要枣子，花狗才不听话。萧萧于是又警告她那小丈夫：“弟弟，弟弟，来，不许捡了。吃多了生东西肚子痛！”

丈夫听话，兜了大堆枣子向萧萧身边走来，请萧萧吃枣子。

“姊姊吃，这是大的。”

“我不吃。”

“要吃一颗！”

她两手哪里有空！木叶帽正在制边，工夫要紧，还正要个人帮忙！

“弟弟，把枣子喂我口里。”

丈夫照她的命令作事，作完了觉得有趣，哈哈大笑。

她要他放下枣子帮忙捏紧帽边，便于添加新木叶。

丈夫照她吩咐作事，但老是顽皮的摇动，口中唱歌。这孩子原来像一只猫，欢喜时就得捣乱。

“弟弟，你唱的是什么？”

“我唱花狗大告我的山歌。”

“好好的唱一个给我听。”

丈夫于是帮忙拉着帽边，一面就唱下去，照所记到的歌唱：

天上起云云起花，
包谷林里种豆荚，

豆荚缠坏包谷树，
娇妹缠坏后生家。
天上起云云重云，
地下埋坟坟重坟，
娇妹洗碗碗重碗，
娇妹床上人重人。

歌中意义丈夫全不明白，唱完了就问萧萧好不好。萧萧说好，并且问从谁学来的，她知道是花狗教他的，却故意盘问他。

“花狗大告我，他说还有好多歌，长大了再教我唱。”

听说花狗会唱歌，萧萧说：“花狗大，花狗大，你唱一个正经好听的歌我听听。”

那花狗，面如其心，生长得不很正气，知道萧萧要听歌，人也快到听歌的年龄了，就给她唱“十岁娘子一岁夫”。那故事说的是妻年大，可以随便到外面作一点不规矩事情；夫年小，只知吃奶，让他吃奶。这歌丈夫完全不懂，懂到一点儿的是萧萧。把歌听过后，萧萧装成“我全明白”那种神气，她用生气的样子，对花狗说：“花狗大，这个不行，这是骂人的歌！”

花狗分辩说：“不是骂人的歌。”

“我明白，是骂人的歌。”

花狗难得说多话，歌已经唱过了，错了赔礼，只有不再唱。他看她已经有点懂事了，怕她回头告祖父，会挨顿臭骂，就把话支吾开，扯到“女学生”上头去。他问萧萧，看不看过女学生习体操唱洋歌的事情。

若不是花狗提起，萧萧几乎已忘却了这事情。这时又提到女学生，她问花狗近来有没有女学生过路，她想看看。

花狗一面把南瓜从棚架边抱到墙角去，告她女学生唱歌的事情，这些事的来源还是萧萧的那个祖父。他在萧萧面前说了点大话，说他曾经到官路上见过四个女学生，她们都拿得有旗帜，走长路流汗喘气之中仍然唱歌，同军人所唱的一模一样。不消说，这自然完全是胡诌的笑话。可是那故事把萧萧可乐坏了。因为花狗说这个就叫做“自由”。

花狗是“起眼动眉毛、一打两头翘”会说会笑的一个人。

听萧萧带着歆羡口气说“花狗大，你膀子真大”，他就说：“我不止膀子大。”

“你身个子也大。”

“我全身无处不大。”

到萧萧抱了她的丈夫走去以后，同花狗在一起摘瓜，取名字叫哑巴的，开了平时不常开的口。“花狗，你少坏点。人家是十三岁黄花女，还要等十二年后才圆房！”

花狗不做声，打了那伙计一巴掌，走到枣树下捡落地枣去了。

到摘瓜的秋天，日子计算起来，萧萧过丈夫家有一年来了。

几次降霜落雪，几次清明谷雨，一家中人都说萧萧是大人了。天保佑，喝冷水，吃粗砺饭，四季无疾病，倒发育得这样快。婆婆虽生来像一把剪子，把凡是给萧萧暴长的机会都剪去了，但乡下的日头同空气都帮助人长大，却不是折磨可以阻拦得住。

萧萧十五岁时已高如成人，心却还是一颗糊糊涂涂的心。

人大了一点，家中做的事也多了一点。绩麻、纺线、洗衣、照料丈夫以外，打猪草推磨一些事情也要作，还有浆纱织布。凡事都学，学学就会了。乡下习惯凡是行有余力的都可从劳作中攒点本分私房，两三年来仅仅萧萧个人份上所聚集的粗细麻和纺就的棉纱，也够萧萧坐到土机上抛三个月的梭子了。

丈夫早断了奶。婆婆有了新儿子，这五岁儿子就像归萧萧独有了。不论做什么，走到什么地方去，丈夫总跟在身边。丈夫有些方面很怕她，当她如母亲，不敢多事。他们俩实在感情不坏。

地方稍稍进步，祖父的笑话转到“萧萧你也把辫子剪去好自由”那一类事上去了。听着这话的萧萧，某个夏天也看过了一次女学生，虽不把祖父笑话认真，可是每一次在祖父说过这笑话以后，她到水边去，必不自觉的用手捏着辫子末梢，设想没有辫子的人那种神气，那点趣味。

因为打猪草，带丈夫上螺蛳山的山阴是常有的事。

小孩子不知事，听别人唱歌也唱歌。一开腔唱歌，就把花狗引来了。

花狗对萧萧生了另外一种心，萧萧有点明白了，常常觉得惶恐不安。但花狗是男子，凡是男子的美德恶德都不缺少，劳动力强，手脚勤快，又会玩会说，所以一面使萧萧的丈夫非常欢喜同他玩，一面一有机会即缠在萧萧身边，且总是想方设法把萧萧那点惶恐减去。

山大人小，到处是树木蒙茸，平时不知道萧萧所在，花狗就站在高处唱歌逗萧萧身边的丈夫；丈夫小口一开，花狗穿山越岭就来到萧萧面前了。

见了花狗，小孩子只有欢喜，不知其他。他原要花狗为他编草虫玩，做竹箫哨子玩，花狗想方法支使他到一个远处去找材料，便坐到萧萧身边来，要萧萧听他唱那使人开心红脸的歌。她有时觉得害怕，不许丈夫走开；有时又像有了花狗在身边，打发丈夫走去反倒好一点。终于有一天，萧萧就这样给花狗把心窍子唱开，变成个妇人了。

那时节，丈夫走到山下采刺莓去了，花狗唱了许多歌，到后却向萧萧唱：

娇家门前一重坡，
别人走少郎走多，
铁打草鞋穿烂了，
不是为你为哪个？

末了却向萧萧说：“我为你睡不着觉。”他又说他赌咒不把这事情告给人。听了这些话仍然不懂什么的萧萧，眼睛只注意到他那一对粗粗的手膀子，耳朵只注意到他最后一句话。末了花狗大便又唱了许多歌给她听。她心里乱了。她要他当真对天赌咒，赌过了咒，一切好像有了保障，她就一切尽他了。

到丈夫返身时，手被毛毛虫螫伤[3]，肿了一大片，走到萧萧身边。萧萧捏紧这一只小手，且用口去呵它，吮它，想起刚才的糊涂，才仿佛明白自己作了一点不大好的糊涂事。

花狗诱她做坏事情是麦黄四月，到六月，李子熟了，她欢喜吃生李子。她觉得身体有点特别，在山上碰到花狗，就将这事情告给他，问他怎么办。

讨论了多久，花狗全无主意。虽以前自己当天赌得有咒，也仍然无主意。原来这家伙个子大，胆量小。个子大容易做错事，胆量小做了错事就想不出办法。

到后，萧萧捏着自己那条乌梢蛇似的大辫子，想起城里了，她说："花狗大，我们到城里去自由，帮帮人过日子，不好么？"

"那怎么行？到城里去做什么？"

"我肚子大了。"

"我们找药去。场上有郎中卖药。"

"你赶快找药来，我想……"

"你想逃到城里去自由，不成的。人生面不熟，讨饭也有规矩，不能随便！"

"你这没有良心的，你害了我，我想死！"

"我赌咒不辜负你。"

"负不负我有什么用，帮我个忙，赶快拿去肚子里这块肉罢。我害怕！"

花狗不再做声，过了一会，便走开了。不久丈夫从他处拿了大把山里红果子回来，见萧萧一个人坐在草地上眼睛红红的，丈夫心中纳罕。看了一会，问萧萧："姊姊，为甚么哭？"

"不为甚么，灰尘落到眼睛里，痛。"

"我吹吹罢。"

"不要吹。"

"你瞧我，得这些这些。"

他把手中拿的和从溪中捡来放在衣口袋里的小蚌、石头陈列到萧萧面前，萧萧泪眼婆娑看了一会，勉强笑着说："弟弟，我们要好，我哭你莫告家中。告家中我可要生气！"到后这事情家中当真就无人知道。

过了半个月，花狗不辞而行，把自己所有的衣裤都拿去了。祖父问同住的长工哑巴，知不知道他为什么走路，走哪儿去？哑巴只是摇头，说花狗还欠了他两百钱，临走时话都不留一句，为人少良心。哑巴说他自己的话，并没有把花狗走的理由说明。因此这一家稀奇一整天，谈论一整天。不过这工人既不偷走物件，又不拐带别的，这事情过后不久，自然也就把他忘掉了。

萧萧仍然是往日的萧萧。她能够忘记花狗就好了，但是肚子真有些不同了，肚中东西总在动，使她常常一个人干着急，尽做怪梦。

她脾气坏了一点，这坏处只有丈夫知道，因为她对丈夫似乎严厉苛刻了好些。

仍然每天同丈夫在一处，她的心，想到的事自己也不十分明白。她常想，我现在死了，什么都好了。可是为什么要死？她还很高兴活下去，愿意活下去。

家中人不拘谁在无意中提起关于丈夫弟弟的话，提起小孩子，提起花狗，都像使这话如拳头，在萧萧胸口上重重一击。

到九月，她担心人知道更多了，引丈夫庙里去玩，就私自许愿，吃了一大把香灰。吃香灰被她丈夫看见了，丈夫问这是做甚么，萧萧就说肚子痛，应当吃这个。虽说求菩萨保佑，菩萨当然没有如她的希望，肚子中长大的东西依旧在慢慢的长大。

她又常常往溪里去喝冷水，给丈夫看见时，丈夫问她，她就说口渴。

一切她所想到的方法都没有能够使她与自己不欢喜的东西分开。大肚子只有丈夫一人知道，他却不敢告这件事给父母晓得。因为时间长久，年龄不同，丈夫有些时候对于萧萧的怕同爱，比对于父母还深切。

她还记得那花狗赌咒那一天里的事情，如同记着其他事情一样。到秋天，屋前屋后毛毛虫都结茧，成了各种好看蝶蛾，丈夫像故意折磨她一样，常常提起几个月前被毛毛虫螫手的旧话，使萧萧心里难过。她因此极恨毛毛虫，见了那小虫就想用脚去踹。

有一天，又听人说有好些女学生过路，听过这话的萧萧，睁了眼做过一阵梦，愣愣的对日头出处痴了半天。

萧萧步花狗后尘，也想逃走，收拾一点东西预备跟了女学生走的那条路上城去自由。但没有动身，就被家里人发觉了。这种打算照乡下人说来是一件大事，于是把她两手捆了起来，丢在灶屋边，饿了一天。

家中追究这逃走的根源，才明白这个十年后预备给小丈夫生儿子继香火的萧萧肚子已被另一个人抢先下了种。这真是了不得的一件大事！一家人的平静生活，为这件新事全弄乱了。生气的生气，流泪的流泪，骂人的骂人，各按本分乱下去。悬梁，投水，吃毒药，被禁困着的萧萧，诸事漫无边际的全想到了，究竟是年纪太小，舍不得死，却不曾做。于是祖父从现实出发，想出个聪明主意，把萧萧关在房里，派两人好好看守着，请萧萧本族的人来说话，照规矩，看是“沉潭”还是“发卖”？萧萧家中人要面子，就沉潭淹死了她，舍不得死就发卖。萧萧只有一个伯父，在近处庄子里为人种田，去请他时先还以为是吃酒，到了才知是这样丢脸事情，弄得这老实忠厚的家长手足无措。

大肚子作证，什么也没有可说。照习惯，沉潭多是读过“子曰”的族长爱面子才作出的蠢事。伯父不读“子曰”，不忍把萧萧当牺牲，萧萧当然应当嫁人作“二路亲”了。

这也是一种处罚，好像极其自然，照习惯受损失的是丈夫家里，然而却可以在改嫁上收回一笔钱，当作赔偿损失的数目。那伯父把这事情告给了萧萧，就要走路。萧萧拉着伯父衣角不放，只是幽幽的哭。伯父摇了一会头，一句话不说，仍然走了。

一时没有相当的人家来要萧萧，送到远处去也得有人，因此暂时就仍然在丈夫家中住下。这件事情既经说明白，照乡下规矩，倒又像不甚么要紧，只等待处分，大家反而释然了。先是小丈夫不能再同萧萧在一处，到后又仍然如月前情形，姊弟一般有说有笑的过日子了。

丈夫知道了萧萧肚子中有儿子的事情，又知道因为这样萧萧才应当嫁到远处去。但是丈夫并不愿意萧萧去，萧萧自己也不愿意去。大家全莫名其妙，只是照规矩像逼到要这样做，不得不做。

在等候主顾来看人，等到十二月，还没有人来，萧萧只好在这人家过年。

萧萧次年二月间，十月满足，坐草生了一个儿子，团头大眼，声响宏壮，大家把母子二人照料得好好的，照规矩吃蒸鸡同江米酒补血，烧纸谢神。一家人都欢喜那儿子。

生下的既是儿子，萧萧不嫁别处了。

到萧萧正式同丈夫拜堂圆房时，儿子已经年纪十岁，能看牛割草，成为家中生产者一员了。平时喊萧萧丈夫做大叔，大叔也答应，从不生气。

这儿子名叫牛儿。牛儿十二岁时也接了亲，媳妇年长六岁。媳妇年纪大，方能诸事作帮手，对家中有帮助。唢呐到门前时，新娘在轿中呜呜的哭着，忙坏了那个祖父，曾祖父。

这一天，萧萧，抱了自己新生的月毛毛，却在屋前榆蜡树篱笆间看热闹，同十年前抱丈夫一个样子。

一九二九年冬作

## 注　释

【1】本文最初发表于1930年1月10日《小说月报》第21卷第1号。

【2】花狗大的“大”字，即大哥简称。

【3】螫(shì)伤：蜇伤。

## 导读与鉴赏

《萧萧》是沈从文的短篇小说，写于1929年，是一篇描写湘西社会和少女命运的小说，作品带有田园牧歌般的情调。沈从文在这篇小说里保留了一贯的作风，那就是竭力表现乡下人物“更有人性、更近人情”的品质。

小说不仅描写了冲突和矛盾的情节，也用大量笔墨进行风俗描绘，形成了一幅以社会风俗为浓厚背景的人物画。在这样的背景里描写人性，态度宽和，笔致从容，情节舒缓。

萧萧的成长是一种原生的、自然的成长，对于身处其中的婚姻制度、礼法制度，她不曾受到教诲，也从未有过自觉的反抗。但当成长中自然人性和礼法发生冲突时，这样的冲突又化解在家人淳朴温厚的人性中了。在人性与制度的对抗中，沈从文写的是人性的胜利。

小说中“童养媳”萧萧的命运带有很大的偶然性。她仿佛是幸运的，但她的人生始终处在被动的状态下，只能服从于外在力量的摆布。从生存层次来讲，萧萧的无知倒使她回避了对痛苦的感受，使她能满足于温饱生活，在当下生活的细节中获得快乐，也不烦心于生存的意义这样一些抽象的问题。这种历史进程中生命形式所表现出来的无奈，寄托着作者深沉的忧虑与叹息。

面对民族的进程，沈从文没有从社会革命和阶级解放的途径来追寻原因，却从改造民族的角度来寄托他的理想。这种文化理想面对当时中国现实难以实现，因为它主要是从乡村中国产生，它能从一个角度说明民族沉沦的根由，却无法化为实际的文化改革行为。

小说通过对萧萧在闯祸后想加入女学生们的描述，似在暗示教育是开蒙智慧、铲除愚昧的钥匙；只有教育才能使人突破数千年来传统道德对于我们的影响。然而，对于萧萧来说，女学生完全是一个模糊的概念，虽然她也常常做女学生的梦，她也试图要从“女学生走的那条路”走的，但终究没能逃脱。既想脱离蒙昧，又想保留住民族的天性的自然发展，保留优美、健康、自然，而又不悖乎人性的人生美好形式是作者要传递的情怀。

这篇小说寄寓着沈从文“美”与“善”的美学理想，表现了湘西社会未经“文明社会”浸染的自然世界的美和人性的纯，也写出湘西人充满着苦难而又无法摆脱命运阴影的社会现实。

### 思考与练习

1. 阅读沈从文的其他作品，体会沈从文作品浓郁的地方色彩，分析沈从文小说中的“湘西风情”。

2. 在课外阅读基础上，比较鲁迅与沈从文在他们乡土小说中，对笔下人物不同的审美态度。

## 金锁记(节选)

张爱玲

### 作家与作品

张爱玲(1920—1995)，1920年9月30日出生于上海，原名张瑛。童年在北京、天津度过。1929年由天津迁回上海，1930年，十岁时，改名为张爱玲。1938年中学毕业后，考取了英国的伦敦大学，因为战事激烈无法前往。1939年考进香港大学专攻文学。1943年发表小说《沉香屑》于周瘦鹃主编的《紫罗兰》杂志上，随后接连发表《倾城之恋》《金锁记》等代表作。此后三四年是她创作的丰收期。1952年移居香港，赴港后，在美国驻香港新闻处工作。1955年离港赴美，在加州大学中文研究中心从事翻译和小说考证。在美国过着“隐居”的生活。1995 年 9 月 8 日逝世于洛杉矶公寓。

她的创作大多取材于上海、香港的上层社会，作品内容细腻，善于以或明或暗的意象传达她对人生的独特感受，语言犀利辛辣，简练而带有嘲讽意味，折射出人性的自私、虚伪和卑劣，表现了生命的荒凉与虚无。她尤其注重对女性悲剧命运的揭示。艺术手法上擅运用奇特的意象与比喻，在客观冷静的叙述中展现芸芸众生，显示了她独特的写作风格。

张爱玲的主要作品有中短篇小说集《传奇》，散文集《流言》，散文小说合集《张看》。长篇小说《倾城之恋》，《十八春》又名(《半生缘》)《秧歌》《赤地之恋》《怨女》和评论集《红楼梦魇》。

## 原文与注解

巧带着儿子长白，女儿长安另租了一幢屋子住下了，和姜家各房很少来往。隔了几个月，姜季泽忽然上门来了。老妈子通报上来，七巧怀着鬼胎，想着分家的那一天得罪了他，不知他有什么手段对付。可是兵来将挡，她凭什么要怕他？她家常穿着佛青实地纱袄子，特地系上一条玄色铁线纱裙，走下楼来。季泽却是满面春风的站起来问二嫂好，又问白哥儿可是在书房里，安姐儿的湿气可大好了，七巧心里便疑惑他是来借钱的，加意防备着，坐下笑道：“三弟你近来又发福了。”季泽笑道：“看我像一点儿心事都没有的人。”七巧笑道：“有福之人不在忙吗！你一向就是无牵无挂的。”季泽笑道：“等我把房子卖了，我还要无牵无挂呢！”七巧道：“就是你做了押款的那房子，你还要卖？”季泽道，“当初造它的时候，很费了点心思，有许多装置都是自己心爱的，当然不愿意脱手。后来你是知道的，那边地皮值钱了，前年把它翻造了。

虽然他不向她哭穷，但凡谈到银钱交易，她总觉得有点危险，便岔了开去道：“三妹妹好么？腰子病近来发过没有？”季泽笑道：“我也有许久没见过她的面了。”七巧道：“这是什么话？你们吵了嘴么？”季泽笑道：“这些时我们倒也没吵过嘴。不得已在一起说两句话，也是难得的，也没那闲情逸致吵嘴。”七巧道：“何至于这样？我就不相信！”季泽两肘撑在藤椅的扶手上，交叉着十指，手搭凉棚，影子落在眼睛上，深深地唉了一声。七巧笑道：“没有别的，要不就是你在外头玩得太厉害了。自己做错了事，还唉声叹气的仿佛谁害了你似的。你们姜家就没有一个好人！”说着，举起白团扇，作势要打。季泽把那交叉着的十指往下移了一移，两只大拇指按在嘴唇上，两只食指缓缓抚摸着鼻梁，露出一双水汪汪的眼睛来。那眼珠却是水仙花缸底的黑石子，上面汪着水，下面冷冷的没有表情。看不出他在想什么。七巧道：“我非打你不可！”季泽的眼睛里突然冒出一点笑泡儿，道：“你打，你打！”七巧待要打，又掣回手去，重新一鼓作气道：“我真打！”抬高了手，一扇子劈下来，又在半空中停住了，吃吃笑将起来。季泽带笑将肩膀耸了一耸，凑了上去道：“你倒是打我一下罢！害得我浑身骨头痒痒着，不得劲儿！”七巧把扇子向背后一藏，越发笑得格格的。季泽把椅子换了个方向，面朝墙坐着，人向椅背上一靠，双手蒙住了眼睛，又是长长地叹了口气。七巧啃着扇子柄，斜瞟着他道：“你今儿是怎么了？受了暑吗？”季泽道：“你哪里知道？”半晌，他低低的一个字一个字说道："你知道我为什么跟家里的那个不好，为什么我拼命的在外头玩，把产业都败光了？你知道这都是为了谁？"七巧不知不觉有些胆寒，走得远远的，倚在炉台上，脸色慢慢地变了。季泽跟了过来。七巧垂着头，肘弯撑在炉台上，手里擎着团扇，扇子上的杏黄穗子顺着她的额角拖下来。季泽在她对面站住了，小声道："二嫂！……七巧！"七巧背过脸去淡淡笑道："我要相信你才怪呢！"季泽便也走开了，道："不错。你怎么能够相信我？自从你到我家来，我在家一刻也待不住，只想出去。你没来的时候我并没有那么荒唐过，后来那都是为了躲你。娶了兰仙来，我更玩得凶了，为了躲你之外又要躲她，见了你，说不了两句话我就要发脾气——你哪儿知道我心里的苦楚？你对我好，我心里更难受——我得管着我自己——我不得平白的坑坏了你！家里人多眼杂，让人知道了，我是个男子汉，还不打紧，你可了不得！"七巧的手直打颤，扇柄上的杏黄须子在她额上苏苏磨擦着。季泽道："你信也罢，不信也罢！信了又怎样？横竖我们半辈子已经过去了，说也是白说。我只求你原谅我这一片心。我为你吃了这些苦，也就不算冤枉了。"

七巧低着头，沐浴在光辉里，细细的音乐，细细的喜悦……这些年了，她跟他捉迷藏似的，只是近不得身，原来还有今天！可不是，这半辈子已经完了——花一般的年纪已经过去了。人生就是这样的错综复杂，不讲理。当初她为什么嫁到姜家来？为了钱么？不是的，为了要遇见季泽，为了命中注定她要和季泽相爱。她微微抬起脸来，季泽立在她跟前，两手合在她扇子上，面颊贴在她扇子上。他也老了十年了，然而人究竟还是那个人呵！他难道是哄她么？他想她的钱——

她卖掉她的一生换来的几个钱？仅仅这一转念便使她暴怒起来。就算她错怪了他，他为她吃的苦抵得过她为他吃的苦么？好容易她死了心了，他又来撩拨她。她恨他。他还在看着她。他的眼睛——虽然隔了十年，人还是那个人呵！就算他是骗她的，迟一点儿发现不好么？即使明知是骗人的，他太会演戏了，也跟真的差不多罢？

不行！她不能有把柄落在这厮手里。姜家的人是厉害的，她的钱只怕保不住。她得先证明他是真心不是。七巧定了一定神，向门外瞧了一瞧，轻轻惊叫道："有人！"便三脚两步赶出门去，到下房里吩咐潘妈替三爷弄点心去，快些端了来，顺便带把芭蕉扇进来替三爷打扇。七巧回到屋里来，故意皱着眉道："真可恶，老妈子在门口探头探脑的，见了我抹过头去就跑，被我赶上去喝住了。若是关上了门说两句话，指不定造出什么谣言来呢！饶是独门独户住了，还没个清净。"潘妈送了点心与酸梅汤进来，七巧亲自拿筷子替季泽拣掉了蜜层糕上的玫瑰与青梅，道："我记得你是不爱吃红绿丝的。"有人在跟前，季泽不便说什么，只是微笑。七巧似乎没话找话说似的，问道："你卖房子，接洽得怎样了？"季泽一面吃，一面答道："有人出八万五，我还没打定主意呢。"七巧沉吟道："地段倒是好的。"季泽道："谁都不赞成我脱手，说还要涨呢。"七巧又问了些详细情形，便道："可惜我手头没有这一笔现款，不然我倒想买。"季泽道："其实呢，我这房子倒不急，倒是咱们乡下你那些田，早早脱手的好。自从改了民国，接二连三的打仗，何尝有一年闲过？把地面上糟踏得不成样子，中间还被收租的，师爷，地头蛇一层一层勒措着，莫说这两年不是水就是旱，就遇着了丰年，也没有多少进账轮到我们头上。"七巧寻思着，道："我也盘算过来，一直挨着没有办。先晓得把它卖了，这会子想买房子，也不至于钱不凑手了。”季泽道：“你那田要卖趁现在就得卖了，听说直鲁又要开仗了。”七巧道：“急切间你叫我卖给谁去？”季泽顿了一顿道：“我去替你打听打听，也成。”七巧笑了笑眉毛笑道：“得了，你那些狐群狗党里头，又有谁是靠得住的？”季泽把咬开的饺子在小碟子里蘸了点醋，闲闲说出两个靠得住的人名，七巧便认真仔细盘问他起来，他果然回答得有条不紊，显然他是筹之已熟的。七巧虽是笑吟吟的，嘴里发干，上嘴唇黏在牙仁上，放不下来。她端起盖碗来吸了一口茶，舐了舐嘴唇，突然把脸一沉，跳起身来，将手里的扇子向季泽头上滴溜溜掷过去，季泽向左偏了一偏，那团扇敲在他肩膀上，打翻了玻璃杯，酸梅汤淋淋漓漓溅了他一身，七巧骂道：“你要我卖了田去买你的房子？你要我卖田？钱一经你的手，还有得说么？你哄我——你拿那样的话来哄我——你拿我当傻子——”她隔着一张桌子探身过去打他，然而她被潘妈下死劲抱住了。潘妈叫唤起来，祥云等人都奔了来，七手八脚按住了她，七嘴八舌求告着。七巧一头挣扎，一头叱喝着，然而她的一颗心直往下坠——她很明白她这举动太蠢——太蠢——她在这儿丢人出丑。季泽脱下了他那湿濡的白香云纱长衫，潘妈绞了手巾来代他揩擦，他理也不理，把衣服夹在手臂上，竟自扬长出门去了，临行的时候向祥云道：“等白哥儿下了学，叫他替他母亲请个医生来看看。”祥云吓糊涂了，连声答应着，被七巧兜脸给了她一个耳刮子。季泽走了。丫头老妈子也都给七巧骂跑了。酸梅汤沿着桌子一滴一滴朝下滴，像迟迟的夜漏——一滴，一滴……一更，二更……一年，一百年。真长，这寂寂的一刹那。七巧扶着头站着，倏地掉转身来上楼去，提着裙子，性急慌忙，跌跌绊绊，不住地撞到那阴暗的绿粉墙上，佛青袄子上沾了大块的淡色的灰。她要在楼上的窗户里再看他一眼。无论如何，她从前爱过他。她的爱给了她无穷的痛苦。单只这一点，就使他值得留恋。多少回了，为了要按捺她自己，她迸得全身的筋骨与牙根都酸楚了。今天完全是她的错。他不是个好人，她又不是不知道。她要他，就得装糊涂，就得容忍他的坏。她为什么要戳穿他？人生在世，还不就是那么一回事？归根究底，什么是真的，什么是假的？

她到了窗前，揭开了那边上缀有小绒球的墨绿洋式窗帘，季泽正在弄堂里往外走，长衫搭在肩上，清甜的风像一群白鸽子钻进他的纺绸裤缝里去，哪儿都钻到了，飘飘拍着翅子。七巧眼前仿佛挂了冰冷的珍珠帘，一阵热风来了，把那帘子紧紧贴在她脸上，风去了，又把帘子吸了回去，气还没透过来，风又来了，没头没脸包住她——一阵凉，一阵热，她只是淌着眼泪。玻璃窗的上角隐隐约约反映出弄堂里一个巡警的缩小的影子，晃着膀子踱过去，一辆黄包车静静在巡警身上辗过。小孩把袍子掖在裤腰里，一路踢着球，奔出玻璃的边缘。绿色的邮差骑着自行车，复印在巡警身上，一溜烟掠过。都是些鬼，多年前的鬼，多年后的没投胎的鬼……什么是真的，什么是假的？过了秋天又是冬天，七巧与现实失去了接触。虽然一样的使性子，打丫头，换厨子，总有些失魂落魄的。她哥哥嫂子到上海来探望了她两次，住不上十来天，末了永远是给她絮叨得站不住脚，然而临走的时候她也没有少给他们东西。她侄子曹春熹上城来找事，耽搁在她家里。那春熹虽是个浑头浑脑的年轻人，却也本本分分的。七巧的儿子长白，女儿长安，年纪到了十三四岁，只因身材瘦小，看上去才只七八岁的光景。在年下，一个穿着品蓝摹本缎棉袍，一个穿着葱绿遍地锦棉袍，衣服太厚了，直挺挺撑开了两臂，一般都是薄薄的两张白脸，并排站着，纸糊的人儿似的。这一天午饭后，七巧还没起身，那曹春熹陪着他兄妹俩掷骰子，长安把压岁钱输光了，还不肯歇手。长白把桌上的铜板一掳，笑道："不跟你来了。"长安道："我们用糖莲子来赌。"春熹道："糖莲子揣在口袋里，看脏了衣服。"长安道："用瓜子也好，柜顶上就有一罐。"便搬过一张茶几来，踩了椅子爬上去拿。慌得春熹叫道："安姐儿你可别摔跤，回头我担不了这干系!"正说着，只见长安猛可里向后一仰，若不是春熹扶住了，早是一个倒栽葱。长白在旁拍手大笑，春熹嘟嘟哝哝骂着，也撑不住要笑，三人笑成一片。春熹将她抱下地来，忽然从那红木大橱的穿衣镜里瞥见七巧蓬着头叉着腰站在门口，不觉一怔，连忙放下了长安，回身道："姑妈起来了。"七巧汹汹奔了过来，将长安向自己身后一推，长安立脚不稳，跌了一跤。七巧只顾将身子挡住了她，向春熹厉声道："我把你这狼心狗肺的东西！我三茶六饭款待你这狼心狗肺的东西，什么地方亏待了你，你欺负我女儿？你那狼心狗肺，你道我揣摩不出么？你别以为你教坏了我女儿，我就不能不捏着鼻子把她许配给你，你好霸占我们的家产！我看你这混蛋，也还想不出这等主意来，敢情是你爹娘把着手儿教的！我把那两个狼心狗肺忘恩负义的老浑蛋！齐了心想我的钱，一计不成，又生一计!"春熹气得白瞪眼，欲待分辩，七巧道："你还有脸顶撞我！你还不给我快滚，别等我乱棒打出去!"说着，把儿女们推推搡搡送了出去，自己也喘吁吁扶着个丫头走了。春熹究竟年纪轻火性大，赌气卷了铺盖，顿时离了姜家的门。

七巧回到起坐间里，在烟榻上躺下了。屋里暗昏昏的，拉上了丝绒窗帘。时而窗户缝里漏了风进来，帘子动了，方才在那墨绿小绒球底下毛茸茸地看见一点天色。只有烟灯和烧红的火炉的微光。长安吃了吓，呆呆坐在火炉边一张小凳上。七巧道："你过来。"长安只道是要打，只是延挨着，搭讪把火炉边的洋铁围屏上晾着的小红格子法布衬衫翻了一翻，道："快烤糊了。"衬衫发出热烘烘的毛气。

七巧却不像要责打她的光景，只数落了一番，道："你今年过了年也有十三岁了，也该放明白些。表哥虽不是外人，天下的男子都是一样混账。你自己要晓得当心，谁不想你的钱?"一阵风过，窗帘上的绒球与绒球之间露出白色的寒天，屋子里暖热的黑暗给打上了一排小洞。烟灯的火焰往下一挫，七巧脸上的影子仿佛更深了一层。她突然坐起身来，低声道："男人……碰都碰不得！谁不想你的钱？你娘这几个钱不是容易得来的，也不是容易守得住。轮到你们手里，我可不能眼睁睁看着你们上人的当——叫你以后提防着些，你听见了没有?"长安垂着头道："听见了。"

七巧的一只脚有点麻，她探身去捏一捏她的脚。仅仅是一刹那，她眼睛里蠢动着一点温柔的回忆。她记起了想她的钱的一个男人。她的脚是缠过的，尖尖的缎鞋里塞了棉花，装成半大的文明脚。她瞧着那双脚，心里一动，冷笑一声道："你嘴里尽管答应着，我怎么知道你心里是明白还是糊涂？你人也有这么大了，又是一双大脚，哪里去不得？我就是管得住你，也没那个精神成天看着你。按说你今年十三了，裹脚已经嫌晚了，原怪我耽误了你。马上这就替你裹起来，也还来得及。"长安一时答不出话来，倒是旁边的老妈子们笑道："如今小脚不时兴了，只怕将来给姐儿定亲的时候麻烦。"七巧道："没的扯淡！我不愁我的女儿没人要，不劳你们替我担心！真没人要，养活她一辈子，我也还养得起！”当真替长安裹起脚来，痛得长安鬼哭神号的。这时连姜家这样守旧的人家，缠过脚的也都已经放了脚了，别说是没缠过的，因此都拿长安的脚传作笑话奇谈。裹了一年多，七巧一时的兴致过去了，以经亲戚们劝着，也就渐渐放松了，然而长安的脚可不能完全恢复原状了。姜家大房三房里的儿女都进了洋学堂读书，七巧处处存心跟他们比赛着，便也要送长白去投考。长白除了打小牌之外，只喜欢跑跑票房，正在那里朝夕用功吊嗓子，只怕进学校要耽搁了他的功课，便不肯去。七巧无奈，只得把长安送到沪范女中，托人说了情，插班进去。长安换上了蓝爱国布的校服，不上半年，脸色也红润了，胳膊腿腕也粗了一圈。住读的学生洗换衣服，照例是送学校里包着的洗衣房里去的。长安记不清自己的号码，往往失落了枕套手帕种种零件。七巧便闹着说要去找校长说话。这一天放假回家，检点了一下，又发现有一条褥单是丢了。七巧暴跳如雷，准备明天亲自上学校去大兴问罪之师。长安着了急，拦阻了一声，七巧便骂道：“天生的败家精，拿你娘的钱不当钱。你娘的钱是容易得来的？——将来你出嫁，你看我有什么陪送给你！——给也是白给！”长安不敢做声，却哭了一晚上。她不能在她的同学跟前丢这个脸。对于十四岁的人，那似乎有天大的重要。她母亲去闹这一场，她以后拿什么脸去见人？她宁死也不到学校里去了。她的朋友们，她所喜欢的音乐教员，不久就会忘记了有这么一个女孩子，来了半年，又无缘无故悄悄地走了。走得干净，她觉得她这牺牲是一个美丽的，苍凉的手势。

半夜里她爬下床来，伸手到窗外去试试，漆黑的，是下了雨么？没有雨点。她从枕头过摸出一只口琴，半蹲半坐在地上，偷偷吹了起来。犹疑地，“Long，Long，Ago”的细小的调子在庞大的夜里袅袅漾开。不能让人听见了。为了竭力按捺着，那呜呜的口琴忽断忽续，如同婴儿的哭泣。她接不上气来，歇了半晌，窗格子里，月亮从云里出来了。墨灰的天，几点疏星，模糊的缺月，像石印的图画，下面白云蒸腾，树顶上透出街灯淡淡的圆光。长安又吹起口琴来。“告诉我那故事，往日我最心爱的那故事，许久以前，许久以前……

第二天她大着胆子告诉她母亲：“娘，我不想念下去了。”七巧睁着眼道：“为什么？”长安道：“功课跟不上，吃的也太苦了，我过不惯。”七巧脱下一只鞋来，顺手将鞋底抽了她一下，恨道：“你爹不如人，你也不如人？养下你来又不是个十不全，就不肯替我争口气！”长安反剪着一双手，垂着眼睛，只是不言语。旁边老妈子们便劝道：“姐儿也大了，学堂里人杂，的确有些不方便。其实不去也罢了。”七巧沉吟道：“学费总得想法子拿回来。白便宜了他们不成？”便要领了长安一同去索讨，长安抵死不肯去，七巧带着两个老妈子去了一趟回来了，据她自己铺叙，钱虽然没收回来，却也着实羞辱了那校长一场。长安以后在街上遇着了同学，脸上红一阵白一阵，无地自容，只得装做不看见，急急走了过去。朋友寄了信来，她拆也不敢拆，原封退了回去。她的学校生活就此告一结束。有时她也觉得牺牲得有点不值得，暗自懊悔着，然而也来不及挽回了。她渐渐放弃了一切上进的思想，安分守己起来。她学会了挑是非，使小坏，干涉家里的行政。她不时地跟母亲怄气，可是她的言谈举止越来越像她母亲了。每逢她单叉着裤子，揸开了两腿坐着，两只手按在胯间露出的凳子上，歪着头，下巴搁在心口上凄凄惨惨瞅住了对面的人说道：“一家有一家的苦处呀，表嫂——一家有一家的苦处！”——谁都说她是活脱的一个七巧。她打了一根辫子，眉眼的紧俏有似当年的七巧，可是她的小小的嘴过于瘪进去，仿佛显老一点。她再年轻些也不过是一棵较嫩的雪里红——盐腌过的。

也有人来替她做媒。若是家境推板一点的，七巧总疑心人家是贪她们的钱。若是那有财有势的，对方却又不十分热心，长安不过是中等姿色，她母亲出身既低，又有个不贤惠的名声，想必没有什么家教。因此高不成，低不就，一年一年耽搁了下去。那长白的婚事却不容耽搁。长白在外面赌钱，捧女戏子，七巧还没甚话说，后来渐渐跟着他三叔姜季泽逛起窑子来，七巧方才着了慌，手忙脚乱替他定亲，娶了一个袁家的小姐，小名芝寿。行的是半新式的婚礼，红色盖头是蠲免了，新娘戴着蓝眼镜，粉红喜纱，穿着粉红彩绣裙袄。进了洞房，除去了眼镜，低着头坐在湖色帐幔里。闹新房的人围着打趣，七巧只看了一看便出来了。长安在门口赶上了她，悄悄笑道：“皮色倒白净，就是嘴唇太厚了些。”七巧把手撑着门，拔下一只金挖耳来搔搔头，冷笑道：“还说呢！你新嫂子这两片嘴唇，切切倒有一大碟子！”旁边一个太太便道：“说是嘴唇厚的人天性厚哇！”七巧哼了一声，将金挖耳指住了那太太，倒剔起一只眉毛，歪着嘴微微一笑道：“天性厚，并不是什么好话。当着姑娘们，我也不便多说——但愿咱们白哥儿这条命别送在她手里！”七巧天生着一副高爽的喉咙，现在因为苍老了些，不那么尖了，可是扁扁的依旧四面刮得人疼痛，像剃刀片。这两句话，说响不响，说轻也不轻。人丛里的新娘子的平板的脸与胸震了一震——多半是龙凤烛的火光的跳动。

三朝过后，七巧嫌新娘子笨，诸事不如意，每每向亲戚们诉说着，便有人劝道：“少奶奶年纪轻，二嫂少不得要费点心教导教导她。谁叫这孩子没心眼儿呢！”七巧啐道：“你别瞧咱们新少奶奶老实呀——一见了白哥儿，她就得去上马桶！真的！你信不信？”这话传到芝寿耳朵里，急得芝寿只待寻死。然而这还是没满月的时候，七巧还顾些脸面，后来索性这一类的话当着芝寿的面也说了起来，芝寿哭也不是，笑也不是，若是木着脸装不听见，七巧便一拍桌子嗟叹起来道：“在儿子媳妇手里吃口饭，可真不容易！动不动就给人脸子看！

这天晚上，七巧躺着抽烟，长白盘踞在烟铺跟前的一张沙发椅上嗑瓜子，无线电里正唱着一出冷戏，他捧着戏考，一个字一个字跟着哼，哼上了劲，甩过一条腿去骑在椅背上，来回摇着打拍子。七巧伸过脚去踢了他一下道：“白哥儿你来替我装两筒。”长白道：“现放着烧烟的，偏要支使我！我手上有蜜是怎么着？”说着，伸了个懒腰，慢腾腾移身坐到烟灯前的小凳上，卷起了袖子。七巧笑道：“我把你这不孝的奴才！支使你，是抬举你！”她眯缝着眼望着他，这些年来她的生命里只有这一个男人，只有他，她不怕他想她的钱——横竖钱都是他的。可是，因为他是她的儿子，他这一个人还抵不了半个……现在，就连这半个人她也保留不住——他娶了亲。他是个瘦小白皙的年轻人，背有点驼，戴着金丝眼镜，有着工细的五官，时常茫然地微笑着，张着嘴，嘴里闪闪发着光的不知道是太多的唾沫水还是他的金牙。他敞着衣领，露出里面的珠羔里子和白小褂。七巧把一只脚搁在他肩膀上，不住的轻轻踢着他的脖子，低声道：“我把你这不孝的奴才！打几时起变得这么不孝了？”长安在旁笑道：“娶了媳妇忘了娘吗！”七巧道：“少胡说！我们白哥儿倒不是那们样的人！我也养不出那们样的儿子！”长白只是笑。七巧斜着眼看定了他，笑道：“你若还是我从前的白哥儿，你今儿替我烧一夜的烟！”长白笑道：“那可难不倒我！”七巧道：“盹着了，看我捶你！”

起坐间的帘子撤下送去洗濯了。隔着玻璃窗望出去，影影绰绰乌云里有个月亮，一搭黑，一搭白，像个戏剧化的狰狞的脸谱。一点，一点，月亮缓缓的从云里出来了，黑云底下透出一线炯炯的光，是面具底下的眼睛。天是无底洞的深青色。久已过了午夜了。长安早去睡了，长白打着烟泡，也前仰后合起来。七巧斟了杯浓茶给他，两人吃着蜜饯糖果，讨论着东邻西舍的隐私。七巧忽然含笑问道：“白哥儿你说，你媳妇儿好不好？”长白笑道：“这有什么可说的？”七巧道：“没有可批评的，想必是好的了？”长白笑着不做声。七巧道：“好，也有个怎么个好呀！”长白道：“谁说她好来着？”七巧道：“她不好？哪一点不好？说给娘听。”长白起初只是含糊对答，禁不起七巧再三盘问，只得吐露一二。旁边递茶递水的老妈子们都背过脸去笑得格格的，丫头们都掩着嘴忍着笑回避出去了。七巧又是咬牙，又是笑，又是喃喃咒骂，卸下烟斗来狠命磕里面的灰，敲得托托一片响。长白说溜了嘴，止不住要说下去，足足说了一夜。

次日清晨，七巧吩咐老妈子取过两床毯子来打发哥儿在烟榻上睡觉。这时芝寿也已经起了身，过来请安。七巧一夜没合眼，却是精神百倍，邀了几家女眷来打牌，亲家母也在内。在麻将桌上一五一十将她儿子亲口招供的她媳妇的秘密宣布了出来，略加渲染，越发有声有色。众人竭力地打岔，然而说不上两句闲话，七巧笑嘻嘻地转了个弯，又回到她媳妇身上来了。逼得芝寿的母亲脸皮紫涨，也无颜再见女儿，放下牌，乘了包车回去了。七巧接连着教长白为她烧了两晚上的烟。芝寿直挺挺躺在床上，搁在肋骨上的两只手蜷曲着像死去的鸡的脚爪。她知道她婆婆又在那里盘问她丈夫，她知道她丈夫又在那里叙说一些什么事，可是天知道他还有什么新鲜的可说！明天他又该涎着脸到她跟前来了。也许他早料到她会把满腔的怨毒都结在他身上，就算她没本领跟他拼命，至不济也得质问他几句，闹上一场。多半他准备先声夺人，借酒盖住了脸，找点碴子，摔上两件东西。她知道他的脾气。末后他会坐到床沿上来，耸起肩膀，伸手到白绸小褂里面去抓痒，出人意料之外地一笑。他的金丝眼镜上抖动着一点光，他嘴里抖动着一点光，不知道是唾沫还是金牙。他摘去了他的眼镜。……芝寿猛然坐起身来，哗啦揭开了帐子，这是个疯狂的世界。丈夫不像个丈夫，婆婆也不像个婆婆。不是他们疯了，就是她疯了。今天晚上的月亮比哪一天都好，高高的一轮满月，万里无云，像是漆黑的天上一个白太阳。遍地的蓝影子，帐顶上也是蓝影子，她的一双脚也在那死寂的蓝影子里。

芝寿待要挂起帐子来，伸手去摸索帐钩，一只手臂吊在那铜钩上，脸偎住了肩膀，不由得就抽噎起来。帐子自动地放了下来。昏暗的帐子里除了她之外没有别人，然而她还是吃了一惊，仓皇地再度挂起了帐子。窗外还是那使人汗毛凛凛的反常的明月——漆黑的天上一个灼灼的小而白的太阳。屋里看得分明那玫瑰紫绣花椅披桌布，大红平金五凤齐飞的围屏，水红软缎对联，绣着盘花篆字。梳妆台上红绿丝网络着银粉缸，银漱盂，银花瓶，里面满满盛着喜果。帐檐上垂下五彩攒金绕绒花球，花盆，如意粽子，下面滴溜溜坠着指头大的琉璃珠和尺来长的桃红穗子。偌大一间房里充塞着箱笼，被褥，铺陈，不见得她就找不出一条汗巾子来上吊，她又倒到床上去。月光里，她的脚没有一点血色——青，绿，紫，冷去的尸身的颜色。她想死，她想死。她怕这月亮光，又不敢开灯。明天她婆婆说：“白哥儿给我多烧了两口烟，害得我们少奶奶一宿没睡觉，半夜三更点着灯等他回来——少不了他吗！”芝寿的眼泪顺着枕头不停地流，她不用手帕去擦眼睛，擦肿了，她婆婆又该说了：“白哥儿一晚上没回房去睡，少奶奶就把眼睛哭得桃儿似的！”

七巧虽然把儿子媳妇描摹成这样热情的一对，长白对于芝寿却不甚中意，芝寿也把长白恨得牙痒痒的。夫妻不和，长白渐渐又往花街柳巷里走动。七巧把一个丫头绢儿给了他做小，还是牢笼不住他。七巧又变着方儿哄他吃烟。长白一向就喜欢玩两口，只是没上瘾，现在吸得多了，也就收了心不大往外跑了，只在家守着母亲与新姨太太。

## 导读与鉴赏

《金锁记》为张爱玲的代表作之一，1943 年 11 月由上海《杂志》月刊登载，1944 年收入《传奇》小说集。本文曾得到许多评论家的赞誉，傅雷先生称之为“文坛最美的收获之一”，夏志清先生则誉为“中国从古以来最伟大的中篇小说”。

这部中篇小说主要描绘小商人家庭出身的女子曹七巧因受财欲、情欲的双重刺激和煎熬，渐渐性格扭曲、行为乖戾，于是以变态的方式疯狂进行报复的故事。其性格刻画十分细腻，心理剖析犀利，具有独特的语言魅力。

七巧是麻油店人家出身的下级阶层的女子，她的大哥为了攀附权贵，把她嫁入没落大族姜家，她丈夫是从小就卧病在床的病人，出身平民的七巧，勇敢直爽地进入钩心斗角、死气沉沉的封建家族，这就注定了悲剧的结局。在姜家，她处处遭到排挤与冷眼，她不断反抗，因此，在别人眼中她臭名昭著。在丈夫与老爷相继去世后，分了家的七巧脱离了封建家族的桎梏，即黄金的枷锁，带着儿女搬出去住。

本段选取的是七巧搬出姜家之后晚年的一段生活描写。搬出了姜家的七巧终于可以自由支配自己的生活了，然而她的后半生过得并不如意。当曾托以幻想的意中人三爷季泽来找她时，她毫不犹豫揭穿了他骗钱的把戏，把自己生命中唯一一点的爱情葬送了。这时的她已经完全由受害者变成了施暴者，潜意识里的妒忌、报复心理使她容不得别人的幸福，即使是自己的儿女。在将儿媳逼死、扶正的姨太太也吞鸦片自杀之后，七巧又斩断了女儿的婚姻，一如当年别人毁灭了她的青春与幸福一样。她被金钱锁住了一生，也用金钱劈杀了几个生命。

张爱玲小说《金锁记》的语言最大的一个特色就是大量的运用比喻，对照、反讽、色彩描写等手法。她写道：“她到了窗前，揭开了那边上缀有小绒球的墨绿样式窗帘，季泽正在弄堂里往外走，长衫搭在肩上，清甜的风像一群白鸽子钻进他的纺绸裤缝里去了，哪儿都钻到了，飘飘拍着翅子。”这是人物处于阴沉压抑的环境中，爱情终归破灭的情境。没有大段的铺张描写和渲染，文字精练动人，却将那种伤感表现得非常深入，自然灵动。七巧的媳妇芝寿眼睛有段描写：“窗外还是那使人汗毛凛凛的反常的明月——漆黑的天上一个灼灼的小而白的太阳。屋里看得分明那玫瑰紫绣花椅披桌布，大红平金五凤齐飞的围屏，水红软缎对联，绣着盘花篆字。梳妆台上红绿丝网络着银粉缸，银漱盂，银花瓶，里面满满盛着喜果。帐檐上垂下五彩攒金绕绒花球，花盆，如意粽子，下面滴溜溜坠着指头大的玻璃珠和尺来长的桃红穗子。偌大一间房里充塞着箱笼，被褥，铺陈，不见得她就找不出一条汗巾子来上吊。她又倒到床上去。月光里，她的脚没有一点血色——青、绿、紫，冷去的尸身的颜色。”张爱玲喜欢用紫色、金色等浓艳色彩的字眼，而本来代表着高贵富丽的紫色、金色在她的叙述中从来给人的都是一种绝望的凄怆，在艳丽的字眼背后掩盖的是满眼满心的荒凉。这段文字中的玫瑰紫、大红平金、水红、红绿丝、银粉、桃红等一系列标志着喜庆的富丽的色彩和青、绿、紫等冷去的尸身的颜色相对照，一暖一冷，一艳一晦，一喜一悲，这种鲜明而又参差的色彩对照给人强烈的感官刺激，使人视觉上受到猛烈的冲击，烘托出一种晦暗阴森的气氛，给人以无边的联想，让人感到再美的色彩都只是一种凄凉和了无生气，让人觉得喘不过气的压抑和恐惧。这段色彩分明，描写细微的文字写出了芝寿无边的绝望，使读者对芝寿的悲惨处境给予深深的同情。同时通过芝寿的绝望、悲惨也从侧面进一步达到塑造主人公曹七巧病态人生、变态心理的目的。

小说的另一突出特点是对人物形象细致入微的刻画，尤其是丰富多彩的心理描写。作者对七巧的刻画从表入里，从正到侧，手法奇妙。作者为我们充分展示了七巧身上金钱与情爱的种种碰撞、咬噬、扭曲、变态，以及人性的自私可鄙的种种表现。

此外，小说还使用意象化的手法。不同的人不同的时期去看月亮，皆有不同的感受。月亮成了人物内心变迁的见证。小说开场的月亮，与结尾重又出现，有始有终，成为贯穿全篇的主题意象，强调了悲剧的深刻性和一贯性。小说情节的关键时刻，人物命运的重要关头，月亮的意象都会出现，与人物同喜同悲，均是作者的刻意营造。

张爱玲的作品取材于世俗生活，将西方现代心理分析派的要领和中国古典小说的叙事笔法奇特地结合在一起，风格富丽堂皇而且充满丰富的意象，形成颇具特色的个人风格，虽社会内容不够宽广，却开拓了现代文学的题材领域。

### 思考与练习

1. 参考阅读张爱玲的其他作品，体会其作品中的荒凉、虚无、悲观而又犀利，严峻的嘲讽。
2. 理解张爱玲小说雅俗并存的审美形态。
3. 分析张爱玲小说对女性命运的思考。

## 春之声

**王蒙**

### 作家与作品

王蒙(1934— )，男，河北南皮人，生于北京。上中学时参加中共领导的城市地下工作。1948 年加入中国共产党。1950 年从事青年团区委工作。1953 年创作长篇小说

《青春万岁》。1956年9月7日发表短篇小说《组织部来了个年轻人》，由此被错划为右派。1958年后在京郊劳动改造。1962年调北京师范学院任教。1963年起赴新疆生活、工作十多年。1978年调北京市作协。后任《人民文学》主编、中国作协副主席、中共中央委员、文化部部长、中国艺术研究院院长等职。

王蒙的作品反映了中国人民在前进道路上的坎坷历程，他也由初期的热情、纯真趋于后来的清醒、冷峻，而且乐观向上、激情充沛，并在创作中进行不倦的探索和创新，成为当代文坛上创作最为丰硕、始终保持创作活力的作家之一。前期创作主要运用现实主义手法反映生活，后在国内首开新时期国内意识流小说创作先河，倡导作家学者化、学者作家化，掀起人文精神大讨论，是中国当代文学走向现代写作技巧的开拓者。在艺术手法上，改变思维定势，突破了传统小说的模式，富于创造性地借鉴了西方现代派的表现技巧，通过突出人物意识活动，揭示人物内心世界而映射出时代精神。

发表文学作品近八百万字，代表作品有长篇小说《青春万岁》《活动变人形》《季节四部曲》《青狐》《尴尬风流》等，中篇小说《布礼》《蝴蝶》等，小说集有《冬雨》《坚硬的稀粥》《加拿大的月亮》，诗集《旋转的秋千》，作品集《王蒙小说报告文学选》，散文集《轻松与感伤》《一笑集》，文艺论集《当你拿起笔……》《文学的诱惑》，专著《红楼启示录》《王蒙评点红楼梦》，自选集《琴弦与手指》以及10卷本《王蒙文集》、23卷《王蒙文存》(2003年)等，2006~2007年出版了自传《半生多事》《大块文章》。有多篇小说和报告文学获奖。作品被译成英、俄、日等多种文字在国外出版。

### 原文与注解

## 春之声

咣的一声，黑夜就到来了。一个昏黄的、方方的大月亮出现在对面墙上。岳之峰的心紧缩了一下，又舒张开了。车身在轻轻地颤抖。人们在轻轻地摇摆。多么甜蜜的童年的摇篮啊！夏天的时候，把衣服放在大柳树下，脱光了屁股的小伙伴们一跃跳进故乡的清凉的小河里，一个猛子扎出十几米，谁知道谁在哪里露出头来呢？谁知道被他慌乱中吞下的一口水里，包含着多少条蛤蟆蝌蚪呢？闭上眼睛，熟睡在闪耀着阳光和树影的涟漪之上，不也是这样轻轻地、轻轻地摇晃着的吗？失去了的和没有失去的童年和故乡，责备我么？欢迎我么？母亲的坟墓和正在走向坟墓的父亲！

方方的月亮在移动，消失，又重新诞生。唯一的小方窗里透进了光束，是落日的余晖还是站台的灯？为什么连另外三个方窗也遮严了呢？黑咕隆冬，好像紧接着下午便是深夜。门咣的一关，就和外界隔开了。那愈来愈响的声音是下起了冰雹吗？是铁锤砸在铁砧上？在黄土高原的乡下，到处还靠人打铁，我们祖国的胳膊有多么发达的肌肉！呵，当然，那只是车轮撞击铁轨的噪音，来自这一节铁轨与那一节铁轨之间的缝隙。目前不是正在流行一支轻柔的歌曲吗，叫作什么来着——《泉水叮咚响》。如果火车也叮咚叮咚地响起来呢？广州人可真会生活，不像这西北高原上，人的脸上和房屋的窗玻璃上到处都蒙着一层厚厚的黄土。广州人的凉棚下面，垂挂着许许多多三角形的瓷板，它们伴随着清风，发出叮叮咚咚的清音，愉悦着心灵。美国的抽象派音乐却叫人发狂。真不知道基辛格听我们的杨子荣咏叹调时有什么样的感受。就剧锣鼓里有噪音，所有的噪音都是令人不快的吗？反正火车开动以后的铁轮声给人以鼓舞和希望。下一站，或者下一站的下一站，或者许多许多的下一站以后的下一站，你所寻找的生活就在那里，母亲或者孩子，友人或者妻子，温热的澡盆或者丰盛的饮食正在那里等待着你。都是回家过年的。过春节，我们的古老的民族的最美好的节日，谢天谢地，现在全国人民都可以快快乐乐地过年了。再不会用“革命化”的名义取消春节了。

还真有趣。在出国考察三个月回来之后，在北京的高级宾馆里住了一阵——总结啦，汇报啦，接见啦，报告啦……之后，岳之峰接到了八十多岁的刚刚摘掉地主帽子的父亲的信。他决定回一趟阔别二十多年的家乡。这是不是个错误呢？他怎么也没想到要坐两个小时零四十七分钟的闷罐子车呀。三个小时以前，他还坐在从北京开往X城的三叉戟客机的宽敞、舒适的座位上。两个月以前，他还坐在驶向汉堡的易北河客轮上。现在呢，他和那些风尘仆仆的，在黑暗中看不清面容的旅客们挤在一起，就像沙丁鱼挤在罐头盒子里。甚至于他辨别不出火车到底是在向哪个方向行走。眼前只有那月亮似的光斑在飞速移动，火车的行驶究竟是和光斑方向相同抑或相反呢？他这个工程物理学家竟为这个连小学生都答得上来的、根本算不上是几何光学的问题伤了半天脑筋。

他已经有二十多年没有回过家乡了。谁让他错投了胎？地主，地主！一九五六年他回过一次家，一次就够用了——回家待了四天，却检讨了二十二年！而伟人的一句话，也够人们学习贯彻一百年。使他惶惑的是，难道人生一世就是为了作检讨？难道他生在中华，就是为了作一辈子的检讨的么？好在这一切都过去了。斯图加特的奔驰汽车工厂的装配线在不停地转动，车间洁净敞亮，没有多少噪音。西门子公司规模巨大，具有一百三十年的历史。我们才刚刚起步。赶上，赶上！不管有多么艰难。哞，哞，哞，快点开，快点开，快开，快开，快，快，快，车轮的声音从低沉的三拍一小节变成两拍一小节，最后变成高亢的呼号了。闷罐子车也罢，正在快开。何况天上还有三叉戟？

尘土和纸烟的雾气中出现了旱烟叶发出的辣味，像是在给气管和肺做针灸。梅花针大概扎在肺叶上了。汗味就柔和得多了。方言的浓度在旱烟与汗味之间，既刺激，又亲切。还有南瓜的香味哩！谁在吃南瓜？X城火车站前的广场上，没有见卖熟南瓜的呀。别的小吃和土特产倒是都有。花生、核桃、葵花籽、柿饼、醉枣、绿豆糕、山药、蕨麻……全有卖的。就像变戏法，举起一块红布，向左指上两指，这些东西就全没了，连火柴、电池、肥皂都跟着短缺。现在呢，一下子又都变了出来，也许伸手再抓两抓，还能抓出更多的财富。柿饼和枣朴质无华，却叫人甜到心里。岳之峰咬了一口上火车前买的柿饼，细细地咀嚼着儿时的甜香。辣味总是一下子就能尝到，甜味却埋得很深很深。要有耐心，要有善意，要有经验，要知觉灵敏。透过辛辣的烟草和热烘烘的汗味儿，岳之峰闻到了乡亲们携带的绿豆香。绿豆苗是可爱的，灰兔子也是可爱的，但是灰色的野兔常常要毁坏绿豆。为了追赶野兔，他和小柱子一口气跑了三里，跑得连树木带田袭都摇来摆去。在中秋的月夜，他亲眼见过一只银灰色的狐狸，走路悄无声息，像仙人，像梦。

车声小了，车声息了。人声大了，人声沸了。咣——哧，铁门打开了，女列车员——一个高个子，大骨架的姑娘正洒利地用家乡方言指挥下车和上车的乘客。“没有地方了，没有地方了。到别的车厢去吧，”已经在车上获得了自己的位置的人发出了这种无效的，也是自私的呼吁。上车的乘客正在拥上来，熙熙攘攘。到哪里都是熙熙攘攘。与我们的王府井相比，汉堡的街道上可以说是看不见人，而且市区的人口还在减少。岳之峰从飞机场来到X城火车站的时候吓了一跳——黑压压的人头，压迫得白雪不白，冬青也不绿了。难道是出了什么事情？一九四六年学生运动，人们集合在车站广场，准备拦车去南京请愿，也没有这么多人！岳之峰上大学的时候在北平，有一次他去逛故宫博物院，刚刚下午四点就看不见人影了，阴森的大殿使他的后脊背冒凉气。他小跑着离开了故宫，上了拥挤的有轨电车才放心了一点。如果跑慢了，说不定珍妃会从井里钻出来把他拉下去哩！

但是现在，故宫南门和北门前买入场券的人排着长队。而且不是星期天。X城火车站前的人群令人晕眩。好像全中国有一半人要在春节前夕坐火车。到处都是团聚，相会，团圆饺子，团圆元宵，对于旧谊，对于别情，对于天伦之乐，对于故乡和童年的追寻。卖刚出屉的肉馅包子的，盖包子的白色棉褥子上尽是油污。卖烧饼、锅盔、油条、大饼的。卖整盒整盒的点心的。卖面包和饼干的。X车站和X城饮食服务公司倾全力到车站前露天售货。为了买两个烧饼也要挤出一身汗。岳之峰出了多少汗啊！他混饱了(环境和物质条件的急骤改变已使他分辨不出饥和饱了)肚子，又买到了去家乡的短途客车的票。找给钱的时候使他一怔，写的是一块二，怎么只收了六角呢？莫非是自己没有报清站名？他想再问一问，但是排在他后面的人已经占据了售票窗口前的有利阵地，他挤不回去了。

他怏怏地看着手中的火车票。火车票上黑体铅字印的是1. 20元，但是又用双虚线勾上了两个占满票面的大字：陆角。这使他百思不得其解，简直像是一种生物学上的密码。“这是怎么回事？为什么我买一块二角的票她却给了我六角钱的？”他自言自语。他问别人。没有人回答他。等待上车的人大多是一些忙碌得可以原谅的利己主义者。

各种信息在他的头脑里撞击。黑压压的人群。遮盖热气腾腾的肉包子的油污的棉被。候车室里张贴着的大字通告：关于春节期间增添新车次的情况，和临时增添的新车次的时刻表。男女厕所门前排着等待小便的人的长队。陆角的双钩虚线。大包袱和小包袱，大篮筐和小篮筐，大提兜和小提兜……他得出了这最后一段行程会是艰难的结论。他有了思想准备。终于他从旅客们的闲谈中听到了“闷罐子车”这个词儿，他恍然了。人脑毕竟比电脑聪明得多。

上到列车上的时候，他有点垂头丧气。在二十世纪八十年代的第一个春节即将来临之时，正在梦寐以求地渴望实现四个现代化的人们，却还要坐瓦特和史蒂文森时代的闷罐子车！事实如此。事实就像宇宙，就像地球，华山和黄河，水和土，氢和氧，钛和铀。既不像想象那样温柔，也不像想象那么冷酷。不是么，闷罐子车里坐满了人，而且还在一个两个，十个二十个地往人与人的缝隙，分子与分子，原子与原子的空隙之中嵌进。奇迹般地难以思议，已经坐满了人的车厢里又增加了那么多人。没有人叫苦。

有人叫苦了："这个箱子不能压。"一个包着头巾的抱着孩子的妇女试探着能不能坐到一只箱子上。"您到这边来，您到这边来。"岳之峰连忙站起身，把自己的靠边的位置让了出来。坐在靠边的地方，身子就能倚在车壁上，这就是最优越的"雅座"了。那女人有点不好意思。但终于抱着小孩子挪动了过来。她要费好大的力气才能不踩着别人。"谢谢您！"

妇女用流利的北京话说。她抬起头。

岳之峰好像看到一幅炭笔素描。题目应该叫《微笑》。

叮铃叮铃的铃声响了，铁门又咣的一声关上了，是更深沉的黑夜。车外的暮色也正在浓重起来嘛。大骨架的女列车员点起了一支白蜡，把蜡烛放到了一个方形的玻璃罩子里。为什么不点油灯呢？大概是怕煤油摇洒出来。偌大车厢，就靠这一盏蜡烛照亮。些微的亮光，照得乘客变成了一个又一个的影子。车身又摇晃了，对面车壁上的方形的光斑又在迅速移动了。离家乡又近一些了。摘了帽子，又见到了儿子，父亲该可以瞑目了吧？不论是他的罪恶或者忏悔，不论是他的眼泪还是感激，也不论是他的狰狞丑恶还是老实善良，这一切都快要随着他的消失而云消雾散了。老一辈人正在一个又一个地走向河的那边。咚咚咚，噔噔噔，嘭嘭嘭，是在过桥了吗？联结着过去和未来，中国和外国，城市和乡村，此岸和彼岸的桥啊！

靠得很近的蜡灯把黑白分明的光辉和阴影印制在女列车员的脸上。女列车员像是一尊全身的神像。"旅客同志们，春节期间，客运拥挤，我们的票车(票车：铁路人员一般称客车为票车。)去支援长途……提高警惕……"她说得挺带劲，每吐出一个字就像拧紧了一个螺母。她有一种信心十足，指挥若定的气概，以小小的年纪，靠一支蜡烛的光亮，领导着一车的乌合之众。但是她的声音也淹没在轰轰轰，嗡嗡嗡，隆隆隆，不仅是七嘴八舌，而且是七十嘴八十舌的喧嚣里了。

自由市场。百货公司。香港电子石英表。豫剧片《卷席筒》。羊肉泡馍。醪糟蛋花。三接头皮鞋。三片瓦帽子。包产到组。收购大葱。中医治癌。差额选举。结婚筵席……在这些温暖的闲言碎语之中，岳之峰轮流把体重从左腿转移到右腿，再从右腿转移到左腿。幸好人有两条腿，要不然，无依无靠地站立在人和物的密集之中，可真不好受。立锥之地，岳之峰现在对于这句成语才有了形象的理解。莫非古代也有这种拥挤的、没有座位和灯光的旅行车辆吗？但他给一个女同志让了"座位"。不，没有座，只有位。想不到她讲一口北京话。这使岳之峰兴致似乎高了一些。"谢谢"，"对不起"，在国外到处是这种礼貌的用语。虽然有一个装着坚硬的铁器的麻袋正在挤压他右腿的小腿肚子。而另一个席地而坐的人的脊背干脆靠到了他的酸麻难忍的左腿上。

简直是神奇。不仅在慕尼黑的剧院里观看演出的时候；而且在北京，在研究所、部里和宾馆里，在二十三平方米的住房和一一三和三三二路公共汽车上；他也想不到人们还要坐闷罐子车。这不是运货和运牲畜的车吗？倒霉！可又有什么倒霉的呢？咒骂是最容易不过的。咒骂闷罐子车比起制造新的美丽舒适的客运列车来，既省力又出风头。无所事事而又怨气冲天的人的口水，正在淹没着忍辱负重、埋头苦干的人的劳动。人们时而用高调，时而又用低调冲击着、替代着那些一件又一件，一天又一天，一年又一年地坚韧不拔地工作。

“给这种车坐，可真缺德!”

“你凑合着吧。过去，还没有铁路哩!”

“运兵都是用闷罐子车，要不，就暴露了。”

“要赶上拉肚子的就麻烦了，这种车上没有厕所。”

“并没有一个人拉到裤子里么。”

“有什么办法呢？每逢春节，有一亿多人要坐火车……”

黑暗中听到了这样一些交谈。岳之峰的心平静下来了。是的，这里曾经没有铁路，没有公路，连自行车走的路也没有。阔人骑毛驴，穷人靠两只脚。农民挑着一千五百个鸡蛋，从早晨天不亮出发，越过无数的丘陵和河谷，黄昏时候才能赶到 X 城。我亲爱的美丽而又贫瘠的土地！你也该富饶起来了吧？过往的记忆，已经像烟一样，雾一样地淡薄了，但总不会被彻底地忘却吧？历史，历史；现实，现实；理想，理想；哞——哞——咣气咣气……喀郎喀郎……沿着莱茵河的高速公路。山坡上的葡萄。暗绿色的河流。飞速旋转。

这不就是法兰克福的孩子们吗？男孩子和女孩子，黄眼睛和蓝眼睛，追逐着的，奔跑着的，跳跃着的，欢呼着的。喂食小鸟的，捧着鲜花的，吹响铜号的，扬起旗帜的。那欢乐的生命的声音。那友爱的动人的呐喊。那红的、粉的和白的玫瑰。那紫罗兰和蓝蓝的毋忘我。

不。那不是法兰克福。那是西北高原的故乡。一株巨大的白丁香把花开在了屋顶的灰色的瓦瓴上。如雪，如玉，如飞溅的浪花。摘下一条碧绿的柳叶，卷成一个小筒，仰望着蓝天白云，吹一声尖厉的哨子。惊得两个小小的黄鹂飞起。挎上小篮，跟着大姐姐，去采撷灰灰菜。去掷石块，去追逐野兔，去捡鹌鹑的斑烂的彩蛋。连每一条小狗，每一只小猫，每一头牛犊和驴驹都在嬉戏。连每一根小草都在跳舞。

不，那不是西北高原。那是解放前的北平。华北局城工部(它的部长是刘仁同志)所属的学委组织了平津学生大联欢。营火晚会。“太阳下山明朝依旧爬上来……我的青春小鸟一样不回来”，“山上的荒地是什么人来开？地上的鲜花是什么人来栽?”一支又一支的歌曲激荡着年轻人的心。最后，大家发出了使国民党特务胆寒的强音：“团结就是力量……让一切不民主的制度死亡!”信念和幸福永远不能分离。

不，那不是逝去了的，遥远的北平。那是解放了的，飘扬着五星红旗的首都。那是他青年时代的初恋，是第一次吹动他心扉的和煦的风。春节刚过，忽然，他觉察到了，风已经不那么冰冷，不那么严厉了。二月的风就带来了和暖的希望，带来了早春的消息。他跑到北海，冰还没有化哩。还没有什么游人哩。他摘下帽子，他解开上衣领下的第一个扣子。还是冬天吗？当然，还是冬天。然而是已经联结着春天的冬天，是冬与春的桥。有风为证，风已经不冷！风会愈来愈和煦，如醉，如酥……他欢迎着承受着别人仍然觉得凛冽，但是他已经为之雀跃的“春”风，小声叫着他悄悄地爱着的女孩子的名字。

那，那……那究竟是什么呢？是金鱼和田螺吗？是荸荠和草莓吗？是孵蛋的芦花鸡吗？是山泉，榆钱，返了青的麦苗和成双的燕子吗？他定了定神。那是春天，是生命，是青年时代。在我们的生活里，在我们每个人的心房里，在猎户星座和仙后星座里，在每一颗原子核，每一个质子、中子、介子里，不都包含着春天的力量，春天的声音吗？

他定了定神，揉了揉眼睛。分明是法兰克福的儿童在歌唱，当然，是德语。在欢快的童声合唱旁边，有一个顽强的、低哑的女声伴随着。

他再定了定神，再揉了揉眼睛，分明是在从X城到N地的闷罐子车上。在昏暗和喧嚣当中，他听到了德语的童声合唱，和低哑的，不熟练的，相当吃力的女声伴唱。

什么？一台录音机。在这个地方听起了录音。一支歌以后又是一支歌，然后是一个成人的歌。三支歌放完了。是叭啦叭啦的揿动键钮的声音，然后三支歌重新开始。顽强的，低哑的，不熟练的女声也重新开始。这声音盖过了一切喧嚣。

火车悠长地鸣笛。对面车壁上的移动着的方形光斑减慢了速度，加大了亮度。在昏暗中变成了一个个的影子的乘客们逐渐显出了立体化的形状和轮廓。车身一个大晃，又一个大晃，大概是通过了岔道。又到站了。咣——哧，铁门打开了，站台的聚光灯的强光照进了车厢。岳之峰看清楚了，录音机就放在那个抱小孩的妇女的膝头。开始下人和上人。录音机接受了女主人的指令，“叭”的一声，不唱了。

“这是……什么牌子的？”岳之峰问。

“三洋牌。这里人们开玩笑地叫它作‘小山羊’”。妇女抬起头来，大大方方地回答。岳之峰仿佛看到了她的经历过风霜的，却仍然是年轻而又清秀的脸。

“从北京买的么？”岳之峰又问，不知为什么这么有兴趣。本来，他并不是一个饶舌的人。

“不，就从这里。”

这里？不知是指X城还是火车正在驶向的某一个更小的县镇。他盯着“三洋”商标。

“你在学外国歌吗？”岳之峰又问。

妇女不好意思地笑了，“不，我在学外国语。”她的笑容既谦逊，又高贵。

“德语吗？”

“噢，是的。我还没学好。”

“这都是些什么歌儿呀？”一个坐在岳之峰脚下的青年问。岳之峰的连续提问吸引了更多的人。

“它们是……《小鸟，你回来了》，《五月的轮转舞》和《第一株烟草花》，”女同志说：“欣梅尔——天空，福格尔——鸟儿，布鲁米——花朵……”她低声自语。

他们的话没有再继续下去。车厢里充满了的照旧是“别挤！”这个箱子不能坐！”“别踩着孩子！”“这边没有地方了！”……之类的喊叫。

“大家注意啦！”一个穿着民警服装的人上了车，手里拿着半导体扬声喇叭，一边喘着气一边宣布道：“刚才，前一节车厢里上去了两个坏蛋，混水摸鱼，流氓扒窃。有少数坏痞，专门到闷罐子车上偷东西。那两个坏蛋我们已经抓住了。希望各位旅客提高警惕，密切配合，向刑事犯罪分子作坚决的斗争。大家听清楚了没有？”

“听清楚了!”车上的乘客像小学生一样地齐声回答。

乘务警察满意地，匆匆地跳了下去，手提扩音喇叭，大概又到别的车厢作宣传去了。

岳之峰不由得也摸了摸自己携带的两个旅行包，摸了摸上衣的四个和裤子的三个口袋。一切都健在无恙。

车开了。经过了短暂的混乱之后，人们又已经各得其所，各就其位。各人说着各人的闲话，各人打着各人的瞌睡，各人嗑着各人的瓜子，各人抽着各人的烟。“小山羊”又响起来了，仍然是《小鸟，你回来了》《五月的轮转舞》和《第一株烟草花》。她仍然在学着德语，仍然低声地歌唱着欣梅尔——天空，福格尔——鸟儿，和布鲁米——花朵。

她是谁？她年轻吗？抱着的是她的孩子吗？她在哪里工作？她是搞科学技术的吗？是夜大学的新学员吗？是“老三届”的毕业生吗？她为什么学德语学得这样起劲？她在追赶那失去了的时间吗？她做到了一分钟也不耽搁了吗？她有机会见到德国朋友或者到德国去或者已经到德国去过了吗？她是北京人还是本地人呢？她常常坐火车吗？有许多个问题想问啊。

“您听音乐吧。”她说。好像是在对他说。是的，三支歌曲以后，她没有揿键钮。在《第一株烟草花》后面，是约翰·斯特劳斯的《春之声圆舞曲》，闷罐子车正随着这春天的旋律而轻轻地摇摆着，熏熏地陶醉着，袅袅地前行着。

车到了岳之峰的家乡。小站，停车一分钟。响过了到站的铃，又立刻响起了发车的铃。岳之峰提着两个旅行包下了车。小站没有站台，闷罐子车又没有阶梯。每节车厢放着一个普通木梯，临时支上。岳之峰从这个简陋的木梯上终于下得地来，他长出了一口气。他向那位女同志道了再见。那位女同志也回答了他的再见。他有点依依不舍。他刚下车，还没等着验票出站，列车就开动了。他看到闷罐子车的破烂寒伧的外表：有的地方已经掉了漆，灯光下显得白一块、花一块的。但是，下车以后他才注意到，火车头是蛮好的，火车头是崭新的、清洁的、轻便的内燃机车。内燃机车绿而显蓝，瓦特时代毕竟没有内燃机车。内燃机车拖着一长列闷罐子车向前奔驶。天上升起了月亮。车站四周是薄薄的一层白雪。天与雪都泛着连成一片的青光。可以看到远处墓地上的黑黑的、永远长不大的松树。有一点风。他走在了坑坑洼洼的故乡土地上。他转过头，想再多看一眼那一节装有小鸟、五月、烟草花和约翰·斯特劳斯的神妙的春之声的临时代用的闷罐子车。他好像从来还没有听过这么动人的歌。他觉得如今每个角落的生活都在出现转机，都是有趣的，有希望的和永远不应该忘怀的。春天的旋律，生活的密码，这是非常珍贵的。(选自《人民文学》1980 年 5 月号)

### 导读与鉴赏

小说主要写工程师岳子峰访德归来，春节前夕搭乘闷罐子车回乡探亲途中的思绪。车厢中人们的自由交谈使岳子峰感到温暖，感到党的政策顺天应人，感到春的信息、生活的转机。他深受鼓舞，浮想联翩，一个又一个春天的美好图景就在脑海中涌现了。岳子峰的遐想是被车厢中突然响起的德语童声合唱打断的。闷罐子车厢里竟有先进的录音机，录音机的主人是一个学外语的妇女，表明人们都在为振兴祖国而发愤学习，这使他感到“闷罐子车正随着这春天的旋律而轻松地摇摆着，熏熏地陶醉着，袅袅地前行着”。在这种春天的感受中，他回到了家乡。看到家乡的风光，综合一路的感受，小说的主旨便水到渠成：“觉得如今每个角落的生活都在出现转机，都是有趣的、有希望的和永远不应该忘怀的。春天的旋律，生活的密码，这是非常珍贵的。”通观全篇，文章的主旋律是春天的声音，这一主旋律是在人们意识的层次上开掘出来并得到抒发加深的，是外景在人物心灵上的升华。而春的声音又是一个总体象征，用自然界的春天象征朝气蓬勃的社会生机，改革开放给国家、人民生活带来的转机。除总体象征外，那“崭新的、清洁的、轻便的内燃机火车头，拖着破烂寒伧的车厢奔驰”，“落后、破旧、令人不适的闷罐子车里，却有先进精巧的进口录音机在播放音乐”，又构成了局部象征。这两个图景，虽都象征着现实生活的矛盾、不协调，也象征着希望，象征着旧的还在、新的已经产生，同时还象征着20世纪80年代初期，我国改革开放事业既有沉重的负担，又有光明的前景。祖国正呈现出令人兴奋的转机，伟大祖国迎来了重新振兴的春天。

《春之声》是王蒙借鉴“意识流”创作手法的代表作。他借鉴了西方的“意识流”手法，但又不是西方纯粹的“意识流”。小说不重塑造人物性格，不重故事情节叙述，不按正常时空顺序。其摒弃了传统小说的叙述模式，运用了以人物为中心的放射状结构。这“放射性”结构有一个端点，就是坐在闷罐车厢这一特殊环境中主人公的心灵世界。出国考察归来的工程物理学家岳之峰在春节回乡途中，身处闷罐车厢，“意识”流动。其所见、所闻、所思、所感，反映了新旧交替时代色彩斑斓的社会生活，传达出“春的旋律”，这些看来是随想而至的东西，各不相干，实际上是作者自觉的组合，并使之具有深刻的内在联系，在时空切换中，外界世界作用于主人公内心所引起的联想和心理状态，并以此来表现“歌唱生活中的新转机”的主题。

小说的构思独特。主人公的自由联想是由车厢内嘈杂的小天地引发的，然而小说借助他广阔的心灵世界，通过他的思考与联想，赋予了小说丰厚的意蕴。只有开放的新时代才会有自由的思考，这一形象的出现标志着思想的解放、意识的觉醒。

王蒙以《春之声》的“意识流”手法对当代文坛的创作方法进行了创新，小说创作方法显示出多样性。虽然对此曾有过争论，但是对文学观念的更新，艺术风格和手法多样化局面的形成，起到了突破性的作用。

### 思考与练习

1. 结合课文内容分析作者是怎样运用意识流的写作手法的。
2. 简要分析《春之声》的故事情节与小说的艺术特点的关系。

# 平凡的世界

路 遥

## 作家与作品

路遥(1949—1992)，原名王卫国，1949 年 12 月 3 日生于陕西陕北山区清涧县一个贫困的农民家庭，7 岁时因为家里困难被过继给延川县农村的伯父。曾在延川县立中学学习，1969 年回乡务农。这段时间里他做过许多临时性的工作，并在农村一小学中教过一年书。1973 年进入延安大学中文系学习，其间开始文学创作。大学毕业后，任《陕西文艺》(今为《延河》)编辑。1980 年发表《惊人动魄的一幕》，获得第一届全国优秀中篇小说奖。1982 年发表中篇小说《人生》，后被改编为电影，轰动全国。1991 年完成百万字的长篇巨著《平凡的世界》，这部小说以恢弘的气势和史诗般的品格，全景式地表现了改革时代中国城乡的社会生活和人们思想情感的巨大变迁，还未完成即在中央人民电台广播。路遥因此而荣获茅盾文学奖。

1992 年 11 月 17 日上午 8 时 20 分，以小说《人生》《平凡的世界》享誉文坛的著名作家路遥在西安西京医院因病医治无效离世，年仅 43 岁。

20 世纪 80 年代，路遥以刻画黄土高坡的陕北人沉重命运的小说《人生》和《平凡的世界》在全国引起巨大反响，后者获得茅盾文学奖。《平凡的世界》是一部全景式地表现中国当代城乡社会生活的长篇小说，全书共三部。该书以中国 70 年代中期到 80 年代中期十年间为背景，通过复杂的矛盾纠葛，以孙少安和孙少平两兄弟为中心，刻画了当时社会各阶层众多普通人的形象；劳动与爱情、挫折与追求、痛苦与欢乐、日常生活与巨大社会冲突纷繁地交织在一起，深刻地展示了普通人在大时代历史进程中所走过的艰难曲折的道路；读来令人荡气回肠，不忍释卷；被誉为“茅盾文学奖皇冠上的明珠，激励千万青年的不朽经典”。

《平凡的世界》是用温暖的现实主义的方式来讴歌普通劳动者的文学作品。与《人生》相比，《平凡的世界》更具有人性的高度，作家把苦难转化为一种前行的精神动力。描写苦难的新时期作家不乏其人，但真正把苦难转化为一种精神动力的作家却并不多，路遥当属其中之一。这部小说在展示普通小人物艰难生存境遇的同时，极力书写了他们克服重重困难的美好心灵与坚韧不拔的奋斗精神。作品中的主人公孙少安、孙少平是挣扎在贫困线上的青年人，但他们自强不息，依靠自己的顽强毅力与命运抗争，追求自我的道德完善。其中，孙少安是立足于乡土矢志改变命运的奋斗者；而孙少平是拥有现代文明知识、渴望融入城市的“出走者”。他们的故事构成了中国社会普通人人生奋斗的两极体验。

## 原文与注解

### 平凡的世界(节选)

1975年二、三月间，一个平平常常的日子，细蒙蒙的雨丝夹着一星半点的雪花，正纷纷淋淋地向大地飘洒着。时令已快到惊蛰，雪当然再不会存留，往往还没等落地，就已经消失得无踪无影了。黄土高原严寒而漫长的冬天看来就要过去，但那真正温暖的春天还远远地没有到来。

在这样雨雪交加的日子里，如果没有什么紧要事，人们宁愿一整天足不出户。因此，县城的大街小巷倒也比平时少了许多嘈杂。街巷背阴的地方。冬天残留的积雪和冰溜子正在雨点的敲击下蚀化，石板街上到处都漫流着肮脏的污水。风依然是寒冷的。空荡荡的街道上，有时会偶尔走过来一个乡下人，破毡帽护着脑门，胳膊上挽一筐子土豆或萝卜，有气无力地呼唤着买主。唉，城市在这样的日子里完全丧失了生气，变得没有一点可爱之处了。

只有在半山腰县立高中的大院坝里，此刻却自有一番热闹景象。午饭铃声刚刚响过，从一排排高低错落的石窑洞里，就跑出来了一群一伙的男男女女。他们把碗筷敲得震天价响，踏泥带水、叫叫嚷嚷地跑过院坝，向南面总务处那一排窑洞的墙根下蜂涌而去。偌大一个院子，霎时就被这纷乱的人群踩踏成了一片烂泥滩。与此同时，那些家在本城的走读生们，也正三三两两涌出东面学校的大门。他们撑着雨伞，一路说说笑笑，通过一段早年间用横石片插起的长长的下坡路，不多时便纷纷消失在城市的大街小巷中。

在校园内的南墙根下，现在已经按班级排起了十几路纵队。各班的值日生正在忙碌地给众人分饭菜。每个人的饭菜都是昨天登记好并付了饭票的，因此程序并不复杂，现在值日生只是按饭表付给每人预订的一份。菜分甲、乙、丙三等。甲菜以土豆、白菜、粉条为主，里面有些叫人嘴馋的大肉片，每份三毛钱；乙菜其他内容和甲菜一样，只是没有肉，每份一毛五分钱。丙菜可就差远了，清水煮白萝卜——似乎只是为了掩饰这过分的清淡，才在里面象征性地漂了几点辣子油花。不过，这菜价钱倒也便宜，每份五分钱。

各班的甲菜只是在小脸盆里盛一点，看来吃得起肉菜的学生没有几个。丙菜也用小脸盆盛一点，说明吃这种下等伙食的人也没有多少。只有乙菜各班都用烧瓷大脚盆盛着，海海漫漫的，显然大部分人都吃这种既不奢侈也不寒酸的菜。主食也分三等：白面馍，玉米面馍，高粱面馍；白、黄、黑，颜色就表明了一种差别；学生们戏称欧洲、亚洲、非洲。

从排队的这一片黑鸦鸦的人群看来，他们大部分都来自农村，脸上和身上或多或少都留有体力劳动的痕迹。除过个把人的衣装和他们的农民家长一样土气外，这些已被自己的父辈看做是“先生”的人，穿戴都还算体面。贫困山区的农民尽管眼下大都少吃缺穿，但孩子既然到大地方去念书，家长们就是咬着牙关省吃节用，也要给他们做几件见人衣裳。当然，这队伍里看来也有个把光景好的农家子弟，那穿戴已经和城里干部们的子弟没什么差别，而且胳膊腕上往往还撑一块明晃晃的手表。有些这样的“洋人”就站在大众之间，如同鹤立鸡群，毫不掩饰自己的优越感。他们排在非凡的甲菜盆后面，虽然人数寥寥无几，但却特别惹眼。

在整个荒凉而贫瘠的黄土高原，一个县的县立高中，就算是本县的最高学府吧，也无论如何不可能给学生们盖一座餐厅。天好天坏，大家都是露天就餐。好在这些青年都来自山乡圪崂，谁没在野山野地里吃过饭呢？因此大家也并不在乎这种事。通常天气好的时候，大家都各自和要好的同学蹲成一圈，说着笑着就把饭吃完了。

今天可不行。所有打了饭菜的人。都用草帽或胳膊肘护着碗，趔趔趄趄穿过烂泥塘般的院坝，跑回自己的宿舍去了。不大一会工夫，饭场上就稀稀落落的没有几个人了。大部分班级的值日生也都先后走了。

现在，只有高一〈1〉班的值日生一个人留在空无人迹的饭场上。这是一位矮矮胖胖的女生，大概是小时候得过小儿麻痹一类的病，留下了痼疾，因此行走有点瘸跛。她面前的三个菜盆里已经没有了菜，馍筐里也只剩了四个焦黑的高粱面馍。看来这几个黑家伙不是值日生本人的，因为她自己手里拿着一个白面馍和一个玉米面馍，碗里也像是乙菜。这说明跛女子算得上中等人家。她端着自己的饭菜，满脸不高兴地立在房檐下，显然是等待最后一个蹦跚来迟者——我们可以想来这必定是一个穷小子，他不仅吃这最差的主食，而且连五分钱的丙菜也买不起一份啊！

雨中的雪花陡然间增多了，远远近近愈加变得模模糊糊。城市寂静无声。隐约地听见很远的地方传来一声公鸡的啼鸣，给这灰蒙蒙的天地间平添了一丝睡梦般的阴郁。

就在这时候，在空旷的院坝的北头，走过来一个瘦高个的青年人。他胳膊窝里夹着一只碗，缩着脖子在泥地里蹒跚而行。小伙子脸色黄瘦，而且两颊有点塌陷，显得鼻子像希腊人一样又高又直。脸上看来才刚刚褪掉少年的稚气——显然由于营养不良，还没有焕发出他这种年龄所特有的那种青春光彩。

他撩开两条瘦长的腿，扑踏扑踏地踩着泥水走着。这也许就是那几个黑面馍的主人？看他那一身可怜的穿戴想必也只能吃这种伙食。瞧吧，他那身衣服尽管式样裁剪得勉强还算是学生装，但分明是自家织出的那种老土粗布，而且黑颜料染得很不均匀，给人一种肮肮脏脏的感觉。脚上的一双旧黄胶鞋已经没有了鞋带，凑合着系两根白线绳；一只鞋帮上甚至还缀补着一块蓝布补丁。裤子显然是前两年缝的，人长布缩，现在已经短窄得吊在了半腿把上；幸亏袜腰高，否则就要露肉了。（可是除过他自己，谁又能知道，他那两只线袜子早已经没有了后跟，只是由于鞋的遮掩，才使人觉得那袜子是完好无缺的）。

他径直向饭场走过来了。现在可以断定，他就是来拿这几个黑面馍的。跛女子在他未到馍筐之前，就早已经迫不及待地端着自己的饭碗一瘸一跛地离开了。

他独个儿来到馍筐前，先怔了一下，然后便弯腰拾了两个高粱面馍。筐里还剩两个，不知他为什么没有拿。

他直起身子来，眼睛不由地朝三只空荡荡的菜盆里瞥了一眼。他瞧见乙菜盆的底子上还有一点残汤剩水。房上的檐水滴答下来，盆底上的菜汤四处飞溅。他扭头瞧了瞧：雨雪迷蒙的大院坝里空无一人。他很快蹲下来，慌得如同偷窃一般，用勺子把盆底上混合着雨水的剩菜汤往自己的碗里舀。铁勺刮盆底的嘶啦声像炸弹的爆炸声一样令人惊心。血涌上了他黄瘦的脸。一滴很大的檐水落在盆底，溅了他一脸菜汤。他闭住眼，紧接着，就见两颗泪珠慢慢地从脸颊上滑落了下来——唉，我们姑且就认为这是他眼中溅进了辣子汤吧！

他站起来，用手抹了一把脸，端着半碗剩菜汤，来到西南拐角处的开水房前，在水房后墙上伸出来的管子上给菜汤里搀了一些开水，然后把高粱面馍掰碎泡进去，就蹲在房檐下狼吞虎咽地吃起来。

他突然停止了咀嚼，然后看着一位女生来到馍筐前，把剩下的那两个黑面馍拿走了。是的，她也来了。他望着她离去的、穿破衣裳的背影，怔了好一会。

这几乎成了一个惯例：自从开学以来，每次吃饭的时候，班上总是他两个最后来，默默地各自拿走自己的两个黑高粱面馍。这并不是约定的，他们实际上还并不熟悉，甚至连一句话也没说过。他们都是刚刚从各公社中学毕业后，被推荐来县城上高中的。开学没有多少天，班上大部分同学相互之间除过和同村同校来的同学熟悉外，生人之间还没有什么交往。

他蹲在房檐下，一边往嘴里扒拉饭，一边在心里猜测：她之所以也常常最后来取饭，原因大概和他一样。是的，正是因为贫穷，因为吃不起好饭，因为年轻而敏感的自尊心，才使他们躲避公众的目光来悄然地取走自己那两个不体面的黑家伙，以免遭受许多无言的耻笑！

但他对她的一切毫无所知。因为班上一天点一次名，他现在只知道她的名字叫郝红梅。她大概也只知道他的名字叫孙少平吧？

孙少平上这学实在是太艰难了。像他这样十七八岁的后生，正是能吃能喝的年龄。

可是他每顿饭只能啃两个高粱面馍。以前他听父亲说过，旧社会地主喂牲口都不用高粱——这是一种最没营养的粮食。可是就这高粱面他现在也并不充足。按他的饭量，他一顿至少需要四五个这样的黑家伙。现在这一点吃食只是不至于把人饿死罢了。如果整天坐在教室里还勉强能撑得住，可这年头“开门办学”，学生们除过一群一伙东跑西颠学工学农外，在学校里也是半天学习，半天劳动。至于说到学习，其实根本就没有课本，都是地区发的油印教材，课堂上主要是念报纸上的社论。开学这些天来，还没正经地上过什么课，全班天天在教室里学习讨论无产阶级专政理论。当然发言的大部分是城里的学生，乡里来的除过个别胆大的外，还没人敢说话。

每天的劳动可是雷打不动的，从下午两点一直要干到吃晚饭。这一段时间是孙少平最难熬的。每当他从校门外的坡底下挑一担垃圾土，往学校后面山地里送的时候，只感到两眼冒花，天旋地转，思维完全不存在了，只是吃力而机械地蠕动着两条打颤的腿一步步在山路上爬蜒。

但是对孙少平来说，这些也许都还能忍受。他现在感到最痛苦的是由于贫困而给自尊心所带来的伤害。他已经十七岁了，胸腔里跳动着一颗敏感而羞怯的心。他渴望穿一身体面的衣裳站在女同学的面前；他愿自己每天排在买饭的队伍里，也能和别人一样领一份乙菜，并且每顿饭能搭配一个白馍或者黄馍。这不仅是为了嘴馋，而是为了活得尊严。他并不奢望有城里学生那样优越的条件，只是希望能像大部分乡里来的学生一样就心满意足了。

可是这绝对不可能。家里能让他这样一个大后生不挣工分白吃饭，让他到县城来上高中，就实在不容易了。大哥当年为了让他和妹妹上学，十三岁高小毕业，连初中也没考，就回家务了农。至于大姐，从小到大连一天书也没有念过。他现在除过深深地感激这些至亲至爱的人们，怎么再能对他们有任何额外的要求呢？

少平知道，家里的光景现在已经临近崩溃。老祖母年近八十，半瘫在炕上；父母亲也一大把岁数，老胳膊老腿的，挣不了几个工分；妹妹升入了公社初中，吃穿用度都增加了；姐姐又寻了个不务正业的丈夫，一个人拉扯着两个幼小的孩子，吃了上顿没下顿，还要他们家经常接济一点救命的粮食——他父母心疼两个小外孙，还常常把他们接到家里来喂养。

家里实际上只有大哥一个全劳力——可他也才二十三岁啊！亲爱的大哥从十三岁起就担起了家庭生活的重担；没有他，他们这家人不知还会破落到什么样的境地呢！

按说，这么几口人，父亲和哥哥两个人劳动，生活是应该能够维持的。但这多少年来，庄稼人苦没少受，可年年下来常常两手空空。队里穷，家还能不穷吗？再说，父母亲一辈子老实无能，老根子就已经穷到了骨头里。年年缺空，一年更比一年穷，而且看来再没有任何好转的指望了……在这样的情况下，他能上到高中，还有什么可说的呢？话说回来，就是家里有点好吃的，好穿的，也要首先考虑年迈的祖母和年幼的妹妹；更何况还有姐姐的两个嗷嗷待哺的小生命！

他在眼前的环境中是自卑的。虽然他在班上个子最高，但他感觉他比别人都低了一头。

而贫困又使他过分地自尊。他常常感到别人在嘲笑他的寒酸，因此对一切家境好的同学内心中有一种变态的对立情绪。就说现在吧，他对那个派头十足的班长顾养民，已经产生了一种强烈的反感情绪。每当他看见他站在讲台上，穿戴得时髦笔挺，一边优雅地点名，一边扬起手腕看表的神态时，一种无名的怒火就在胸膛里燃烧起来，压也压不住。点名的时候，点到谁，谁就答个到。有一次点到他的时候，他故意没有吭声。班长瞪了他一眼，又喊了一声他的名字，他还是没有吭声。如果在初中，这种情况说不定立即就会引起一场暴力性的冲突。大概因为大家刚升入高中，相互不摸情况，班长对于他这种污辱性的轻蔑，采取了克制的态度，接着去点别人的名了。

点完名散场后，他和他们村的金波一同走出教室。这家伙喜眉笑脸地对他悄悄伸出一个大拇指，说："好!""我担心这小子要和我打架。"孙少平事后倒有点后悔他刚才的行为了。

"他小子敢!"金波瞪起一双大花眼睛，拳头在空中晃了晃。

金波和他同龄，个子却比他矮一个头。他皮肤白晰，眉目清秀，长得像个女孩子。但这人心却生硬，做什么事手脚非常麻利。平静时像个姑娘，动作时如同一只老虎。

金波他父亲是地区运输公司的汽车司机，家庭情况比孙少平要好一些，生活方面在班里算是属于较高层次的。少平和这位"富翁"的关系倒特别要好。他和他从小一块耍大，玩性很投合。以后又一直在一起上学。在村里，金波的父亲在门外工作，他家里少不了有些力气活，也常是少平他父亲或哥哥去帮忙。另外，金波的妹妹也和他妹妹一块上学，两个孩子好得形影不离。至于金波对他的帮助，那就更不用说了。他们在公社上初中时，离村十来里路，为了省粮省钱，都是在家里吃饭——晚上回去，第二天早上到校，顺便带着一顿中午饭。每天来回二十里路，与他一块上学的金波和大队书记田福堂的儿子润生都有自行车，只有他是两条腿走路。金波就和他共骑一辆车子。两年下来，润生的车子还是新的，金波的车子已经破烂不堪了。他父亲只好又给他买了一辆新的。现在到了县城，离家六七十里路，每星期六回家，他更是离不开金波的自行车了。另外，到这里来以后，金波还好几次给他塞过白面票。不过，他推让着没有要——因为这年头谁的白面票也不宽裕；再说，几个白面馍除顶不了什么事，还会惯坏他的胃口的……唉，尽管上这学是如此艰难，但孙少平内心深处还是有一种说不出的高兴滋味。他现在已经从山乡圪崂里来到了一个大世界。对于一个贫困农民的儿子来说，这本身就是一件多么了不起的事啊!

每天，只要学校没什么事，孙少平就一个人出去在城里的各种地方转：大街小巷，城里城外，角角落落，反正没去过的地方都去。除过几个令人敬畏的机关——如县革委会、县武装部和县公安局外，他差不多在许多机关的院子里都转过了——大多是假装上厕所而哄过门房老头进去的。由于人生地不熟，他也不感到这身破衣服在公众场所中的寒酸，自由自在地在这个城市的四面八方逛荡。他在这其间获得了无数新奇的印象，甚至觉得弥漫在城市上空的炭烟味闻起来都是别具一格的。当然，许许多多新的所见所识他都还不能全部理解，但所有的一切无疑都在他的精神上产生了影响。透过城市生活的镜面，他似乎更清楚地看见了他已经生活过十几年的村庄——在那个位所熟悉的古老的世界里，原来许多有意义的东西，现在看起来似乎有点平淡无奇了。而那里许多本来重要的事物过去他却并没有留心，现在倒突然如此鲜活地来到了他的心间。

除过这种漫无目的的转悠，他现在还养成了一种看课外书的习惯。这习惯还是在上初中的最后一年开始的。有一次他去润生家，发现他们家的箱盖上有一本他妈夹鞋样的厚书，名字叫《钢铁是怎样炼成的》。起先他没在意——一本炼钢的书有什么意思呢？他随便翻了翻，又觉得不对劲。明明是一本炼钢的书，可里面却不说炼钢炼铁，说的全是一个叫保尔·柯察金的苏联人的长长短短。他突然对这本奇怪的书产生了强烈的好奇心。他想看看这本书倒究是怎么回事。润生说这书是他姐的——润生他姐在县城教书，很少回家来；这书是润生他妈从城里拿回来夹鞋样的。

润生妈同意后，他就拿着这本书匆匆地回到家里，立刻看起来。

他一下子就被这书迷住了。记得第二天是星期天，本来往常他都要出山给家里砍一捆柴；可是这天他哪里也没去，一个人躲在村子打麦场的麦秸垛后面，贪婪地赶天黑前看完了这书。保尔·柯察金，这个普通外国人的故事，强烈地震撼了他幼小的心灵。

天黑严以后，他还没有回家。他一个人呆呆地坐在禾场边上，望着满天的星星，听着小河水朗朗的流水声，陷入了一种说不清楚的思绪之中。这思绪是散乱而飘浮的，又是幽深而莫测的。他突然感觉到，在他们这群山包围的双水村外面，有一个辽阔的大世界。而更重要的是，他现在朦胧地意识到，不管什么样的人，或者说不管人在什么样的境况下，都可以活得多么好啊！在那一瞬间，生活的诗情充满了他十六岁的胸膛。他的眼前不时浮现出保尔瘦削的脸颊和他生机勃勃的身姿。他那双眼睛并没有失明，永远蓝莹莹地在遥远的地方兄弟般地望着他。当然，他也永远不能忘记可爱的富人的女儿冬妮娅。她真好。她曾经那样地热爱穷人的儿子保尔。少平直到最后也并不恨冬妮娅。他为冬妮娅和保尔的最后分手而热泪盈眶。他想：如果他也遇到一个冬妮娅该多么好啊！这一天，他忘了吃饭，也没有听见家人呼叫他的声音。他忘记了周围的一切，一直等到回到家里，听见父亲的抱怨声和看见哥哥责备的目光，在锅台上端起一碗冰凉的高粱米稀饭的时候，他才回到了他生活的冷酷现实中……从此以后，他就迷恋上了小说，尤其爱读苏联书。在来高中之前，他已经看过了《卓娅和舒拉的故事》。

现在，他在学校和县文化馆的图书室里千方百计搜寻书籍。眼下出的书他都不爱看，因为他已经读过几本苏联小说，这些中国的新书相比而言，对他来说已经没什么意思了。他只搜寻外国书和文化革命前出的中国书。

渐渐地，他每天都沉醉在读书中。没事的时候，他就躺在自己的一堆破烂被褥里没完没了地看。就是到学校外面转悠的时候，胳膊窝里也夹着一本——转悠够了，就找个僻静地方看。后来，竟然发展到在班上开会或者政治学习的时候，他也偷偷把书藏在桌子下面看。

不久，他这种不关心无产阶级政治，光看“反动书”的行为就被人给班主任揭发了。告密者就是离他座位不远的跛女子侯玉英。这是一位爱关心别人私事的女同学。生理的缺陷似乎带来某种心理的缺陷：在生活中她最关注的是别人的缺点，好像要竭力证明这世界上所有的人都是不完整的——你们的腿比我好，但另外的地方也许并不如我！侯玉英讨论时常常第一个发言，像干部们一样头头是道地解释无产阶级专政理论。劳动时尽管腿不好，总是抢着干。当然也爱做一些好人好事；同时又像纪律监察委员会的书记一样监督着班上所有不符合革命要求的行为。

那天班上学习《人民日报》社论《领导干部带头学好》的文章，班主任主持，班长顾养民念报纸。孙少平一句也没听，低着头悄悄在桌子下面看小说。他根本没有发现跛女子给班主任老师示意他的不规行为。直等到老师走到他面前，把书从他手里一把夺过之后，他才猛地惊呆了。全班顿时哄堂大笑。顾养民不念报了，他看来似乎是一副局外人的样子，但孙少平觉得班长分明抱着一种幸灾乐祸的态度，看老师怎样处置他呀。

班主任把没收的书放在讲桌上，先没说什么，让顾养民接着往下念。

学习完了以后，老师把他叫到宿舍，意外地把书又还给了他，并且说："《红岩》是一本好书，但以后你不要在课堂上看了。去吧……"

孙少平怀着感激的心情退出了老师的房子。他从老师的眼睛里没有看出一丝的谴责，反而满含着一种亲切和热情。这一件小小的事，使他对书更加珍爱了。是的，他除过一天几个黑高粱面馍以外，再有什么呢？只有这些书，才使他觉得活着还是十分有意义的，他的精神也才能得到一些安慰，并且唤起对自己未来生活的某种美好的向往——没有这一点，他就无法熬过眼前这艰难而痛苦的每一个日子。而在他眼下的生活中，实际上还有一件令他无法言明的、给他内心带来一丝温暖和愉快的小小的事情。这件事实际上我们已经知道了，这就是：每天吃饭的时候，在众人散尽而他一个人去取自己那两个黑馍——每当这样的时候，他总能看见另外一个人做同样一件事。

当然，在起先的时候，他和那个叫郝红梅的女生都是毫不相干地各自拿了自己的馍就离开了。

不知是哪一天，她走过来的时候，看了他一眼。他也看了她一眼。尽管谁也没说话，但实际上说了。人们在生活中常常有一种没有语言的语言。从此以后，这种眼睛的"交谈"就越来越多了。

孙少平发现，郝红梅实际上是班里最漂亮的女生。只是因为她穿戴破烂，再加上一脸菜色，才使得所有的人都没有发现这一点。这种年龄的男青年，又刚刚有了一点文化，往往爱给一些"洋女生"献殷勤。尤其是刚从农村来的男生，在他们的眼里，城里干部的女儿都好像是下凡的仙女。当然，这般年龄的男女青年还说不上正经八板地谈恋爱，但他们无疑已经浮浅地懂得了这种事，并且正因为刚懂得，因此比那些有过经历的人具有更大的激情。唉，谁没有经过这样的年龄呢？在这个维特式的骚动不安的年龄里，异性之间任何微小的情感，都可能在一个少年的内心掀起狂风巨浪！

孙少平目前还没有到这样的地步。他只是感到，在他如此潦倒的生活中，有一个姑娘用这样亲切而善意的目光在关注他，使他感到无限温暖。她那可怜的、清瘦的脸颊，她那细长的脖项，她那刚能遮住羞丑的破烂衣衫，都在他的内心荡漾起一种春水般的波澜。

他们用眼睛这样"交谈"了一些日子后，终于有一天，她取完那两个黑面馍，迟疑地走到他跟前，小声问他："那天，老师没收了你的那本书，叫什么名字？"

"《红岩》。我在县文化馆借的。"他拿黑面馍的手微微抖着，回答她。她离他这么近，他再也不敢看她了。他很不自在地把头低下，看着自己手里的那两个黑东西。"那里面有个江姐……"她本来不紧张，但看他这样不自在，声音也有点不自然了。

他赶忙说："是。后来牺牲了……很悲壮！"他加添了一个自认为很出色的词，头仍然低着。

"还有一个双枪老太婆。"她又说。

"你也看过这书？"他现在才敢抬起眼皮看了她一眼。"我没看过。以前听我爸说过里面的故事。"

"你爸？你爸看过？"

"嗯。"

"你爸在？……"少平显然有点惊讶这位穿戴破烂的女生，她父亲竟然看过《红岩》，因此弄不明白她父亲是干什么的了。"我爸是农民，成分不好，是地主，不，我爷爷是地主，所以……"

"那你爸上过学？"

"我爸没上过。我爷上过。我爸的字是我爷教的。我爷早死了……我没看过《红岩》小说，但我会唱《红岩》歌剧里的歌。我的名字就是我爸从这歌词里面取的。那歌剧里有一句歌词是：红岩上，红梅开……"

她这样轻声慢语地说着，他呆呆地听着。

她突然红着脸说："你的书还了没有？"

他说："还没。"

"能不能借我看一下？"

"能！"他爽快地回答。

于是，第二天他就把书交到了她的手里。

在这以后，只要孙少平看过的书，就借给郝红梅看。无论是他给她借书，还是她给他还书，两个人不约而同地都是悄悄进行的。他们都知道，一个男生和一个女生这样过分亲密的交往，如果让班里的同学们发现了，会引起什么样的反响——那他们也就别想安宁地过日子了！

## 导读与鉴赏

这部小说描写的是1975年到1985年的10年间发生在陕北的故事，社会背景十分广阔，正是国家波澜壮阔的历史交替时期。以孙少安和孙少平兄弟二人为轴心，以新的视角观察和反映变革中的城乡现实生活为主线，通过复杂的矛盾纠葛，刻画了当时社会各阶层众多普通人的形象：劳动与爱情、挫折与追求、痛苦与欢乐、日常生活与巨大社会冲突纷繁地交织在一起，深刻地展示了普通人在大时代历史进程中所走过的艰难曲折的道路。

小说的第一章描写的是孙少平在县立高中吃饭的一个场景，这里没有对话和人物语言，只有场景描写、人物心理和动作描写，但细致入微、真实生动地表现了贫困而又自尊的孙少平求学时期的艰难和生活的极度贫困。

一部伟大的作品，是能够帮助人类摆脱精神困境的精神滋养。《平凡的世界》的人物在贫穷与追求、奋斗达到了有机的统一，尤其是对孙少安和孙少平外在的贫穷和内心的高傲的塑造，非常丰满。从孙少安、孙少平、郝红梅、顾养民、田晓霞、田润叶、金波、田福堂、金秀、秀莲等众多人物，他们在生活中都遇到各种困难和痛苦，时间没停下脚步，他们向命运抗争，在贫穷中追求理想和幸福，虽然有点苦涩，命运对他们不公，但毕竟他们最终像一只小船，停靠在属于他们的港湾。书中最感动人的，是孙氏兄弟不甘屈服于命运，在沉重的生活中发掘自己被禁锢的价值，自强不息的命运主旋律。

小说人物的塑造很鲜明。孙少平勤劳、善良，有理想，受过教育，但是他又不是真正的知识分子，因为离开学校之后，又必须回到农村成为一个彻底的农民。他生存在一个平凡的世界里，恶劣的生活环境使他始终逃不过悲剧的命运。物质上与情感上的苦难，使他不断地与命运做斗争，企图通过奋斗获得最终的解放。小说对于中国女性命运的解放进行了展示。在《平凡的世界》里，出现了无数女性的形象，其中以田润叶、田晓霞、孙兰香、孙兰花这四个女性为代表。作者通过对四个人物形象的不同对比，反映出女性思想也在悄悄地发生变化。从兰花到润叶到晓霞再到兰香，每一个女性的形象的变化都揭示了随着时代在变化，中国女性的地位也随之得到发展。

小说文约理丰的语言特色。书中的语言，首先是朴素的，但又包含着丰富的内蕴。没有修饰手法的使用，也没有煽情的语言，有的只是直白的陈述。书中描写的是在陕西黄土高原上发生的故事，书中的语言也呈现出浓郁的地方色彩。这些地方性的语言使得书中时刻渗透着陕西的文化氛围。这种地方色彩不仅表现为用词上，最突出的还是表现在信天游这种文化形式中，文中多次出现了信天游。在小说中还出现了很多富有哲理性的语言。通过这些语言，读者一次又一次地被感动，同时，审视着自己的内心。

结构布局的艺术特色。这部长篇小说，全书分为三部，分别命名为《大地》《黑金》《大世界》，每一部有五十四章，其中第三部又含后记，全书一百万字。这是一部“全景式”的鸿篇巨制，规模宏大，气势磅礴。此书的结构首尾呼应，浑然天成。作品以一场批斗会作为开始，最后又以一场庆贺盛典作为结局。首尾的相互对比，让人为这十年间发生的巨变而感叹。《平凡的世界》是一部现实主义小说，也是小说化的家族史；作家高度浓缩了中国西北农村的历史变迁过程，作品达到了思想性与艺术性的高度统一，特别是主人公面对困境，不屈不挠的奋斗精神，对今天的年轻人仍有启迪作用。

### 思考与练习

1. 试举例分析《平凡的世界》中的人物描写。
2. 比较路遥中篇小说《人生》与《平凡的世界》中对于“苦难”的诠释的异同。

# 简·爱

【英】夏洛蒂·勃朗特

## 作家与作品

《简·爱》(*Jane Eyre*)是19世纪英国著名的女作家夏洛蒂·勃朗特的代表作，人们普遍认为《简·爱》是夏洛蒂·勃朗特"诗意的生平写照"，是一部具有自传色彩的作品。它阐释了这样一个主题：人的价值=尊严+爱。《简·爱》中的简爱人生追求有两个基本旋律：富有激情、幻想、反抗和坚持不懈的精神；对人间自由幸福的渴望和对更高精神境界的追求。这本小说通过对孤女坎坷不平的人生经历的描写，成功地塑造了一个不安于现状、不甘受辱、敢于抗争的女性形象，反映一个平凡心灵的坦诚倾诉的呼号和责难，一个小写的人成为一个大写的人的渴望。

夏洛蒂·勃朗特(Charlotte Bronte)1816年生于英国北部的一个乡村牧师家庭。她的两个妹妹，即艾米莉·勃朗特和安妮·勃朗特，也是著名作家，因而在英国文学史上常有"勃朗特三姐妹"之称。母亲早逝，八岁的夏洛蒂被送进一所寄宿学校。在那里生活条件极其恶劣，她的两个姐姐玛丽亚和伊丽莎白因染上肺病而先后死去。于是夏洛蒂和妹妹艾米莉回到家乡，在荒凉的约克郡山区度过了童年。后来她曾做家庭教师，她曾打算自办学校，为此她在姨母的资助下与艾米莉一起去意大利进修法语和德语，然而学校没能办成。但是她在意大利学习的经历激发了她表现自我的强烈愿望，促使她投身于文学创作的道路。

夏洛蒂14岁时，已写了许多小说、诗歌和剧本，据她自己开列的书单，她共写了22卷之多，每卷60到100页。这些习作尽管还很幼稚，但已表现出相当厚实的文学素养和丰富的想象力。这样的习作，可以说为她往后在文坛上一举成名作了充分准备。夏洛蒂30岁时，她花了将近一年时间，写成一部长篇小说，取名《教师》；妹妹艾米莉和安妮则分别写了长篇小说《呼啸山庄》和《艾格尼斯·格雷》。她们把三部小说一起寄给出版商。不久，出版商回复她们说，《呼啸山庄》和《艾格尼斯·格雷》已被接受，但夏洛蒂的《教师》将被退回。

这对夏洛蒂来说可是个不小的打击。但她没有退缩，反而又开始写另一部长篇小说，这就是《简·爱》。《简·爱》的问世轰动了19世纪的文坛，在英国文学史上，被称为一部经典传世之作，它以一种不可抗拒的美感吸引了成千上万的读者，有一种抑制不住的冲动，驱使人拿起这本书，随之深深感动，心灵也为之震颤。夏洛蒂·勃朗特带我们走进了一个爱与恨的世界。

## 原文与注解

### 简·爱(节选)

芬丁庄园掩藏在林木之中，是一幢相当古老的大楼，面积中等，建筑朴实，我早有所闻。罗切斯特先生常常谈起它，有时还上那儿去。他的父亲为了狩猎购下了这份产业。他本想把它租出去，却因为地点不好，环境欠佳，而找不到租户。结果除了两三间房子装修了一下，供这位乡绅狩猎季节住宿用，整个庄园空关着，也没有布置。

天黑之前，我来到了这座花园。那是个阴霾满天，冷风呼呼，细雨霏霏的黄昏。我守信付了双倍的价钱，打发走了马车和马车夫，步行了最后一英里路。庄园周围的树林枝繁叶茂，郁郁葱葱，即使走得很近，也不见庄园的踪影。两根花岗石柱之间的铁门，才使我明白该从什么地方进去。进门之后，我便立即置身于密林的晦暗之中了。有一条杂草丛生的野径，沿着林荫小道而下，两旁是灰白多节的树干，顶上是枝桠交叉的拱门。我顺着这条路走去，以为很快就会到达住宅。谁知它不断往前延伸，逶迤盘桓，看不见住宅或庭园的痕迹。

我想自己搞错了方向，迷了路。夜色和密林的灰暗同时笼罩着我，我环顾左右，想另找出路。但没有找到，这里只有纵横交织的树枝、圆柱形的树干和夏季浓密的树叶——没有哪儿有出口。

我继续往前走去。这条路终于有了出口，树林也稀疏些了。我立刻看到了一排栏杆。随后是房子——在暗洞洞的光线中，依稀能把它与树木分开。颓败的墙壁阴湿碧绿。我进了一扇只不过上了闩的门，站在围墙之内的一片空地上，那里的树木呈半圆形展开。没有花草，没有苗圃。只有一条宽阔的砂石路绕着一小片草地，藏于茂密的森林之中。房子的正面有两堵突出的山墙。窗子很窄，装有格子，正门也很窄小，一步就到了门口，正如“罗切斯特纹章”的老板所说，整个庄园显得“十分荒凉”，静得像周日的教堂。落在树叶上的哗哗雨声是附近入耳的唯一声音。

“这儿会有生命吗?”我暗自问道。

不错，是存在着某种生命，因为我听见了响动——狭窄的正门打开了，田庄里就要出现某个人影了。

门慢慢地开了。薄暮中一个人影走了出来，站在台阶上。一个没有戴帽子的男人。他伸出手仿佛要感觉一下是不是在下雨。尽管已是黄昏，我还是认出他来了——那不是别人，恰恰就是我主人，爱德华·费尔法克斯·罗切斯特。

我留住脚步，几乎屏住了呼吸，站立着看他——仔细打量他，而不让他看见，呵，他看不见我。这次突然相遇，巨大的喜悦已被痛苦所制约。我毫不费力地压住了我的嗓音，免得喊出声来，控制了我的脚步，免得急乎乎冲上前去。

他的外形依然像往昔那么健壮，腰背依然笔直、头发依然乌黑。他的面容没有改变或者消瘦。任何哀伤都不可能在一年之内消蚀他强劲的力量，或是摧毁他蓬勃的青春。但在他的面部表情上，我看到了变化。他看上去绝望而深沉——令我想起受到虐待和身陷囹圄的野兽或鸟类，在恼怒痛苦之时，走近它是很危险的。一只笼中的鹰，被残酷地割去了金色的双眼，看上去也许就像这位失明的参孙。

读者呀，你们认为，他那么又瞎又凶，我会怕他吗?——要是你认为我怕，那你太不了解我了。伴随着哀痛，我心头浮起了温存的希望，那就是很快就要胆大包天，吻一吻他岩石般的额头和额头下冷峻地封闭的眼睑。但时机未到，我还不想招呼他呢。

他下了那一级台阶，一路摸索着慢慢地朝那块草地走去。他原先大步流星的样子如今哪儿去了?随后他停了下来，仿佛不知道该走哪条路。他抬起头来，张开了眼睑，吃力地、空空地凝视着天空和树荫。你看得出来，对他来说一切都是黑洞洞的虚空。他伸出了右手(截了肢的左臂藏在胸前)，似乎想通过触摸知道周围的东西。但他碰到的依然是虚空，因为树木离他站着的地方有几码远。他歇手了，抱着胳膊，静默地站在雨中，这会儿下大了的雨打在他无遮无盖的头上。正在这时，约翰不知从哪里出来，走近了他。

“拉住我的胳膊好吗，先生?”他说，“一阵大雨就要下来了，进屋好吗?”

“别打搅我。”他回答。

约翰走开了，没有瞧见我。这时罗切斯特先生试着想走动走动，却徒劳无功——对周围的一切太没有把握了。他摸回自己的屋子，进去后关了门。

这会儿我走上前去，敲起门来。约翰的妻子开了门。“玛丽，”我说，“你好!”

她吓了一大跳，仿佛见了一个鬼似的。我让她镇静了下来。她急忙问道：“当真是你吗，小姐，这么晚了还到这么偏僻的地方来?”我握着她的手回答了她。随后跟着她走进了厨房，这会儿约翰正坐在熊熊的炉火边。我三言二语向他们作了解释，告诉他们，我离开桑菲尔德后所发生的一切我都已经听说了。这回是来看望罗切斯特先生的。还请约翰到我打发了马车的大路上去一趟，把留在那儿的箱子去取回来。随后我一面脱去帽子和披肩，一面问玛丽能不能在庄园里过夜。后来我知道虽然不容易安排，但还能办到，便告诉她我打算留宿。正在这时客厅的门铃响了。

“你进去的时候，”我说，“告诉你主人，有人想同他谈谈。不过别提我的名字。”

“我想他不会见你，”她回答，“他谁都拒绝。”

她回来时，我问他说了什么。

“你得通报姓名，说明来意。”她回答。接着去倒了一杯水，拿了几根蜡烛，都放进托盘。

“他就为这个按铃？”我问。

“是的，虽然他眼睛看不见，但天黑后总是让人把蜡烛拿进去。”

“把托盘给我吧，我来拿进去。”

我从她手里接过托盘，她向我指了指客厅门。我手中的盘子抖动了一下，水从杯子里溢了出来，我的心怦怦撞击着肋骨。玛丽替我开了门，并随手关上。

客厅显得很阴暗。一小堆乏人照看的火在炉中微微燃着。房间里的瞎眼主人，头靠高高的老式壁炉架，俯身向着火炉。他的那条老狗派洛特躺在一边，离得远远的，蜷曲着身子，仿佛担心被人不经意踩着似的。我一进门，派洛特便竖起了耳朵，随后汪汪汪，呜呜呜叫了一通，跳将起来，窜向了我，差一点掀翻我手中的托盘。我把盘子放在桌上，拍了拍它，柔声地说：“躺下！”罗切斯特先生机械地转过身来，想看看那骚动是怎么回事，但他什么也没看见，于是便回过头去，叹了口气。

“把水给我，玛丽。”他说。

我端着现在只剩了半杯的水，走近他，派洛特跟着我，依然兴奋不已。

“怎么回事？”他问。

“躺下，派洛特！”我又说。他没有把水端到嘴边就停了下来，似乎在细听。他喝了水，放下杯子。

“是你吗，玛丽？是不是？”

“玛丽在厨房里。”我回答。

他伸出手，很快挥动了一下，可是看不见我站在那儿，没有碰到我。“谁呀？谁呀？”他问，似乎要用那双失明的眼睛来看——无效而痛苦的尝试！“回答我——再说一遍？”他专横地大声命令道。

“你再要喝一点吗，先生？杯子里的水让我泼掉了一半。”我说。

“谁？什么？谁在说话？”

“派洛特认得我，约翰和玛丽知道我在这里，我今天晚上才来。”我回答。

“天哪！——我是在痴心梦想吗？什么甜蜜的疯狂迷住了我？”

“不是痴心梦想——不是疯狂。先生，你的头脑非常健康，不会陷入痴心梦想；你的身体十分强壮，不会发狂。”

“这位说话人在哪儿？难道只是个声音？呵！我看不见，不过我得摸一摸，不然我的心会停止跳动，我的脑袋要炸裂了。不管是什么——不管你是谁——要让我摸得着，不然我活不下去了！”

他摸了起来。我抓住了他那只摸来摸去的手，双手紧紧握住它。

“就是她的手指！”他叫道，“她纤细的手指！要是这样，一定还有其他部分。”

这只强壮的手从我握着的手里挣脱了。我的胳膊被抓住，还有我的肩膀——脖子——腰——我被搂住了，紧贴着他。

“是简吗？这是什么？她的体形——她的个子——”

“还有她的声音，”我补充说。“她整个儿在这里了，还有她的心。上帝祝福你，先生！我很高兴离你又那么近了。”

“简·爱！简·爱！”他光这么叫着。

“我亲爱的主人，”我回答，“我是简·爱。我找到了你——我回到你身边来了。”

“真的？是她本人？我鲜龙活跳的简·爱？”

“你碰着我，先生——你搂着我，搂得紧紧的。我并不是像尸体一样冷，像空气一般空，是不是？”

“我鲜龙活跳的宝贝！当然这些是她的四肢，那些是她的五官了。不过那番痛苦之后我可没有这福分了。这是一个梦。我夜里常常梦见我又像现在这样，再一次贴心按着她，吻她——觉得她爱我，相信她不会离开我。”

“从今天起，先生，我永远不会离开你了。”

“永远不会，这个影子是这么说的吗？可我一醒来，总发觉原来是白受嘲弄一场空。我凄凉孤独——我的生活黑暗、寂寞，无望——我的灵魂干渴，却不许喝水；我的心儿挨饿，却不给喂食，温存轻柔的梦呀，这会儿你偎依在我的怀里，但你也会飞走的，像早已逃之夭夭的姐妹们一样。可是，吻一下我再走吧——拥抱我一下吧，简。”

“那儿，先生——还有那儿呢！”

我把嘴唇紧贴着当初目光炯炯如今已黯然无光的眼睛上——我拨开了他额上的头发，也吻了一下。他似乎突然醒悟，顿时相信这一切都是事实了。

“是你——是简吗，那么你回到我这儿来啦？”

“是的。”

“你没有死在沟里，淹死在溪水底下吗？你没有憔悴不堪，流落在异乡人中间吗？”

“没有，先生。我现在完全独立了。”

“独立！这话怎么讲，简？”

“我马德拉的叔叔去世了，留给了我五千英镑。”

“呵，这可是实在的——是真的！”他喊道：“我决不会做这样的梦。而且，还是她独特的嗓子，那么活泼、调皮，又那么温柔，复活了那颗枯竭的心，给了它生命。什么，简，你成了独立的女人了？有钱的女人了？”

“很有钱了，先生。要是你不让我同你一起生活，我可以紧靠你的门建造一幢房子，晚上你要人作伴的时候，你可以过来，坐在我的客厅里。”

“可是你有钱了，简，不用说，如今你有朋友会照顾你，不会容许你忠实于一个像我这样的瞎眼瘸子？”

“我同你说过我独立了，先生，而且很有钱、我自己可以作主。”

“那你愿意同我待在一起？”

“当然——除非你反对。我愿当你的邻居，你的护士，你的管家。我发觉你很孤独，我愿陪伴你——读书给你听，同你一起散步，同你坐在一起，侍候你，成为你的眼睛和双手。别再那么郁郁寡欢了，我的亲爱的主人，只要我还活着，你就不会孤寂了。”

他没有回答，似乎很严肃——散神了。他叹了口气，半张开嘴，仿佛想说话，但又闭上了。我觉得有点儿窘。也许我提议陪伴他，帮助他是自作多情；也许我太轻率了、超越了习俗。而他像圣·约翰一样。从我的粗疏中看到了我说话不得体。其实，我的建议是从这样的思想出发的，就是他希望，也会求我做他的妻子。一种虽然并没有说出口，却十分肯定的期待支持着我，认为他会立刻要求我成为他的人。但是他并没有吐出这一类暗示、他的面部表情越来越阴沉了。我猛地想到，也许自己全搞错了，或许无意中充当了傻瓜。我开始轻轻地从他的怀抱中抽出身来——但是他焦急地把我抓得更紧了。

“不——不——简。你一定不能走。不——我已触摸到你，听你说话，感受到了你在场对我的安慰——你甜蜜的抚慰。我不能放弃这些快乐，因为我身上已所剩无多——我得拥有你。世人会笑话我——会说我荒唐，自私——但这无伤大雅。我的心灵企求你，希望得到满足，不然它会对躯体进行致命的报复。”

“好吧，先生，我愿意与你待在一起、我已经这么说了。”

“不错——不过，你理解的同我待在一起是一回事，我理解的是另一回事。也许你可以下决心待在我身边和椅子旁——像一个好心的小护士那样侍候我(你有一颗热诚的心，慷慨大度的灵魂，让你能为那些你所怜悯的人作出牺牲)，对我来说，无疑那应当已经够了。我想我现在只能对你怀着父亲般的感情了，你是这么想的吗？来——告诉我吧。”

“你愿意我怎么想就怎么想吧，先生。我愿意只做你的护士，如果你认为这样更好的话。”

“可你不能老是做我的护士，珍妮特。你还年轻——将来你得结婚。”

“我不在乎结婚不结婚。”

“你应当在乎，珍妮特。如果我还是过去那个样子的话，我会努力使你在乎——可是——一个失去视力的赘物！”

他又沉下脸来一声不吭了。相反，我倒是更高兴了，一下子来了勇气。最后几个字使我窥见了内中的难处，因为困难不在我这边，所以我完全摆脱了刚才的窘态，更加活跃地同他攀谈了起来。

“现在该是有人让你重新变成人的时候了，”我说着，扒开了他又粗又长没有理过的头发，“因为我知道你正蜕变成一头狮子，或是狮子一类的东西。你‘fauxair’田野中的尼布甲尼撒。肯定是这样。你的头发使我想起了鹰的羽毛，不过你的手指甲是不是长得像鸟爪了，我可还没有注意到。”

“这只胳膊，既没有手也没有指甲，”他说着，从自己的胸前抽回截了肢的手，伸给我看。“只有那么一截了——看上去真可怕！你说是不是，简？”

“见了这真为你惋惜，见了你的眼睛也一样——还有额上火烫的伤疤。最糟糕的是，就因为这些，便有让人爱抚过分，照料过头把你惯坏的危险。”

“我想你看到我的胳膊和疤痕累累的面孔时会觉得厌恶的。”

“你这样想的吗？别同我说这话——不然我会对你的判断说出不恭的话来。好吧，让我走开一会儿，把火生得旺些，把壁炉清扫一下。火旺的时候，你能辨得出来吗？”

“能，右眼能看到红光——一阵红红的烟雾。”

“你看得见蜡烛光吗？”

“非常模糊——每根蜡烛只是一团发亮的雾。”

“你能看见我吗？”

“不行，我的天使。能够听见你，摸到你已经是够幸运了。”

“你什么时候吃晚饭？”

“我从来不吃晚饭。”

“不过今晚你得吃一点。我饿了，我想你也一样，不过是忘了罢了。”

我把玛丽叫了进来，让她很快把房间收拾得更加令人振奋，同时也为他准备了一顿舒心的晚宴。我的心情也激动起来，晚餐时及晚餐后同他愉快而自在地谈了很久。跟他在一起，不存在那种折磨人的自我克制，不需要把欢快活跃的情绪压下去。同他相处，我无拘无束，因为我知道自己与他很相称。我的一切言行似乎都抚慰着他，给他以新的生命。多么愉快的感觉呀！它唤醒了我全部天性，使它灼灼生辉。在他面前我才尽情地生活着，同样，在我面前，他才尽情地生活着。尽管他瞎了，他脸上还是浮起了笑容，额头映出了欢快，面部表情温柔而激动。

晚饭后他开始问我很多问题，我上哪儿去了呀，在干些什么呀，怎么找到他的呀。不过我回答得很简略，那夜已经太晚，无法细谈了。此外，我不想去拨动那剧烈震颤的心弦——不想在他的心田开掘情感的新泉。我眼下的唯一目的是使他高兴。而如我所说他已很高兴，但反复无常。要是说话间沉默了一会儿，他会坐立不安，碰碰我，随后说，“简。”

“你是十十足足的人吗，简？你肯定是这样的吗？”

“我诚恳地相信是这样。罗切斯特先生。”

“可是，在这样一个悲哀的黑夜，你怎么会突然出现在我冷落的炉边呢？我伸手从一个佣工那儿取一杯水，结果却是你端上来的。我问了个问题，期待着约翰的妻子回答我，我的耳边却响起了你的声音。”

“因为我替玛丽端着盘子进来了。”

“我现在与你一起度过的时刻，让人心驰神迷。谁能料到几个月来我挨过了黑暗、凄凉、无望的生活？什么也不干，什么也不盼，白天和黑夜不分。炉火熄了便感到冷；忘记吃饭便觉得饿。随后是无穷无尽的哀伤，有时就痴心妄想，希望再见见我的简。不错，我渴望再得到她，远胜过渴望恢复失去的视力。简跟我待着，还说爱我，这怎么可能呢？她会不会突然地来，突然地走呢？我担心明天我再也看不到她了。”

在他这样的心境中，给他一个普普通通、实实在在的回答，同他烦乱的思绪毫无联系，是再好不过了，也最能让他放下心来。我用手指摸了摸他的眉毛，并说眉毛已被烧焦了，我可以敷上点什么，使它长得跟以往的一样粗、一样黑。

“随你怎么做好事对我有什么用处呢，慈善的精灵？反正在关键时刻，你又会抛弃我——像影子一般消失，上哪儿去而又怎么去，我一无所知，而且从此之后，我就再也找不到你了。”

“你身边有小梳子吗，先生？”

“干吗，简？”

“把乱蓬蓬的黑色鬃毛梳理一下。我凑近你细细打量时，发现你有些可怕。你说我是个精灵，而我相信，你更像一个棕仙。”

“我可怕吗，简？”

“很可怕，先生。你知道，你向来如此。”

“哼！不管你上哪儿待过一阵子，你还是改不掉那淘气的样子。”

“可是我同很好的人待过，比你好得多，要好一百倍。这些人的想法和见解，你平生从来没有过。他们比你更文雅，更高尚。”

“你究竟跟谁待过？”

“要是你那么扭动的话，你会弄得我把你的头发拔下来，那样我想你再也不会怀疑我是实实在在的人了吧。”

“你跟谁待过一阵子？”

“今天晚上别想从我嘴里把话掏出来了，先生。你得等到明天。你知道，我把故事只讲一半，会保证我出现在你的早餐桌旁把其余的讲完。顺便说一句，我得留意别只端一杯水来到你火炉边，至少得端进一个蛋，不用讲油煎火腿了。”

“你这个爱嘲弄人的丑仙童——算你是仙女生，凡人养的！你让我尝到了一年来从未有过的滋味。要是扫罗能让你当他的大卫，那就不需要弹琴就能把恶魔赶走了。”

“瞧，先生，可把你收拾得整整齐齐，像像样样了。这会儿我得离开你了。最近三天我一直在旅途奔波，想来也够累的。晚安！”

“就说一句话，简，你前一阵子待的地方光有女士吗？”

我大笑着抽身走掉了，跑上楼梯还笑个不停。“好主意！”我快活地想道。“我看以后的日子我有办法让他急得忘掉忧郁了。”

第二天一早，我听见他起来走动了，从一个房间摸到另一个房间。玛丽一下楼，我就听见他问：“爱小姐在这儿吗？”接着又问：“你把她安排在哪一间？里面干燥吗？她起来了吗？去问问是不是需要什么，什么时候下来？”

我一想到还有一顿早餐，便下楼去了。我轻手轻脚进了房间，他还没有发现我，我就已瞧见他了。说实在目睹那么生龙活虎的人沦为一个恹恹的弱者，真让人心酸。他坐在椅子上——虽然一动不动，却并不安分，显然在企盼着。如今，习惯性的愁容，已镌刻在他富有特色的脸庞上。他的面容令人想起一盏熄灭了的灯，等待着再度点亮——唉！现在他自己已无力恢复生气勃勃、光彩照人的表情了，不得不依赖他人来完成。我本想显得高高兴兴、无忧无虑，但是这个强者那么无能为力的样子，使我心碎了。不过我还是尽可能轻松愉快地跟他打了招呼：

“是个明亮晴朗的早晨呢，先生，”我说，“雨过天晴，你很快可以去走走了。”

我已唤醒了那道亮光，他顿时容光焕发了。

“呵，你真的还在，我的云雀！上我这儿来。你没有走，没有飞得无影无踪呀？一小时之前，我听见你的一个同类在高高的树林里歌唱，可是对我来说，它的歌声没有音乐，就像初升的太阳没有光芒。凡我能听到的世间美妙的音乐，都集中在简的舌头上，凡我能感受到的阳光，都全聚在她身上。”

听完他表示对别人的依赖，我不禁热泪盈眶。他仿佛是被链条锁在栖木上的一头巨鹰，竟不得不企求一只麻雀为它觅食。不过，我不喜欢哭哭啼啼，抹掉带咸味的眼泪，便忙着去准备早餐了。

大半个早上是在户外度过的。我领着他走出潮湿荒凉的林子，到了令人心旷怡艳的田野。我向他描绘田野多么苍翠耀眼，花朵和树篱多么生气盎然，天空又多么湛蓝闪亮。我在一个隐蔽可爱的地方，替他找了个座位，那是一个干枯的树桩。坐定以后，我没有拒绝他把我放到他膝头上。既然他和我都觉得紧挨着比分开更愉快，那我又何必要拒绝呢？派洛特躺在我们旁边，四周一片寂静。他正把我紧紧地搂在怀里时突然嚷道：

“狠心呀，狠心的逃跑者！呵，简，我发现你出走桑菲尔德，而又到处找不着你，细看了你的房间，断定你没有带钱，或者当钱派用处的东西，我心里是多么难受呀！我送你的一根珍珠项链，原封不动地留在小盒子里。你的箱子捆好了上了锁，像原先准备结婚旅行时一样。我自问，我的宝贝成了穷光蛋，身边一个子儿也没有，她该怎么办呢？她干了些什么呀？现在讲给我听听吧。”

于是在他的敦促之下，我开始叙述去年的经历了。我大大淡化了三天的流浪和挨饿的情景，因为把什么都告诉他，只会增加他不必要的痛苦。但是我确实告诉他的一丁点儿，也撕碎了他那颗忠实的心，其严重程度超出了我的预料。

他说，我不应该两手空空地离开他，我应该把我的想法跟他说说。我应当同他推心置腹，他决不会强迫我做他的情妇。尽管他绝望时性情暴烈，但事实上，他爱我至深至亲，绝不会变成我的暴君。与其让我把自己举目无亲地抛向茫茫人世，他宁愿送我一半财产，而连吻一下作为回报的要求都不提。他确信，我所忍受的比我说给他听的要严重得多。

“嗯，我受的苦再多，时间都不长。”我回答。随后我告诉他如何被接纳进沼泽居；如何得到教师的职位，以及获得财产，发现亲戚等，按时间顺序，一一叙述。当然随着故事的进展，圣·约翰·里弗斯的名字频频出现。我一讲完自己的经历，这个名字便立即提出来了。

“那么，这位圣·约翰是你的表兄了？”

“是的。”

“你常常提到他，你喜欢他吗？”

“他是个大好人，先生，我不能不喜欢他。”

“一个好人？那意思是不是一个体面而品行好的五十岁男人？不然那是什么意思？”

“圣·约翰只有二十九岁，先生。”

“Jeune encore，”就像法国人说的。“他是个矮小、冷淡、平庸的人吗？是不是那种长处在于没有过错，而不是德行出众的人？”

“他十分活跃，不知疲倦，他活着就是要成就伟大崇高的事业。”

“但他的头脑呢？大概比较软弱吧？他本意很好，但听他谈话你会耸肩。”

“他说话不多，先生。但一开口总是一语中的。我想他的头脑是一流的，不易打动，却十分活跃。”

“那么他很能干了？”

“确实很能干。”

“一个受过良好教育的人？”

“圣·约翰是一个造诣很深、学识渊博的学者。”

“他的风度，我想你说过，不合你的口味？”“——一本正经，一副牧师腔调。”

“我从来没有提起过他的风度。但除非我的口味很差，不然是很合意的。他的风度优雅、沉着，一副绅士派头。”

“他的外表——我忘了你是怎么样描述他的外表的了——那种没有经验的副牧师，扎着白领巾，弄得气都透不过来；穿着厚底高帮靴，顶得像踏高跷似的，是吧？”

“圣·约翰衣冠楚楚，是个漂亮的男子，高个子，白皮肤，蓝眼睛，鼻梁笔挺。”

(旁白)“见他的鬼！——”(转向我)“你喜欢他吗，简？”

“是的，罗切斯特先生，我喜欢他。不过你以前问过我了。”

当然，我觉察出了说话人的用意。妒嫉已经攫住了他，刺痛着他。这是有益于身心的，让他暂时免受忧郁的咬啮。因此我不想立刻降服嫉妒这条毒蛇。

“也许你不愿意在我膝头上坐下去了，爱小姐？”接着便是这有些出乎意料的话。

“为什么不愿意呢，罗切斯特先生。”

“你刚才所描绘的图画，暗视了一种过分强烈的对比。你的话已经巧妙地勾勒出了一个漂亮的阿波罗。他出现在你的想象之中，——‘高个子，白皮肤，蓝眼睛，笔挺的鼻梁。’而你眼下看到的是一个火神——一个道地的铁匠，褐色的皮肤，宽阔的肩膀，瞎了眼睛，又瘸了腿。”

“我以前可从来没有想到过这点，不过你确实像个火神，先生？”

“好吧——你可以离开我了，小姐。但你走之前(他把我搂得更紧了)，请你回答我一两个问题。”他顿了一下。

“什么问题，罗切斯特先生？”

接踵而来的便是这番盘问：

“圣·约翰还不知道你是他表妹，就让你做莫尔顿学校的教师？”

“是的。”

“你常常见到他吗？他有时候来学校看看吗？”

“每天如此。”

“他赞同你的计划吗，简？——我知道这些计划很巧妙、因为你是一个有才干的家伙。”

“是的，——他赞同了。”

“他会在你身上发现很多预料不到的东西，是吗？你身上的某些才艺不同寻常。”

“这我不知道。”

“你说你的小屋靠近学校，他来看过你吗？”

“不时来。”

“晚上来吗？”

“来过一两次。”

他停顿了一下。

“你们彼此的表兄妹关系发现后，你同他和他妹妹们又住了多久？”

“五个月。”

“里弗斯同家里的女士们在一起的时候很多吗？”

“是的，后客厅既是他的书房，也是我们的书房。他坐在窗边，我们坐在桌旁。”

“他书读得很多吗？”

“很多。”

“读什么？”

“印度斯坦语。”

“那时候你干什么呢？”

“起初学德语。”

“他教你吗？”

“他不懂德语。”

“他什么也没有教你吗？”

“教了一点儿印度斯坦语。”

“里弗斯教你印度斯坦语？”

“是的，先生。”

“也教他妹妹们吗？”

“没有。”

“光教你？”

“光教我。”

“是你要求他教的吗？”

“没有。”

“他希望教你？”

“是的。”

他又停顿了一下。

“他为什么希望教你？印度斯坦语对你会有什么用处？”

“他要我同他一起去印度。”

“呵！这下我触到要害了。他要你嫁给他吗？”

“他求我嫁给他。”

“那是虚构的——胡编乱造来气气我。”

“请你原谅，这是千真万确的事实。他不止一次地求过我，而且在这点上像你一样寸步不让。”

“爱小姐，我再说一遍，你可以离开我了。这句话我说过多少次了？我已经通知你可以走了，为什么硬赖在我膝头上？”

“因为在这儿很舒服。”

“不，简，你在这儿不舒服，因为你的心不在我这里，而在你的这位表兄，圣·约翰那里了，呵，在这之前，我以为我的小简全属于我的，相信她就是离开我了也还是爱我的，这成了无尽的苦涩中的一丝甜味，尽管我们别了很久，尽管我因为别离而热泪涟涟，我从来没有料到，我为她悲悲泣泣的时候，她却爱着另外一个人！不过，心里难过也毫无用处，简，走吧，去嫁给里弗斯吧！”

“那么，甩掉我吧，先生，一把把我推开，因为我可不愿意自己离开你。”

“简，我一直喜欢你说话的声调，它仍然唤起新的希望，它听起来又那么真诚。我一听到它，便又回到了一年之前。我忘了你结识了新的关系。不过我不是傻瓜——走吧——”

“我得上哪儿去呢，先生。”

“随你自己便吧——上你看中的丈夫那儿去。”

“谁呀？”

“你知道——这个圣·约翰·里弗斯。”

“他不是我丈夫，也永远不会是，他不爱我，我也不爱他。他爱（他可以爱，跟你的爱不同）一个名叫罗莎蒙德的年轻漂亮小姐。他要娶我只是由于以为我配当一个传教士的妻子，其实我是不行的。他不错，也很了不起，但十分冷峻，对我来说同冰山一般冷。他跟你不一样，先生。在他身边，接近他，或者同他在一起，我都不会愉快。他没有迷恋我——没有溺爱我。在我身上，他看不到吸引人的地方，连青春都看不到——他所看到的只不过心里上的几个有用之处罢了。那么，先生，我得离开你上他那儿去了？”

我不由自主地哆嗦了一下，本能地把我亲爱的瞎眼主人搂得更紧了。他微微一笑。

“什么，简！这是真的吗？这真是你与里弗斯之间的情况吗？”

“绝对如此，先生。呵，你不必嫉妒！我想逗你一下让你少伤心些。我认为愤怒比忧伤要好。不过要是你希望我爱你，你就只要瞧一瞧我确实多么爱你，你就会自豪和满足了。我的整个心儿是你的，先生，它属于你，即使命运让我身体的其余部分永远同你分离，我的心也会依然跟你在一起。”

他吻我的时候，痛苦的想法使他的脸又变得阴沉了。

“我烧毁了的视力！我伤残了的体力！”他遗憾地咕哝着。

我抚摸着他给他以安慰。我知道他心里想些什么，并想替他说出来，但我又不敢。他的脸转开的一刹那，我看到一滴眼泪从封闭着的眼睑滑下来，流到了富有男子气的脸颊上。我的心膨胀起来了。

“我并不比桑菲尔德果园那棵遭雷击的老栗子树好多少，”没有过多久他说，“那些残枝，有什么权利吩咐一棵爆出新芽的忍冬花以自己的鲜艳来掩盖它的腐朽呢？”

“你不是残枝，先生——不是遭雷击的树。你碧绿而茁壮。不管你求不求，花草会在你根子周围长出来，因为它们乐于躲在你慷慨的树荫下。长大了它们会偎依着你，缠绕着你，因为你的力量给了它们可靠的支撑。”

他再次笑了起来，我又给了他安慰。

“你说的是朋友吗，简？”他问。

“是的，是朋友，”我迟迟疑疑地回答。我知道我的意思超出了朋友，但无法判断要用什么字。他帮了我忙。

“呵？简。可是我需要一个妻子。”

“是吗，先生？”

“是的，对你来说是桩新闻吗？”

“当然，先前你对此什么也没说。”

“是一桩不受欢迎的新闻？”

“那就要看情况了，先生——要看你的选择。”

“你替我选择吧，简。我会遵从你的决定。”

“先生，那就挑选最爱你的人。”

“我至少会选择我最爱的人，简。你肯嫁给我吗？”

“肯的，先生。”

“一个可怜的瞎子，你得牵着手领他走的人。”

“是的，先生。”

“一个比你大二十岁的瘸子，你得侍候他的人。”

“是的，先生。”

“当真，简？”

“完全当真，先生。”

“呵，我的宝贝？愿上帝祝福你，报答你！”

“罗切斯特先生，如果我平生做过一件好事——如果我有过一个好的想法——如果我做过一个真诚而没有过错的祷告——如果我曾有过一个正当的心愿——那么现在我得到了酬报。对我来说，做你的妻子是世上最愉快的事了。”

“因为你乐意作出牺牲。”

“牺牲！我牺牲了什么啦？牺牲饥饿而得到食品，牺牲期待而得到满足。享受特权搂抱我珍重的人——亲吻我热爱的人——寄希望于我信赖的人。那能叫牺牲吗？如果说这是牺牲，那当然乐于作出牺牲了。”

“还要忍受我的体弱，简，无视我的缺陷。”

“我毫不在乎，先生。现在我确实对你有所帮助了，所以比起当初你能自豪地独立自主，除了施主与保护人，把什么都不放在眼里时，要更爱你了。”

“我向来讨厌要人帮助——要人领着，但从今起我觉得我不再讨厌了。我不喜欢把手放在雇工的手里，但让简的小小的指头挽着，却很愉快。我不喜欢佣人不停地服侍我，而喜欢绝对孤独。但是简温柔体贴的照应却永远是一种享受。简适合我，而我适合她吗？”

“你与我的天性丝丝入扣。”

“既然如此，就根本没有什么好等的了，我们得马上结婚。”

他的神态和说话都很急切，他焦躁的老脾气又发作了。

“我们必须毫不迟疑地化为一体了，简。只剩下把证书拿到手——随后我们就结婚——”

“罗切斯特先生，我刚发现，日色西斜，太阳早过了子午线。派洛特实际上已经回家去吃饭了，让我看看你的手表。”

“把它别在你腰带上吧，珍妮特，今后你就留着，反正我用不上。”

“差不多下午四点了，先生。你不感到饿吗?”

“从今天算起第三天，该是我们举行婚礼的日子了，简。现在，别去管豪华衣装和金银首饰了，这些东西都一钱不值。”

“太阳已经晒干了雨露，先生。微风止了，气候很热。”

“你知道吗，简，此刻在领带下面青铜色的脖子上，我戴着你小小的珍珠项链。自从失去仅有的宝贝那天起，我就戴上它了，作为对她的怀念。”

“我们穿过林子回家吧，这条路最荫凉。”

他顺着自己的思路去想，没有理会我。

“简！我想，你以为我是一条不敬神的狗吧，可是这会儿我对世间仁慈的上帝满怀感激之情。他看事物跟人不一样，要清楚得多；他判断事物跟人不一样，而要明智得多。我做错了，我会玷污清白的花朵——把罪孽带给无辜，要不是上帝把它从我这儿抢走的话。我倔强地对抗，险些儿咒骂这种处置方式，我不是俯首听命，而是全不放在眼里。神的审判照旧进行，大祸频频临头。我被迫走过死荫的幽谷。”他的惩罚十分严厉，其中一次惩罚是使我永远甘于谦卑。你知道我曾对自己的力量非常自傲，但如今它算得了什么呢？我不得不依靠他人的指引，就像孩子的孱弱一样。最近，简——只不过是最近——我在厄运中开始看到并承认上帝之手。我开始自责和忏悔，情愿听从造物主。有时我开始祈祷了，祷告很短，但很诚恳。

“已经有几天了，不，我能说出数字来——四天。那是上星期一晚上——我产生了一种奇怪的心情：忧伤，也就是悲哀和阴沉代替了狂乱。我早就想，既然到处找不着你，那你一定已经死了。那天深夜——也许在十一二点之间——我闷闷不乐地去就寝之前，祈求上帝，要是他觉得这么做妥当的话，可以立刻把我从现世收去，准许我踏进未来的世界，那儿仍有希望与简相聚。”

“我在自己的房间，坐在敞开着的窗边，清香的夜风沁人心脾。尽管我看不见星星，只是凭着一团模糊发亮的雾气，才知道有月亮。我盼着你，珍妮特！呵，无论是肉体还是灵魂，我都盼着你。我既痛苦而又谦卑地问上帝，我那么凄凉、痛苦、备受折磨，是不是已经够久了，会不会很快就再能尝到幸福与平静。我承认我所忍受的一切是应该的——我恳求，我实在不堪忍受了。我内心的全部愿望不由自主地崩出了我的嘴巴，化作这样几个字——‘简！简！简！’”

“你大声说了这几个字吗?”

“我说了，简。谁要是听见了，一定会以为我在发疯，我疯也似的使劲叫着那几个字。”

“而那是星期一晚上，半夜时分！”

“不错，时间倒并不重要，随后发生的事儿才怪呢。你会认为我相信迷信吧——从气质来看，我是有些迷信，而且一直如此。不过，这回倒是真的——我现在说的都是我听到的，至少这一点是真的。”

“我大叫着‘简！简！简！’的时候，不知道哪儿传来了一个声音，但听得出是谁的，这个声音回答道，‘我来了，请等一等我！’过了一会儿，清风送来了悄声细语——‘你在哪儿呀？’”

“要是我能够，我会告诉你这些话在我的心灵中所展示的思想和画面，不过要表达自己的想法并不容易。你知道，芬丁庄园深藏在密林里，这儿的声音很沉闷，没有回荡便会消失。‘你在哪儿呀？’这声音似乎来自于大山中间，因为我听到了山林的回声重复着这几个字。这时空气凉爽清新，风似乎也朝我额头吹来。我会认为我与简在荒僻的野景中相会。我相信，在精神上我们一定已经相会了。毫无疑问，当时你睡得很熟，说不定你的灵魂脱离了它的躯壳来抚慰我的灵魂。因为那正是你的口音——千真万确——是你的！”

读者呀，正是星期一晚上——将近午夜——我也接到了神秘的召唤，而那些也正是我回答的活。我倾听着罗切斯特先生的叙述，却并没有向他吐露什么，我觉得这种巧合太令人畏惧，令人费解了，因而既难以言传，也无法议论。要是我说出什么来，我的经历也必定会在聆听者的心灵中留下深刻的印象，而这饱受痛苦的心灵上容易忧伤了，不需要再笼罩更深沉的超自然阴影了。于是我把这些纵情留在心里，反复思量。

“这会儿你不会奇怪了吧，”我主人继续说，“那天晚上你出乎意外地在我当前冒出来时。我难以相信你不只是一个声音和幻象，不只是某种会销声匿迹的东西，就像以前已经消失的夜半耳语和山间回声那样。现在我感谢上帝，我知道这回可不同了。是的，我感谢上帝！”

他把我从膝头上放下来。虔敬地从额头摘下帽子，向大地低下了没有视力的眼睛，虔诚地默默站立着，只有最后几句表示崇拜的话隐约可闻。

“我感谢造物主，在审判时还记着慈悲。我谦恭地恳求我的救世主赐予我力量，让我从今以后过一种比以往更纯洁的生活！”

随后他伸出手让我领着，我握住了那只亲爱的手，在我的嘴唇上放了一会儿，随后让它挽住我肩膀，我个子比他矮得多，所以既做立支撑，又当了向导。我们进了树林，朝家里走去。

## 导读与鉴赏

小说以浓郁抒情的笔法和深刻细腻的心理描写，引人入胜地展示了男女主人公曲折起伏的爱情经历，歌颂了摆脱一切旧习俗和偏见的努力。扎根于相互理解、相互尊重的基础之上的深挚爱情，具有强烈的震撼心灵的艺术力量。

全书构思精巧，情节波澜起伏，给读者制造出一种阴森恐怖的气氛，而又不脱离一个中产阶级家庭的背景。作者还以煽情的笔法描写了主人公之间的真挚爱情和自然风景，感情色彩丰富而强烈。在风景描绘上，作者以画家的审美角度去鉴赏，以画家的情趣去把握光和影的和谐，色彩斑斓的景物描写细致生动，用词精确。

《简·爱》的结构是一种《神曲》式的艺术构架。简·爱经历了地狱（盖茨赫德和罗沃德）的烤炙，炼狱（桑菲尔德和沼泽地）的净化，最后到达可大彻大悟的天国这一理想境界（与罗切斯特结合并诞生了象征新生的下一代）。

作者运用渲染气氛、噩梦、幻觉、预感来营造地狱的气氛，构筑寓言式的环境。在盖茨赫德，简·爱从生活中感觉到了“阴森森的祭奠气氛”，看到时隐时现的“幽灵”，而压抑恐怖，令人毛骨悚然的“红房子”则几乎成了地狱的化身。在罗沃德，“死亡成了这里的常客”，“围墙之内笼罩着阴郁和恐怖”，散发着“死亡的恶臭”，对简·爱来说，无疑是刚跳出火坑，却又被投进了一个更为可怕的地狱。在桑菲尔德，疯女人像鬼魂一样频频出现，暴风骤雨不断袭击桑宅。为了赋予一部普通的爱情小说以经典意义和神话的内涵，作者反复引用《圣经》、神话、史诗、古典名著、历史典故、莎士比亚的著作。作者也使用环境描写侧面烘托人物。所选作品中营造了晦暗荒凉、萧索冷僻的环境氛围，创设了典型环境，反映了罗切斯特遭遇爱人离别、火灾致残后陷入人生困境的状态，暗示了他内心的痛苦与孤寂。

大量运用心理描写，以个性化的人物语言、动作塑造人物是小说的一大特色。简·爱以心灵独白的方式，倾诉自己内心世界的强烈情绪，表白自己有自尊，重感情，心灵丰富充实，表现出她率真坦诚的性情。人物语言富有激情和诗意，小说的男主人罗切斯特和女主人公简·爱男女双方都用诗的话语来表达各自的激情。罗切斯特的语言流露出对简的疼爱和怜惜，简的语言表白自己的独立、自由，维护自己强烈的自尊。简·爱——一个贫苦低微、其貌不扬、性格倔强、感情丰富、独立自尊、勇敢执著、聪慧过人的女孩，却拥有自尊、自重、自立、自强的人格。正如书中所说：她有清澈的眼睛，伶俐的口齿，热情如火的灵魂，温柔又稳重，柔情又坚定的宁折不弯的性情。当简·爱发觉她深深地爱上了主人后，在地位如此悬殊的情况下，她却敢于去爱，因为她坚信人在精神上都是平等的。当罗切斯特为了试探她而假意要娶贵族小姐时，她愤怒地说：“你以为，因为我穷，低贱，不美，矮小，我就没有灵魂没有心吗？你想错了！——我的灵魂跟你一样，我的心也跟你的完全一样，就如我们站在上帝跟前是平等的——因为我们是平等的！”

### 思考与练习

1. 我们当代大学生从《简·爱》这本小说中学到了什么？

2. “你以为我贫穷，相貌平平就没有感情吗？我向你起誓，如果上帝赋予我财富和美貌，我会让你难于离开我，就像我现在难于离开你一样。可是上帝没有这样安排。但我们的精神是平等的。就如你我走过坟墓，平等地站在上帝面前。”这是简·爱与罗彻斯特对话中精彩的一部分，从中你能看出简·爱怎样的性格和追求？

3. 比较《简·爱》与艾米莉·勃朗特的小说《呼啸山庄》主题思想的异同。

# 第四章 散文欣赏

## 第一节 散文的产生与发展

散文作为文学的根底，在文学中的地位不可忽视。我国散文的最早源头，可以追溯到甲骨卜辞。从殷商到战国时期，我国散文由萌芽至成熟。

### 一、古代散文及其发展

古代散文，是泛指那些不讲究骈偶押韵的文体，包括经、传、史、书在内，一律称为散文。

殷商时代有了文字，也就有了记史的散文。到了周朝，各诸侯国的史官进一步以朴素的语言、简洁的文字记录了列国间的史实，如《春秋》。以后，随着时代的需求，产生了描述现实的历史文学，这就有了《左传》《国语》《战国策》等历史著作。《左传》是《春秋左氏传》的简称，又名《左氏春秋》，相传是春秋末年鲁国的史官左丘明所著，共18万字，记载了春秋240年间列国的政治、军事、外交活动和言论以及天道、鬼神、灾祥、占卜之事。这部书叙事富于戏剧性，情节紧凑，战事描写尤为出色，语言精炼、富于形象。《国语》是一种国别史，分别记载了周王朝及诸侯各国之事，记言多于记事，所记大多为当时较有远见的开明贵族的话。《战国策》作者不可考，现在版本为西汉刘向辑成。它同《国语》一样，也是分国记事，记载了西、东周及秦、齐、楚、赵等诸国之事，记载内容是谋臣策士的种种活动及辞说。《战国策》文章的特点是长于说事，善用比喻，人物形象塑造极为生动。

先秦历史散文为中国的历史文学奠定了基础，对后世历史家和古文家都产生了极为深远的影响。

春秋战国之交是社会大变革的时代，各种学术流派纷纷著书立说，争论不休，形成百家争鸣的局面。代表不同阶级或阶层的思想家的著作，促进了说理散文的发展。这些思想家有儒家、墨家、道家、法家等。记载他们言论的书流传到现在的有《论语》《孟子》《墨子》《庄子》《韩非子》等。《论语》和《孟子》是儒家诠释“仁”的著作。《论语》是记录孔丘及其弟子言行的，其中多半是简短的谈话和问答。《孟子》是记载孟轲言论的。孟轲长于辩论，因此书中语言明快，富于鼓动性。《墨子》代表墨翟“兼爱”的主张，语言朴素，说理明确，逻辑性很强，《兼爱》《非攻》等篇极有代表性。《庄子》代表道家庄周“无为而治”的主张。庄子散文在诸子中独具魅力。这表现在作者具有奇幻的想象力和敏锐的观察力，善用民间寓言，长于譬喻，使文章富于文学趣味。《韩非子》代表法家"因时制宜"的主张。韩非散文结构严谨，锋芒锐利，说理深刻。《荀子》代表荀况的学说，现有 32 篇，多长篇。荀子散文特点：论点明确、层次清楚、句法整练、词汇丰富。《吕氏春秋》是秦丞相吕不韦门客的集体创作。它包括八览、六论、十二纪，兼有儒、道、墨、法、农诸家学说。书中保留了大量先秦时代的文献和佚事。它是一种系统化的、集合许多单篇的说理文，层层深入，最见条理。和诸子散文一样，它往往以寓言故事为譬喻，因而文章富于形象性。

先秦诸子的说理散文无论在思想上，还是在艺术风格上，都对后世散文的发展产生了显而易见的影响。

汉初，政论散文有所发展。贾谊是西汉初年杰出的文学家，他的文章《过秦》总结了秦代灭亡的原因，汲取了秦末农民起义的教训，发展了先秦的民本思想。他的散文善用比喻，语言富于形象性。除贾谊外，汉初还有不少散文家，他们的文章大多或论秦之得失，或针对时弊，提出自己的主张，其中以晁错和邹阳成就较高。晁错以主张募民备塞的《守边劝农疏》《论贵粟疏》两篇散文最为著名。汉武帝时，罢黜百家，独尊儒术，封建王朝迫切需求总结古代文化，给予"大一统"的统治局面以哲学和历史的解释，司马迁的《史记》应运而生。它的出现将先秦历史散文又大大向前发展了一步。在《史记》的影响下，东汉产生了不少历史散文著作，班固的《汉书》便是其中的杰出代表。汉代出现了一种新的文体"赋"。赋的名称始于战国赵人荀卿的《赋篇》，到后代形成了特定的体制。讲究文采、韵节，兼具诗歌和散文的双重性质。接近散文的称"文赋"，接近于骈文的称"骈赋"。汉初贾谊的《吊屈原赋》《鹏鸟赋》，司马相如的《子虚》《上林》，西汉末年扬雄的《甘泉赋》《羽猎赋》《长杨赋》《河东赋》，班固的《两都赋》，东汉张衡的《二京赋》，都是汉赋的名篇。

魏晋南北朝时期，骈文盛行，散文衰落。但在郦道元的《水经注》和杨衒之的《洛阳伽蓝记》等学术著作中仍有一些质朴的叙事、抒情、写景的优美文字。

唐朝韩愈大力反对浮华的骈俪文，提倡作古文，一时从者甚众，后又得柳宗元大力支持，古文创作业绩大增，影响更大，成为文坛的主要风尚，文学史上称其为古文运动。以韩柳为首的古文运动的胜利，树立了一种摆脱陈言俗套，自由抒写的新文风，大大提高了散文的抒情、叙事、议论、讽刺的艺术功能。中唐以后，古文运动一度衰落，到了宋代，欧阳修再一次掀起了古文运动，此后的王安石、曾巩、苏轼、苏洵、苏辙等人都在古文革新运动的影响之下取得了各自的成就，后人将他们与唐代韩愈、柳宗元合称为"唐宋八大家"。

北宋的历史文学家司马光编有一部历史巨著《资治通鉴》，它除具有史学价值外，还非常具有文学价值。

南宋散文家在北宋诸位大家影响下，产生了一部分上书言事的政论文，表现了作者鲜明的政治态度，胡铨、陈亮、叶适是这方面的代表作家。古文运动的成功，使散文更切合实用，南宋时大量出现的笔记杂文便是一个明证。洪迈的《容斋随笔》、王明清的《挥尘录》是笔记杂文中的佳作，此外，朱熹的古文长于说理，造诣很深。

明初的宋濂是"开国文臣之首"，他的一部分传记文很有现实意义，比较著名的作品有《秦士录》《王冕传》《李疑传》等。明中叶以后，针对程朱理学、八股文的束缚，以李梦阳、何景明为首的前七子发起“复古运动”，倡导文必秦汉。他们在对扫荡八股文风起到一定积极作用的同时，又走上了盲目模拟古人的路子。后来以李攀龙、王世贞为代表的“后七子”复古运动，也再一次重复了他们的错误。归有光等“唐宋派”首先起来反对复古派，进而是万历年间的公安派也加入猛烈抨击拟古主义的队伍。公安派以袁宗道、袁宏道、袁中道为代表，时称“三袁”，袁宏道最为著名。他们认为不同的时代有不同的文学，因此反对贵古贱今，模拟古人。袁宏道更出于作家的主观要求提出了“性灵说”。公安派的散文创作特点是：冲破传统古文的陈规旧律，自然流露个性，语言不事雕琢。与公安派同存的还有以钟惺、谭元春为代表的竟陵派，他们也主张独抒性灵。公安派与竟陵派革新的直接产物是晚明大量出现的小品散文，这是传统散文的一个发展，张岱是小品散文作者中比较有成就的一位。他的小品散文题材较广，山水名胜、风俗世情、戏曲技艺乃至古董玩具等都可以入文。他的散文语言清新活泼，形象生动，广览简取，《西湖七月半》《湖心亭看雪》是他的代表作。

明末清初，侯方域的散文取得了较高的艺术成就，代表作有《李姬传》《马伶传》《任源邃传》等。桐城派古文是清中叶最著名的一个流派，主要作家方苞、刘大櫆、姚鼐都是安徽桐城人，桐城派因此而得名。方苞继承归有光的传统，提出“义法”主张，并使之成为桐城派古文的基本理论。桐城派古文作品选材用语只重阐明立意，而不期堆砌材料，因而文章一般简洁自然，但缺乏生气，代表作品有方苞的《狱中杂记》《左忠毅公逸事》，姚鼐的《登泰山记》等。与桐城派对立存在的是提倡“骈文”的复社作家，汪中是其中成就最大者。清初有不少成绩突出的散文家，如王猷定、魏禧。王猷定的传奇性散文以小说传奇体打破了传统古文写法，代表作有《李一足传》《汤琵琶记》《义虎记》等。魏禧以人物传记最为突出，代表作是《大铁椎传》。康有为、梁启超为清末改良运动的代表人物，也是学术上改良派的代表作家。他们的散文无视传统古文的程式，直抒己见，畅所欲言，是政治斗争的有效工具。梁启超的新体散文更是对一切传统古文的猛烈冲击，为晚清的文体解放和“五四”的白话文运动开辟了道路，他的《少年中国说》即是这样一篇典型作品。

## 二、现代散文

现代散文是指与诗歌、小说、戏剧并称的文学样式，专指用凝练、生动、优美的文学语言写成的叙事、记人、状物、写景、喻理的短小精悍的文艺性文体。从纯文学的角度来说：散文，是一种最适于抒写作者主观情感，心灵的文学形式。它是一种“自我”的文学，“个性”的文学。其实，就是“人的文学”。从艺术表现的角度来说：散文是一种“实”“虚”结合，因“实”出“虚”的表现情趣的艺术。散文的选材范围海阔天空，表现形式灵便轻捷，行文活泼自由，记叙、描写、议论、抒情无一不可，反映现实迅速及时。散文的创作，常常是撷取日常生活中的一个片断甚至点滴小事，或自然界中的一个小小物件乃至一片叶、一缕光、一眼泉、一朵花来寄托作者的情思，表达主观感受，流露某种意愿、希望和追求。散文常用象征、衬托的手法，借助某一具体事物的形象，来表达某种抽象的概念，寄寓某种思想感情和生活哲理。散文中的“我”通常是作者自己；语言不受韵律的约束，表达方式多样；根据内容和主题的需要，它可以像小说那样通过对典型性的细节与生活片段作形象描写，心理刻画、环境渲染、气氛烘托，也可以像诗歌那样运用象征等艺术手法，创造一定的艺术意境。散文的表现形式多种多样，有杂感、短评、小品、随笔、速写、特写、游记、书信、日记、回忆录等。郁达夫说：“五四运动的最大的成功第一要算‘个人’的发现。”正是这种“发现”沟通了我国新文学和世界文学现代文学的精神联系，奠定了“自我”在现代散文中的主体地位，激活了“散文的心”，具有划时代的意义。中国的散文由“代圣贤立言”变为“表现自己”，从内容记写上实现了和世界文学的对接。同时，由“文章”上升为“文学”，极大地提升了散文的审美品位。现代散文石破天惊般的辉煌发展与巨大业绩，是继先秦诸子“百家争鸣”之后散文史上又一次助思想，文体的大解放，大突破，大变革时期。

现代散文的源头伴随着对封建主义文学和文言文的批判诞生了。新文学诞生的初期，在报刊上发表议论散文影响最大的有陈独秀、李大钊、鲁迅、周作人、钱玄同、刘半农等。他们的作品以随感录为主要形式，内容包罗广泛，重点在思想革命和文学革命上。鲁迅是写作议论散文成就最高的作家。诞生期的议论性散文是反封建的先锋，它所议论的对象紧贴生活，具体而且细微；它的形式自由，可长可短；它的语言可刚烈悲壮，也可幽默讽喻。议论散文之后，记叙性散文、小品文也相继问世，现代散文进入蓬勃发展阶段。发展期的散文风格各异、样式不一，呈现一派繁荣景象。就形式而言，有记叙、写景、抒怀、言志、评述；风格上形成了鲁迅的峻冷峭拔，周作人的平和冲淡，朱自清、冰心等的清新雅致，郭沫若、郁达夫等人的豪迈挥洒，叶圣陶、许地山的朴素平直，徐志摩的浓艳绚丽等。语丝社周作人是小品文的开拓者之一，代表作《故乡的野菜》《乌篷船》《菱角》《夏之梦》等多以小题材为描述对象，笔调从容、闲逸，于趣味性、知识性中潜移默化地培育着对生活的热爱。他的议论性散文在当时也占有重要地位。与周作人艺术风格相近的是同为语丝社成员的林语堂。他的代表作《翦拂集》着力讽刺时弊，批判传统的中庸哲学，强调与旧世界的斗争。俞平伯的《杂拌儿》《燕知草》等集子也带有与周作人类似的雅致，但同时又多了些晦涩的味道。郭沫若与郁达夫同属奔放潇洒一派。郭沫若的散文诗集《小品六章》文笔精美，语言雕饰，设景味道深长；郁达夫的游记散文中《屐痕处处》和《钓台的春昼》是代表他风格的作品，尤其是后一篇，写出了富春江秀丽的景色，于凭古怀悼之间，抒发了对现实的愤懑之情。何其芳的抒情散文在30年代别有风姿，被称为“诗人的散文”。作为现代派诗人，他将现代派的一些方法渗入散文创作，以达到抒写情感之目的，代表作为《画梦录》。何其芳散文的语言同他的诗一样，精雕细琢，有很强的可感性。

记叙性散文中，李广田记人的篇章很有代表性。他笔下的人物描写没有故事情节，只截取一些生活片断，加以抒情的寥寥几笔，以达传神之效。

抗战爆发，尤其是皖南事变之后，富有战斗性的杂文发出时代的最强音。郭沫若的《新缪司九神礼赞》《斥反动文艺》等文成为国统区思想战线、文化战线的重要文献；闻一多《最后一次的讲演》表现了一个坚强的民主战士面对手枪的英勇气概；冯雪峰的杂文侧重于人的心灵剖析，表现出较强的理论力量；聂绀弩(1900—1986)的杂文在艺术上作出了许多有益的探索，他善用令人兴趣盎然的古代故事巧妙抨击现实。此外，丰子恺、林默涵等许多作家也都写了大量杂文。记叙与抒情相结合的散文在国统区成绩突出。茅盾的《白杨礼赞》《风景谈》，巴金的《废园外》《灯》《龙》都是名篇，沈从文的《湘西散记》是记叙自然与人文状况的美文。

新中国成立初期，作家和战斗在各条战线上的业余作者，运用散文自觉地高唱反映新时代、新人物、新事物、新风貌的赞歌。因为作者队伍庞大，所以反映的生活面达到了从未有过的宽广程度。作品所呈现出的风格也是多种多样的，如巴金的热烈凝重，冰心的细腻柔婉，靳以的热情澎湃，刘白羽的激越高亢，华山的幽默气派，风格虽各不相同，但他们都以真实纯朴的感情涂抹着新生活的绚丽色彩。这时期散文创作一大特色是，抗美援朝和社会主义经济建设两项内容交相辉映。抗美援朝题材的作品影响较大的有：刘白羽的《朝鲜在战斗中前进》、靳以的《祖国——我的母亲》、菡子的《和平博物馆》、巴金的《生活在英雄们中间》等；写社会主义经济建设的名篇有：柳青的《1955 年在皇甫村》、秦兆阳的《王永淮》、沙汀的《卢家秀》、靳以的《到佛子岭去》、华山的《童话的时代》、李若冰的《在柴达木盆地》、臧克家的《毛主席向着黄河笑》、杨朔的《石油城》等。

形式多样也是本时期散文创作的收获之一。游记、小品、随笔和杂文都不同程度地发挥了它们在新时代的作用，不少作品受到读者的欢迎。游记有贺敬之的《回延安》、方纪的《歌声与笛声》、杨朔的《香山红叶》、碧野的《天山景物记》、叶圣陶的《游了三个湖》、茅盾的《斯德哥尔摩杂记》、峻青的《欧行书简》等；随笔有菡子的《小牛秧子》、何为的《两姊妹》；杂文有茅盾的《剥落蒙面强盗们的嘴脸》、巴人的《况钟的笔》、任晦的《“废名论”存疑》以及马铁丁的《思想杂谈》等。虽然本时期散文创作收获丰厚，但从整个文学领域来看，散文相比其他文学体裁受重视不够，尤比杂文显得更为薄弱。另外，有时由于受到不正常政治生活的影响，整个文艺界普遍存在着不敢大胆揭露现实矛盾冲突的现象，散文创作也不例外。

1957 年以后，散文创作受到各界重视，作品无论数量还是质量都大大超过了前一时期，名家俊作竞相涌现。老作家叶圣陶发表的《记金华的两个洞》是继《游了三个湖》之后又一篇耐看的游记作品；冰心的《樱花赞》和巴金的《从镰仓带回的照片》是两支国际主义友情的赞歌；吴伯箫的《歌声》《记一辆纺车》，是对延安艰苦岁月的追忆；方纪的《挥手之间》记录了历史的紧要关头，伟人毛泽东从容不迫的风采；陶铸的《松树的风格》咏物抒怀，意味深长；碧野的《雪路云程》《武当山记》在葱山丽水雪路云程之间洋溢着浓情画意；陈残云的《珠江岸边》《沙田水秀》描绘了珠江岸边人民的变化；于敏的《西湖即景》、李健吾的《雨中登泰山》将人带入迷朦的画境，诗意盎然；翦伯赞的《内蒙访古》以历史学家丰厚的文化底蕴将游记散文写得充实而辞采飞扬；沈从文的《新湘行记》中一如往日的山水焕发出了新生活的新气象；韩少华的《序曲》和徐开垒的《雕塑家传奇》是描写人物散文中的优秀篇章。此外，菡子的《黄山小记》、严阵的《牡丹园记》、冯牧的《沿着澜沧江的激流》、宗璞的《西湖漫笔》、峻青的《秋色赋》、李若冰的《祁连雪纷纷》都是游记和抒情散文中的上乘之作。这一时期的散文园地进入成熟的收获期，冰心、巴金、叶圣陶等老作家以孜孜不倦的求索精神达到了炉火纯青的艺术境界。更为可喜的是，以杨朔、刘白羽和秦牧为代表的中青年散文家日渐成熟，形成了各自的艺术风格。杨朔的散文似轻风抚柳般清新优美、婉转动人，刘白羽散文如同熔岩爆发般恣肆汪洋、炽热如火，秦牧的散文则将知识性、趣味性融合起来，如数家常、娓娓道来。其他的散文家也各具特色，个性鲜明，如碧野的明艳动人，陈残云的轻盈秀丽，邓拓的深刻犀利，吴伯箫的简炼真诚，曹靖华的平易朴素，峻青的高远深阔，李若冰的豪迈冷峻，陶铸的坦率峭拔，菡子的温婉细腻，宗璞的娟雅清秀……家家都亮出了写作散文的真功夫。

“文化大革命”中，文化遭到浩劫，没有了文化，也就没有了散文。“文革”后，天开云霁，人们被压抑了十年的情感喷涌而出，在散文创作领域，首先汇成的是一曲哀挽的悼歌。这支歌以高亢的旋律、悲壮的色彩、朴素的风格，开拓了一代文风。怀念毛泽东、朱德、周恩来等老一辈无产阶级革命家的散文有何为的《临江楼记》，毛岸青、邵华的《我爱韶山的红杜鹃》，刘白羽的《巍巍太行》，袁鹰的《飞》，张长的《泼水节的怀念》，菡子的《长江横渡》，薛明的《向党和人民的报告》，陶斯亮的《一封终于发出的信》等；追忆缅怀被迫害致死的文学家、艺术家、科学家和其他民族精英的优秀作品有：丁宁悼念杨朔的《幽燕诗魂》，黄宗英悼念上官云珠的《星》，金山悼念戏剧家孙维世的《莫将血恨付秋风》，丁一岚的《忆邓拓》，荒煤的《忆何其芳》，巴金追念爱妻的《怀念萧珊》，楼适夷的《痛悼傅雪》和悼念柳青的《创业诗篇犹待续，千秋遗恨在人间》等。这些作品中的人物是人们所熟悉和敬仰的，他们的事迹都是鲜为人知的，作品所抒发的情感不仅感人肺腑，而且催人警醒，促人奋进。

新时期的散文，如同一只报春的燕子，灵巧、敏捷地最先带着时代的气息飞进人们的心里。改革开放后，全社会沸腾的生活首先在散文中得以体现。此外，反映生活各方面，如回顾个人经历和情怀、揭示生活哲理的散文亦重展笑颜，绽放光彩。这类作品中的优秀之作有丁玲记叙与丈夫的牛棚生活的《牛棚小品》，严阵追忆女教授高风亮节的《水仙》，张抗抗歌颂群众中蕴藉的无穷力量的《地下森林断想》，管桦和丁宁托物言志，寄托气节与向往的《竹》和《仙女开花》等。

游记散文也日渐繁荣，它们大多继承古典散文中寄情于景的传统手法，于一山一水中寄托自己的情怀。这当中，国际题材的作品风采独具，丁玲的《我看到的美国》，萧乾的《美国之行》，王蒙的《德美两国纪行》，穆青的《在斜塔下》，刘白羽的《一曲清清塞纳河》，韦君宜的《故国情》等都是鼎力之作。

## 第二节 散文的欣赏技巧

在了解了中国古代、现当代散文发展的基本脉络和散文的定义后，再来谈怎样对散文进行欣赏。

欣赏散文首先需明确以下几点：

一、以“我”为主。在散文里，“我”即真实而独特的“主体”，居于极其重要的地位，这个“我”的展现正如郁达夫所说：“‘个人’的发现”，其实指的就是走进“散文”之中的那个活生生的“自我”。同时他也指出：“现代散文的最大特征，是每个作家的每一篇散文里所表现的个性，比从前的任何散文都来得强。”叶圣陶也借一篇短文对散文的表现“自我”，“个性”提出了严格的要求，他说道：“我要求你们的工作完全表现你们自己，不仅是一种意见，一个主张，要是你们自己的，便是细到像游丝的一缕情怀，低到像落叶一声叹息，也要让我认得出是你们的而不是旁边人的。”这里，意思就是说散文中没有作者这个人的神情浮动，就没有意义可言。以及“特质是个人的，一切都从个人的主观发出来”而不是别人的“自我”展现。蒙田说：“我所描写的是我自己。”就是“自我”这个意思。

二、注意散文笔调。所谓散文笔调，指的是以“我”为主角，以第一人称娓娓告白的亲切口吻写出的叙述文字。即散文要反映真实的，客观存在的“我”的灵魂。因此，欣赏散文，看其是否真的写出了鲜明的“自我”的个性，是最关键的。

三、明白散文因“实”出“虚”的艺术表现手法。散文是一种“实”“虚”结合，因“实”出“虚”的艺术。“实”指的是现实生活中人、事、物、景等真实的客观事物。作者在对客观存在的一切加以描写，寄托自己的情，并通过事物展现活生生的“自我”的灵魂，即散文的神，这就产生出了“虚”。在写作散文的过程中，表达应准确无误取信后世，力戒虚构编织、娇情伪饰。就是要写出真实而动人的情感，让读者忠实这种情感体验，从而产生心灵上的共鸣。

四、以小见大。散文的写作，题材广泛。所谓宇宙之大，苍蝇之微，皆可入微，皆可入文，说的就是任何事物都可以入文，成文。郁达夫说：“一粒沙里见世界，半瓣花上说人情，就是现代散文的特征之一。”这就是以小见大，这就为我们论证了“人性、社会性与大自然的调和”的散文特征。留心生活，关注身边感人的琐事，抓住一点，升华开去，引向深入，赋予深情、以情动人，以真情感人。

五、注意“情致”和“文”的结合。散文在各种文体中，是一种高雅而精粹的表现艺术。篇幅不长，但立意深，多见识，有真情，有趣味，文字表达有个性，富于文采，在民族语言中最隽美，最值得玩味。散文有自己的情致，情致是情趣、性情、趣味和风味的结合体。它和所写的内容有自然联系，但它并非内容本身，而是透过全部内容所表现，散发出的那种气韵、味道、笔致。如《背影》写父子亲情：事少，话不多，只以儿子的视角写父亲背影在自己内心所激起的幽深微澜，动人心弦，激荡着读者沉重的心。《我与地坛》感悟生命的坚韧恒久，情致表现为探询、深思等，表现出了悠长而丰韵的情致。所以，在欣赏散文时，眼界宜宽。要注意文情一致，体会所达到的文与情的和谐统一。

通晓以上的五点散文欣赏方法之外，散文的欣赏还需带有以下三方面审美的品格。

一、艺术构思的匠心。重情感流动的路径和布局，精心设计、苦心构思，然而形式上却天衣无缝、不留痕迹，常常是寓精巧于平常之中，使读者在不经意间感受到文章构思的功力。

以莫怀戚的散文《散步》为例分析。原文如下：

我们在田野散步：我，我的母亲，我的妻子和儿子。母亲本不愿出来的。她老了，身体不好，走远一点就觉得很累。我说，正因为如此，才应该多走走。母亲信服地点点头，便去拿外套。她现在很听我的话，就像我小时候很听她的话一样。天气很好。今年的春天来得太迟，太迟了，有一些老人挺不住。但是春天总算来了。我的母亲又熬过了一个严冬。这南方初春的田野，大块小块的新绿随意地铺着，有的浓，有的淡；树上的嫩芽也密了；田里的冬水也咕咕地起着水泡。这一切都使人想着一样东西——生命。我和母亲走在前面，我的妻子和儿子走在后面。小家伙突然叫起来："前面也是妈妈和儿子，后面也是妈妈和儿子。"我们都笑了。

后来发生了分歧：母亲要走大路，大路平顺；我的儿子要走小路，小路有意思。不过，一切都取决于我。我的母亲老了，她早已习惯听从她强壮的儿子；我的儿子还小，他还习惯听从他高大的父亲；妻子呢，在外面，她总是听我的。一霎时我感到了责任的重大。我想一个两全的办法，找不出；我想拆散一家人，分成两路，各得其所，终不愿意。我决定委屈儿子，因为我伴同他的时日还长。我说："走大路。"但是母亲摸摸孙儿的小脑瓜，变了主意："还是走小路吧。"她的眼随小路望去：那里有金色的菜花，两行整齐的桑树，尽头一口水波粼粼的鱼塘。"我走不过去的地方，你就背着我。"母亲对我说。这样，我们在阳光下，向着那菜花、桑树和鱼塘走去。到了一处，我蹲下来，背起了母亲，妻子也蹲下来，背起了儿子。我的母亲虽然高大，然而很瘦，自然不算重；儿子虽然很胖，毕竟幼小，自然也轻：但我和妻子都是慢慢地，稳稳地，走得很仔细，好像我背上的同她背上的加起来，就是整个世界。

在文中第一部分"这南方初春的田野，大块小块的新绿随意地铺着，有的浓，有的淡；树上的嫩芽也密了；田里的冬水也咕咕地起着水泡。这一切都使人想着一样东西——生命"。这段话意在言外，通过初春秀色的描绘，表现了春天蓬勃的生机，暗示熬过了严冬的母亲将会获得新的活力。而"小家伙突然大叫起来：'前面也是妈妈和儿子，后面也是妈妈和儿子。'我们都笑了"，则强调出生命对于家庭而言，是一种延续。第二部分中"我的母亲虽然高大，然而很瘦，自然不算重；儿子虽然很胖，毕竟幼小，自然也轻。但我和妻子都是慢慢地，稳稳地，走得很仔细，好像我背上的同她背上的加起来，就是整个世界"，这句话含义深刻。这里作者向人们展示出一个强壮的生命在家庭中的那份沉甸甸的责任感。它以轻衬重，突出了"尊老爱幼"的重大意义，还写出了中年人已意识到自己责任的重大，一个站在生命之链连接点上的中年人——对生命和社会的责任。由生命写至生命中不可或缺的责任感，在此文中是于无声处地过渡，通过散步这一平常的举动，揭示出作者写作意图及情感升华之所在，不能不感慨构思之精巧。

二、优美意境的创造。意境是指抒情性作品中所呈现的那种情景交融、虚实相生的形象系统，及其所诱发和开拓的审美想象空间。他同文学典型一样，也是文学形象的高级形态之一(《文学理论教程》童庆炳主编 P217)。通俗地讲就是作者想通过文章所要表达的思想、立意与文章中所描绘的具体情景达到了水乳完美融合的境地，文章中的情景具有了某种象征的意义。散文欣赏要强调意境的审美感受，可以说意境是散文的神韵和灵魂所在。散文家宗璞《紫藤萝瀑布》中的意境就幽美至极："从未见过开得这样盛的藤萝，只见一片辉煌的淡紫色，像一条瀑布，从空中垂下，不见其发端，也不见其终极。只是深深浅浅的紫，仿佛在流动，在欢笑，在不停地生长。紫色的大条幅上，泛着点点银光，就像迸溅的水花。仔细看时，才知道那是每一朵紫花中的最浅淡的部分，在和阳光互相挑逗。”作者对藤萝的描写是细致的，给人的感受是具体；那紫色“条幅上”“泛着点点银光”，“迸溅”“水花”。紫藤萝瀑布的美境通过细腻的实景描写，在“意象”的组合、情理化下，使读者得到一种领悟与深层享受。

三、散文的“真”与“美”

散文的“真”与“美”是对散文特征的一种概括。与诗和小说相比较，诗表达的情感当然要真，但诗更借助想象和语言技巧。小说叙事借助虚构，特别依赖叙事技巧。这都是人工化处理之后的美和真。散文如拉家常似的，是一种天然去雕饰的美和真。这也正是散文魅力之所在，作者因生活的本相而有了感受，读者因作者的所感而有了会心。真，指感情真、性情真、本色真。

感情真是散文最基本的特征。作者总是将自己在生活中的真切体验和盘托出，给人以开缄论心之感，读者仿佛走进了作者那敞开的心灵，听他倾诉衷情，那么纯真如痴，朴素自然。散文无论是写景、叙事、记人，一般说来，目的总在于抒发作者自己对于生活的感受，表达作者内心由此引发的情思。巴金在《随想录》中说：“可能以后还会有读者问起写作的秘诀，以为我藏有万能钥匙。其实我已经在前面交了底。倘使真有所谓秘诀的话，那也只是这样一句：把心交给读者。”真诚是一切文学艺术均应具有的品质，而对于散文来讲，尤其如此。假使矫揉造作，无病呻吟，故作高深只会令人生厌。作家席慕容在其散文集《席慕容散文精选：前尘·昨夜·此刻》中的序言中这样写道：“在这一本文选里的文字，从一开始就没有什么所谓的技巧，几十年写下来，也谈不上有些什么文学上的‘突破’或者‘进步’。可是，今天晚上，在灯下打开出版社寄来的新书三校稿，逐篇细读之时，恍如与故人重新相见，不禁要感谢那个年少的我了。她一个字一个字写出来的昨日，仿佛清香犹在，光影犹存……”我们清晰地感受到，散文作为真实的存在而记录时，只会令包括作者在内的读者敬仰。

性情真是指散文总是作家真性情的自然袒露，读散文能让我们看到作者的爱好、趣味、性格、品行，甚至声音容貌、风度气质。散文不仅能让我们从中见出作者的性情，还能见出作者对于社会、人生的认识的深刻程度，看出他思想境界的高低。作者的个性、人格、才情、趣味，都会在散文中呈现。幽默风趣的林语堂，孤高激愤的鲁迅，博学深思的钱锺书，安详恬然的冰心，还有狂妄的李敖，儒雅的黄裳，满腹乡愁的余光中，心气难平的龙应台……作品中将他们的性情表露无遗。

本色真是指散文的作者常常最大程度地放弃他们原本得心应手的表达技巧和手法，努力追求一种不事雕琢、随缘任运的写作状态。散文是作者的“本色写作”。小说通过虚构的人物、情节来完成自己的表达，根据叙事的需要自由运用多种叙事技巧。而诗歌则是用一种“人工化”的语言来完成传达，借助想象和语言技巧，语词的颠倒与错位、分行排列、格律、韵脚等，使诗歌脱离了日常语言的规则，以一种不合乎语言逻辑的方式言说。散文全然没有这些技巧，它“实话实说”。

我们读散文，仿佛与作者对坐，真有如孟浩然说的那样，“开轩面场圃，把酒话桑麻”，一切都自自然然，不像读小说，是在和虚构的人物打交道，作者的心思藏在文字中；也不像读诗歌，眼中只见精美的意象，诗人的感受和心情，需要细细地品味方能知道；更不像看戏剧，满眼只是戏剧人物的表演，剧作家的内心想法简直没法捉摸，因为它压根儿也许就不想和你谈心。

“我曾痴想北平羊头肉的风味，想了七八年；胜利还乡之后，一个冬夜，听得深巷卖羊头肉小贩的吆喝声，立即从被窝里爬出来，把小贩唤进门洞，我坐在懒椅上看着他于暗淡的油灯照明之下，抽出一把雪亮的薄刀，横着刀刃片羊脸子，片得飞薄，然后取出一只蒙着纱布的羊角，洒上一些焦盐。我托着一盘羊头肉，重新钻进被窝，在枕上将一片一片的羊头肉放进嘴里，不知不觉地进入了睡乡，十分满足地解了馋瘾。”这段节选自梁实秋先生的《馋》一文，读了此文不禁感慨，“食”的话题，不仅能登大雅之堂，却原来还可以作而为文，并能成一妙文！当然梁实秋的真性情、生活态度的真诚以及对于美食的向往，对于垂涎欲滴的读者来讲，也爽快地过足了瘾，还令我们读者不禁回忆起许多美好时光，意犹未尽。

与散文的“真”相对应的是散文的“美”。

它也包含三个层次：朴素美、理趣美、文辞美。

朴素之美：散文的朴素之美，在表象上指的是它的行文流畅自然，手法弥于无形，结构不故作奇崛，文字多文从字顺；在深层则指的是它对中国传统的文学境界的追求，那就是用最少的笔墨、最简单的文字、最随意的表达，去营造出最丰厚、最耐人寻味的艺术空间。

理趣之美指散文艺术地传达出来的深刻而耐人寻味的哲理感悟，也即散文的哲理性。作者将自己对于人生体验的哲理感悟，借助文采斐然、富于情趣的诗意文字传达出来，才成其为散文的“理趣”，也才能使读者在为作家的奇思妙想或真知灼见所折服的同时，获得文学阅读必不可少的美的愉悦。我们可以读钱锺书《窗》中的这段文字：

> 门许我们追求，表示欲望，窗子许我们占领，表示享受。这个分别，不但是住在屋里的人的看法，有时也适用于屋外的来人。一个外来者，打门请进，有所要求，有所询问，他至多是个客人，一切要等主人来决定。反过来说，一个钻窗子进来的人，不管是偷东西还是偷情，早已决心来替你做个暂时的主人，顾不到你的欢迎和拒绝了。

这段文字本是在说理，本应着力于它的抽象与思辨，但作者却如话家常，让人读来会之于心且兴味无穷。议论说理，不是高头讲章式的训诫，他使读者在美雅之趣的熏陶中获得趣味及性情的培养。

文辞之美是指散文语言一方面要讲究文法，另一方面还要尽可能朴实自然，更接近口语。散文的写景要出色，叙事要生动，抒情要感人，说理也要情理相依，富于机趣，总之，散文要在自然朴实的的语言中见出诗意、情趣。文辞美是要展现散文诗情文采的铺染。所谓诗情，就是散文的语言要有诗一样的情调，它是发自肺腑的话语，是经过加工的、精心锤炼的结晶，是最自由潇洒的语言。所谓画意，就是散文的语言必须具体形象、生动感人、惟妙惟肖，使人如临其境、如闻其人、如闻其声。散文的语言要经过情感的灌注，达到传神写意的效果，是极见功夫的文字，赋予平常的文字一种不寻常的韵味和情调。

"绿草间随意涂抹的二月兰，是值得大书特书的。那是野生的花，浅紫掺着乳白，仿佛有一层亮光从花中漾出，随着轻拂的微风起伏跳动，充满了新鲜，充满了活力，充满了生机。简直让人不忍走开。紫色经过各种变迁，最后便是藤萝。藤萝的紫色较凝重，也有淡淡的光，在绿叶间缓缓流泻，这时便不免惊悟，春天已老。"在作家宗璞《我爱燕园》的作品里，应用比喻、拟人等修辞手法，将燕园的景色写得唯美、生动、形象，文笔之细腻，文辞之美字里行间随处尽现。

## 第三节 散文作品赏析

### 北冥有鱼

庄 子

#### 作家与作品

庄子(约公元前369—前288)，姓庄，名周，字子休(亦说子沐)，宋国蒙(河南商丘)人。他是东周战国中期著名的思想家、哲学家和文学家，创立了华夏重要的哲学学派庄学，是继老子之后，战国时期道家学派的代表人物，是道家学派的主要代表人物之一。庄周因崇尚自由而不应楚威王之聘，与梁惠王、齐宣王是同时期人，以庄子之才学取财富高位如探囊取物，然庄周无意仕进，生平只做过宋国地方漆园吏，史称"漆园傲吏"。生活贫穷困顿，却鄙弃荣华富贵、权势名利，力图在乱世保持独立的人格，追求逍遥无恃的精神自由，被誉为地方官吏之楷模。

他的代表作品为《庄子》，其中的名篇有《逍遥游》《齐物论》等。他与老子齐名，被称为老庄。庄子的想象力极为丰富，语言运用自如，灵活多变，能把一些微妙难言的哲理说得引人入胜。他的作品被人称之为"文学的哲学，哲学的文学"。据传，他尝隐居南华山，故唐玄宗天宝初，诏封庄周为南华真人，称其著书《庄子》为《南华经》。

庄子的散文在先秦诸子中独具风格，大量采用并虚构寓言故事，想象奇特，形象生动。此外，还善于运用各种譬喻，活泼风趣，睿智深刻。文章随意流出，汪洋恣肆，奇趣横生。总体来说，庄子散文极具浪漫主义风格，在古代散文中罕有其比，赢得无数文人学士的仰慕。这篇文章就以丰富的语言和奇特的想象，构成了宏大的艺术境界，具有散文诗般的艺术效果。本文属于哲理散文。

#### 原文与注解

### 北冥有鱼

北冥有鱼[1]，其名曰鲲[2]。鲲之大，不知其几千里也。化而为鸟，其名为鹏[3]。

鹏之背，不知其几千里也。怒而飞[4]，其翼若垂天之云[5]。是鸟也，海运则将徙于南冥[6]。南冥者，天池也[7]。《齐谐》者[8]，志怪者也[9]。《谐》之言曰："鹏之徙于南冥也，水击三千里[10]，抟扶摇而上者九万里[11]，去以六月息者也[12]。"野马也[13]，尘埃也[14]，生物之以息相吹也[15]。天之苍苍，其正色邪？其远而无所至极邪[16]？其视下也，亦若是则已矣。且夫水之积也不厚，则其负大舟也无力。覆杯水于坳堂之上[17]，则芥为之舟[18]。置杯焉则胶，水浅而舟大也。风之积也不厚，则其负大翼也无力，故九万里，则风斯在下矣[19]。而后乃今培风[20]，背负青天而莫之夭阏者[21]，而后乃今将图南。蜩与学鸠笑之曰[22]："我决起而飞[23]，抢榆枋而止[24]，时则不至，而控于地而已矣[25]，奚以之九万里而南为[26]？"适莽苍者[27]，三飡而反[28]，腹犹果然[29]；适百里者，宿舂粮[30]；适千里者，三月聚粮。之二虫又何知[31]！小知不及大知[32]，小年不及大年。奚以知其然也？朝菌不知晦朔[33]，蟪蛄不知春秋[34]：此小年也。楚之南有冥灵者[35]，以五百岁为春，五百岁为秋；上古有大椿者[36]，以八千岁为春，八千岁为秋[37]：此大年也。而彭祖乃今以久特闻[38]，众人匹之[39]，不亦悲乎？

汤之问棘也是已[40]。

"穷发之北有冥海者[41]，天池也。有鱼焉，其广数千里，未有知其修者[42]，其名曰鲲。有鸟焉，其名为鹏，背若太山[43]，翼若垂天之云。抟扶摇羊角而上者九万里[44]，绝云气[45]，负青天，然后图南，且适南冥也。斥鴳笑之曰[46]：'彼且奚适也？我腾跃而上，不过数仞而下[47]，翱翔蓬蒿之间，此亦飞之至也[48]。而彼且奚适也？'"此小大之辩也[49]。

故夫知效一官[50]、行比一乡[51]、德合一君、而徵一国者[52]，其自视也亦若此矣。而宋荣子犹然笑之[53]。且举世而誉之而不加劝[54]，举世而非之而不加沮[55]，定乎内外之分[56]，辩乎荣辱之境[57]，斯已矣。彼其于世，未数数然也[58]。虽然，犹有未树也。夫列子御风而行[59]，泠然善也[60]，旬有五日而后反[61]。彼于致福者[62]，未数数然也。此虽免乎行，犹有所待者也[63]。若夫乘天地之正[64]，而御六气之辩[65]，以游无穷者，彼且恶乎待哉[66]？故曰："至人无己[67]，神人无功[68]，圣人无名[69]。

## 注释

【1】冥：亦作溟，海之意。"北冥"，就是北方的大海。下文的"南冥"仿此。传说北海无边无际，水深而黑。

【2】鲲(kūn)：本指鱼卵，这里借表大鱼之名。

【3】鹏：本为古"凤"字，这里用表大鸟之名。

【4】怒：奋起。

【5】垂：边远；这个意义后代写作"陲"。一说遮，遮天。

【6】海运：海水运动，这里指汹涌的海涛；一说指鹏鸟在海面飞行。徙：迁移。

【7】天池：天然的大池。

【8】齐谐：书名。一说人名。

【9】志：记载。

【10】击：拍打，这里指鹏鸟奋飞而起双翼拍打水面。

【11】抟（tuán）：环绕而上。一说“抟”当作“搏”（bó），拍击的意思。扶摇：又名叫飙，由地面急剧盘旋而上的暴风。

【12】去：离，这里指离开北海。息：停歇。

【13】野马：春天林泽中的雾气。雾气浮动状如奔马，故名“野马”。

【14】尘埃：扬在空中的土叫“尘”，细碎的尘粒叫“埃”。

【15】生物：概指各种有生命的东西。息：这里指有生命的东西呼吸所产生的气息。

【16】极：尽。

【17】覆：倾倒。坳（ào）：坑凹处，“坳堂”指厅堂地面上的坑凹处。

【18】芥：小草。

【19】斯：则，就。

【20】而后乃今：意思是这之后方才；以下同此解。培：通作“凭”，凭借。

【21】莫：这里作没有什么力量讲。夭阏（è）：又写作“夭遏”，意思是遏阻、阻拦。“莫之夭阏”即“莫夭阏之”的倒装。

【22】蜩（tiáo）：蝉。学鸠：一种小灰雀，这里泛指小鸟。

【23】决（xuè）：通作“翅”，迅疾的样子。

【24】抢（qiāng）：突过。榆枋：两种树名。

【25】控：投下，落下来。

【26】奚以：何以。之：去到。为：句末疑问语气词。

【27】适：往，去到。莽苍：指迷茫看不真切的郊野。

【28】飡（cān）：同餐。反：返回。

【29】犹：还。果然：饱的样子。

【30】宿：这里指一夜。

【31】之：这。二虫：指上述的蜩与学鸠。

【32】知（zhì）：通“智”，智慧。

【33】朝：清晨。晦朔：一个月的最后一天和最初天。一说“晦”指黑夜，“朔”指清晨。

【34】蟪蛄（huìgū）：即寒蝉，春生复死或复生秋死。

【35】冥灵：传说中的大龟，一说树名。

【36】大椿：传说中的古树名。

【37】根据前后用语结构的特点，此句之下当有“此大年也”一句，但传统本子均无此句。

【38】彭祖：古代传说中年寿最长的人。乃今：而今。以：凭。特：独。闻：闻名于世。

【39】匹：配，比。

【40】汤：商汤。棘：汤时的贤大夫。已：矣。

【41】穷发：不长草木的地方。

【42】修：长。

【43】太山：大山。一说即泰山。
【44】羊角：旋风，回旋向上如羊角状。
【45】绝：穿过。
【46】斥鴳(yàn)：一种小鸟。
【47】仞：古代长度单位，周制为八尺，汉制为七尺；这里应从周制。
【48】至：极点。
【49】辩：通作“辨”，辨别、区分的意思。
【50】效：功效；这里含有胜任的意思。官：官职。
【51】行(xìng)：品行。比：比并。
【52】而：通作“能”，能力。徵：取信。
【53】宋荣子：一名宋钘，宋国人，战国时期的思想家。犹然：讥笑的样子。
【54】举：全。劝：劝勉，努力。
【55】非：责难，批评。沮(jǔ)：沮丧。
【56】内外：这里分别指自身和身外之物。在庄子看来，自主的精神是内在的，荣誉和非难都是外在的，而只有自主的精神才是重要的、可贵的。
【57】境：界限。
【58】数数(shuò)然：急忙忙的样子。
【59】列子：郑国人，名叫列御寇，战国时代思想家。御：驾驭。
【60】泠(líng)然：轻盈美好的样子。
【61】旬：十天。有：又。
【62】致：罗致，这里有寻求的意思。
【63】待：凭借，依靠。
【64】乘：遵循，凭借。天地：这里指万物，指整个自然线。正：本；这里指自然的本性。
【65】御：含有因循、顺着的意思。六气：指阴、阳、风、雨、晦、明。辩：通作“变”，变化的意思。
【66】恶(wū)：何，什么。
【67】至人：这里指道德修养最高尚的人。无己：清除外物与自我的界限，达到忘掉自己的境界。
【68】神人：这里指精神世界完全能超脱于物外的人。无功：不建树功业。
【69】圣人：这里指思想修养臻于完美的人。无名：不追求名誉地位。

## 译　文

北方的大海里有一条鱼，它的名字叫做鲲。鲲的体积，真不知大到几千里；变化成为鸟，它的名字就叫鹏。鹏的脊背，真不知长到几千里；当它奋起而飞的时候，那展开的双翅就像天边的云。这只鹏鸟呀，随着海上汹涌的波涛迁徙到南方的大海。南方的大海是个天然的大池。《齐谐》是一部专门记载怪异事情的书，这本书上记载说：

“鹏鸟迁徙到南方的大海，翅膀拍击水面激起三千里的波涛，海面上急骤的狂风盘旋而上直冲九万里高空，离开北方的大海用了六个月的时间方才停歇下来。”春日林泽原野上蒸腾浮动犹如奔马的雾气，低空里沸沸扬扬的尘埃，都是大自然里各种生物的气息吹拂所致。天空是那么湛蓝湛蓝的，难道这就是它真正的颜色吗？抑或是高旷辽远没法看到它的尽头呢？鹏鸟在高空往下看，不过也就像这个样子罢了。

再说水汇积不深，它浮载大船就没有力量。倒杯水在庭堂的低洼处，那么小小的芥草也可以给它当做船；而搁置杯子就粘住不动了，因为水太浅而船太大了。风聚积的力量不雄厚，它托负巨大的翅膀便力量不够。所以，鹏鸟高飞九万里，狂风就在它的身下，然后方才凭借风力飞行，背负青天而没有什么力量能够阻遏它了，然后才像现在这样飞到南方去。寒蝉与小灰雀讥笑它说：“我从地面急速起飞，碰着榆树和檀树的树枝，常常飞不到而落在地上，为什么要到九万里的高空而向南飞呢？”到迷茫的郊野去，带上三餐就可以往返，肚子还是饱饱的；到百里之外去，要用一整夜时间准备干粮；到千里之外去，三个月以前就要准备粮食。寒蝉和灰雀这两个小东西懂得什么！小聪明赶不上大智慧，寿命短比不上寿命长。怎么知道是这样的呢？清晨的菌类不会懂得什么是晦朔，寒蝉也不会懂得什么是春秋，这就是短寿。楚国南边有叫冥灵的大龟，它把五百年当做春，把五百年当做秋；上古有叫大椿的古树，它把八千年当做春，把八千年当做秋，这就是长寿。可是彭祖到如今还是以年寿长久而闻名于世，人们与他攀比，岂不可悲可叹吗？

商汤询问棘的话是这样的：“在那草木不生的北方，有一个很深的大海，那就是‘天池’。那里有一种鱼，它的脊背有好几千里，没有人能够知道它有多长，它的名字叫做鲲，有一种鸟，它的名字叫鹏，它的脊背像座大山，展开双翅就像天边的云。鹏鸟奋起而飞，翅膀拍击急速旋转向上的气流直冲九万里高空，穿过云气，背负青天，这才向南飞去，打算飞到南方的大海。斥鴳讥笑它说：‘它打算飞到哪儿去？我奋力跳起来往上飞，不过几丈高就落了下来，盘旋于蓬蒿丛中，这也是我飞翔的极限了。而它打算飞到什么地方去呢？’”这就是小与大的不同了。

所以，那些才智足以胜任一个官职，品行合乎一乡人心愿，道德能使国君感到满意，能力足以取信一国之人的人，他们看待自己也像是这样哩。而宋荣子却讥笑他们。世上的人们都赞誉他，他不会因此越发努力，世上的人们都非难他，他也不会因此而更加沮丧。他清楚地划定自身与物外的区别，辩别荣誉与耻辱的界限，不过如此而已呀！宋荣子他对于整个社会，从来不急忙忙地去追求什么。虽然如此，他还是未能达到最高的境界。列子能驾风行走，那样子实在轻盈美好，而且十五天后方才返回。列子对于寻求幸福，从来没有急忙忙的样子。他这样做虽然免除了行走的劳苦，可还是有所依凭呀。至于遵循宇宙万物的规律，把握“六气”的变化，遨游于无穷无尽的境域，他还仰赖什么呢！因此说，道德修养高尚的“至人”能够达到忘我的境界，精神世界完全超脱物外的“神人”心目中没有功名和事业，思想修养臻于完美的“圣人”从不去追求名誉和地位。

## 导读与鉴赏

本篇选自《庄子》中的《逍遥游》，标题是编者后加的。《逍遥游》是《庄子》的代表篇目之一，充满奇特的想象和浪漫的色彩，寓说理于寓言和生动的比喻中，形成独特的风格。“逍遥游”就是没有任何束缚地、自由自在地活动，“逍遥”也写做“消摇”，意思是优游自得的样子。

《逍遥游》全文可分为三个部分，此篇取自第一部分至“圣人无名”，是本篇的主体，从对比许多不能“逍遥”的例子说明，要想真正达到自由自在的境界，必须“无己”、“无功”、“无名”。第二部分至“窅然丧其天下焉”，紧承上一部分进一步阐述，说明“无己”是摆脱各种束缚和依凭的唯一途径，只要真正做到忘掉自己、忘掉一切，就能达到逍遥的境界，也只有“无己”的人才是精神境界最高的人。余下为第三部分，论述什么是真正的有用和无用，说明不能为物所滞，要把无用当做有用，进一步表达了反对积极投身社会活动，志在不受任何拘束，追求优游自得的生活旨趣。

全篇文章作者用寓言故事表现出超常的想象力，由此构成了奇特的形象世界。“意出尘外，怪生笔端”，人们首先惊讶于庄子超出寻常的想象力。在庄子的笔下，“鲲”不知有几千里之大，一变而为“鹏”，鹏的背不知几千里，羽翼遮天蔽日，奋起南飞，击水三千，扶摇九万。这样的比喻和场面何等宏大！作者为什么要创造一个如此巨大的艺术形象呢？庄子是一个大思想家，这样巨大的形象是他所欣赏的。创造大的形象，也是为了与小的形象进行对比。大的形象除了鲲鹏，还有冥灵、大椿、彭祖。小的形象有芥、蜩、斑鸠、朝菌、蟪蛄、斥，这一大一小形成的对比是十分鲜明的。那么庄子为什么要进行大小的对比呢？这样的对比和下文的宋荣子、列子、至人、神人、圣人是什么关系呢？这是读懂本文的关键所在。作者写完大小的对比后，接着写了“知效一官，行比一乡，德合一君”者不过就是数仞间跳跃自得自满的小鸟，受到宋荣子的嘲笑。宋荣子不受外界舆论的束缚，懂得“内外”与“荣辱”的界限。然而，庄子对他仍然存有遗憾，“犹有未树也”，就是说，宋荣子没有达到庄子心目中的最高境界。列子可以御风而行，而且轻巧美妙，但他仍然达不到庄子的理想境界，因为列子“有所待”，没有风，他就无法飞，靠的是外部条件。庄子的理想境界是“无所待”，能够“乘天地之正，而御六气之辩，以游无穷者”。不依靠任何外物，达到绝对自由，这才是庄子的最高理想。至此，我们明白庄子对比的意图了：大对于小，是相对自由的；宋荣子无视毁誉，较之“征一国者”相对自由；列子御风而行，免受行走之劳，较之于徒步者，是相对自由。但所有这些，都达不到庄子的最高理想境界，因为他们都“有所待”。最后，作者推出一种理想化的人物：“至人”、“神人”、“圣人”。

《逍遥游》不惜笔墨，用大量寓言，重点铺张渲染，是为了烘托至人的无待逍遥，而“至人无己，神人无功，圣人无名”，一笔带过。文章结构线索的模糊，并不是文章结构缺乏内在的联系，而是将思想与情感贯穿于行文之中，将看似孤立的寓言与寓言之间，段与段之间联接在一起，融为一体。

本文的语言奇伟怪谲，最能代表庄子的语言风格。清代文人胡文英评价说：“前段如烟雨迷离，龙变虎跃。后段如清风月朗，梧竹潇疏。善读者要须拨开枝叶，方见本根。千古奇文，原只是家常茶饭也。”

### 思考与练习

1. 读《逍遥游》全文，体会庄子的寓言特色。
2. 谈谈你对庄子思想及其作品风格的认识。
3. 文中援引“汤之问棘”一段话是否与文章里第一段内容有相重复的地方？其作用是什么？

## 大学之道

《大学》节选

### 作家与作品

《大学》原为《礼记》第四十二篇。宋朝程颢、程颐兄弟把它从《礼记》中抽出，编次章句。朱熹将《大学》《中庸》《论语》《孟子》合编注释，称为《四书》，从此《大学》成为儒家经典。至于《大学》的作者，程颢、程颐认为是“孔氏之遗言也”。朱熹把《大学》重新编排整理，分为“经”一章，“传”十章。认为，“经一章盖孔子之言，而曾子述之；其传十章，则曾子之意而门人记之也”。就是说，“经”是孔子的话，曾子记录下来；“传”是曾子解释“经”的话，由曾子的学生记录下来。

《大学》的版本主要有两个体系：一是经朱熹编排整理，划分为经、传的《大学章句》本；二是按原有次序排列的古本，即《礼记》中的《大学》原文。以朱熹《大学章句》本，流传最广、影响最大，本篇就是采用的《大学章句》本。

“大学”是对“小学”而言，是说它不是讲“详训诂，明句读”的“小学”，而是讲治国安邦的“大学”。“大学”是大人之学。《大学》为“初学入德之门也”。

### 原文与注解

#### 大学之道

大学之道[1]，在明明德[2]，在亲民[3]，在止于至善。知止[4]而后有定；定而后能静；静而后能安；安而后能虑；虑而后能得[5]。物有本末，事有终始。知所先后，则近道矣。古之欲明明德于天下者，先治其国；欲治其国者，先齐其家[6]；欲齐其家者，先修其身[7]；欲修其身者，先正其心；欲正其心者，先诚其意；欲诚其意者，先致其知[8]；致知在格物[9]。物格而后知至；知至而后意诚；意诚而后心正；心正而后身修；身修而后家齐；家齐而后国治；国治而后天下平。自天子以至于庶人[10]，壹是皆以修身为本[11]。其本乱而末治者否矣[12]。其所厚者薄，而其所薄者厚[13]，未之有也[14]！此谓知本，此谓知之至也。

所谓诚其意者[15]，毋[16]自欺也。如恶恶臭[17]，如好好色[18]，此之谓自谦[19]。故君子必慎其独也[20]！小人闲居[21]为不善，无所不至，见君子而后厌然[22]，掩[23]其不善，而著[24]其善。人之视己，如见其肺肝然，则何益矣！此谓诚于中[25]，形于外，故君子必慎其独也。曾子曰："十目所视，十手所指，其严乎！"富润屋[26]，德润身[27]，心广体胖[28]。故君子必诚其意。

## 注释

【1】大学之道：大学的宗旨。"大学"一词在古代有两种含义：一是"博学"的意思；二是相对于小学而言的"大人之学"。古人八岁人小学，学习"洒扫应对进退、礼乐射御书数"等文化基础知识和礼节；十五岁人大学，学习伦理、政治、哲学等"穷理正心，修己治人"的学问。所以，后一种含义其实也和前一种含义有相通的地方，同样有"博学"的意思。"道"的本义是道路，引申为规律、原则等，在中国古代哲学、政治学里，也指宇宙万物的本原、个体，一定的政治观或思想体系等，在不同的上下文环境里有不同的意思。

【2】明明德：前一个"明"作动词，有使动的意味，即"使彰明"，也就是发扬、弘扬的意思。后一个"明"作形容词，明德也就是光明正大的品德。

【3】亲民：根据后面的"传"文，"亲"应为"新"，即革新、弃旧图新。亲民，也就是新民，使人弃旧图新、去恶从善。

【4】知止：知道目标所在。

【5】得：收获。

【6】齐其家：管理好自己的家庭或家族，使家庭或家族和和美美，蒸蒸日上，兴旺发达。

【7】修其身：修养自身的品性。

【8】致其知：使自己获得知识。

【9】格物：认识、研究万事万物。

【10】庶人：指平民百姓。

【11】壹是：都是。本：根本。

【12】末：相对于本而言，指枝末、枝节。

【13】厚者薄：该重视的不重视。薄者厚：不该重视的却加以重视。

【14】未之有也：即未有之也。没有这样的道理(事情、做法等)。

【15】诚其意：使意念真诚。

【16】毋：不要。

【17】恶恶臭：厌恶腐臭的气味。臭，气味，较现代单指臭味的含义宽泛。

【18】好好色：喜爱美丽的女子。好色，美女。

【19】谦：心安理得的样子。

【20】慎其独：在独自一人时也谨慎不拘。

【21】闲居：即独处。

【22】厌然：躲躲闪闪的样子。

【23】掩：遮掩，遮盖。

【24】著：显示。

【25】中：指内心。下面的“外”指外表。

【26】润屋：装饰房屋。

【27】润身，修养自身。

【28】心广体胖：心胸宽广，身体舒泰安康。胖，大，舒坦。

## 译文

大学的宗旨在于弘扬光明正大的品德，在于使人弃旧图新，在于使人达到最完善的境界。知道应达到的境界才能够志向坚定；志向坚定才能够镇静不躁；镇静不躁才能够心安理得；心安理得才能够思虑周详；思虑周详才能够有所收获。每样东西都有根本有枝末，每件事情都有开始有终结。明白了这本末始终的道理，就接近事物发展的规律了。古代那些要想在天下弘扬光明正大品德的人，先要治理好自己的国家；要想治理好自己的国家，先要管理好自己的家庭和家族；要想管理好自己的家庭和家族，先要修养自身的品性；要想修养自身的品性，先要端正自己的心思；要想端正自己的心思，先要使自己的意念真诚；要想使自己的意念真诚，先要使自己获得知识；获得知识的途径在于认识、研究万事万物。通过对万事万物的认识、研究后才能获得知识；获得知识后意念才能真诚；意念真诚后心思才能端正；心思端正后才能修养品性；品性修养后才能管理好家庭和家族；管理好家庭和家族后才能治理好国家；治理好国家后天下才能太平。上自国家元首，下至平民百姓，人人都要以修养品性为根本。若这个根本被扰乱了，家庭、家族、国家、天下要治理好是不可能的。不分轻重缓急，本末倒置却想做好事情，这也同样是不可能的！这就叫做知道根本，这就叫做最高的智慧。

所谓意念真诚，就是不要自己欺骗自己。这就好比厌恶臭秽的气味而嘴上不讲，又好比喜欢漂亮的女人而佯装讨厌，这叫做自我掩饰。所以君子一定谨慎自己的独处。小人在一人独处时做起坏事来，什么坏事都做得出来，只有在见到君子时才躲躲藏藏，掩盖他做过的坏事，炫耀他做过的好事。可是在他人看来，这就如同见到了他的五脏六腑那样清清楚楚，这样做又有什么好处呢！这就叫做内心有什么想法，必然要从行动上表现出来，所以君子一定要谨慎自己的独处。曾子说过：“很多眼在看着你，很多手在指着你，这多么让人敬畏啊。”人的贫富可以从其住室看得出来，人的道德可以从其行动看得出来，心胸宽广自然身体舒泰，所以君子一定要意念真诚。

## 导读与鉴赏

《大学》是儒家学派经典著作之一的《礼记》中的一篇。《礼记》的作者无法确考，据传为孔门“七十后学”各据其所闻撰写而成，其中有少量也许出自秦汉学者之手。此篇传说是曾参的学生记述曾参的言行的。

《大学》提出了明明德、亲民、止于至善三条纲领，又提出了格物、致知、诚意、正心、修身、齐家、治国、平天下8个条目(本文只提及前三条)。8个条目是实现三条纲领的途径。在八个条目中，修身是根本的一条，“自天子以至于庶人，壹是皆以修身为本”。十章分别解释明明德、新民、止于至善、本末、格物致知、诚意、正心、修身、齐家、治国平天下。明明德是指弘扬光明正大的品德。新民是指让人们革旧图新。止于至善是指要达到最好的境界。本末是指做事要分清主次，抓住根本。格物致知是指穷究事物的原理来获得知识。诚意就是“勿自欺”，不要“掩其不善而著其善”。正心就是端正自己的心思。修身就是加强自身修养，提高自身素质。齐家就是管理好自己的家庭、家族。治国平天下是谈治理国家的事。怎样治理国家呢？首先要作表率：自己讨厌的，不加给别人；要得众、慎得、生财、举贤。“得众则得国，失众则失国”；“有德此有人，有人此有土，有土此有财”；见贤能举，举而能先。这是南宋以后理学家讲伦理、哲学、政治的基本纲领。

### 思考与练习

1. 这篇文章的现实意义是怎样的？

2. 你是怎样理解“大学之道，在明明德，在亲民，在止于至善”这句话的？“明明德，亲民，止于至善”之间有何联系？

3. 摘抄并背诵文中经典的名言警句。

## 我的母亲

**胡　适**

### 作家与作品

胡适(1891—1962)，汉族，安徽绩溪(今安徽绩溪上庄村)人。原名嗣穈，学名洪骍，字希强，参加“庚款”留美考试后改名胡适，字适之，笔名天风、藏晖等。胡适兴趣广泛，著述丰富，在文学、哲学、史学、考据学、教育学、伦理学、红学等诸多领域都有深入的研究。胡适因提倡文学革命而成为新文化运动的领袖之一。他曾历任北京大学教授、北大文学院院长、辅仁大学教授及董事、中华民国驻美利坚合众国特命全权大使、美国国会图书馆东方部名誉顾问、北京大学校长、“中央”研究院院士、普林斯顿大学葛思德东方图书馆馆长、台湾“中央”研究院(位于台北南港)院长等职。胡适深受赫胥黎与杜威的影响，自称赫胥黎教他怎样怀疑，杜威先生教他怎样思想。因此胡适毕生宣扬自由主义，提倡怀疑主义，并以《新青年》月刊为阵地，宣传民主、科学。毕生倡言“大胆的假设，小心的求证”、“言必有证”的治学方法，是中国现代史最著名的学者之一。

《我的母亲》选自《胡适自传》中的《四十自述》。本文写于1930年，是作者中年时对自己人生经历的一段回忆。胡适的母亲冯顺弟(1873—1918)，是旧社会传统的“母亲形象”。她16岁嫁给当时已经48岁的胡适的父亲胡传做填房，三年后胡适出生。六年后，胡适母亲23岁时，胡适父亲不幸去世。年纪轻轻就守寡，而胡传前妻曹氏所养的儿女都比胡适的母亲大，她守寡守了23年，“以少女作后母，周旋于诸子诸妇之间”，另外家道中落，受尽了人生的痛苦和折磨，诚如胡适所说，“困苦艰难有非外人所能喻者”，于46岁死去。胡适的母亲为了她唯一的儿子胡适，她含辛茹苦，把全部希望寄托在儿子身上，她忍受一切，挣扎着熬过了23年。她宁可自己遭受困窘，也要供胡适读书，她处处为儿子着想，是一位注重智力投资的开明的母亲，又要支撑整个家庭，需要承受怎样的苦痛和压力，需要具备怎样的智慧和品德?

本文是传记，作者写的是自己童年至少年时代如何在母亲的严格要求和深情关爱之下成长的往事，字里行间突现了母亲对作者深深的爱和严格的教育。

## 原文与注解

### 我的母亲

我小时候身体弱，不能跟着野蛮的孩子们一块儿玩。我母亲也不准我和他们乱跑乱跳。小时不曾养成活泼游戏习惯，无论在什么地方，我总是文绉绉地。所以家乡老辈都说我“像个先生样子”，遂叫我做“麇先生”。这个绰号叫出去之后，人都知道三先生的小儿子叫做麇先生了。即有“先生”之名，我不能不装出点“先生”样子，更不能跟着顽童们“野”了。有一天，我在我家八字门口和一班孩子“掷铜钱”，一位老辈走过，见了我，笑道：“麇先生也掷铜钱吗?”我听了羞愧的面红耳热，觉得太失了“先生”身份!

大人们鼓励我装先生样子，我也没有嬉戏的能力和习惯，又因为我确是喜欢看书，故我一生可算是不曾享过儿童游戏的生活。每年秋天，我的庶祖母同我到田里去“监割”(顶好的田，水旱无忧，收成最好，佃户每约田主来监割，打下谷子，两家平分)，我总是坐在小树下看小说。十一二岁时，我稍活泼一点，居然和一群同学组织了一个戏剧班，做了一些木刀竹枪，借得了几副假胡须，就在村口田里做戏。我做的往往是诸葛亮，刘备一类的文角儿；只有一次我做史文恭，被花荣一箭从椅子上射倒下去，这算是我最活泼的玩艺儿了。

我在这九年(一八九五——一九零四)之中，只学得了读书写字两件事。在文字和思想的方面，不能不算是打了一点底子。但别的方面都没有发展的机会。有一次我们村“当朋”(八都凡五村，称为“五朋”，每年一村轮着做太子会，名为“当朋”)筹备太子会，有人提议要派我加入前村的昆腔队里学习吹笙或吹笛。族里长辈反对，说我年纪太小，不能跟着太子会走遍五朋。于是我便失掉了学习音乐的唯一机会。三十年来，我不曾拿过乐器，也全不懂音乐；究竟我有没有一点学音乐的天资，我至今不知道。至于学图画，更是不可能的事。我常常用竹纸蒙在小说书的石印绘像上，摹画书上的英雄美人。有一天，被先生看见了，挨了一顿大骂，抽屉里的图画都被搜出撕毁了。

于是我又失掉了学做画家的机会。

但这九年的生活，除了读书看书之外，究竟给了我一点做人的训练。在这一点上，我的恩师便是我的慈母。

每天天刚亮时，我母亲便把我喊醒，叫我披衣坐起。我从不知道她醒来坐了多久了。她看我清醒了，便对我说昨天我做错了什么事，说错了什么话，要我认错，要我用功读书。有时候她对我说父亲的种种好处，她说："你总要踏上你老子的脚步。我一生只晓得这一个完全的人，你要学他，不要跌他的股。"(跌股便是丢脸出丑。)她说到伤心处，往往掉下泪来。到天大明时，她才把我的衣服穿好，催我去上早学。学堂门上的锁匙放在先生家里；我先到学堂门口一望，便跑到先生家里去敲门。先生家里有人把锁匙从门缝里递出来，我拿了跑回去，开了门，坐下念生书，十天之中，总有八九天我是第一个去开学堂门的。等到先生来了，我背了生书，才回家吃早饭。

我母亲管束我最严，她是慈母兼任严父。但她从来不在别人面前骂我一句，打我一下，我做错了事，她只对我一望，我看见了她的严厉眼光，便吓住了。犯的事小，她等到第二天早晨我眠醒时才教训我。犯的事大，她等到晚上人静时，关了房门，先责备我，然后行罚，或罚跪，或拧我的肉。无论怎样重罚，总不许我哭出声音来，她教训儿子不是借此出气叫别人听的。

有一个初秋的傍晚，我吃了晚饭，在门口玩，身上只穿着一件单背心。这时候我母亲的妹子玉英姨母在我家住，她怕我冷了，拿了一件小衫出来叫我穿上。我不肯穿，她说："穿上吧，凉了。"我随口回答："娘(凉)什么！老子都不老子呀。"我刚说了这句话，一抬头，看见母亲从家里走出，我赶快把小衫穿上。但她已听见这句轻薄的话了。晚上人静后，她罚我跪下，重重的责罚了一顿。她说："你没了老子，是多么得意的事！好用来说嘴！"她气得坐着发抖，也不许我上床去睡。我跪着哭，用手擦眼泪，不知擦进了什么微菌，后来足足害了一年多的翳病。医来医去，总医不好。我母亲心里又悔又急，听说眼翳可以用舌头舔去，有一夜她把我叫醒，她真用舌头舔我的病眼。这是我的严师，我的慈母。

我母亲二十三岁做了寡妇，又是当家的后母。这种生活的痛苦，我的笨笔写不出一万分之一二。家中财政本不宽裕，全靠二哥在上海经营调度。大哥从小便是败子，吸鸦片烟、赌博，钱到手就光，光了便回家打主意，见了香炉便拿出去卖，捞着锡茶壶便拿出押。我母亲几次邀了本家长辈来，给他定下每月用费的数目。但他总不够用，到处都欠下烟债赌债。每年除夕我家中总有一大群讨债的，每人一盏灯笼，坐在大厅上不肯去。大哥早已避出去了。大厅的两排椅子上满满的都是灯笼和债主。我母亲走进走出，料理年夜饭，谢灶神，压岁钱等事，只当做不曾看见这一群人。到了近半夜，快要"封门"了，我母亲才走后门出去，央一位邻居本家到我家来，每一家债户开发一点钱。做好做歹的，这一群讨债的才一个一个提着灯笼走出去。一会儿，大哥敲门回来了。我母亲从不骂他一句。并且因为是新年，她脸上从不露出一点怒色。这样的过年，我过了六七次。

大嫂是个最无能而又最不懂事的人，二嫂是个能干而气量很窄小的人。他们常常闹意见，只因为我母亲的和气榜样，他们还不曾有公然相骂相打的事。她们闹气时，只是不说话，不答话，把脸放下来，叫人难看；二嫂生气时，脸色变青，更是怕人。她们对我母亲闹气时，也是如此，我起初全不懂得这一套，后来也渐渐懂得看人的脸色了。我渐渐明白，世间最可厌恶的事莫如一张生气的脸；世间最下流的事莫如把生气的脸摆给旁人看，这比打骂还难受。

我母亲的气量大，性子好，又因为做了后母后婆，她更事事留心，事事格外容忍。大哥的女儿比我只小一岁，她的饮食衣服总是和我的一样。我和她有小争执，总是我吃亏，母亲总是责备我，要我事事让她。后来大嫂二嫂都生了儿子了，她们生气时便打骂孩子来出气，一面打，一面用尖刻有刺的话骂给别人听。我母亲只装做不听见。有时候，她实在忍不住了，便悄悄走出门去，或到左邻立大嫂家去坐一会，或走后门到后邻度嫂家去闲谈。她从不和两个嫂子吵一句嘴。

每个嫂子一生气，往往十天半个月不歇，天天走进走出，板着脸，咬着嘴，打骂小孩子出气。我母亲只忍耐着，到实在不可再忍的一天，她也有她的法子。这一天的天明时，她便不起床，轻轻的哭一场。她不骂一个人，只哭她的丈夫，哭她自己苦命，留不住她丈夫来照管她。她先哭时，声音很低，渐渐哭出声来。我醒了起来劝她，她不肯住。这时候，我总听得见前堂(二嫂住前堂东房)或后堂(大嫂住后堂西房)有一扇房门开了，一个嫂子走出房向厨房走去。不多一会，那位嫂子来敲我们的房门了。我开了房门，她走进来，捧着一碗热茶，送到我母亲床前，劝她止哭，请她喝口热茶。我母亲慢慢停住哭声，伸手接了茶碗。那位嫂子站着劝一会，才退出去。没有一句话提到什么人，也没有一个字提到这十天半个月来的气脸，然而各人心里明白，泡茶进来的嫂子总是那十天半个月来闹气的人。奇怪的很，这一哭之后，至少有一两个月的太平清静日子。

我母亲待人最仁慈，最温和，从来没有一句伤人感情的话；但她有时候也很有刚气，不受一点人格上的侮辱。我家五叔是个无正业的浪人，有一天在烟馆里发牢骚，说我母亲家中有事总请某人帮忙，大概总有什么好处给他。这句话传到了我母亲耳朵里，她气得大哭，请了几位本家来，把五叔喊来，她当面质问他，她给了某人什么好处。直到五叔当众认错赔罪，她才罢休。

我在我母亲的教训之下住了九年，受了她的极大极深的影响。我十四岁(其实只有十二岁零两三个月)便离开她了，在这广漠的人海里独自混了二十多年，没有一个人管束过我。如果我学得了一丝一毫的好脾气，如果我学得了一点点待人接物的和气，如果我能宽恕人，体谅人——我都得感谢我的慈母。

## 导读与鉴赏

本文是一篇母爱的颂歌。与众不同的是，作者与母亲生活在一起的时间并不长，只有幼时九年的时间，在片段式的记忆中，母亲的教诲已让作者终生受益，因此更可见母亲人格的伟大。

阅读此文时，我们还要注意胡适母亲的坎坷经历这个要素来把握文章。全文可分三个部分。第一部分：作者回忆从幼年到少年九年中的若干经历，为写母亲做铺垫。

这一部分主要交代了这样几件事：(1)交代自己文绉绉性格的主要成因：一是“我”小时身体弱，不能跟野蛮孩子一块儿玩；二是“母亲也不准我和他们乱跑乱跳”；三是因有“先生”之名自己不能不装出点“先生”的样子。(2)写自己爱学习的习惯和儿时最活泼的游戏——组织戏剧班做戏。(3)写失去学习音乐和绘画的机会。

在作了以上三点交代后，作者自然引出了自己的母亲，“恩师”和“慈母”是作者对母亲的最高评价，“做人”则是母亲训练“我”的主要课题。有人也许要问，课文标题为“我的母亲”，而文章前三段只有一句提及母亲，其他内容似与“母亲”无关，这是为什么呢？这个问题要从这篇文章的原作谈起，这篇课文节选自胡适先生四十岁时所写的自传体散文《四十自述》，传主实际是作者本人，作者写母亲是把母亲作为自己人生成长道路上的第一位“恩师”来写的，所以开头就写了较多的自己童年的经历。作者在前三段想表明他的童年生活，除了看书之外，是贫乏的，是有缺憾的，正是在这一背景下，是母亲“给了我做人的训练”，这不仅弥足珍贵，铭记永久，而且影响巨大。这样看来，前三段实在不是闲笔，不仅为写母亲起到很好的铺垫作用，而且与文末写自己在母亲影响下的进步相呼应。

第二部分作者将人物放置在特殊的环境中进行刻画。重点回忆母亲对“我”的教育、关心以及对家庭成员的态度。这一部分先写母亲对自己的严格要求，天刚亮就把“我”喊醒，不允许“我”养成睡懒觉的习惯；醒来后看“我”清醒了，就帮“我”反省昨天言行有误的地方。我们可以想见，在这每天的教育提醒中肯定贯穿着一个永恒不变的主题，那就是如何做人。当然母亲更多的是督促“我”用功读书，成为像“我”父亲一样的人。父亲的早亡使母亲在这样一个家庭中的处境是很尴尬的，要想在这样一个家庭能够生存下去，唯一的途径就是让自己的亲生儿子有出息，将来才能够有所依靠。尽管胡适的母亲和丈夫只生活了6年多，她对丈夫的思想事业也不真正了解，但她虔诚地崇拜丈夫，尊敬丈夫，爱她的丈夫，可以说是一个丈夫至上主义者。儿子的将来应该是怎样的呢？她不具体知道，只是希望儿子学他的老子，能走他老子的道路。她常对儿子述说他父亲的种种好处，叮咛说：“你总要踏上你老子的脚步。我一生只晓得这一个完全的人，你要学他，不要跌他的股。”在母亲督促下，小时侯的胡适是同龄人中最用功的，十天之中，总有八九天是小胡适第一个去开学堂的门。

母亲管教胡适很严，但“从来不在别人面前”骂胡适一句或打胡适一下，保护了小孩子的自尊心。这是非常难能可贵的。母亲对胡适的批评教育，方式也是多样的。有时是事发当时用严厉的眼睛望一下，有时是第二天醒来后“教训”，有时则是等到夜深人静时“行罚”。总之是绝不放过孩子的任何一点错误。

在这一部分中作者还详细回忆了一件因自己说了一句轻薄的话而遭母亲责罚的事。母亲虽然兼任“严父”，但她毕竟还是“慈母”。当“我”因用手擦眼泪擦进了细菌而害了一年多眼翳病之后，母亲“心里又悔又急”，“悔”的是不该对孩子管教那样严厉，“急”的是孩子的眼病不知何时能好。听说用舌头舔可以将眼翳舔去，母亲就“真用舌头舔我的病眼”。这里的一个“真”字表现了“我”的出乎意外和感激，一个“舔”字把一个慈母的拳拳爱子之情表现得淋漓尽致。这一层作者用“这是我的严师，我的慈母”作了总结，“严师”、“慈母”是胡适对母亲的最为准确的评价。

这一部分的第二层次主要是写母亲与家人的相处，母亲是16岁嫁到胡家来的，胡适父亲胡传的前妻曹氏所生的子女大都比胡适的母亲大几岁，父亲在世时有父亲撑着，胡适的哥哥嫂嫂们还不敢造次。现在父亲不幸逝世了，母亲在家的地位就很尴尬。按辈分，她是后母，是长辈；按年龄，她还没有叫她母亲的儿女们(除胡适)大；按职责，她要负担起管家的重任。面对家中这么一些形形色色的人，这个当家的后母的日子能好过吗？难怪胡适说："这种生活的痛苦，我的笨笔写不出一万分之一二。"

母亲解决家庭问题有三大法宝：一是"请"，就是家里遇到靠权威才能解决的问题，母亲就请本家长辈来助阵。二是"忍"，除夕夜，母亲打发了讨债的之后，大哥回来了，母亲"从不骂他一句"，"脸上从不露出一点怒色"；大嫂二嫂闹矛盾时，母亲"只装做听不见"，有时实在忍不住了，就到左邻右舍去"闲谈"，"从不和两个嫂子吵一句嘴"。中国传统美德中的宽容隐忍在胡适母亲这儿被发挥到了极致。三是"哭"，一个人的忍耐总是有限度的，母亲也有"实在不能再忍的一天"，先是轻声哭，渐渐才哭出声来。母亲的哭完全是一种内心的发泄，"她不骂一个人，只哭她的丈夫，哭她自己苦命"。母亲的哭也是有神奇效果的，她能哭来闹气的嫂嫂送茶劝哭，她还能哭来家中"一两个月的太平清净日子"。透过母亲的哭，我们分明感受到母亲内心所承受的巨大痛苦和委屈。

母亲不仅有宽容隐忍的一面，也有刚性的一面。关于有碍人格尊严的事，母亲是绝不宽容的。五叔的一句诬言气得母亲大哭，母亲请了几位本家来当面质问五叔，一直到五叔当众认错赔罪才肯罢休。这表明母亲做人是有原则的，这使得母亲的形象更加真实，更加丰满。

这一层次作者用较多的笔墨写母亲与家人相处的情形。这看似游离"母亲是我的恩师"的主旨，其实不然。母亲是人生的第一位老师，这主要不是体现在母亲如何"教导"上，而更多地体现在母亲平时怎样待人接物对自己的影响上。因此，可以说，写母亲与家人相处的情形，同样也是在写"母亲是我的严师"，写她以身示范对"我"的耳濡目染、潜移默化的教育和影响。也就是不仅写了母亲对"我"的"言传"，更写了母亲对"我"的"身教"。

第三部分：写母亲对自己的深远影响。

文章结尾写道："我在我母亲的教训之下住了九年，受了她的极大极深的影响。"这"极大极深的影响"表现在哪些方面呢？这正如作者自白道：学得了好脾气，学得了待人接物的和气，能宽恕人，体谅人以及在学习上勤奋、守时和做人上能反省"吾身"。其中主要是如何做人方面，母亲让作者养成了宽容、善待、体谅的品性。作者写此文时，年已40，而且已是大学者和文化名人了，但他说"混"了20多年，用词极为谦逊，讲究分寸。而且在说到自己的"美德"时，还用了"如果"、"学得"、"一丝一毫"、"一点点"等限制词，这些都体现了胡适先生的谦谦君子风度。文风，在一定程度上反映了一个人做人的态度、风格，而胡适先生的文风正是母亲的影响的结果。

这样一整篇散文朴素清新，感情真挚，在淡淡的讲述之中蕴涵深深的感情。文章最末的一段文字仿佛向母亲深深鞠了一躬，真挚地向母亲道谢，将感情推向高潮。文章用童年回忆体写成，毫无成人的姿态，也无学者的深沉，如实道来，真诚倾吐，可以说，作者是掏出“心灵”来写母亲的，全文自然而然地洋溢着对母亲的敬爱之情。本文没有花哨的文字，没有华丽的比喻，对母亲的爱戴、感激之情表现在朴实的语言之中。语言简洁流畅，举重若轻，显示了文章的美感与魅力。

### 思考与练习

1. 通读课文，完成下面各题。

(1)课文写了母亲哪几件事？表现了母亲什么品性？

(2)作者主要写母亲是他的恩师，为什么除了写母亲怎样训导之外，还用更多的笔墨写她与家人相处的情形？

(3)试对作者母亲为人、教子的方式发表一点评论。

2. 结合上下文，品味下面语句中画线词语的含义。

(1)我在这九年(1895—1904)之中，只学得了读书写字两件事。在文字和思想的方面，<u>不能不算是打了一点底子</u>。

(2)在这广漠的人海里独自<u>混了</u>二十多年，没有一个人管束过我。

(3)如果我学得了<u>一丝一毫</u>的好脾气，如果我学得了<u>一点点</u>待人接物的和气，如果我能宽恕人，体谅人——我都得感谢我的慈母。

3. 文章结尾写道：“我在我母亲的教训之下度过了少年时代，受了她的极大极深的影响。”这“极大极深的影响”表现在哪些方面？你在哪些方面深受自己母亲影响呢？回忆一下，并与同学交流，然后写一个片段。

## 乌 篷 船

**周作人**

### 作家与作品

周作人(1885—1967)，原名櫆寿(后改为奎绶)，字星杓，又名启明，笔名遐寿等。是鲁迅(周树人)之弟，周建人之兄。浙江绍兴人。中国现代著名散文家、文学理论家、评论家、诗人、翻译家、思想家，中国民俗学开拓人，新文化运动的杰出代表。历任国立北京大学教授、东方文学系主任，燕京大学新文学系主任、客座教授。“五四”时期任新潮社主任编辑，参加《新青年》的编辑工作，参与发起成立文学研究会。他的理论主张和创作实践在社会上产生了很大影响，成为新文化运动的重要代表人物之一。“五四”以后，周作人为《语丝》周刊的主编和主要撰稿人之一。1945 年以叛国罪被判刑入狱，1949 年出狱，后定居北京，在人民文学出版社从事日本、希腊文学作品的翻译和写作有关回忆鲁迅的著述。主要著作有散文集多种，诗集《过去的生命》，小说集、论文集多种译作，文学史料集多种。

周作人一生在创作上最主要的成就是散文小品的创作。“五四”以来，在中国新文学中“散文小品的成功，几乎在小说戏曲和诗歌之上”(鲁迅《小品文的危机》)，而这与周作人的贡献是分不开的。新文学运动初期，周作人同鲁迅、谢冰心、朱自清等人一起，以辛勤的劳动，共同浇灌了“集合叙事说理抒情的分子”于一炉的现代白话散文的早春之花，令人信服地宣告了文学革命在散文创作领域里的胜利，奠定了散文这一文学样式在中国现代文学发展史上的地位，并对后世的散文创作产生了深刻的影响。

周作人在中国现代散文发展史上有着不容忽视的历史地位，这与他的散文在艺术上的杰出成就是分不开的。周作人散文艺术的主要成就，就是他创造了一种独特的、成熟的散文艺术——平和冲淡的风格。这种风格在中国现代散文的百花园中孑然特立、独树一帜，且其影响所及，形成了中国现代散文发展史上的一个流派。周作人散文平和冲淡的艺术风格表现为：飘逸洒脱的文章笔势、平和恬淡的抒情特色、庄谐杂出的幽默趣味、舒徐自在的语言表达。

## 原文与注解

### 乌篷船

子荣君：

接到手书，知道你要到我的故乡去，叫我给你一点什么指导。老实说，我的故乡，真正觉得可怀恋的地方，并不是那里，但是因为在那里生长，住过十多年，究竟知道一点情形，所以写这一封信告诉你。

我所要告诉你的，并不是那里的风土人情，那是写不尽的，但是你到那里一看也就会明白的，不必啰唆地多讲。我要说的是一种很有趣的东西，这便是船。你在家乡平常总坐人力车，电车，或是汽车，但在我的故乡那里这些都没有，除了在城内或山上是用轿子以外，普遍代步都是用船。船有两种，普通坐的都是“乌篷船”，白篷的大抵作航船用，坐夜航船到西陵去也有特别的风趣，但是你总不便坐，所以我也就可以不说了。乌篷船大的为“四明瓦”（Symenngoa），小的为脚划船（划读如 uoa）亦称小船。但是最适用的还是在这中间的“三道”，亦即三明瓦。篷是半圆形的，用竹片编成，中夹竹箬，上涂黑油；在两扇“定篷”之间放着一扇遮阳，也是半圆的，木作格子，嵌着一片片的小鱼鳞，径约一寸，颇有点透明，略似玻璃而坚韧耐用，这就称为明瓦。三明瓦者，谓其中舱有两道，后舱有一道明瓦也。船尾用橹，大抵两支，船首有竹篙，用以定船。船头着眉目，状如老虎，但似在微笑，颇滑稽而不可怕，唯白篷船则无之。三道船篷之高大约可以使你直立，舱宽可以放下一顶方桌，四个人坐着打麻将——这个恐怕你也已学会了吧？小船则真是一叶扁舟，你坐在船底席上，篷顶离你的头有两三寸，你的两手可以搁在左右的舷上，还把手都露出在外边。在这种船里仿佛是在水面上坐，靠近田岸去时泥土便和你的眼鼻接近，而且遇着风浪，或是坐得少不小心，就会船底朝天，发生危险，但是也颇有趣味，是水乡的一种特色。不过你总可以不必去坐，最好还是坐那三道船吧。

你如坐船出去，可是不能像坐电车的那样性急，立刻盼走到。倘若出城，走三四十里路（我们那里的里程是很短，一里才及英里三分之一），来回总要预备一天。你坐在船上，应该是游山的态度，看看四周物色，随处可见的山，岸旁的乌桕，河边的红蓼和白苹，渔舍，各式各样的桥，困倦的时候睡在舱中拿出随笔来看，或者冲一碗清茶喝喝。偏门外的鉴湖一带，贺家池，壶觞左近，我都是喜欢的，或者往娄公埠骑驴去游兰亭(但我劝你还是步行，骑驴或者于你不很相宜)，到得暮色苍然的时候进城上都挂着薜荔的东门来，倒是颇有趣味的事。倘若路上不平静，你往杭州去时可于下午开船，黄昏时候的景色正最好看，只可惜这一带地方的名字我都忘记了。夜间睡在舱中，听水声橹声，来往船只的招呼声，以及乡间的犬吠鸡鸣，也都很有意思，雇一只船到乡下去看庙戏，可以了解中国旧戏的真趣味，而且在船上行动自如，要看就看，要睡就睡，要喝酒就喝酒，我觉得也可以算是理想的行乐法。只可惜讲维新以来这些演剧与迎会都已禁止，中产阶级的低能人别在“布业会馆”等处建起“海式”的戏场来，请大家买票看上海的猫儿戏。这些地方你千万不要去。——你到我那故乡，恐怕没有一个人认得，我又因为在教书不能陪你去玩，坐夜船，谈闲天，实在抱歉而且惆怅。川岛君夫妇现在偁山下，本来可以给你介绍，但是你到那里的时候他们恐怕已经离开故乡了。初寒，善自珍重，不尽。

1926 年 1 月 18 日夜于北京

## 导读与鉴赏

《乌篷船》是周作人散文的代表作之一，是周作人一组文章中的第九篇，文章总题目是《苦雨斋尺牍》。周作人早就说过，他虽然生活在大革命前夕的动荡年代，内心深处却向往着雨天，喝口清茶，同友人谈闲话，以为“那是颇愉快的事”；但他又觉得有一种说不出的“苦”味，“心思散漫，好像是出了气的烧酒，一点味道都没有”。为了排遣，“聊以对付这雨天的气闷光阴”，他提笔写信，写给谁呢？给知己者川岛(《尺牍》之三)、钱玄同(《尺牍》之六)——二三人而已；实在没人可写了，就写给自己(如《尺牍》之一及《乌篷船》)，这封信的收信人就是写信人周作人本人。

《乌篷船》所表现的是寂寞的灵魂的内心对白。先看收信人“子荣”。由于书信体的限制，作者没有对“他”多作介绍，不过，寥寥几笔，已显出轮廓，收信人“子荣”正是现实生活中已经被现代文明改造了的“自我”。而写信人就是在内心深处顽强抵抗着的“自我”，在周作人看来，这也是更值得保存、更真实、更本色的“自我”。“他”是那样津津乐道于故乡的“船”：讲了白篷船，又讲乌篷船；讲了大船，再讲小船；介绍乌篷船时，单是“三明瓦”就费了一百三四十字，约占全文十分之一的篇幅；这还不够，还要讲船尾怎样，船头如何，船篷又有多高，多宽，4 个人坐着都可以打麻将(深恐你没有实感)；小船呢，又是怎样的矮、窄，“遇着风浪，或者坐得少不小心，就会船底朝天”，简直唠叨得没个完，讲述者差不多每介绍到一处，都要重复使用“有趣”、“风趣”、“趣味”这样的词儿。讲述者的心思本不在“船”而在“船”中所蕴含的“趣味”、情感、心态、生活方式、人生态度，概括起来，就是传统文化的底蕴。慢慢地读下去，我们就会像进入角色一样进入那样的“境界”(这正是周作人文章的“魔力”之所在)：“黄昏”、“夜间”、“暮色苍然”、“困倦的时候”——一种寂寥的，倦怠的，几分悲凉又几分肃穆的历史文化氛围迎面扑来；可以看见“山……河……乌桕……红蓼……白苹……渔舍……桥”——面对宁静的、永恒的自然；可以听见“水声橹声……招呼声……犬吠鸡鸣”，更有那“庙戏”歌吹的悠扬，宛转，朦胧，应和着原始的传统的呼唤；心中感到自由，松弛——“要看就看，要睡就睡，要喝酒就喝酒”，岂只是“行动”的“自如”。这一切，确实非常的“迷人”。而“他”——周作人内心深处的“自我”呢？“他”是怎样地“神往”于这“安闲而丰腴的生活”，怎样地追怀着那自由的、“行乐”的、“游山的态度”呵！他试图召回已经失去的传统文化的魅力，使被现代文明“异化”了的那个“自我”重新复归，使“自我”由分离达到统一。

但周作人却不能不面对无情的现实：自从“讲维新以来”，西方现代文明的冲击力量不但扫荡了传统文化中最腐朽、丑陋的部分，所谓“召回”、“复归”，尽管十分美妙，但不过是一场梦，一篇用从容、冲淡的笔调写出的“美文”，最后不能不落入沉重的忧郁，透骨的悲凉。这只能是一曲美的挽歌，淡淡的喜悦中掺杂着忧郁、惆怅的苦味，从容、冲淡中蕴含着悲凉，这些构成了周作人散文的美感特征。

《乌篷船》是一篇美文，纯净无华，淡泊自然，却淡而有味。其主要艺术特色有：文章主体是乌篷船，但却不枯燥，仿佛一幅冲淡的水墨画，在静态的描摹之后，增添动态景观，静中有动，动中有静。舒缓大方却不失约制，质朴平宜而不落板滞，谈船，可以浓墨挥洒，该简时又跳脱而过；平宜时如相对谈心，又无拘泥矜持的时分；叙事细密，可直如体察；跳脱的空白，又留下想象天地。以闲适的态度，似乎是漫不经心地谈论乡间的风土人情，却充溢着自我的个性，离开社会的尘嚣和现代文化的浸染，追求一种原始的天然、传统文化和宁静心态组成的隐士情景，性格和风趣相应，心态与物境相谐。作者以简洁优美、圆熟自如的文字，营造了浑厚而缥缈的意境，由此构成了一个完美的艺术世界。

### 思考与练习

1. 浅谈文中所隐含的淡淡的乡愁。

2. 作者在文章开头说“我的故乡，真正觉得可怀恋的地方，并不是那里”，似乎觉得故乡不值得怀恋，后面又说：“那里的风土人情，那是写不尽的”，表现出无尽的眷恋。这是否矛盾？如何理解？

3. 周作人是鲁迅的同胞兄弟，但是两个人的文风和思想追求却有着显著的区别。阅读两位作家的其他作品，进行比较。

## 钱

**梁实秋**

### 作家与作品

梁实秋(1903—1987)，号均默，原名梁治华，字实秋，笔名子佳、秋郎，程淑等。

出生于北京。中国著名的散文家、学者、文学批评家、翻译家，国内第一个研究莎士比亚的权威。论著有《浪漫的与古典的》《文学的纪律》《文艺批评论》《偏见集》《文学因缘》，散文《雅舍小品》《槐园梦忆》，编著有《英国文学史》《英国文学选》，译有莎士比亚剧本20种、詹姆斯·巴利的《彼得·潘》、艾米莉·勃朗特的《呼啸山庄》，还曾主编《远东英汉大字典》。一生给中国文坛留下了两千多万字的著译作品，其散文集创造了中国现代散文著作出版的最高纪录。

他是国家社会党党员，否认文学有阶级性。早期梁实秋专注于文学批评，坚持将描写与表达抽象的永恒不变的人性作为文学艺术的文学观，批评鲁迅翻译外国作品的“硬译”，不同意鲁迅翻译和主张的苏俄“文艺政策”，主张“文学无阶级”，不主张把文学当做政治的工具，反对思想统一，要求思想自由。曾与鲁迅等左翼作家笔战不断，从1927年到1936年，论战持续了八年之久。1936年10月19日鲁迅不幸逝世，对垒式论战也自然结束。但是，这场论战所产生的影响既深且远。它不因鲁梁论战的结束而结束。论战所产生的影响实体已超出鲁梁本身，论战性质也已逾越了文学范畴，其余波扩涟到后来年代，以至于今。抗战年间，发生在重庆的那场“与抗战无关”的论争，虽不能说与这场论战有直接的关系，但也不能否认它们之间有着微妙的关联。

晚年梁实秋曾说过一生中有四个遗憾：一、有太多的书没有读；二、与许多鸿儒没有深交，转眼那些人已成为古人；三、亏欠那些帮助过他的人的情谊；四、陆放翁但悲不见九州同，现在也有同感。

## 原文与注解

### 钱

钱这个东西，不可说，不可说。一说起阿堵物，就显着俗。其实钱本身是有用的东西，无所谓俗。或形如契刀，或外圆而孔方，样子都不难看。若是带有斑斑绿锈，就更古朴可爱。稍晚的“交子”、“钞引”以至于近代的纸币，也无不力求精美雅观，何俗之有？钱财的进出取舍之间诚然大有道理，不过贪者自贪，廉者自廉，关键在于人，与钱本身无涉。像和峤那样爱钱如命只可说是钱癖，不能斥之曰俗；像石崇那样的挥金似土，只可说是奢汰，不能算得上雅。俗也好，雅也好，事在人为，钱无雅俗可辨。

有人喜集邮，有人喜集火柴盒，也有人喜集戏报子，也有人喜集鼻烟壶；也有人喜集砚、集墨、集字画古董，甚至集眼镜、集围裙、集三角裤。各有所好，没有什么道理可讲。但是古今中外几乎人人都喜欢收集的却是通货。钱不嫌多，愈多愈好。庄子曰：“钱财不积，则贪者忧。”岂止贪者忧？不贪的人也一样的想积财。

人在小的时候都玩过扑满，这玩意儿历史悠久，《西青杂记》：“扑满者，以土为器，以蓄钱，有入窍而无出窍，满则扑之。”北平叫卖小贩，有喊：“小盆儿小罐儿”的，担子上就有大大小小的扑满，全是陶土烧成的，形状不雅，一碰就碎。虽然里面容不下多少钱，可是孩子们从小就明白储蓄的道理了。外国也有近似扑满的东西，不过通常不是颠扑得碎的，是用钥匙可以打开的，多半作猪形，名之为“猪银行”。不晓得为什么选择猪形，也许是取其大肚能容吧？

我们的平民大部分是穷苦的，靠天吃饭，就怕干旱水涝，所以养成一种饥荒心理，“常将有日思无日，莫待无时思有时”。储蓄的美德普遍存在于社会各阶层。我从前认识一位小学教员，别看她月薪只有三十余元，她省吃俭用，省俭到午餐常是一碗清汤挂面洒上几滴香油，二十年下来，她拥有两栋小房。(谁忍心说她是不劳而获的资产阶级?)我也知道一位人力车夫，劳其筋骨，为人作马牛，苦熬了半辈子，携带一笔小小的资财，回籍买田娶妻生子作了一个自耕的小地主。这些可敬人，他们的钱是一文一文积攒起来的。而且他们常是量入为储，每有收入，不拘多寡，先扣一成两成作为储蓄，然后再安排支出。这样，他们爬上了社会的阶梯。

“人无横财不富，马非夜草不肥。”话虽如此，横财逼人而来，不是人人唾手可得，也不是全然可以泰然接受的。“腰缠十万贯，骑鹤上扬州”，只是一厢情愿的想法，暴发之后，势难持久，君不见：显宦孙子作了乞丐，巨商的儿子作了龟奴？及身而变的现世报，更是所在多有。钱财这个东西，真是难以捉摸，聚散无常。所以谚云：“积财千万，不如薄技在身。”

钱多了就有麻烦，不知放在哪里好。枕头底下没有多少空间，破鞋空间里面也塞不进多少。眼看着财源滚滚，求田问舍怕招物议，多财善贾又怕风波，无可奈何，只好送进银行。我在杂志上看到过一段趣谈：印第安人酋长某，平素聚敛不少，有一天背了一大口袋钞票存入银行，定期一年，期满之日他要求全部提出，行员把钞票一叠一叠的堆在柜台上，有如山积。酋长看了一下，徐曰：“请再续存一年。”行员惊异，既要续存何必提出？酋长说：“不先提出，我怎么知道我的钱是否安然无恙的保存在这里?”这当然是笑话，不过我们从前也有金山银山之说，却是千真万确的。我们从前金融执牛耳的大部分是山西人，票庄掌柜的几乎一律是老西儿。据说他们家里就有金山银山。赚了金银运回老家，溶为液体，泼在内室地上，积年累月一勺勺的泼上去，就成了一座座亮晶晶的金山银山。要用钱的时候凿上一块就行，不虞盗贼光顾。没亲眼见过金山银山的人，至少总见过冥衣铺用纸糊成的金童玉女金山银山吧？从前好像还没有近代恶性通货膨胀的怪事，然而如何维护既得的资财，也已经是颇费心机了。如今有些大户把钱弄到外国去，因为那里的银行有政府担保，没有倒闭之虞，而且还为存户保密，真是服务周到极了。

善聚财的陶朱公，人人羡慕，但是看他变姓名游江湖，其心里恐怕有几分像是挟巨资逃往国外作寓公，离乡背井的，多少有一点不自在。所以一个人尽管贪财，不可无厌。无冻馁之忧，有安全之感，能罢手时且罢手，大可不必“人为财死”而后已，陶朱公还算是聪明的。

钱，要花出去，才发生作用。穷人手头不裕，为了住顾不得衣，为了衣顾不得食，为了食谈不到娱乐，有时候几个孩子同时需要买新鞋，会把父母急得冒冷汗！贫穷到了这个地步，一个钱也不能妄用，只有牛衣对泣的分。小康之家用钱大有伸缩余地，最高明的是不求生活水准之全面提高，而在几点上稍稍突破，自得其乐。有人爱买书，有人爱买衣裳，有人爱度周末，各随所好。把钱集中用在一点上，便可以比较容易适度满足自己的欲望。至于豪富之家，挥金如土，未必是福，穷奢极欲，乐极生悲，如果我们举例说明，则近似幸灾乐祸，不提也罢。纪元前五世纪雅典的泰蒙，享尽了人间的荣华富贵，也吃尽了世态炎凉的苦头，他最了解金钱的性质，他认识了金钱的本来面目，钱是人类的公娼！与其像泰蒙那样疯狂而死，不如早些疏散资财，做些有益之事，清清白白，赤裸裸来去无牵挂。

## 导读与鉴赏

梁实秋非常注意散文的语言艺术，尤其注重发扬本民族的语言传统。欧美文学的刚直严密、雍容幽默，汉文学的古朴凝练、铿锵顿挫，北京方言的亲切、平白风趣，经过他的熔炼，成为一种新的生命。他认为“讽刺文学的出发点是爱，不是恨，人性本有缺点，人生本有不如意事，文学家探索人生，热爱人生，看到不合理不道德的现象，则想加以指责矫正，讽刺便是一种很好的手段”。

他的散文风格经历了从浪漫到古典再到浪漫的演变过程，但是最能代表其散文艺术成就和主要特色的还是以古典主义文学观指导下的散文创作。由于家庭出身与后天所受的教育，中国传统儒家士大夫的气质和英国的绅士风度在他身上互相交融，形成了一种独特的文化贵族气质。这种气质使他选择了新人文主义，形成了自己的古典主义文学观。受他本人的文化贵族气质和古典主义文学观的直接影响，他的散文创作实践呈现出从容优雅、理性节制的总体艺术特色，具体体现为“追求人生的艺术化”与“幽默与感情的节制”两点。

在散文《钱》中，他散淡地从民俗写起，写了平民和富商对钱财的基本态度，引经据典，给我们摆出了古往今来很多人的生财之道和守财之心。即便今天读起来也是惟妙惟肖，让人觉得很有味道。梁先生认为“俗也好，雅也好，事在人为，钱无雅俗可辨”。本着这个想法，梁先生的《钱》，没有普见的教化，也没有更多的鞭笞，而是很平淡地写了人们想聚财的心态，并对这种心态给予了最大的宽容和理解。守财奴在梁先生的笔下也是那么的有一点点无奈，有一点点可爱。特别是对平民甚至贫民的守财聚财心态，刻画得更是惟妙惟肖并给予了理解和同情。通过很多的描写，我们清楚地揣摩到梁先生对钱的一个很明确的态度，聚财守财，特别是平民贫民的聚财守财不但不应笑话、鄙弃，更应该给予理解和包容，他希望平民贫民能够通过这种方式，早日“爬上社会的阶梯”，这种关怀在当时的文章和观点中是不多见的。同时隐含的另一层意思也是显而易见的，敛财和贪财是梁先生所不耻的，这样聚集起来的钱是“阿堵物”！怎么才是一个正确的对待钱财的态度呢？怎么才能聚财守财而不至贪得无厌发展到敛财和贪财呢？梁先生给了我们一个很好的标准，钱嘛，“无冻馁之忧，有安全之感”即可，最高明的是“不求生活水准之全面提高，而是在几点上稍稍突破，自得其乐”，切切不可“人为财死”而后已！

## 思考与练习

1. 作者为什么说“钱无雅俗可辨”？你对此有什么看法？

2. 从文中看，作者认为对金钱的正确态度应该是什么？联系当今社会现实，你觉得我们应该如何对待金钱？

3. 体会本文幽默风趣、简洁雅致的风格特色。

# 纪念傅雷[1]

施蛰存

## 作家与作品

施蛰存(1905—2003)，原名施德普，字蛰存，笔名青萍、安华、薛蕙、李万鹤、陈蔚、舍之、北山等。生于浙江杭州。中国现代著名作家、文学翻译家、学者，20世纪30年代在上海主编《现代》月刊，并从事小说创作，注重心理分析，着重描写人物的意识流动，是中国最早的“新感觉派”的代表。曾相继在云南大学、厦门大学、沪江大学等校任教。新中国成立后任华东师范大学教授。他博学多才，兼通古今中外，在古典文学研究、碑帖研究、外国文学翻译等方面均有很大成绩。著有《施蛰存文集》。鉴于在文学创作和学术研究上的贡献，施蛰存曾被授予“上海市文学艺术杰出贡献奖”(1993年)和“亚洲华文作家文艺基金会敬慰奖”。

施蛰存一生的工作可以分为四个时期：1937年以前，除进行编辑工作外，主要创作短篇小说、诗歌及翻译外国文学；抗日战争期间进行散文创作；1950—1958年期间，翻译了200万字的外国文学作品；1958年以后，致力于古典文学和碑版文物的研究工作。

已刊行的短篇小说集有《上元灯》《将军底头》《李师师》《梅雨之夕》《善女人行品》《小珍集》，散文集有《灯下集》《待旦录》，还出版了一些学术著作和大量译作。

## 原文与注解

### 纪念傅雷

一九六六年九月三日，这是傅雷和夫人朱梅馥离开这个世界的日子，今年今天，正是二十周年纪念。这二十年过得好快，我还没有时间写一篇文章纪念他们。俗话说：“秀才人情纸半张。”我连这半张纸也没有献在老朋友灵前，人情之薄，可想而知。不过，真要纪念傅雷夫妇，半张纸毕竟不够，而洋洋大文却也写不出，于是拖延到今天。

现在，我书架上有十五卷的《傅雷译文集》和两个版本的《傅雷家书》，都是傅敏寄赠的[2]，还有两本旧版的《高老头》和《欧也妮·葛朗台》[3]，是傅雷送给我的，有他的亲笔题字。我的照相册中有一张我的照片，是一九七九年四月十六日在傅雷追悼会上，在赵超构送的花圈底下[4]，沈仲章给我照的[5]，衣襟上还有一朵黄花。这几年来，我就是默对这些东西，悼念傅雷。

一九三九年，我在昆明。在江小鹣的新居中[6]，遇到滕固和傅雷[7]。这是我和傅雷定交的开始。可是我和他见面聊天的机会，只有两次，不知怎么一回事，他和滕固吵翻了，一怒之下，回上海去了。这是我第一次领略到傅雷的“怒”。后来知道他的别号就叫“怒庵”，也就不以为奇。从此，和他谈话时，不能不提高警惕。

一九四三年，我从福建回沪省亲[8]，在上海住了五个月，曾和周煦良一同到吕班路(今重庆南路)巴黎新村去看过傅雷[9]，知道他息影孤岛[10]，专心于翻译罗曼·罗兰[11]。这一次认识了朱梅馥。也看见客堂里有一架钢琴，他的儿子傅聪坐在高凳上练琴[12]。

我和傅雷的友谊，只能说开始于解放以后。那时他已迁居江苏路安定坊，住的是宋春舫家的屋子[13]。我住在邻近，转一个弯就到他家。五十年代初，他在译巴尔扎克，我在译伐佐夫、显克微支和尼克索[14]。这样，我们就成为翻译外国文学的同道，因此，在这几年中，我常去他家里聊天，有时也借用他的各种辞典查几个字。

可是，我不敢同他谈翻译技术，因为我们两人的翻译方法不很相同。一则因为他译的是法文著作，从原文译，我译的都是英文转译本，使用的译法根本不同。二则我主张翻译只要达意，我从英文本译，只能做到达英译本的意。英译本对原文本负责，我对英译本负责。傅雷则主张非但要达意，还要求传神。他屡次举过一个例。他说：莎士比亚的《哈姆雷特》第一场有一句“静得连一个老鼠的声音都没有[15]”。但纪德的法文译本[16]，这一句却是“静得连一只猫的声音都没有”。他说“这不是译错，这是达意，这也就是传神。”我说，依照你的观念，中文译本就应该译作“鸦雀无声”。他说“对”。我说：“不行，因为莎士比亚时代的英国话中不用猫或鸦雀来形容静。”

傅雷有一本《国语大辞典》，书中有许多北方的成语。傅雷译到法文成语或俗话的时候，常常向这本辞典中去找合适的中国成语俗话。有时我去看他，他也会举出一句法文成语，问我有没有相当的中国成语。他这个办法，我也不以为然。我主张照原文原意译，宁可加个注，说明这个成语的意义相当于中国的某一句成语。当然，他也不以为然。

一九五八年，我们都成为第五类分子[17]，不便来往，彼此就不相闻问。不过，有一段时候，朱梅馥和我老伴都被居委会动员出去办托儿所，她们俩倒是每天在一起，我因此便间接知道一些傅雷的情况。

一九六一年，大家都蒙恩摘除了“帽子”，可以有较多的行动自由，于是我又常去看他。他还在译书，而我已不干这一行了，那几年，我在热中于碑版文物，到他那里去，就谈字画古董。他给我看许多黄宾虹的画[18]，极其赞赏，而我却又有不同意见。我以为黄宾虹晚年的画越来越像个“墨猪”了[19]。这句话又使他“怒”起来，他批评我不懂中国画里的水墨笔法。

1966年八月下旬，我已经在里弄里被“示众”过了[20]。想到傅雷，不知他这一次如何“怒”法，就在一个傍晚，踱到他门口去看看。只见他家门口贴满了大字报，门窗紧闭，真是“鸦雀无声”。我就踱了回家。大约在九月十日左右，才知道他们两夫妇已撒手西归，这是怒庵的最后一“怒”。

我知道傅雷的性情刚直，如一团干柴烈火，他因不堪凌辱，一怒而死，这是可以理解的，我和他虽然几乎处处不同，但我还是尊敬他。在那一年，朋友中像傅雷那样的毅然决然不自惜其生命的，还有好几个，我也都一律尊敬。不过，朱梅馥的能同归于尽，这却是我想象不到的，伉俪之情[21]，深到如此，恐怕是傅雷的感应。

傅雷逝世，其实我还没有了解傅雷。直到他的家书集出版，我才能更深一步的了解傅雷。他的家教如此之严，望子成龙的心情如此之热烈。他要把他的儿子塑造成符合于他的理想的人物。这种家庭教育是相当危险的，没有几个人能成功，然而傅雷成功了。

傅雷的性格，最突出的是他的刚直。在青年时候，他的刚直还近于狂妄。所以孔子说："好刚不好学，其蔽也狂[22]。"傅雷从昆明回来以后，在艺术的涵养，知识学问的累积之后，他才成为具有浩然之气的儒家之刚者[23]，这种刚直的品德，在任何社会中，都是难得见到的，连孔子也说过："吾未见刚者[24]。"

傅雷之死，完成了他的崇高品德，今天我也不必说"愿你安息吧"，只愿他的刚劲，永远弥漫于知识分子中间。

## 注 释

【1】本文选自施蛰存的散文集《施蛰存散文》，浙江文艺出版社 1994 年版。傅雷（1908—1966）：字怒安。号怒庵，上海市南汇县人。早年留学法国，专攻艺术，并游览了欧洲各国。回国后致力于法国文学艺术的翻译介绍，"文革"中遭迫害而死。译著有罗曼·罗兰《约翰·克利斯朵夫》，巴尔扎克《高老头》《欧也妮·葛朗台》，丹纳《艺术哲学》等 30 多部。

【2】傅敏：傅雷的次子。《傅雷家书》是他所编。

【3】《高老头》和《欧也妮·葛朗台》：法国作家巴尔扎克的著名长篇小说，由傅雷译成中文。

【4】赵超构：笔名林放，我国著名杂文家，新中国成立后担任上海新民晚报社社长多年。

【5】沈仲章：中国现代学家，古琴家。

【6】江小鹣：中国现代画家，20 世纪 30 年代曾任上海新华艺术学校雕塑系主任。

【7】腾固：中国现代小说家，文学研究会成员。

【8】我从福建回沪省亲：1940 年 3 月施蛰存到福建，在厦门大学中文系任教。

【9】周煦良：翻译家，生前任上海华东师范大学外语系主任，曾译过英国作家毛姆的《刀锋》等。

【10】孤岛：指二次大战中太平洋战争爆发前的上海租界。

【11】罗曼·罗兰：法国现代作家、社会活动家，著有长篇小说《约翰·克利斯朵夫》等。

【12】傅聪：旅英钢琴家，傅雷的长子。

【13】宋春舫：中国现代戏剧家，著有喜剧《五里雾中》。

【14】伐佐夫：保加利亚近代作家，其代表作长篇小说《轭下》由施蛰存译成中文。显克微支：波兰近代作家，施蛰存与人合译过《显克微支短篇小说集》。尼克索：丹麦

近代作家，施蛰存译过他的长篇小说《征服者贝莱》，与人合译《尼克索短篇小说》。

【15】《哈姆雷特》：英国剧作家莎士比亚的著名悲剧。

【16】纪德：法国近代作家，二次大战时沦为亲法西斯分子。

【17】第五类分子：在“以阶级斗争为纲”的时代，把“地主、富农、反革命分子、坏分子、右派分子”五类人列为无产阶级专政的对象。第五类分子即指右派分子。施蛰存在1957年反右运动中被错划为右派。

【18】黄宾虹：中国现代画家，曾在多家美术院校任教。

【19】墨猪：比喻书画的点划痴肥而无骨力。

【20】示众：指“文革”时期被当众批斗与羞辱。

【21】伉俪：夫妻。

【22】好刚不好学，其蔽也狂：爱好刚强却不爱好学习，它的弊病是狂妄自大。出自《论语·阳货》。

【23】浩然之气：见《孟子·公孙丑上》，指一种至大至刚、充塞天地的正气。

【24】吾未见刚者：出自《论语·公治长》。

## 导读与鉴赏

这是一篇悼念友人的散文。作者以客观冷静的笔墨，叙述了自己与傅雷生前交往的情谊，展现了傅雷独特的个性，深情地赞颂了像傅雷这样的中国知识分子坚持真理、刚直不屈的优秀品格。

作者在往事的追忆中展现了傅雷独特的个性，突出了傅雷的“怒”。作者第一次领略到傅雷的“怒”是在1939年，傅雷与腾固吵翻，一怒之下回到上海。可见其怒之烈，其性之刚。第二次写傅雷的“怒”，其起因是两人关于翻译方法和对黄宾虹画评价的分歧。傅雷的第三次“怒”发生在“文革”。“他因不堪凌辱，一怒而死。”作者对此表示理解，表示尊敬，也不无惋惜，将中国传统知识分子的铮铮铁骨重重地印在那个昏暗时代的天幕上。从塑造人物的技法来说，作者突出的就是傅雷性格中的刚直一面，并通过傅雷显露于外的三次发“怒”，将其内在的刚直性格表现出来。

这篇回忆性的叙事散文，采用最自然、最无技巧性的“无法之法”——按照时间顺序来组织若干生活片断。作品的三方面的内容分别是：一是作者与傅雷长达27年的交往与情谊，二是傅雷的“怒”与刚直个性，三是对中国知识分子品格的反思。本文的妙处是，表面上的叙事方式无技巧，却隐藏着叙事内容、构思上的深层技巧，即作者将回忆傅雷的片段材料组织在傅雷三次发“怒”的主线之上。如果说时间线索是全文的明线，三次发“怒”则是全文的暗线。从傅雷的三次发“怒”中作者归结出他的刚直个性，再从傅雷的刚直个性引发出关于中国知识分子的反思。作者的思路自然贴切，顺理成章。

本文作者将傅雷称为“刚者”，并在结尾处说：“只愿他的刚劲，永远弥漫于知识分子中间”，表达了作者写此文不仅是怀念自己与傅雷的友谊，更是为了对傅雷的崇高品德表示深深的敬意，并希望他的这种精神“永远弥漫于知识分子中间”，这才是对傅雷最好的纪念。

在语言方面，本文自然平实，老到有力，寓深情于淡雅，时显机趣和幽默，很是精美。

## 听听那冷雨

余光中

### 作家与作品

余光中，1928 年出生于南京。祖籍福建永春。母亲原籍江苏武进，故也自称“江南人”。1952 年毕业于台湾大学外文系。1959 年获美国爱荷华大学(LOWA)艺术硕士。先后任教于台湾东吴大学、台湾师范大学、台湾大学、台湾政治大学。其间两度应美国国务院邀请，赴美国多家大学任客座教授。1972 年任台湾政治大学西语系教授兼主任。1974 年至 1985 年任香港中文大学中文系主任。1985 年至今，任高雄市“中山大学”教授及讲座教授。其中有六年时间兼任文学院院长及外文研究所所长。

余光中一生从事诗歌、散文、评论、翻译，自称为自己写作的“四度空间”。至今驰骋文坛已逾半个世纪，涉猎广泛，被誉为“艺术上的多妻主义者”。其文学生涯悠远、辽阔、深沉，为当代诗坛健将、散文重镇、著名批评家、优秀翻译家。现已出版诗集 21 种，散文集 11 种，评论集 5 种，翻译集 13 种，共 40 余种。

余光中在台湾与海外及祖国大陆文学界享有盛誉。他曾获得包括“吴三连文学奖”“中国时报奖”“金鼎奖”“国家文艺奖”等台湾所有重要奖项。多次赴欧美参加国际笔会及其他文学会议并发表演讲。也多次来祖国大陆讲学。如 1992 年应中国社会科学院之邀演讲《龚自珍与雪莱》；1997 年长春时代文艺出版社出版其诗歌散文选集共 7 册，他应邀前往长春、沈阳、哈尔滨、大连、北京五大城市为读者签名。吉林大学、东北大学颁赠客座教授名衔。中央电视台春节联欢晚会曾朗诵演出他的名诗《乡愁》。由人民文学出版社与北京图书目录，收录《余光中诗选》于其中。近年来，中央电视台《读书时间》《东方之子》等栏目专题向国内观众连续推荐报道余光中先生，影响很大。

余光中先生热爱中华传统文化，热爱中国。礼赞“中国，最美最母亲的国度”。他说：“蓝墨水的上游是汨罗江”，“要做屈原和李白的传人”，“我的血系中有一条黄河的支流。”他是中国文坛杰出的诗人与散文家，他目前仍在“与永恒拔河”。呼吸在当今，却已经进入了历史，他的名字已经显目地镂刻在中国新文学的史册上。

### 原文与注解

### 听听那冷雨

惊蛰一过，春寒加剧。先是料料峭峭，继而雨季开始，时而淋淋漓漓，时而淅淅沥沥，天潮潮地湿湿，即使在梦里，也似乎把伞撑着。而就凭着一把伞，躲过一阵潇潇的冷雨，也躲不过整个雨季。连思想也是潮润润的。每天回家，曲折穿过金门街到厦门街迷宫式的长巷短巷，雨里风里，走入霏霏令人更想入非非。想这样子的以台北凄凄切切完全是黑白片的味道，想整个中国整部中国的历史无非是一张黑白片子，片头到片尾，一直是这样下着雨的。这种感觉，不知道是不是从安东尼奥尼那里来的。不过那一块土地是久违了，二十五年，四分之一的世纪，即使有雨，也隔着千山万水，千伞万伞。二十五年，一切都断了，只有气候，只有气象报告还牵连在一起。大寒流从那块土地上弥天卷来，这种酷冷吾与古大陆分担。不能扑进她怀里，被她的裾边扫一扫吧，也算是安慰孺慕之情。

这样想时，严寒里竟有一点温暖的感觉了。这样想时，他希望这些狭长的巷子永远延伸下去，他的思路也可以延伸下去，不是金门街到厦门街，而是金门到厦门。他是厦门人，至少是广义的厦门人，二十年来，不住在厦门，住在厦门街，算是嘲弄吧，也算是安慰。不过说到广义，他同样也是广义的江南人，常州人，南京人，川娃儿，五陵少年。杏花春雨江南，那是他的少年时代了。再过半个月就是清明。安东尼奥尼的镜头摇过去，摇过去又摇过来，残山剩水犹如是，皇天后土犹如是。纭纭黔首纷纷黎民从北到南犹如是。那里面是中国吗？那里面当然还是中国，永远是中国。只是杏花春雨已不再，牧童遥指已不再，剑门细雨渭城轻尘也都已不再。然则他日思夜梦的那片土地，究竟在哪里呢？

在报纸的头条标题里吗？还是香港的谣言里？还是傅聪的黑键白键、马思聪的跳弓拨弦？还是安东尼奥尼的镜底勒马洲的望中？还是呢，故宫博物院的壁头和玻璃橱内，京戏的锣鼓声中、太白和东坡的韵里？

杏花，春雨，江南。六个方块字，或许那片土就在那里面。而无论赤县也好，神州也好，中国也好，变来变去，只要仓颉的灵感不灭，美丽的中文不老，那形象，那磁石一般的向心力当必然长在。因为一个方块字是一个天地。太初有字，于是汉族的心灵，祖先的回忆和希望便有了寄托。譬如凭空写一个“雨”字，点点滴滴，滂滂沱沱，淅沥淅沥淅沥，一切云情雨意，就宛然其中了。视觉上的这种美感，岂是什么 rain 也好 pluie 也好所能满足？翻开一部《辞源》或《辞海》，金木水火土，各成世界，而一入“雨”部，古神州的天颜千变万化，便悉在望中，美丽的霜雪云霞，骇人的雷电霹雹，展露的无非是神的好脾气与坏脾气，气象台百读不厌、门外汉百思不解的百科全书。

听听，那冷雨。看看，那冷雨。嗅嗅闻闻，那冷雨，舔舔吧，那冷雨。雨下在他的伞上、这城市百万人的伞上、雨衣上、屋上、天线上，雨下在基隆港、在防波堤、在海峡的船上，清明这季雨。雨是女性，应该最富于感性。雨气空而迷幻，细细嗅嗅，清清爽爽新新，有一点点薄荷的香味，浓的时候，竟发出草和树沐发后特有的土腥气，也许那竟是蚯蚓和蜗牛的腥气吧，毕竟是惊蛰了啊。也许地上的地下的生命、也许古中国层层叠叠的记忆皆蠢蠢而蠕，也许是植物的潜意识和梦吧，那腥气。

第三次去美国，在高高的丹佛山居了两年。美国的西部，多山多沙漠，千里干旱。天，蓝似盎格鲁·撒克逊人的眼睛；地，红如印第安人的肌肤；云，却是罕见的白鸟。落基山簇簇耀目的雪峰上，很少飘云牵雾。一来高，二来干，三来森林线以上，杉柏也止步，中国诗词里“荡胸生层云”，或是“商略黄昏雨”的意趣，是落基山上难睹的景象。落基山岭之胜，在石，在雪。那些奇岩怪石，相叠互倚，砌一场惊心动魄的雕塑展览，给太阳和千里的风看。那雪，白得虚虚幻幻，冷得清清醒醒，那股皑皑不绝一仰难尽的气势，压得人呼吸困难，心寒眸酸。不过要领略“白云回望合，青霭入看无”的境界，仍须回中国。台湾湿度很高，最富云情雨意迷离的情调。两度夜宿溪头，树香沁鼻，宵寒袭肘，枕着润碧湿翠苍苍交叠的山影和万籁都歇的沉寂，仙人一样睡去。山中一夜饱雨，次晨醒来，在旭日未升的原始幽静中，冲着隔夜的寒气，踏着满地的断柯折枝和仍在流泻的细股雨水，一径探入森林的秘密，曲曲弯弯，步上山去。溪头的山，树密雾浓，蓊郁的水气从谷底冉冉升起，时稠时稀，蒸腾多姿，幻化无定，只能从雾破云开的空处，窥见乍现即隐的一峰半壑，要纵览全貌，几乎是不可能的。至少上山两次，只能在白茫茫里和溪头诸峰玩捉迷藏的游戏，回到台北世人问起，除了笑而不答心自闲，故作神秘之外，实际的印象，也无非在虚无之间罢了。云缭烟绕，山隐水迢的中国风景，由来予人宋画的韵味。那天下也许是赵家的天下，那山水却是米家的山水。而究竟，是米氏父子下笔像中国的山水，还是中国的山水上纸像宋画。恐怕是谁也说不清楚了吧？

雨不但可嗅，可观，更可以听。听听那冷雨。听雨，只要不是石破天惊的台风暴雨，在听觉上总是一种美感。大陆上的秋天，无论是疏雨滴梧桐，或是骤雨打荷叶，听去总有一点凄凉，凄清，凄楚。于今在岛上回味，则在凄楚之外，更笼上一层凄迷了。饶你多少豪情侠气，怕也经不起三番五次的风吹雨打。一打少年听雨，红烛昏沉。二打中年听雨，客舟中，江阔云低。三打白头听雨在僧庐下。这便是亡宋之痛，一颗敏感心灵的一生，楼上，江上，庙里，用冷冷的雨珠子串成。十年前，他曾在一场摧心折骨的鬼雨中迷失了自己。雨，该是一滴湿漓漓的灵魂，在窗外喊谁。

雨打在树上和瓦上，韵律都清脆可听。尤其是铿铿敲在屋瓦上，那古老的音乐，属于中国。王禹偁在黄冈，破如椽的大竹为屋瓦。所说住在竹楼里面，急雨声如瀑布，密雪声比碎玉。而无论鼓琴，咏诗，下棋，投壶，共鸣的效果都特别好。这样岂不像是住在竹筒里面，任何细脆的声响，怕都会加倍夸大，反而令人耳朵过敏吧。

雨天的屋瓦，浮漾湿湿的流光，灰而温柔，迎光则微明，背光则幽黯，对于视觉，是一种低沉的安慰。至于雨敲在鳞鳞千瓣的瓦上，由远而近，轻轻重重轻轻，夹着一股股的细流沿瓦槽与屋檐潺潺泻下，各种敲击音与滑音密织成网，谁的千指百指在按摩耳轮。“下雨了”，温柔的灰美人来了，她冰冰的纤手在屋顶拂弄着无数的黑键啊灰键，把晌午一下子奏成了黄昏。

在古老的大陆上，千屋万户是如此。二十多年前，初来这岛上，日式的瓦屋亦是如此。先是天黯了下来，城市像罩在一块巨幅的毛玻璃里，阴影在户内延长复加深。然后凉凉的水意弥漫在空间，风自每一个角落里旋起，感觉得到，每一个屋项上呼吸沉重都覆盖着灰云。雨来了，最轻的敲打乐敲打这城市，苍茫的屋项，远远近近，一张张敲过去，古老的琴，那细细密密的节奏，单调里自有一种柔婉与亲切，滴滴点点滴滴，似幻似真，若孩时在摇篮里，一曲耳熟的童谣摇摇欲睡，母亲吟哦鼻音与喉音。或是在江南的泽国水乡，一大筐绿油油的桑叶被啮于千百头蚕，细细琐琐屑屑，口器与口器咀咀嚼嚼。雨来了，雨来的时候瓦这么说，一片瓦说，千亿片瓦说，说轻轻地奏吧沉沉地弹，徐徐地叩吧挞挞地敲，间间歇歇敲一个雨季，即兴演奏从惊蛰到清明，在零落的坟上冷冷奏挽歌，一片瓦吟千亿片瓦吟。

在日式的古屋里听雨，听四月，霏霏不绝的黄梅雨，朝夕不断，旬月绵延，湿黏黏的苔藓从石阶下一直侵到舌底，心底。到七月，听台风台雨在古屋顶上一夜盲奏，千层海底的热浪沸沸被狂风挟挟，掀翻整个太平洋只为向他的矮屋檐重重压下，整个海在他的蜗壳上哗哗泻过。不然便是雷雨夜，白烟一般的纱帐里听羯鼓一通又一通，滔天的暴雨滂滂沛沛扑来，强劲的电琵琶忐忐忑忑忐忐忑忑，弹动屋瓦的惊悸腾腾欲掀起。不然便是斜斜的西北雨斜斜刷在窗玻璃上，鞭在墙上打在阔大的芭蕉叶上，一阵寒濑泻过，秋意便弥湿旧式的庭院了。

在日式的古屋里听雨，春雨绵绵听到秋雨潇潇，从少年听到中年，听听那冷雨。雨是一种单调而耐听的音乐是室内乐是室外乐，户内听听，户外听听，冷冷，那音乐。雨是一种回忆的音乐，听听那冷雨，回忆江南的雨下得满地是江湖，下在桥上和船上，也下在四川，在秧田和蛙塘，下肥了嘉陵江，下湿布谷咕咕的啼声。雨是潮潮润润的音乐，下在渴望的唇上，舔舔吧那冷雨。

因为雨是最最原始的敲打乐，从记忆的彼端敲起。瓦是最最低沉的乐器，灰蒙蒙的温柔覆盖着听雨的人，瓦是音乐的雨伞撑起。但不久公寓的时代来临，台北你怎么一下子长高了，瓦的音乐竟成了绝响。千片万片的瓦翩翩，美丽的灰蝴蝶纷纷飞走，飞入历史的记忆。现在雨下下来，下在水泥的屋顶和墙上，没有音韵的雨季。树也砍光了，那月桂，那枫树，柳树和擎天的巨椰，雨来的时候不再有丛叶嘈嘈切切，闪动湿湿的绿光迎接。鸟声减了啾啾，蛙声沉了咯咯，秋天的虫吟也减了唧唧。七十年代的台北不需要这些，一个乐队接一个乐队便遣散尽了。要听鸡叫，只有去《诗经》的韵里找。现在只剩下一张黑白片，黑白的默片。

正如马车的时代去后，三轮车的时代也去了。曾经在雨夜，三轮车的油布篷挂起，送她回家的途中，篷里的世界小得多可爱，而且躲在警察的辖区以外。雨衣的口袋越大越好，盛得下他的一只手里握一只纤纤的手。台湾的雨季这么长，该有人发明一种宽宽的双人雨衣，一人分穿一只袖子，此外的部分就不必分得太苛。而无论工业如何发达，一时似乎还废不了雨伞。只要雨不倾盆，风不横吹，撑一把伞在雨中仍不失古典的韵味。任雨点敲在黑布伞或是透明的塑胶伞上，将骨柄一旋，雨珠向四方喷溅，伞缘便旋成了一圈飞檐。跟女友共一把雨伞，该是一种美丽的合作吧。最好是初恋，有点兴奋，更有点不好意思，若即若离之间，雨不妨下大一点。真正初恋，恐怕是兴奋得不需要伞的，手牵手在雨中狂奔而去，把年轻的长发的肌肤交给漫天的淋淋漓漓，然后向对方的唇上颊上尝凉凉甜甜的雨水。不过那要非常年轻且激情，同时，也只能发生在法国的新潮片里吧。

大多数的雨伞总不会为约会张开。上班下班，上学放学，菜市来回的途中。现实的伞，灰色的星期三。握着雨伞，他听那冷雨打在伞上。索性更冷一些就好了，他想。索性把湿湿的灰雨冻成干干爽爽的白雨，六角形的结晶体在无风的空中回回旋旋地降下来。等须眉和肩头白尽时，伸手一拂就落了。二十五年，没有受故乡白雨的祝福，或许发上下一点白霜是一种变相的自我补偿吧。一位英雄，经得起多少次雨季？他的额头是水成岩削成还是火成岩？他的心底究竟有多厚的苔藓？厦门街的雨巷走了二十年与记忆等长，一座无瓦的公寓在巷底等他，一盏灯在楼上的雨窗子里，等他回去，向晚餐后的沉思冥想去整理青苔深深的记忆。

前尘隔海，古屋不在。听听那冷雨。

一九七四年春分之夜

## 导读与鉴赏

《听听那冷雨》是一篇诗质散文。这篇文章是那个充满着昔日家国忧愁之思年代的文字。作者离别大陆整整25年，文章运用物像罗列的散点铺排手法，从台湾的“雨季”入笔，以听雨(清明时节的雨)为主线展开联想，将大陆雨打荷叶的清雅、丹佛山云晴雾雨的索然和台北听雨的凄楚与迷茫串联在一起，将横的地域感(从美国到中国的台湾、大陆)，纵的历史感(从太初有字到亡宋之痛到公寓时代)，纵横交错的现实感(人到中年沧桑过后的洞明人生，现代都市对传统意趣的破坏，对永恒理想的追求)交织成一个景深情浓的绝美意境，穿越时空，古今中外，信手拈来，内容丰富，意蕴深厚。

此散文是“形散”而“神凝”的典范。作者在中间各段采取时空交错的写法：忽而过去，忽而现在，忽而故国，忽而异域，又随时回到台湾，回到厦门街，文理错综，作者企图以此表达诉说不尽的复杂情绪。而其无碍的文才，足令读者的心情随作者的心灵转换而起落，却不会感到凌乱无章。

行文中，作者决不忽略文字的美感价值。冷雨中诱出了祖宗的诗韵，“渭城朝雨邑轻尘”、“清明时节雨纷纷”都以“变奏曲”形式流韵在字里行间。

《听听那冷雨》也表现出余光中对散文艺术的“可读性”的探讨。所谓“读”，不仅染人以目，感人于心，还讲求易诵之于口，悦之于耳。解构文字，打破书写的秩序，以敲打乐的形式，依靠句子的长短组合变化，达成绝对的音乐感。大量运用中文的长短句，造成结构上的美感，又用同音异义的字造成错综变化。这也构成了本文形式的特殊之处：生动的“借彼喻此”的修辞法；匀称的对偶语；比拟的运用；整齐的排比；秩序的层递；和谐的类叠；鲜活的倒装这些丰富的修辞技巧的运用。具有了诗的跳跃性、音韵美和画面美。

通感的运用也是这篇文章的特色：“雨是一种回忆的音乐，听听那冷雨，回忆江南的雨下得满地是江湖，下在桥上和船上，也下在四川，在秧田和蛙塘，下肥了嘉陵江，下湿布谷咕咕的啼声，雨是潮潮润润的音乐。下在渴望的唇上，舔舔吧那冷雨。”

本文主旨、内涵很简单，都在表达作者的中国意识、对中华文化的赞美与眷恋。远离大陆的作者，通过在听雨及其产生的丰富联想，用诗一般的语言，抒发了他对于祖国家乡、对于人生的一片愁思愁情，表达了他对祖国的思念及其悠久传统文化的热爱。

以诗为文，读来令人心醉。

### 思考与练习

1. 作者为什么说“雨是一种回忆的音乐”？作简要分析，谈谈你的看法。
2. 作者是怎样表现“听雨”的？各种“听觉”中，雨各是一种什么情态？
3. 文章以“雨”为载体，作了哪些联想？蕴含其中的思想感情是什么？

## 中国人你为什么不生气

**龙应台**

### 作家与作品

龙应台(1952—　)，女，台湾高雄人，祖籍湖南衡山县，作家、社会评论家、思想家。1974 年毕业于成功大学外文系后，赴美国求学，后获堪萨斯州立大学英美文学博士。1988 年迁居德国，在法兰克福大学任教授。1994 年，出版《人在欧洲》。1998 年，她的三部书《啊，上海男人》《这个动荡的世界》《故乡异乡》在上海相继发行。1999 年，龙应台出任台北市首任文化局局长。2008 年在香港大学教授任上获评为孔梁巧玲杰出人文学者。2010 年 11 月 15 日，龙应台以 260 万元人民币的版税收入，荣登作家富豪榜第 16 名，引发广泛关注。2014 年 12 月 5 日，正式卸任台湾文化部门负责人。

1984 年，龙于中国时报撰写“野火集”专栏，引起强烈反响；隔年出版，一上市即告罄，一个月内印刷 24 次，印行 100 版，销售 20 万册，风靡台湾，是 1980 年代对台湾民主发展极具影响的一本书。余光中称其为“龙卷风”。同年出版《龙应台评小说》震动台湾文坛。而在台湾《中国时报》等报刊发表大量杂文、小说评论，掀起轩然大波，成为知名度极高的报纸专栏作家；她的杂文针砭时弊，切中民意。在海峡两岸及海外华人界都产生了一定的影响。

作者率直无畏地抨击社会的种种弊端，让触目惊心的事实逼迫人们去看、去反省、去变革。敏锐的感触，鲜明的例证，雄辩的说理，不留情面的快人快语，揭露出人性中自私、懦弱的阴暗面，表现了作者强烈的社会责任感与使命感。

### 原文与注解

### 中国人你为什么不生气

在昨晚的电视新闻中，有人微笑着说：“你把检验不合格的厂商都揭露了，叫这些生意人怎么吃饭？”

我觉得恶心，觉得愤怒。但我生气的对象倒不是这位人士，而是台湾一千八百万懦弱自私的中国人。

我所不能了解的是：中国人，你为什么不生气？

包德甫的《苦海余生》英文原本中有一段他在台湾的经验：他看见一辆车子把小孩

撞伤了，一脸的血。过路的人很多。却没有一个人停下来帮助受伤的小孩，或谴责肇事的人。我在美国读到这一段。曾经很肯定地跟朋友说：不可能！中国人以人情味自许，这种情况简直不可能！

回国一年了，我睁大眼睛，发觉包德甫所描述的不只可能，根本就是每天发生、随地可见的生活常态。在台湾，最容易生存的不是蟑螂，而是“坏人”，因为中国人怕事、自私，只要不杀到他床上去，他宁可闭着眼假寐。

我看见摊贩占据着你家的骑楼，在那儿烧火洗锅，使走廊垢上一层厚厚的油污，腐臭的菜叶塞在墙角。半夜里，吃客喝酒猜拳作乐，吵得鸡犬不宁。

你为什么不生气？你为什么不跟他说“滚蛋”？

哎呀！不敢呀！这些摊贩都是流氓，会动刀子的。

那么为什么不找警察呢？

警察跟摊贩相熟，报了也没有用；到时候若曝了光，那才真惹祸上门了。

所以呢？

所以忍呀！反正中国人讲忍耐！你耸耸肩、摇摇头！

在一个法治上轨道的社会里，人是有权利生气的。受折磨的你首先应该双手叉腰，很愤怒地对摊贩说：“请你滚蛋！”他们不走，就请警察来。若发觉警察与小贩有勾结——那更严重。这一团怒火应该往上烧，烧到警察肃清纪律为止，烧到摊贩离开你家为止。可是你什么都不做；畏缩地把门窗关上，耸耸肩、摇摇头！

我看见成百的人到淡水河畔去欣赏落日、去钓鱼。我也看见淡水河畔的住家整笼整笼地把恶臭的垃圾往河里倒；厕所的排泄管直接通到河底。河水一涨，污秽气直逼到呼吸里来。

爱河的人，你又为什么不生气？

你为什么没有勇气对那个丢汽水瓶的少年郎大声说：“你敢丢我就把你也丢进去？”你静静坐在那儿钓鱼(那已经布满癌细胞的鱼)，想着今晚的鱼场，假装没看见那个几百年都化解不了的汽水瓶。你为什么不丢掉鱼竿，站起来，告诉他你很生气？

我看见计程车穿来插去，最后停在右转线上，却没有右转的意思。一整列想右转的车子就停滞下来，造成大阻塞。你坐在方向盘前，叹口气，觉得无奈。

你为什么不生气？

哦！跟计程车可理论不得！报上说，司机都带着扁钻的。

问题不在于他带不带扁钻。问题在于你们这廿个受他阻碍的人没有种推开车门，很果断地让他知道你们不齿他的行为，你们很愤怒！

经过郊区，我闻到刺鼻的化学品燃烧的味道。走近海滩，看见工厂的废料大股大股地流进海里，把海水染成一种奇异的颜色。湾里的小商人焚烧电缆，使湾里生出许多缺少脑子的婴儿。我们的下一代——眼睛明亮、嗓音稚嫩、脸颊透红的下一代，将在化学废料中学游泳，他们的血管里将流着我们连名字都说不出来的毒素——

你又为什么不生气呢？难道一定要等到你自己的手臂也温柔地捧着一个无脑婴儿，你再无言地对天哭泣？

西方人来台湾观光，他们的旅行社频频叮咛：绝对不能吃摊子上的东西，最好也少上餐厅；饮料最好喝瓶装的，但台湾本地出产的也别喝，他们的饮料不保险……

这是美丽宝岛的名誉；但是名誉还真是其次；最重要的是我们自己的健康、我们下一代的傻康。一百位交大的学生食物中毒——这真的只是一场笑话吗？中国人的命这么不值钱吗？好不容易总算有几个人生起气来，组织了一个消费者团体。现在却又有"占着茅坑不拉屎"的卫生署、为不知道什么人做说客的立法委员要扼杀这个还没做几桩事的组织。

你怎么能够不生气呢？你怎么还有良心躲在角落里做"沉默的大多数"？你以为你是好人，但是就因为你不生气、你忍耐、你退让，所以摊贩把你的家搞得像个破落大杂院，所以台北的交通一切乌烟瘴气，所以淡水河是条烂肠子；就是因为你不讲话、不骂人、不表示意见，所以你疼爱的娃娃每天吃着、喝着、呼吸着化学毒素，你还在梦想他大学毕业的那一天：你忘了，几年前在南部有许多孕妇，怀胎九月中，她们也闭着眼梦想孩子长大的那一天。却没想到吃了滴滴纯净的沙拉油，孩子生下来是瞎的、黑的！

不要以为你是大学教授。所以作研究比较重要；不要以为你是杀猪的，所以没有人会听你的话；也不要以为你是个学生，不够资格管社会的事。你今天不生气，不站出来说话，明天你——还有我、还有你我的下一代。就要成为沉默的牺牲者、受害人！

如果你有种、有良心，你现在就去告诉你的公仆——立法委员、告诉卫生署、告诉环保局：你受够了，你很生气！

你一定要很大声地说。

原载一九八四年十一月二十日《中国时报·人间》

## 导读与鉴赏

龙应台的作品被誉为华人最有力的一支笔，针砭时弊，鞭辟入里，以有情眼光观察社会，其《野火集》《百年思索》《面对大海的时候》讨论的均是台湾面对国际面对世界时人民应有的自我反省与探讨，她举出无数台湾社会现象来作为讨论，并以中国人文化的心理角度深入解释台湾当局的作为和人民的表现，其中辛辣讽刺的文笔虽遭人反对、谩骂，或密投书至当局，但她仍秉持客观批判的精神，持续而正中要害地不断写出她的社会观察，龙应台无所畏惧，因为她笔下台湾的丑恶和腐化，是源自于她爱台湾的不舍与心疼。

本文是《野火集》的第一篇，虽是具体针对我国台湾社会现实的有关问题而发，但实际上是面对整个中国政治、文化、社会、生活、观念、习俗等所作的反省式的审视，它不仅为台湾社会提供了反思的契机，也给祖国大陆提供了一面引以为鉴的镜子。

文章辞锋锐利，那一句句"你为什么不生气"的重复句，那饱含激情的发问，使文章论说层层深入，把情感逐层推向高潮，形成了令人无法躲闪、回避的思想力量，使人读后为之振奋，从而收到了催人猛醒的艺术效果。

龙应台是才学并高的性情中人，一生的作为其实都取决于自己的真性情，她同样用直接而有力的杂文，"笔锋常带情感"，来揭示我们社会的病情。（人民网铁道网评）

## 思考与练习

1. 对社会前进过程中遇到的一些新问题、丑恶现象，我们应该怎样直面现实，保持信心与勇气？

2. 深刻反省我们的弱点或错误，对于今后的改进提高、持续发展能起到什么作用？

3. 本文提到的让人生气的种种情况，在我们身边依然存在。本文对我们有何启发？

# 我有一个梦想[1]

**【美】马丁·路德·金**

## 作家与作品

马丁·路德·金(Martin Luther King, Jr., 1929—1968)，著名的美国黑人民权运动领袖，浸礼会教堂牧师，非暴力主义者。1929年1月15日出生于佐治亚州亚特兰大市一黑人家庭，父亲和祖父都是浸礼会的传教士。1948年大学毕业。1948年至1951年期间，在美国东海岸的费城继续深造。1963年，马丁·路德·金觐见了肯尼迪总统，要求通过新的民权法，给黑人以平等的权利。1955年获得博士学位。此后他积极参加和领导美国黑人争取平等权利的斗争，一生三次被捕，三次被判刑。1956年他领导蒙哥马利改进协会，组织黑人进行抵制公共汽车歧视黑人的斗争，全城5万黑人拒乘公共汽车385天，迫使最高法院宣布在交通工具上实施种族隔离为非法。这是美国南部黑人第一次以自己的力量取得斗争胜利，从而揭开了持续10余年的民权运动的序幕，也使马丁·路德·金锻炼成民权运动的领袖。

1963年8月28日，马丁·路德·金率领一支庞大的游行队伍向首都华盛顿进军，为全美国的黑人争取人权。他在林肯纪念堂前向25万人发表了著名演说《我有一个梦想》。当时，美国许多黑人没有投票权，种族隔离在美国各地十分盛行。在林肯纪念堂前，发表了《我有一个梦想》的演说。他极具演说才能，并著有《阔步走向自由》《我们为何不能再等待》等著作。其思想对60年代美国黑人民权运动产生了重大影响。1964年度诺贝尔和平奖的获得者。1968年4月4日，马丁·路德·金前往孟菲斯市，领导工人罢工后，在田纳西州孟菲斯市的洛林汽车旅店被人刺杀，年仅39岁。马丁·路德·金的遇刺触发了黑人抗暴斗争的巨大风暴。4月4日到6日，全美一百多个城市爆发骚乱。从1986年起，美国政府将每年1月的第3个星期一，定为马丁·路德·金全国纪念日。从1987年起他的诞辰亦为联合国的纪念日之一。

这篇演讲辞饱含激情，作者从“结束了束缚黑人的漫漫长夜”的期待开始演讲，到对黑人现状的失望，到要求政府兑现诺言的义正词严，再到“我有一个梦想”的热烈憧憬，其间无不充满着作者悲愤而热烈的情感。而作者的感情，也感染了读者。

原文与注解

## 我有一个梦想

今天，我高兴地同大家一起，参加这次将成为我国历史上为了争取自由而举行的最伟大的示威集会。

100年前，一位伟大的美国人——今天我们就站在他象征性的身影下——签署了《解放宣言》。这项重要法令的颁布，对于千百万灼烤于非正义残焰中的黑奴，犹如带来希望之光的硕大灯塔，恰似结束漫漫长夜禁锢的欢畅黎明。

然而，100年后，黑人依然没有获得自由。100年后，黑人依然悲惨地蹒跚于种族隔离和种族歧视的枷锁之下。100年后，黑人依然生活在物质繁荣翰海的贫困孤岛上。100年后，黑人依然在美国社会中间向隅而泣，依然感到自己在国土家园中流离漂泊。所以，我们今天来到这里，要把这骇人听闻的情况公诸于众。

从某种意义上说，我们来到国家的首都是为了兑现一张支票。我们共和国的缔造者在拟写宪法和独立宣言的辉煌篇章时，就签署了一张每一个美国人都能继承的期票。这张期票向所有人承诺——不论白人还是黑人——都享有不可让渡的生存权、自由权和追求幸福权。

然而，今天美国显然对她的有色公民拖欠着这张期票。美国没有承兑这笔神圣的债务，而是开始给黑人一张空头支票——一张盖着“资金不足”的印戳被退回的支票。但是，我们决不相信正义的银行会破产。我们决不相信这个国家巨大的机会宝库会资金不足。

因此，我们来兑现这张支票。这张支票将给我们以宝贵的自由和正义的保障。

我们来到这块圣地还为了提醒美国：现在正是万分紧急的时刻。现在不是从容不迫悠然行事或服用渐进主义镇静剂的时候。现在是实现民主诺言的时候。现在是走出幽暗荒凉的种族隔离深谷，踏上种族平等的阳关大道的时候。现在是使我们国家走出种族不平等的流沙，踏上充满手足之情的磐石的时候。现在是使上帝所有孩子真正享有公正的时候。

忽视这一时刻的紧迫性，对于国家将会是致命的。自由平等的朗朗秋日不到来，黑人顺情合理哀怨的酷暑就不会过去。1963年不是一个结束，而是一个开端。

如果国家依然我行我素，那些希望黑人只需出出气就会心满意足的人将大失所望。在黑人得到公民权之前，美国既不会安宁，也不会平静。反抗的旋风将继续震撼我们国家的基石，直至光辉灿烂的正义之日来临。

但是，对于站在通向正义之宫艰险门槛上的人们，有一些话我必须要说。在我们争取合法地位的过程中，切不要错误行事导致犯罪。我们切不要吞饮仇恨辛酸的苦酒，来解除对于自由的饮渴。

我们应该永远得体地、纪律严明地进行斗争。我们不能容许我们富有创造性的抗议沦为暴力行动。我们应该不断升华到用灵魂力量对付肉体力量的崇高境界。

席卷黑人社会的新的奇迹般的战斗精神，不应导致我们对所有白人的不信任——

因为许多白人兄弟已经认识到：他们的命运同我们的命运紧密相连，他们的自由同我们的自由休戚相关。他们今天来到这里参加集会就是明证。

我们不能单独行动。当我们行动时，我们必须保证勇往直前。我们不能后退。有人问热心民权运动的人："你们什么时候会感到满意？"只要黑人依然是不堪形容的警察暴行恐怖的牺牲品，我们就决不会满意。只要我们在旅途劳顿后，却被公路旁汽车游客旅社和城市旅馆拒之门外，我们就决不会满意。只要黑人的基本活动范围只限于从狭小的黑人居住区到较大的黑人居住区，我们就决不会满意。只要我们的孩子被"仅供白人"的牌子剥夺个性，损毁尊严，我们就决不会满意。只要密西西比州的黑人不能参加选举，纽约州的黑人认为他们与选举毫不相干，我们就决不会满意。不，不，我们不会满意，直至公正似水奔流，正义如泉喷涌。

我并非没有注意到你们有些人历尽艰难困苦来到这里。你们有些人刚刚走出狭小的牢房。有些人来自因追求自由而遭受迫害风暴袭击和警察暴虐狂飙摧残的地区。你们饱经风霜，历尽苦难。继续努力吧，要相信：无辜受苦终得拯救。

回到密西西比去吧；回到亚拉巴马去吧；回到南卡罗来纳去吧；回到佐治亚去吧；回到路易斯安那去吧；回到我们北方城市中的贫民窟和黑人居住区去吧。要知道，这种情况能够而且将会改变。我们切不要在绝望的深渊里沉沦。

朋友们，今天我要对你们说，尽管眼下困难重重，但我依然怀有一个梦。这个梦深深植根于美国梦之中。

我梦想有一天，这个国家将会奋起，实现其立国信条的真谛："我们认为这些真理不言而喻：人人生而平等。"

我梦想有一天，在佐治亚州的红色山冈上，昔日奴隶的儿子能够同昔日奴隶主的儿子同席而坐，亲如手足。

我梦想有一天，甚至连密西西比州——一个非正义和压迫的热浪逼人的荒漠之洲，也会改造成为自由和公正的青青绿洲。

我梦想有一天，我的四个小女儿将生活在一个不是以皮肤的颜色，而是以品格的优劣作为评判标准的国家里。

我今天怀有一个梦。

我梦想有一天，亚拉巴马州会有所改变——尽管该州州长现在仍滔滔不绝地说什么要对联邦法令提出异议和拒绝执行——在那里，黑人儿童能够和白人儿童兄弟姐妹般地携手并行。

我今天怀有一个梦。

我梦想有一天，深谷弥合，高山夷平，歧路化坦途，曲径成通衢，上帝的光华再现，普天下生灵共谒。

这是我们的希望。这是我将带回南方去的信念。有了这个信念，我们就能从绝望之山开采出希望之石。有了这个信念，我们就能把这个国家的嘈杂刺耳的争吵声，变为充满手足之情的悦耳交响曲。有了这个信念，我们就能一同工作，一同祈祷，一同斗争，一同入狱，一同维护自由，因为我们知道，我们终有一天会获得自由。

到了这一天，上帝的所有孩子都能以新的含义高唱这首歌：

我的祖国，可爱的自由之邦，我为您歌唱。这是我祖先终老的地方，这是早期移民自豪的地方，让自由之声，响彻每一座山岗。

如果美国要成为伟大的国家，这一点必须实现。因此，让自由之声响彻新罕布什尔州的巍峨高峰！

让自由之声响彻纽约州的崇山峻岭！

让自由之声响彻宾夕法尼亚州的阿勒格尼高峰！

让自由之声响彻科罗拉多州冰雪皑皑的洛基山！

让自由之声响彻加利福尼亚州的婀娜群峰！

不，不仅如此；让自由之声响彻佐治亚州的石山！

让自由之声响彻田纳西州的望山！

让自由之声响彻密西西比州的一座座山峰，一个个土丘！

让自由之声响彻每一个山冈！

当我们让自由之声轰响，当我们让自由之声响彻每一个大村小庄，每一个州府城镇，我们就能加速这一天的到来。那时，上帝的所有孩子，黑人和白人，犹太教徒和非犹太教徒，耶稣教徒和天主教徒，将能携手同唱那首古老的黑人灵歌："终于自由了！终于自由了！感谢全能的上帝，我们终于自由了！"

## 注　释

【1】《我有一个梦想》(英语：I Have a Dream)是 1960 年代的美国黑人民权运动领袖马丁·路德·金博士一场极为著名演讲的称呼，得名于他在该次演说中，强力且有说服力地描述他对于黑人与白人有一天能和平且平等共存的远景时，不断重复使用的"I have a dream"一词。演讲在 1963 年 8 月 28 日华盛顿大游行中，于林肯纪念堂前发表。该演讲促使美国国会在 1964 年通过《1964 年民权法案》，宣布所有种族隔离和歧视政策为非法政策。

## 导读与鉴赏

这篇演讲之所以能激动人心，与其严谨的结构、严密的思路不无关系，作者由一百年前《解放黑奴宣言》签署的划时代意义写起，自然引出目前黑人生活的现状，从而揭示游行的原因，指出游行的目的。接着作者指出政府解决这一问题的迫切性，强调黑人行动的决心和力量。同时，作者也提醒黑人同胞要注意斗争的策略和方式。因为是组织游行的演讲，所以重在鼓舞士气，作者表达了黑人民权运动的目标，以及对黑人同胞的深切希望。最后作者抒发了他作为一个黑人的梦想与渴望，表达了对自由和平等的向往。

从体裁上讲，本文是一篇演讲词，演讲词首先要有针对性。从作者来讲，马丁·路德·金是美国黑人民权的领袖，文章首先从黑人所面临的现实谈起，体现了演讲的针对性和必要性，也正是由于有这样的现实，作者才产生了那样的梦想，同时也暗示人们，只有推翻这样的现实，才会使梦想变成现实。

这篇演讲词饱含激情，文采斐然，其艺术特色突出。作为一篇政治演讲词，本文情文并茂，语言流畅、优雅而富有韵味。作者运用多种修辞手法，语言富于形象性。运用大量的比喻是这篇演讲词的一大特色，如“这一庄严宣言犹如大灯塔的光芒，给千百万在那摧残生命的不义之火中受煎熬的黑奴带来希望”，这里既有明喻，又有暗喻，形象地揭示了《解放黑奴宣言》的划时代意义；又如文中的第 4 段，作者围绕一个中心连续设喻，表现了政府许诺与现实之间的差距。文中多处运用排比的修辞增强了气势，大量运用排比，气势磅礴，具有排山倒海之势，产生一种强大的震撼力。

为了追求理想，可以付出千百次的努力，信念不移、决心不改的执著精神，构成了演讲辞《我有一个梦想》的灵魂。充沛的情感是这篇演讲词的主线，演讲者从“结束束缚黑人的漫漫长夜”的期待开始，到世间 100 年后的今天，黑人仍是“故土家园中的流亡者”的失望，到兑现诺言的义正词严，到“我梦想着”的灿烂前景；把梦幻、新曲、圣歌综合起来，寄托了演讲者悲愤与热切的情感。这种情感又在与听众的交相响应中回荡，使听众的情绪受到感染并得以升华，使演讲收到了极好的效果。

## 思考与练习

1. 从内容与情绪两个角度，分析这篇演讲词的层次结构。

2. 谈谈你对非暴力抗争观念的看法。

3. 朗读第 9 至 14 段，体会排比句式在演讲中的独特效果。文中还有哪些地方运用了排比手法？找出来并试着演讲。

# 第五章　戏剧欣赏

## 第一节　中国戏剧的发展

戏剧是与小说、诗歌、散文并列的文学体裁，是一种在舞台上表演的综合艺术。它借助文学、音乐、舞蹈、美术等艺术手段来塑造人物形象，揭示社会矛盾，反映社会生活。文学上的戏剧概念是指为戏剧表演所创作的脚本，即剧本。对于戏剧的起源，一般认为戏剧起源于民间歌舞和祭祀礼仪，也就是原始歌舞当中孕育着中国戏剧的诞生。

### 一、中国戏剧的起源

同西方戏剧的起源相比，中国戏剧的起源是一个比较复杂的问题。中国戏剧也是起源于民间，由于它形式特殊，包括说、唱、念、打等因素，所以，唱与舞就是中国戏剧的最重要因素，也是它的源头所在。

歌舞是人类表达情感的重要手段。据《山海经》载："帝俊有子八人，始为歌舞。"《广博异记》载："舜有子八人，始歌舞。"《尚书・尧典》中记载的"百兽率舞"是一出典型的具有图腾崇拜意义的原始歌舞：众多以动物为图腾的氏族代表分别装扮成各种动物并模仿其姿态动作进行表演，最终向尧舜氏族的图腾——"龙"顶礼膜拜，象征着臣服。

原始歌舞也是巫术礼仪活动的重要组成部分。随着祭祀仪式的不断发展，出现了专职的巫（女性）、觋（男性），从事侍奉天地鬼神和为人占卜、祈祷，也承担了人与鬼神之间互相沟通的使命。在祭祀活动中，这些巫觋装扮成神，且歌且舞，他们的表演已经从对动物姿态动作的简单模仿进化为明显具备装扮性：在衣服、形貌、动作上面尽力装扮成神的样子。巫觋祀神的乐舞已经非常接近中国戏剧的初级形态。这些为中国戏剧的发展奠定了基础。作品《九歌》描写的就是楚国南部流传的楚人对祖先的祭祀，向祖先祈福，攘除灾疫，祈求福佑。

随着祭祀的不断演变，巫、觋的表演虽然仍是载歌载舞的形式，但巫觋派生出来的优（也称倡优、俳优）主要以歌唱、舞蹈、滑稽、杂技等供人取乐调笑。王国维《宋元戏曲史》称"要之，巫与优之别；巫以乐神，而优以乐人；巫以歌舞为主，而优以调谑为主"；秦代以前的优戏表演；戏剧化的程度并不强，还缺乏戏剧情境与一定的情节设置，不具备较完整的戏剧性。

## 二、中国戏剧的发展与成熟

(一)汉代至隋代的百戏散乐

汉代优戏表演包含在百戏之中。百戏不是一种成形的、完整的、规范的艺术形式，而是包括了各种杂技幻术、装扮人物或动作的歌舞、简单的叙事表演等古代乐舞、杂技表演，在汉武帝时达到极盛。它直接影响到六朝文化，对于中国后世表演艺术各个分支影响深远。

百戏当中最具表演成分的是“角抵戏”，角抵戏最初由格斗竞技发展而来，由于它具有矛盾对立的演出结构，适宜于戏剧冲突的体现和开展，逐渐发展为具备一定情节结构和表演内容的戏剧，成为这一时期的主要代表。其中最出色的角抵戏是《东海黄公》，该戏具备了完整的故事情节，东晋葛洪《西京杂记》中记载：余所知有鞠道龙，善为幻术，向余说古时事：有东海人黄公，少时为术能制蛇御虎，佩赤金刀，以绛缯束发，立兴云雾，坐成山河。及衰老，气力羸惫，饮酒过度，不能复行其术。秦末有白虎见于东海，黄公乃以赤刀往厌之。术既不行，遂为虎所杀。三辅人俗用以为戏。汉帝亦取以为角抵之戏焉。

演出时一人扮黄公，一人扮老虎进行角斗竞技，以黄公最后因法术失灵而被老虎杀死的情节去表现内容。可以说，《东海黄公》的演出具备了原始的戏剧形态，使中国戏剧开始呈现出新的风貌。

南北朝时期，民间出现了歌舞与表演相结合的“歌舞戏”称为“散乐”。唐代杜佑在《通典》中记载：“歌舞戏有大面、拨头、《踏谣娘》、窟礧子等戏。”“代(大)面出于北齐。兰陵王长恭才武而面美，常著假面以对敌。尝击周师金墉城下，勇冠三军。齐人壮之，为此舞，以效其指挥击刺之容，谓之《兰陵王入阵曲》。”

这些以歌舞表演为主的歌舞小戏在演出形式上和面具、脸谱等道具的使用上对后世戏剧发展产生了重大影响。

(二)唐代参军戏

唐代出现了由先秦时期的优伶表演发展来的以滑稽表演为特点的“参军戏”，是唐代最主要的戏剧样式。参军戏是以官吏为表现对象，以讽刺贪官参军创制，有参军——被嘲弄者、苍鹘——从旁戏弄者，以表演科白为主，在其发展过程中逐渐又将歌舞戏的因素吸收进来，使表演性和娱乐性更加完美，在当时社会颇受欢迎。

中唐以后，参军戏表演出现了与歌舞戏结合的趋势，并有女演员参加表演歌唱。参军戏的“脚色”(角色)行当分类比较清楚，参军、苍鹘分别相当于后来后代戏曲中净、丑二角，而且在情节上有较为固定的设计安排。这已开了宋代戏文和元杂剧的先河，参军戏在唐代流传非常广泛且影响深远，我们现在往往能够在参军戏中找到后代成熟戏曲形式的雏形。

(三)中国戏曲形态的成熟

在宋代，唐代“参军戏”和其他歌舞杂戏进一步融合发展产生了杂剧。宋杂剧在最初是含有故事内容的各种声乐伎艺综合演出的总称，包括了歌舞、扮演、说唱诸般伎艺及汉唐以来传统的散乐、百戏的演出。这是中国最早出现的戏剧形式。

宋杂剧的出现不是偶然的。北宋杂剧的最初兴起地点是北宋的都城汴京，汴京教坊、云韶部等机构中都设有确定数额的专职杂剧演员，随着宋代经济文化的兴盛，汴京产生了许多供游艺用的瓦舍，其中分布着众多供各类技艺进行表演的勾栏棚，杂剧于是也走进这些瓦舍勾栏，并迅速发展起来，成为当时非常盛行的戏剧艺术形式。南宋周密《武林旧事》所载"官本杂剧段数"凡 280 本。宋杂剧虽仍是滑稽短剧，但所形成的戏剧结构、角色行当等都已经具备中国戏剧的雏形，更加接近成熟的戏剧。

到了金代，在宋杂剧基础上，北方出现了"金院本"，南方出现了"南戏"。在北方，宋杂剧直接发展成为供"行院"演出的"金院本"。金院本继承北宋杂剧的演出形式，形成"一场两段"的表演结构，是北方宋杂剧向元杂剧过渡的重要形式。

南戏，兴起于北宋末期，明代祝允明写道："南戏出于宣和之后、南渡之际，谓之温州杂剧。"它是在宋杂剧的基础上，融和南方民间小曲、说唱等艺术因素形成的。南戏的演出体制具有完整和独立的长篇演出结构，与宋金杂剧的分段演出不同，它以在舞台上表演完整人生故事为目的，具备了单纯的戏剧性，而且南戏的开场是由副末先登场，念诵诗文以交代前因后果，这种形式在元代得以固定下来。宋代南戏的作品今天可以确定下来的有《赵贞女蔡二郎》《王魁》《王焕》《乐昌分镜》《张协状元》，主要描写了两类内容：一类是世人负心戏，一类是爱情传奇。宋代的南戏已经能够熟练运用诗、歌、舞的综合舞台形式来表现完整的故事情节和比较复杂的生活场景，有戏剧情节，有戏剧冲突，可以看出，南戏已经具备了中国戏曲的一般特征，它的出现标志着中国戏曲形态走向成熟。

## 三、中国戏剧的黄金时代

### (一)元代杂剧与南戏

元代是中国戏剧史上的黄金时代。元代戏曲包括杂剧和南戏两种样式。南戏产生比杂剧早，但杂剧发展得更为迅速，杂剧是元代文学的代表性样式，呈现出成熟的戏剧艺术形态并涌现出的大量杰出戏剧作品，成为当时文学艺术发展的主流，为中国戏剧发展开启了新的天地。

如果说宋杂剧标志着古典戏剧的基本形成，那么元杂剧的兴盛表明古典戏剧开始成熟。和传统文学不同的是，所谓元杂剧有两层含义：既是读的文学也是看、听的艺术。

元杂剧剧本的基本结构是一本四折演一个完整的故事。个别剧本有五折(《赵氏孤儿》)、六折(《秋千记》)或多本多折(《西厢记》5 本 21 折)。"折"既是故事发展的段落，也是音乐组织的单元，不同于南戏、传奇中的"出"。

元杂剧一本四折的结构受到了宋杂剧演出的影响。剧本通常还有一个楔子，多则两三个，也可以没有。楔子，是元杂剧在四折之外所增加的较短的段落。"楔子"取木工加楔入榫，使之密全牢固之意，一般用在首折之前，起交代剧情的作用，类似"序幕"；有时用在折与折之间，用以衔接剧情。

元杂剧的演出中，歌唱占有很大的比重，只由一个主角(正旦或正末)演唱，由此元杂剧的剧本分为旦本和末本，其他配角则在任何情况下都不演唱。

与宋代受文人冷遇的情形不同，元杂剧的创作引起了文人们的普遍重视，出现了中国戏曲史上第一个创造高峰期。今知有记载的元杂剧作家约120人，著名作家有关汉卿、王实甫、马致远、白朴、郑光祖等。元杂剧的语言历来有“本色派”和“文采派”之分。“本色”即语言通俗自然，朴实生动，符合剧中人物的身份和个性，能为展开剧情和刻画人物性格服务。关汉卿成功地吸取书面语言和群众口头语言的精华，创造出一种生动流畅、本色行当的戏剧语言，被称为“本色派”的代表。其代表作品《窦娥冤》取材于民间流传的“东海孝妇”的传说，其语言通俗自然，朴实生动，如窦娥在被绑赴法场的路上控诉道：“为善的受贫穷更命短，造恶的享富贵又寿延。天地也！做得个怕硬欺软，却原来也这般顺水推船！地也，你不分好歹何为地！天也，你错勘贤愚枉做天！”这段曲词通俗自然，直抒胸臆，表达了窦娥的满腔怨恨，让读者看到了窦娥强烈的反抗精神。

文采派，指作品中语言的华丽秀美，有极强的形象性和感染力，其代表作家是创作了“天下夺魁”之作《西厢记》的王实甫。明初朱权在《太和正音谱·古今群英乐府格势》中评价王实甫的语言风格：“王实甫之词如花间美人。铺叙委婉，深得骚人之趣。极有佳句，若玉环之出浴华清，绿珠之采莲洛浦。”“如花间美人”是朱权评论王实甫作品语言的核心。“花间美人”花面交映，可谓美之极矣。

南戏，是“南曲戏文”的简称，兴起于两宋之交，盛行于南宋至元末。南戏的代表作是《琵琶记》和“荆、刘、拜、杀”(《荆钗记》《刘知远白兔记》《拜月亭记》《杀狗记》)四大传奇。

《琵琶记》为元末高明(字则诚)所作。取材于民间传说“赵贞女蔡二郎”故事。蔡伯喈赴京应试，高中状元，被赘于牛相府。妻赵五娘在家侍奉公婆。灾荒严重，公婆相继去世。五娘身背琵琶，求乞进京寻夫。经牛女帮助，与伯喈重聚。作品成功塑造出赵五娘这个具有中国封建社会劳动妇女传统美德的艺术形象。该剧语言性格化，是中国戏曲史上第一部闪烁启蒙思想光辉的剧作，是元末明初南戏振兴的标志之一，被称为“南戏中兴之祖”，对中国戏曲发展具有深远影响。

《杀狗记》讲述的是富家子弟孙华交结市井无赖，并受挑拨将弟孙荣赶出家门。华妻杨月真为劝夫悔改，杀狗扮死尸置门前，使醉归的孙华误认祸事临门，其友不但不帮忙，反去告官，还是孙荣为他“埋尸”顶罪。最后兄弟和好如初。《杀狗记》是颂扬孝悌的社会伦理剧，强调狐朋狗友不值得交往，只有手足之亲才真正可以信赖。曲文俚俗，明白如话，但艺术上显得粗率。

(二)明清传奇

“传奇”一词，在不同时代有不同内容。唐代称文言写成的短篇小说为传奇，意即奇异故事可以相传。宋、元称戏文为传奇。金、元及明初称杂剧为传奇。而明、清则以演唱南曲为主的篇幅较长的戏曲为传奇，荟萃了南戏和元杂剧的精华。

与元杂剧相比，传奇没有楔子，第一出是“家门”，又叫“开场”，由副本说明创作意图，介绍剧情概况，它不是剧情的组成部分。开场之后，第二出才是正戏。开场用的是词牌而不是曲牌。传奇同样有唱、白、科，但不像杂剧那样通常由一个角色唱到底，而是各种角色都可以唱，可独唱、对唱、轮唱和合唱，形式更为多样。传奇与杂剧相比，规模宏大，曲调更丰富，角色分工更细致，形式更自由灵活，因此更便于表现生活。

传奇戏的出现，使中国戏剧发展进入了一个新的阶段。特别是明代中叶以后直至清代中叶陆续出现的大批优秀剧作，形成中国戏剧史上的又一个高峰，涌现出大量的作家和作品，戏班和演员也蜂拥而生，戏剧在此时呈现出一派欣欣向荣的景象，对后世戏曲产生了深远影响。

汤显祖(1550—1616)，江西临川人，深受王艮、李贽等进步思想家影响。崇情抑理，呼唤浪漫情调，成为其美学观念的基础，著有《牡丹亭》《紫钗记》《邯郸记》《南柯记》等，合称“临川四梦”。《牡丹亭》是其代表作，他以积极浪漫主义表现方法，运用大胆的想象、艺术的夸张和曲折离奇的故事情节，塑造出杜丽娘这样高度理想化的人物形象，表现自己的理想和愿望。因有感于封建社会对人们的精神统治，有感于礼教文化对人类本性的残害和压抑，汤显祖艺术地将人的天性还原、放大，并赋予其合理的存在和实现的权利，企盼人的自然天性的回归是作者所要揭示的人生真谛。

清代剧坛上洪昇的《长生殿》和孔尚任的《桃花扇》的出现，以深刻的思想内容和卓越的艺术成就，带来了“曲家的中兴”，合称为“南洪北孔”。洪昇(1645—1704)，浙江钱塘(今浙江杭州)人。《长生殿》取材于唐明皇、杨贵妃爱情故事的历史资料和民间传说，但作者并不满足于在作品中叙述历史故事，而是将笔触进一步探向人物的内心，将“帝妃之恋”放到国家的危亡、社会动荡的政治背景上来写，塑造出李隆基、杨玉环鲜活丰满的人物形象。孔尚任(1648—1718)，字聘之、季重，山东曲阜人，孔子第六十四代孙。出于对前朝兴亡的感慨，创作出昆曲名剧《桃花扇》，以侯方域、李香君的爱情故事为主线，以南明王朝内部斗争为中心事件，广阔地展现了明末动荡不安、矛盾纷繁的社会画面，从而揭示朱明王朝三百年基业“隳于何人？败于何事？消于何年？歇于何地？”的历史教训，借以达到“惩创人心，为末世之一教”的政治目的。

## 四、中国戏剧的新阶段——现代话剧

早期话剧是在引进西方近代散文剧的基础上，逐步发展起来的一种戏剧样式。最早由中国人演出、影响最大的话剧，是1907年留日学生李叔同等组织的春柳社在日本东京编演的《茶花女》第三幕和《黑奴吁天录》，标志着文明新戏的开始。1910年“进化团”成为中国第一个职业化新剧团体。但文明戏由于其简陋粗糙和日益商业化而迅速衰落。

在“五四”新思潮和西方戏剧流派、作品的影响下，20年代一批话剧艺术家完成了中国现代话剧的奠基任务。胡适《终身大事》、“爱美剧”等社会问题剧以及随后出现的话剧剧坛百花争艳的局面，使戏剧真正获得了文学的价值，诸如田汉、丁西林、洪深、欧阳予倩、郭沫若等一大批剧作家奠定了其在戏剧史上的地位。

30年代是中国话剧逐渐壮大和臻于成熟的历史时期，话剧艺术逐渐为民众接受。左翼戏剧的发展与抗战戏剧的兴起，使话剧反映现实的力度有所增强，同时戏剧创作手法渐趋圆熟，杰出作品不断出现，话剧理论的日趋系统完善，加之专业话剧人员的不断增加，使得话剧成为一种独立的艺术样式，其代表就是曹禺优秀话剧作品的问世。

曹禺在1933年完成处女作多幕剧《雷雨》，继而又发表《日出》《原野》等，取得巨大成功，成为中国现代戏剧走向成熟的标志。《雷雨》反映了上层社会的家庭罪恶和下层人民不幸的痛苦；设置了引人入胜的戏剧悬念，铺设了扣人心弦的戏剧情节和紧张火爆的戏剧场面，抒发了浓郁的诗情；语言洗练纯净、内涵丰富。思想艺术成就很高，受到世人称颂，成为中国戏剧史上的经典之作。夏衍的《上海屋檐下》和李健吾系列剧作等，也取得突出成就。

40年代戏剧，总的说来，当时无论国统区戏剧，还是沦陷区亦或解放区戏剧，都有意识地吸收富有民族特色的艺术精华，创作出一大批优秀剧作，如曹禺的《北京人》、郭沫若的《屈原》、陈白尘的《升官图》、贺敬之的《白毛女》，等等。

1949年中华人民共和国的成立，使中国话剧发展也掀开了新的一页。

从产生至今，中国话剧已经历了近百年的发展历程。历史证明，没有深厚的民族文化深蕴，没有开放的活跃的探索精神，就没有中国话剧的今天。立足于广袤的民族文化土壤，广泛吸纳有益的外来经验，不断创新与开拓，将会使中国话剧在21世纪走向新的繁荣。

## 第二节　西方戏剧的发展

### 一、西方戏剧产生背景及概况

戏剧的起源，由于缺乏其形成时期的第一手资料，至今仍是一个争论不休的话题。因此，要想追溯上古戏剧产生的前因后果，科学的实证和大胆的联想都必不可少。19世纪考古学的蓬勃发展为探索研究提供了科学的依据，极大地拓展了学者对原始文明的认识。大量的考古发现以及可靠的类比推断都在不断地填补人们对戏剧起源的认知空白。在史前洞穴壁画中所展示的巫术、祭祀、舞蹈等，不由使人猜测戏剧是从仪式中衍生而来的。目前西方学者较为认同的是“仪式说”。其实，在东西方都能发现这样的记载：远古时期，环境艰险，生产力低下，人们怀揣着对神明的敬畏，聚集在祭司的周围，且歌且舞，演绎神明的降生、功绩、死亡及再生的传说。原初之民对自然之力有着独特的见解，他们认为一切事物，譬如太阳、星辰、四季等都有自己的“灵识”。

相传古代希腊的农民在收获葡萄的时节，要举行歌舞狂欢活动，把酒神狄俄尼索斯当做丰收之神加以崇拜，称做“酒神颂”。希腊人嗜酒，田野里种满了葡萄，于是，爱酒的希腊人在各地都兴建起了酒神神庙，从公元前7世纪起，许多城市都开始举行酒神祭祀，以一场盛大的歌舞游行来祈求丰收并赞颂酒神。古希腊理论学家亚里士多德在《诗学》第四章里写到：悲剧是从酒神颂的临时口占发展出来的。到公元前6世纪，诗人泰斯庇斯则在酒神颂的歌舞中加进一个演员，由他轮流扮演几个人物，并与歌队长对话，从而形成了戏剧的情节和真正的表演，被认为是最初的戏剧因素。严格意义上的戏剧，普遍认为是从埃斯库罗斯(公元前525—前456)开始的。因为他把演员人数增加到两个，逐渐减少了歌舞叙事的因素，增加了戏剧因素，有了两个演员，就有了真正的舞台交流，戏剧作为一种独立的艺术样式至此成型。

## 二、西方戏剧的发展

### (一)文艺复兴时期的戏剧(15世纪到16世纪中期)

对于文艺复兴恩格斯在《自然辩证法》中说道：“这是一次人类从来没有经历过的最伟大的、进步的变革——是一个需要巨人而且产生了巨人——在思维能力、热情和性格方面，在多才多艺和学识渊博方面的巨人的时代。”它的思想核心是人文主义。它使欧洲继古希腊罗马之后出现了第二次思想文化的高峰，对欧洲及世界人文科学和自然科学的发展产生了深远的影响。戏剧这一艺术形式在这场伟大的变革中也经历了史无前例的革新与发展。人文主义者在古希腊与罗马的戏剧作品中索求戏剧故事的始末，在新的情境中融入自己的时代观念、审美情趣和艺术感悟，彻底打破了一直由宗教剧独占戏剧舞台的局面。他们用戏剧反映现实生活，反映人的悲欢离合，多角度诠释了“自由”、“民主”和“科学”内涵，人物个性鲜明，塑造了众多戏剧史上的经典形象。莎士比亚是戏剧最高成就的代表。本·琼森盛赞莎士比亚是“时代的灵魂”，“他不属于一个时代而是属于所有的世纪”。作品《威尼斯商人》是莎士比亚早期的代表作，剧本的主题是歌颂仁爱、友谊和爱情，同时也反映了资本主义早期商业资产阶级与高利贷者之间的矛盾，表现了作者对资产阶级社会中金钱、法律和宗教等问题的人文主义思想，成功地塑造了夏洛克贪婪、阴险、凶残的吝啬鬼形象，为世人公认。作品充满了喜剧的诗情画意，具有浪漫的抒情色彩，同时又不乏强烈的社会讽刺意义。

### (二)新古典主义时期戏剧(17世纪中期至18世纪上半期)

新古典主义要求回归古希腊和罗马戏剧严谨整饬的戏剧传统，崇尚理性，对悲喜混杂、崇尚自然的文艺复兴时期戏剧进行反拨，要求以理胜情，悲喜分离，遵循“三一律”，崇尚戏剧创作地点、时间和情节的一致。新古典主义戏剧的代表是法国戏剧，17世纪的法国不仅在新古典主义戏剧创作上取得了重大成就，在理论上也同样如此，波瓦洛在总结前人的理论基础上完成了文艺理论的名著《诗的艺术》，建立了一套完整的新古典主义的理论体系，对欧洲各国的戏剧创作都深具影响。“新古典主义戏剧之新高度”的法国作家拉辛，是当之无愧的悲剧大师，《安德罗玛克》是其代表作品。作品取材于希腊神话，特洛伊的军事首领赫克托耳被希腊英雄阿喀琉斯杀死后，赫克托耳的妻子安德罗玛克为保全自己儿子的性命，答应嫁给阿喀琉斯的儿子皮络斯，并决定举行婚礼后便自杀，而皮络斯原为希腊公主赫尔弥俄涅所爱，因为得不到前者的爱，她便派人将其杀掉，自己也在悔恨中自杀身亡，安德罗玛克却因此得救了。拉辛歌颂了安德罗玛克的自我牺牲精神和反抗暴力的坚强意志，并对自私自利残忍成性的暴徒进行了无情的抨击。

莫里哀是法国17世纪新古典主义文学最重要的作家，《伪君子》是莫里哀的代表作，作品把批判的锋芒指向了贵族社会，特别是反动的教会势力，揭露了僧侣阶级欺骗讹诈的罪恶行为。他主张作品要自然、合理、强调以社会效果进行评价，莫里哀的作品开新古典主义喜剧之先河，对后世喜剧的发展影响深远。

### (三)启蒙主义戏剧(18世纪下半期至19世纪上半期)

启蒙运动是继文艺复兴运动之后又一资产阶级思想文化运动，强调自由、平等、民主、博爱、天赋人权，号召以资产阶级民主思想反对封建专制，反对王权特权，反对唯心主义，提倡无神论。受启蒙运动影响的戏剧，以理性与人道主义为指导，塑造了新式的第三等级的平民阶级代表，体现了反封建的进步思想。在结构上，启蒙主义戏剧打破了新古典主义戏剧的“三一律”，产生了市民悲剧、严肃戏剧和正剧。伏尔泰、歌德、席勒代表着启蒙主义戏剧的最高成就。《浮士德》是歌德艺术成就最高的一部作品。《浮士德》取材于16世纪德国民间传说，据传，浮士德是游方术士，用魔术吸引观众，他与魔鬼签订契约，以灵魂换取生前享乐，最终被引入地狱。歌德却赋予浮士德新的形象意义，把浮士德塑造成追求自由，不断进取的叛逆者。

(四)19世纪戏剧——浪漫主义和现实主义并行的时代

“浪漫主义”由“浪漫的”一词演化而来，浪漫主义主张集中、强烈地反映生活和塑造人物，以人物情感和行动为中心，不受任何旧有规范的束缚。法国是浪漫主义的发源地之一，斯塔尔夫人是法国浪漫主义的先导，她在《论德意志》中提出了浪漫主义的概念，对19世纪法国积极浪漫主义的兴起起到了重要的作用。雨果是法国浪漫主义文学运动的代表，在诗歌、戏剧、小说和文艺理论等方面都取得了巨大的成就，被称为“法兰西的莎士比亚”。1830年，他的代表作《欧娜妮》的成功上演宣告了浪漫主义的胜利，《欧娜妮》无论是从内容还是从风格上都可以看出作者对古典主义戏剧的反抗与颠覆。在戏剧创作上，雨果主张瑰丽、热烈的自由创作，完全打破了“三一律”的桎梏，实现了“文学上的自由主义”。

“现实主义”最初是以“浪漫主义的反叛者”的身份出现的，它反对浪漫主义的形式主义及不切实际，讲求用新的艺术表现手法真实地反映社会。现实主义戏剧的杰出代表是挪威的易卜生，他被称为“现实主义戏剧大师”，代表作《玩偶之家》是易卜生中期的作品，反映了作者对家庭及妇女地位问题的关注，作品描述的是主人公娜拉从爱护丈夫、信赖丈夫到与丈夫决裂，觉悟到自己在家庭中的玩偶地位，并向丈夫严正地宣称：“首先我是一个人，跟你一样的人，至少我要学做一个人。”以此作为对以男权为中心的社会传统观念的反叛。《玩偶之家》曾被比做“妇女解放运动的宣言书”。

## 第三节 戏剧的特征及鉴赏技巧

### 一、戏剧要素

鉴赏戏剧首先要了解戏剧的几大要素：这些要素包括戏剧冲突、人物台词、舞台说明等。

冲突：矛盾斗争的一种表现形式。主要通过人与人之间的冲突表现先进与落后、进步与保守等的矛盾冲突。戏剧冲突应比生活矛盾更强烈，更典型，更集中，更富于戏剧性。

台词：剧中人物的语言。它是性格化的，是富有动作性的，即人物的语言是同他的行动联系在一起的。台词的表现形式有：对话、独白、旁白(登场人物离开其他人物而向观众说话）、内白（在后台说话）、潜台词（即是言中有言，意中有意，弦外有音。它实际上是语言的多意现象）等。

幕和场：幕，即拉开舞台大幕一次，一幕就是戏剧一个较完整的段落。场，即拉开舞台二道幕一次，它是戏剧中较小的段落。

舞台说明：帮助导演和演员掌握剧情，为演出提示的一些注意之点的有关说明。说明的内容有关于时间、地点、人物、布景的，有关于登场人物的动作、表情的，有关于登场人物上场、下场的，有关于“效果”的，有关于开幕、闭幕的，等等。

## 二、戏剧的分类

按照不同的划分标准，戏剧可以分为以下几类：

按表现形式分：话剧如《雷雨》、歌剧如《白毛女》、舞剧如《丝路花雨》、哑剧等；

按剧情繁简和结构分：独幕剧、多幕剧如《雷雨》；

按题材所反映的时代分：历史剧如《屈原》、现代剧如《雷雨》；

按矛盾冲突的性质分：悲剧如《屈原》、喜剧如《威尼斯商人》、正剧如《白毛女》；

按演出场合分：舞台剧、广播剧、电视剧等。

## 三、戏剧的特征

戏剧是一种舞台表演艺术，没有舞台，没有演员，便没有戏剧。基于此，戏剧产生了有别于其他文学样式的特征。

第一，更典型、更集中地表现社会生活的冲突和斗争。

戏剧不像小说、散文那样可以不受时间和空间的限制，由于它属于舞台表演，这就要求时间、人物、情节、场景高度集中在舞台范围内，将错综复杂的现实生活，通过主要线索和主要事件，艺术地再现于舞台之上，剧中人物形象通过舞台表演直观地展现在观众面前，让观众受到强烈的感染。

剧本中的矛盾冲突大体分为发生、发展、高潮和结尾四部分。演出时从矛盾发生时就应吸引观众，矛盾冲突发展到最激烈的时候称为高潮，这时的剧情也最吸引观众，最扣人心弦。通过矛盾冲突可以展现人物的思想性格、展示社会矛盾、反映社会生活，是构成剧本的根本因素。可以说，没有矛盾冲突就没有戏剧。

第二，人物性格和故事情节主要是通过登场人物的语言来表现。

黑格尔《美学》中说“在戏剧中，能把个人的性格、思想和目的最清楚地表现出来的是语言，戏剧人物的最深刻方面只有通过语言才能实现”。

对于舞台艺术来说，台词的功能不但是推动情节发展，更是表现人物性格的工具。舞台说明，对刻画人物性格和推动、展开戏剧情节发展有一定的作用。如《雷雨》第二幕开头的舞台说明：“午饭后，天气更阴沉，更郁热。低沉潮湿的空气，使人异常烦躁……”这一段舞台说明，交代了故事发生的时间和舞台氛围，奠定了悲剧情调，烘托出人物的烦躁、郁闷、不安的思想情绪，也为下文雷雨声中矛盾冲突总爆发作好了铺垫。

第三，故事情节的发展往往分幕分场。

由于受时间和空间的限制，戏剧矛盾就必须突出，将时间高度压缩，将事件集中在一个或几个场景中来表现，在戏剧中通常用“幕”和“场”来表示，“幕”指情节发展的一个大段落。“一幕”可分为几场，“一场”指一幕中发生空间变换或时间隔开的情节。

第四，故事情节发生的时间和地点往往很集中，登场人物也有一定数量的限制。

由于舞台演出的时间和空间是有限的，这就要求剧本的人物、情节、时间、场景都要高度集中，以实现在有限的时间和空间内展示丰富多彩的社会生活。在一出戏中，人物不能太多，要集中刻画几个重要人物，让他们以鲜明丰满的形象出现在舞台上。例如我们熟悉的《雷雨》，上场人物为八人，通过人物之间错综复杂的关系，将所有的矛盾集中于一个雷雨的午后爆发，给人以震撼，同时反映了正在酝酿大雷雨般大变动的20年代的中国社会现实。

## 四、戏剧鉴赏技巧

(一)领会巧妙的戏剧冲突。戏剧冲突或表现在人物与自然力量之间，或表现在人物与人物之间，或表现在人物与社会力量之间，或表现为人物内心世界中的两种矛盾力量之间的斗争。

剧本是通过矛盾冲突的展开来塑造人物形象的，十分讲究情节性。理清矛盾冲突的线索(如何产生矛盾冲突——产生了何种性质的矛盾冲突——矛盾冲突发展进程如何)，就完整地分析了戏剧文学的主要情节。

戏剧是行动的艺术，要通过演员扮演角色，以剧中人自己的行动和语言来塑造形象，而不是靠剧作者的介绍、叙述来刻画人物。因此，人物是否有鲜明而积极的行动，关系到剧本的成败。而要让人物能积极地行动，就必须把人物安排在尖锐、强烈的矛盾冲突的环境之中，让他们去应付矛盾，解决矛盾。所以，有人说，“戏剧就是冲突”，“没有冲突就没有戏剧”。戏剧冲突的实质是性格冲突，剧作者把人物放在尖锐的冲突中来展开故事情节，特别是通过展现人物性格，让人物的世界观、阶级立场、政治观点、道德品质、思想感情、心理素质、兴趣爱好等多种因素相互“抵触”、相互“冲突”，从而塑造鲜活的人物形象，表现主题思想。

(二)善于分析鲜明的人物形象，应善于体会人物语言和潜台词，善于观察人物外部动作即舞台说明和分析人物内部动作。剧本的语言是每个人性格、身份、教养的体现。好的戏剧语言，有的是让人物一开口就露出自己的本色，闻其声而知其人；有的是在剧情的发展过程中，让剧中人在各种不同的场合说不同的话，逐步展现他的性格。如《雷雨》第二幕，当周朴园认出鲁侍萍时，先是严厉地责问“你来干什么”，后又转了语气，“你可以冷静点”。三言两语就勾画了周朴园的个性：凶狠、虚伪。另外人物语言要有动作性，并不是要求用台词来代替人物动作，而是指用台词来表现人物内心复杂细致的思想活动，也就是这种语言要展示性格，表示意向。读者从台词中可以看出人物的神情举止、内心活动。《雷雨》中周朴园发现面前的“下人”是侍萍后，立刻撕去了“怀念旧情”、“弥补过错”的虚伪面纱，责问“你来干什么”，他以自己的心理揣度侍萍，“谁指使你来的”，认为她一定是受人指使来敲诈他的，于是感到害怕、愤怒，暴露了他阴暗卑劣的内心世界。侍萍呢，一句“命，不公平的命指使我来的”，展示其内心思想感情的风暴，痛苦、愤怒的感情充斥内心。人物细腻的思想感情波澜，通过动作化的语言，淋漓尽致地表现了出来。

潜台词是话语字面意思以外的一种深层意义。戏剧语言，要求含意深邃地表达人物的思想感情，做到含蓄凝炼，“片言百意”，使人们有充分想象的余地，这就是人们所说的潜台词。优秀的潜台词往往意蕴丰富，耐人寻味，给人以深广的想象空间。我们阅读时，就是揣摩人物语言的“潜台词”，借助自己的生活经验，体味话里之因，话中之话，话外之意，补充和丰富原台词的内容，从而把握人物微妙的内心世界和性格特点。

## 第四节　戏剧作品赏析

### 救　风　尘

#### 作家与作品

《救风尘》全名《赵盼儿风月救风尘》，杂剧剧本，全剧共四折。现存版本有：明脉望馆校藏《古名家杂剧》本、《新续古名家杂剧》宫集本、《元曲选》乙集本、《元曲大观》本、《元人杂剧全集》本。元代关汉卿所作，是一部杰出的现实主义古典喜剧。主要写恶棍周舍骗娶风尘女子宋引章后又加以虐待，宋引章的结义姐妹赵盼儿巧设计谋将其救出的故事。

作者关汉卿(1219—1301)，元代杂剧奠基人，我国历史上最伟大的戏剧家，“元曲四大家”之首。与白朴、马致远、郑光祖并称为“元曲四大家”。以杂剧的成就最大，今知有 67 部，现存 18 部，个别作品是否为他所作，无定论。最著名的是《窦娥冤》。关汉卿也写了不少历史剧，《单刀会》《单鞭夺槊》《西蜀梦》等，散曲今存小令 40 多首、套数 10 多首。他的散曲，内容丰富多彩，格调清新刚劲，具有很高的艺术价值。关汉卿塑造的“我是个蒸不烂、煮不熟、捶不匾、炒不爆、响珰珰一粒铜豌豆”(《不伏老》)的形象也广为人称，被誉为“曲圣”。

#### 原文与注解

### 救　风　尘

**第三折**

(周舍同店小二上，诗云)万事分已定，浮生空自忙。无非花共酒，恼乱我心肠。店小二，我着你开着这个客店，我那里稀罕你那房钱养家？不问官妓私科子，只等有好的来你客店里，你便来叫我。(小二云)我知道。只是你脚头乱，一时间那里寻你去？(周舍云)你来粉房里寻我。(小二云)粉房里没有呵？(周舍云)赌房里来寻。(小二云)

赌房里没有呵？(周舍云)牢房里来寻。(下)(丑扮小闲，挑笼上，诗云)钉靴雨伞为活计，偷寒送暖作营生。不是闲人闲不得，及至得了闲时又闲不成。自家张小闲的便是。平生做不的买卖，止是与歌者姐姐每叫些人，两头往来，传消寄信都是我。这里有个大姐赵盼儿，着我收拾两箱子衣服行李，往郑州去。都收拾停当了。请姐姐上马。(正旦上，云)小闲，我这等打扮，可冲动得那厮么？(小闲做倒科)(正旦云)你做甚么哩？(小闲云)休道冲动那厮，这一会儿，连小闲也酥倒了。(正旦唱)

【正宫】【端正好】则为他满怀愁，心间闷，做的个进退无门。那婆娘家一涌性，无思忖，我可也强打入迷魂阵。

【滚绣球】我这里微微的把气喷，输个姓因，怎不教那厮背槽抛粪！更做道普天下无他这等郎君。想着容易情，忒献勤，几番家待要不问；第一来我则是可怜见无主娘亲，第二来是我“惯曾为旅偏怜客”，第三来也是我“自己贪杯惜醉人”。到那里呵，也索费些精神。

(云)说话之间，早来到郑州地方了。小闲，接了马者，且在柳阴下歇一歇咱。(小闲云)我知道。(正旦云)小闲，咱闲口论闲话：这好人家好举止，恶人家恶家法。(小闲云)姐姐，你说我听。(正旦唱)

【倘秀才】县君的则是县君，妓人的则是妓人。怕不扭捏着身子蓦入他门；怎禁他使数的到支分，背地里暗忍。

【滚绣球】那好人家将粉扑儿浅淡匀，那里像咱干茨腊手抢着粉；好人家将那篦梳儿慢慢地铺鬓，那里像咱解了那襻胸带，下颏上勒一道深痕。好人家知个远近，觑个向顺，衠一味良人家风韵；那里像咱们，恰便似空房中锁定个猢孙。有那千般不实乔躯老，有万种虚嚣歹议论，断不了风尘。

(小闲云)这里一个客店，姐姐好住下罢。(正旦云)叫店家来。(店小二见科)(正旦云)小二哥，你打扫一间干净房儿，放下行李。你与我请将周舍来，说我在这里久等多时也。(小二云)我知道。(做行叫科，云)小哥在那里？(周舍上，云)店小二，有甚么事？(小二云)店里有个好女子请你哩。(周舍云)咱和你就去来。(做见科，云)是好一个科子也。(正旦云)周舍，做来了也。(唱)

【幺篇】俺那妹子儿有见闻，可有福分，抬举的个丈夫俊上添俊，年纪儿恰正青春。(周舍云)我那里曾见你来？我在客伙里，你弹着一架筝，我不与了你个褐色绸缎儿？(正旦云)小的，你可见来？(小闲云)不曾见他有甚么褐色绸缎儿。(周舍云)哦，早起杭州客伙散了，赶到陕西客伙里吃酒，我不与了大姐一分饭来？(正旦云)小的每，你可见来？(小闲云)我不曾见。(正旦唱)你则是忒现新，忒忘昏，更做道你眼钝。那唱词话的有两句留文：咱也曾“武陵溪畔曾相识，今日佯推不认人”。我为你断梦劳魂。(周舍云)我想起来了，你敢是赵盼儿么？(正旦云)然也。(周舍云)你是赵盼儿，好，好！当初破亲也是你来！小二，关了店门，则打这小闲。(小闲云)你休要打我。俺姐姐将着锦绣衣服，一房一卧来嫁你，你倒打我？(正旦云)周舍，你坐下，你听我说。你在南京时，人说你周舍名字，说的我耳满鼻满的，则是不曾见你。后得见你呵，害的我不茶不饭，只是思想着你。听的你娶了宋引章，教我如何不恼？周舍，我待嫁你，你却着我保亲！(唱)

【倘秀才】我当初倚大呵妆儇主婚？怎知我嫉妒呵特故里破亲？你这厮外相儿通疏就里村！你今日结婚姻，咱就肯罢论。

（云）我好意将着车辆、鞍马、奁房来寻你，你划地将我打骂。小闲，拦回车儿，咱家去来！（周舍云）早知姐姐来嫁我，我怎肯打舅舅？（正旦云）你真个不知道？你既不知，你休出店门，只守着我坐下。（周舍云）休说一两日，就是一两年，您儿也坐的将去。（外旦上，云）周舍两三日不家去，我寻到这店门首。我试看咱，原来是赵盼儿和周舍坐哩！兀那老弟子不识羞，直赶到这里来！周舍，你再不要来家，等你来时，我拿一把刀子，你拿一把刀子，和你一递一刀子戳哩。（下）（周舍取棍科，云）我和你抢生吃哩！不是奶奶在这里，我打杀你！（正旦唱）

【脱布衫】我更是的不待饶人，我为甚不敢明闻；肋底下插柴自忍，怎见你便打他一顿？

【小梁州】可不道一夜夫妻百夜恩！你可便息怒停嗔。你村时节背地里使些村，对着我合思忖：那一个双同叔打杀俏红裙？

【幺篇】则见他恶哏哏，摸按着无情棍，便有火性的不似你个郎君。（云）你拿着偌粗的棍棒，倘或打杀他呵，可怎了？（周舍云）丈夫打杀老婆，不该偿命。（正旦云）这等说，谁敢嫁你？（背唱）我假意儿瞒，虚科儿喷，着这厮有家难奔。妹子也。你试看咱风月救风尘。

（云）周舍，你好道儿！你这里坐着，点的你媳妇来骂我这一场。小闲，拦回车儿，咱回去来！（周舍云）好奶奶，请坐！我不知道他来；我若知道他来，我就该死。（正旦云）你真个不曾使他来？这妮子不贤惠，打一棒快球子。你舍的宋引章，我一发嫁你。（周舍云）我到家里就休了他。（背云）且慢着，那个妇人是我平日间打怕的，若与了一纸休书，那妇人就一道烟去了。这婆娘他若是不嫁我呵，可不弄的尖担两头脱？休的造次，把这婆娘摇撼的实着。（向旦云）奶奶，您孩儿肚肠是驴马的见识，我今家去把媳妇休了呵，奶奶，你把肉吊窗儿放下来，可不嫁我，做的个尖担两头脱。奶奶，你说下个誓着。（正旦云）周舍，你真个要我赌咒？你若休了媳妇，我不嫁你呵，我着塘子里马踏杀，灯草打折膁儿骨。你逼的我赌这般重咒哩！（周舍云）小二，将酒来。（正旦云）休买酒，我车儿上有十瓶酒哩。（周舍云）还要买羊。（正旦云）休买羊，我车上有个熟羊哩。（周舍云）好、好、好，待我买红去。（正旦云）休买红，我箱子里有一对大红罗。周舍，你争甚么那！你的便是我的，我的就是你的。（唱）

【二煞】则这紧的到头终是紧，亲的原来只是亲。凭着我花朵儿身躯、笋条儿年纪，为这锦片儿前程，倒赔了几锭儿花银。拚着个十米九糠，问甚么两妇三妻，受了些万苦千辛。我着人头上气忍，不枉了一世做郎君。

【黄钟尾】你穷杀呵，甘心守分捱贫困；你富呵，休笑我饱暖生淫惹议论。您心中觑个意顺。但休了你这门内人，不要你钱财使半文。早是我走将来自上门。家业家私待你六亲，肥马轻裘待你一身，倒贴了奁房和你为眷姻。（云）我若还嫁了你，我不比那宋引章，针指油面，刺绣铺房，大裁小剪，都不晓得一些儿的。（唱）我将你写了的休书正了本。（同下）

**第四折**

（外旦上，云）这些时周舍敢待来也？（周舍上，见科）（外旦云）周舍，你要吃甚么茶饭？（周舍做怒科，云）好也，将纸笔来，写与你一纸休书，你快走！（外旦接休书不走科，云）我有甚么不是，你休了我？（周舍云）你还在这里？你快走！（外旦云）你真个休了我？你当初要我时怎么样说来？你这负心汉，害天灾的！你要去，我偏不去。（周舍推出门科）（外旦云）我出的这门来。周舍，你好痴也！赵盼儿姐姐，你好强也。我将着这休书，直至店中寻姐姐去来。（下）（周舍云）这贱人去了，我到店中娶那妇人去。（做到店科，叫云）店小二，恰才来的那妇人在那里？（小二云）你刚出门，他也上马去了。（周舍云）倒着他道儿了！将马来，我赶将他去。（小二云）马揣驹了。（周舍云）鞴骡子。（小二云）骡子漏蹄。（周舍云）这等，我步行赶将他去。（小二云）我也赶他去。（同下）（旦同外旦上）（外旦云）若不是姐姐，我怎能勾出的这门也！（正旦云）走、走、走！（唱）

【双调】【新水令】笑吟吟案板似写着休书，则俺这脱空的故人何处？卖弄他能爱女、有权术，怎禁那得胜葫芦说到有九千句。

（云）引章，你将那休书来与我看咱。（外旦付休书）（正旦换科，云）引章，你再要嫁人时，全凭这一张纸是个照证，你收好者！（外旦接科）（周舍赶上，喝云）贱人，那里去！宋引章，你是我的老婆，如何逃走？（外旦云）周舍，你与了我休书，赶出我来了。（周舍云）休书上手模印五个指头，那里四个指头的是休书？（外旦展看，周夺咬碎科）（外旦云）姐姐，周舍咬碎我的休书也。（旦上救科）（周舍云）你也是我的老婆（正旦云）我怎么是你的老婆？（周舍云）你吃了我的酒来。（正旦云）我车上有十瓶好酒，怎么是你的，（周舍云）你可受我的羊来。（正旦云）我自有一只熟羊，怎么是你的？（周舍云）你受我的红定来。（正旦云）我自有大红罗，怎么是你的？（唱）

【乔牌儿】酒和羊，车上物；大红罗，自将去。你一心淫滥无是处，要将人白赖取。

（周舍云）你曾说过誓嫁我来。（正旦唱）

【庆东原】俺须是卖空虚，凭着那说来的言咒誓为活路。（带云）怕你不信呵，（唱）遍花街请到娼家女，那一个不对着明香宝烛，那一个不指着皇天后土，那一个不赌着鬼戮神诛？若信这咒盟言，早死的绝门户！

（云）引章妹子，你跟将他去。（外旦怕科，云）姐姐，跟了他去就是死。（正旦唱）

【落梅风】则为你思虑，忒模糊。（周舍云）休书已毁了，你不跟我去待怎么？（外旦怕科）（正旦云）妹子休慌莫伯！咬碎的是假休书。（唱）我特故抄与你个休书题目，我跟前见放着这亲模。（周舍夺科）（正旦唱）便有九头牛，也拽不出去。（周扯二旦科，云）明有王法，我和你告官去来。（同下）（外扮孤引张千上，诗云）声名德化九重闻，良夜家家不闭门。雨后有人耕绿野，月明无犬吠花村。小官郑州守李公弼是也。今日升起早衙，断理些公事。张千，喝撺箱。（张千云）理会的。（周舍同二旦、卜儿上）（周叫云）冤屈也！（孤云）告甚么事？（周舍云）大人可怜见，混赖我媳妇。（孤云）谁混赖你的媳妇？（周舍云）是赵盼儿设计混赖我媳妇宋引章。（孤云）那妇人怎么说？（正旦云）宋引章是有丈夫的，被周舍强占为妻，昨日又与了休书，怎么是小妇人混赖他的！（唱）

【雁儿落】这厮心狠毒，这厮家豪富，衠一味虚肚肠，不踏着实途路。

【得胜令】宋引章有亲夫，他强占作家属。淫乱心情歹，凶顽胆气粗，无徒！到处里胡为做。现放着体书，望恩官明鉴取。

(安秀实上，云)适才赵盼儿使人来说："宋引章已有休书了，你快告官去，便好娶他。"这里是衙门首，不免高叫道：冤屈也！(孤云)衙门外谁闹？拿过来！(张千拿入科，云)告人当面。(孤云)你告谁来？(安秀实云)我安务实，聘下宋引章，被郑州周舍强夺为妻，乞大人做主咱！(孤云)谁是保亲？(安秀实云)是赵盼儿。(孤云)赵盼儿，你说宋引章原有丈夫，是谁？(正旦云)正是这安秀才。(唱)

【沽美酒】他幼年间便习儒，腹隐着九经书；又是俺共里同村一处居，接受了钗环财物，明是个良人妇。

(孤云)赵盼儿，我问你。这保亲的委是你么？(正旦云)是小妇人。(唱)

【太平令】现放着保亲的堪为凭据，怎当他抢亲的百计亏图？那里是明婚正娶，公然的伤风败俗！今日个诉与太府做主，可怜见断他夫妻完聚。(孤云)周舍，那宋引章明明有丈夫的，你怎生还赖是你的妻子？若不看你父亲面上，送你有司问罪！您一行人，听我下断：周舍杖六十，与民一体当差。宋引章仍归安秀才为妻；赵盼儿等宁家住坐。(词云)只为老虔婆爱贿贪钱，赵盼儿细说根源。呆周舍不安本业，安秀才夫妇团圆。(众叩谢科)(正旦唱)

【收尾】对恩官一一说缘故，分剖开贪夫怨女。面糊盆再休说死生交，风月所重谐燕莺侣。

题目：安秀才花柳成花烛

正名：赵盼儿风月救风尘

### 导读与鉴赏

元杂剧《救风尘》是关汉卿的代表作，写的是元朝年间，赵氏有个女儿叫宋引章，是汴梁城的歌女，先与穷秀才安秀实要好，后来又看中郑州一财主的公子周舍，周舍是个游手好闲专爱在烟花丛中鬼混的嫖客，仗着财大气粗说动了赵氏，意欲娶宋引章，安秀实听到了这个消息赶紧去求宋引章八拜之交的姐姐——妓女赵盼儿劝说宋引章，赵盼儿直率地劝说宋引章不要嫁给周舍。宋引章把周舍平日对她的抚爱和温存看成是实意，决定要嫁给周舍。正说话间，周舍来了。赵盼儿当面抢白了周舍。宋引章不听劝告，被周舍接回郑州去了。

周舍把宋引章娶回家中，一进门就打了她五十杀威棒，以后朝打暮骂。宋引章悔之晚矣，只好偷偷给母亲写信，求母亲设法找赵盼儿搭救。赵盼儿早已料到宋引章会有今天，恨她当初不该不听她的话，又怜她蒙受的痛苦。为了搭救宋引章，成全安秀实，她梳洗打扮，想以自己的姿色引诱周舍。继而哄骗他写休书。周舍玩腻了宋引章，产生了另寻新欢之念，恰好赵盼儿由专为妓女打杂谋营生的张小闲引着，驾车来到了周舍开的客店。周舍见赵盼儿，恼她当初在娶宋引章的事上说破坏的话，欲把她撵走。赵盼儿说当初是因为她看中了周舍，那番话完全是出于嫉妒，今天是专为周舍而来。

周舍一听，心中大悦，再加上赵盼儿有几分姿色，引逗得他神魂颠倒。这时，宋引章来客店寻周舍，见状大怒。周舍把宋引章赶走了，意欲与赵盼儿同居。赵盼儿提出一个条件，即必须把宋引章休回，方可应允。周舍怕写了休书，赵盼儿再变卦，于是叫她起誓。赵盼儿起了誓，他才答应回去写休书。为了表示对赵盼儿的温存，他要店小二去买酒、买羊、买红定。赵盼儿说不必劳神，这些东西她都带来了，“你的便是我的，我的便是你的”，使得周舍很高兴。其实，赵盼儿为自己后来辞婚留下了后路。周舍回到家中，写了休书一封交给宋引章，撵她回去。宋引章责问他其中缘故。周舍不与她多说，硬把她推出门去。宋引章走出周家，笑周舍好“痴”，佩服赵盼儿好“强”。原来赵盼儿早已将自己的计策告诉了宋引章。待到周舍去客房会赵盼儿，方知赵盼儿领宋引章早已走了。他急忙追赶。在奔往汴梁城的路上，赵盼儿从宋引章的手里要过那份休书看了一番，便又交给了宋引章，要她好好保存，这是重要的凭据。这时，周舍赶上来了，要宋引章再回周家。宋引章说他已写了休书。周舍狡猾地说，休书上本应有五个指印，他却按了四个，骗宋引章拿出休书看时，他抢去咬碎了，回头还对赵盼儿说，“你也是我的老婆”。因为她吃了他的酒、羊，还用了他的红定。

赵盼儿答辩道：这些东西都是我自己带的，没沾你一分光，把周舍说得哑口无言。周舍仗着休书已毁，便逼宋引章回周家。宋引章向赵盼儿求助，赵盼儿从怀里取出休书，原来她事先作了防备，写了一份假的，刚才看休书时调换了。周舍无奈何，便去告官。赵盼儿说周舍强占有夫之妇宋引章，如今又写了休书，这时，安秀实得到赵盼儿差人送去的信息，叫他来衙门口告状。这样一来，周舍的状告输了，被杖打六十，与民一体当差，宋引章仍归安秀实为妻。剧至此而终。

赵盼儿和周舍围绕着对宋引章展开的“救”与“虐”的矛盾冲突，反映了封建社会中争取自由解放的下层妇女同任意淫虐下层妇女的权贵阶层的斗争——这是这出戏的主线矛盾。矛盾的双方，各不相让。作者为了突出表现赵盼儿机智的性格，采用对比的手法，刻画了周舍狡猾的性格。机智对狡猾，有如针尖对麦芒，你强我更强。这样，不仅给赵盼儿“救风尘”设置了困难和障碍，而且也以“水涨船高”的手法突出了矛盾双方的这场激烈争斗。

周舍出于酷好女色，为寻求一时之欢，用花言巧语、荣华富贵骗取宋引章的芳心。赵盼儿以自己多年的亲身经历来证明有钱人家的纨绔子弟不可信，结果，宋引章没有听信赵盼儿的忠告。赵盼儿和周舍的第一个回合，不能不说赵盼儿失利了。接着，宋引章受了周舍的虐待，向赵盼儿求救。赵盼儿抓住了周舍喜新厌旧、酷好女色的弱点，用自己的姿色诱惑周舍上了圈套。可是，当他让周舍写休书(休回宋引章)时，周舍并没有马上答应下来，怕他事后变卦，叫她起誓。在封建社会中，由于封建迷信思想的束缚，人们对起誓是很敬畏的。所以，周舍的这一招，不能不说是一个歹毒狡猾的绝招。为了救出结拜的妹妹，赵盼儿毫不犹豫地起了誓，骗得了周舍的信赖。当周舍察觉中计时，撵上赵盼儿和宋引章，狡猾地从宋引章手里骗出休书咬碎，给赵盼儿“救风尘”造成了似乎不可解的困难。谁知，赵盼儿却不慌不忙地从怀里取出真休书。原来，周舍咬碎的是一份她事先准备的假休书。这惊人之笔，更加突出了赵盼儿的机智老练。“烘云托月”，俗话说：没有高山显不出洼地。只有把两个对立的事物放在一起，方能有所比较。有比较才有鉴别，两个对立事物才各自突出、鲜明。在人物设计上，作者惯于用这种对比的手法，塑造出性格各异的人物，以此来互相衬托。在本剧中，除了塑造出赵盼儿机智与周舍狡猾的性格对立以外，还塑造了两对性格对立的人物。即：周舍和安秀实是一个对照，赵盼儿和宋引章是一个对照。周舍是个市侩的阔商人，安秀实则是一个老实无能的穷书生，两人都要争宋引章为妻，周舍靠欺骗和金钱诱骗了宋引章，而安秀实竟连见宋引章的面也不敢，不得不向赵盼儿求助。这样，既突出了周舍，也衬托了安秀实。赵盼儿和宋引章本来都是妓女，都有着悲惨的遭际。有着同知心的男人过自由美好生活的愿望。但赵盼儿在严酷的现实中美好的愿望一次又一次地破灭了，长期的风尘生活使她看透了有钱的纨绔子弟们所惯用的伎俩，并对他们保持高度的警惕。而宋引章却缺乏思想上的敏感性。被周舍的甜言蜜语、假意温存和荣华富贵所诱骗，上了大当。赵盼儿机智、勇敢、义气，宋引章却愚钝、懦弱，并有负义之心，由于这种人物间的性格对立，起到了"烘云托月"的作用。

"以其人之道，还治其人之身。"这是这出杰出喜剧的重要表现手段，也是喜剧创作的不可忽视的手法。周舍为了玩弄女性，以欺骗的手段占有了宋引章。赵盼儿为了救出宋引章，抓住他好色的弱点，以周舍的欺骗手段欺骗了周舍，取了休书，救出了宋引章，收到了大快人心的喜剧效果。周舍和赵盼儿的做法，在表现形式上是一致的，但是，在性质上是相反的。正是由于周舍的骗子手段激起了观众的义愤，而当赵盼儿"以其人之道，还治其人之身"时，就博得了观众的赞扬。同时，这种手法的本身也是对周舍的"其人之道"的辛辣讽刺和打击，因此，不能不收到喜剧效果。

《救风尘》的主题，简言之，就是一个"救"字。它是全剧主要情节的凝炼和概括。剧本围绕这个主题，写得很集中。第一折，表现了"救"的起因；第二折，表现了"救"的准备；第三折，表现了"救"的行动；第四折。表现了"救"的结局。全剧自始至终贯穿了这个"救"字，一切情节都从不同的角度为之服务。而"救"字的体现者是主人公赵盼儿，她的"救"的方式是"风月"(以自己的姿色骗取休书)，"救"的对象是"风尘"(宋引章)。因此，展开说，这个剧的主题就是对这个剧的剧名"赵盼儿风月救风尘"，换句话说，这个剧的剧名就是对这个剧的主题的高度概括。通过"赵盼儿风月救风尘"，歌颂了封建社会被凌辱、欺压的下层妇女勇于反抗、善于斗争的精神。揭露了封建社会中那些出身豪门有钱有势的公子权贵们的荒淫无度、欺诈歹毒的丑恶本质。

### 思考与练习

分析《救风尘》中的女性形象。

## 《汉宫秋》

### 作家与作品

马致远(约1250—约1321)，字千里，号东篱，字致远，晚号"东篱"，汉族，元大都(今北京)人，元代戏曲作家，与关汉卿、郑光祖、白朴并称“元曲四大家”。他的作品见于著录的有16种，今存《汉宫秋》《荐福碑》《岳阳楼》《青衫泪》《陈抟高卧》《任风子》6种，另有《黄粱梦》，是他和李时中、红字李二、花李郎合作的。以《汉宫秋》最著名。散曲有《东篱乐府》。

## 原文与注解

第三折(番使拥旦上，奏胡乐科，旦云)妾身王昭君，自从选入宫中，被毛延寿将美人图点破，送入冷宫；甫能得蒙恩幸，又被他献与番王形象。今拥兵来索，待不去，又怕江山有失；没奈何将妾身出塞和番。这一去，胡地风霜，怎生消受也！自古道：“红颜胜人多薄命，莫怨春风当自嗟。”(驾引文武内官上，云)今日灞桥饯送明妃，却早来到也。(唱)

【双调·新水令】锦貂裘生改尽汉宫妆，我则索看昭君画图模样。旧恩金勒短，新恨玉鞭长。本是对金殿鸳鸯，分飞翼，怎承望！

(云)您文武百官计议，怎生退了番兵，免明妃和番者。(唱)

【驻马听】宰相每商量，大国使还朝多赐赏。早是俺夫妻悒怏，小家儿出外也摇装。尚兀自渭城衰柳助凄凉，共那灞桥流水添惆怅。偏您不断肠，想娘娘那一天愁都撮在琵琶上。

(做下马科)(与旦打悲科)(驾云)左右慢慢唱者，我与明妃饯一杯酒。(唱)

【步步娇】您将那一曲阳关休轻放，俺咫尺如天样，慢慢的捧玉觞。朕本意待尊前挨些时光，且休问劣了宫商，您则与我半句儿俄延着唱。

(番使云)请娘娘早行，天色晚了也。(驾唱)

【落梅风】可怜俺别离重，你好是归去的忙。寡人心先到他李陵台上？回头儿却才魂梦里想，便休题贵人多忘。

(旦云)妾这一去，再何时得见陛下？把我汉家衣服都留下者。(诗云)正是：今日汉宫人，明朝胡地妾；忍着主衣裳，为人作春色！(留衣服科)(驾唱)

【殿前欢】则什么留下舞衣裳，被西风吹散旧时香。我委实怕宫车再过青苔巷，猛到椒房，那一会想菱花镜里妆，风流相，兜的又横心上。看今日昭君出塞，几时似苏武还乡？

(番使云)请娘娘行罢，臣等来多时了也。(驾云)罢罢罢！明妃，你这一去，休怨朕躬也。(做别科，驾云)我那里是大汉皇帝！(唱)

【雁儿落】我做了别虞姬楚霸王，全不见守玉关征西将。那里取保亲的李左车，送女客的萧丞相？

(尚书云)陛下不必挂念。(驾唱)

【得胜令】他去也不沙架海紫金梁，枉养着那边庭上铁衣郎。您也要左右人扶侍，俺可甚糟糠妻下堂！您但提起刀枪，却早小鹿儿心头撞。今日央及煞娘娘，怎做的男儿当自强！

(尚书云)陛下，咱回朝去罢。(驾唱)

【川拨棹】怕不待放丝缰，咱可甚鞭敲金镫响。你管燮理阴阳，掌握朝纲，治国安邦，展土开疆；假若俺高皇，差你个梅香，背井离乡，卧雪眠霜，若是他不恋恁春风画堂，我便官封你一字王。

（尚书云）陛下，不必苦死留他，着他去了罢。（驾唱）

【七弟兄】说什么大王、不当、恋王嫱，兀良！怎禁他临去也回头望。那堪这散风雪旌节影悠扬，动关山鼓角声悲壮。

【梅花酒】呀！俺向着这迥野悲凉。草已添黄，兔早迎霜。犬褪得毛苍，人搠起缨枪，马负着行装，车运着糇粮，打猎起围场。他、他、他，伤心辞汉主；我、我、我，携手上河梁。他部从入穷荒；我銮舆返咸阳。返咸阳，过宫墙；过宫墙，绕回廊；绕回廊，近椒房；近椒房，月昏黄；月昏黄，夜生凉；夜生凉，泣寒蛩；泣寒蛩，绿纱窗；绿纱窗，不思量！

【收江南】呀！不思量，除是铁心肠；铁心肠，也愁泪滴千行。美人图今夜挂昭阳，我那里供养，便是我高烧银烛照红妆。（尚书云）陛下，回銮罢，娘娘去远了也。（驾唱）

【鸳鸯煞】我索大臣行说一个推辞谎，又则怕笔尖儿那伙编修讲。不见他花朵儿精神，怎趁那草地里风光？唱道伫立多时，徘徊半晌，猛听的塞雁南翔，呀呀的声嘹亮，却原来满目牛羊，是兀那载离恨的毡车半坡里响。（下）

（番王引部落拥昭君上，云）今日汉朝不弃旧盟，将王昭君与俺番家和亲。我将昭君封为宁胡阏氏，坐我正宫。两国息兵，多少是好。众将士，传下号令，大众起行，望北而去。（做行科）（旦问云）这里甚地面了？（番使云）这是黑江，番汉交界去处。南边属汉家，北边属我番国。（旦云）大王，借一杯酒望南浇奠，辞了汉家，长行去罢。（做奠酒科，云）汉朝皇帝，妾身今生已矣，尚待来生也。（做跳江科）（番王惊救不及，叹科，云）嗨！可惜，可惜！昭君不肯入番，投江而死。罢罢罢！就葬在此江边，号为青冢者。我想来，人也死了，枉与汉朝结下这般仇隙，都是毛延寿那厮搬弄出来的。把都儿，将毛延寿拿下，解送汉朝处治，我依旧与汉朝结和，永为甥舅，却不是好？（诗云）则为他丹青画误了昭君，背汉主暗地私奔；将美人图又来哄我，要索取出塞和亲。岂知道投江而死，空落的一见消魂。似这等奸邪逆贼，留着他终是祸根；不如送他去汉朝哈喇，依还的甥舅礼，两国长存。（下）

### 导读与鉴赏

马致远的《汉宫秋》显然不是取材于正史，而是在《王昭君变文》的基础上，汲取历代笔记小说、文人诗篇和民间讲唱文学的成就，然后确定自己的创作意图，构思剧本的情节和人物的。

《汉宫秋》还别出心裁地把汉元帝作为全剧的主人公，并把发生这场爱情悲剧的根源，也归结到他的身上来。汉元帝一出场，就自夸“联继位以来，四海晏然，八方宁静”，心中只为“后宫寂寞”而发愁。“百般巧诈，一味阿谀”的中大夫毛延寿投其所好，劝他“遣官遍行天下，选择室女”，正中他下怀。待毛延寿已叛国投敌，单于使者带着美人图，强索王昭君之时，元帝还在做他的太平天子、风流皇帝的美梦。只知标榜自己：“忠臣皆有用，高枕已无忧。”根本无心理政：“我虽是见宰相，似文王施礼；一头地离明妃，早宋玉悲秋。”到兵临城下之时，他又火烧眉毛干着急：骂宰相、斥武将，说什么“满朝中都做了毛延寿”！但是，朝中文臣武将都不买他的账，尚书居然假借“外国”人之口，说出了“陛下宠昵王嫱，朝纲尽废，坏了国家”的客观事实。因此，尽管元帝斥文臣、骂武将，尖锐刻薄，毕竟还是无济于事！他仍然是被迫“割恩断爱”，做了一个“别虞姬楚霸王”。

作者在第三折、第四折，还浓墨细笔地描写了元帝与昭君的生离死别，是怎样地使元帝悲怆凄恻，愁思郁结，无可排解。作者尽力刻画了风流皇帝温柔多情的一面，让他尽情倾吐了由生离死别而郁结于胸的哀痛。风流皇帝的温柔多情，不仅仅以其真挚深沉的感情引起观众对他的同情和怜悯，而且，还能激励读者认真思索：为何堂堂天子，大汉皇帝，连自己的爱妃都无力保全？

显然，汉元帝这样的艺术形象，对于我们理解历史上的风流皇帝，如陈后主、宋徽宗之流，无疑是具有深刻而普遍的认识意义的。元帝一类的昏君庸帝，作为国家社稷的代表，必然会导致“朝纲尽废，坏了国家”，落得国土难保全，民族失尊严，而他们对后妃的倾心相爱，也只能落得个蒙羞受辱，毁于一旦。因为，作为风流皇帝欲保全真挚爱情的愿望与作为昏君庸帝所造成的“朝纲尽废，坏了国家”的严酷现实，这二者已构成了不可调和的矛盾。这就是《汉宫秋》所写的爱情悲剧的实质，也是产生汉元帝这样的艺术形象的社会基础。

《汉宫秋》是“元曲四大家”之一马致远的代表作，以汉元帝为主唱，演绎了一代君王悲欢离合的爱情故事。以其诗一般的语言赢得了古今观众的喜爱，并且被冠以诗剧的荣誉称号。它的诗剧特征不仅表现在语言的凝练性以及富有节奏和韵律上，还表现在“情“的处理方式上。首先，戏剧的命名具有诗意和高度概括性。《汉宫秋》全名《破幽梦孤雁汉宫秋》，这一题目给人以诗意的想象。“幽梦”多表现相思之情。相对于大雁生活的群体性，“孤雁”蕴涵的是对伴侣的渴望，以“孤雁”称人，渲染了一种孤苦哀婉的情调。“幽梦”与“孤雁”合用，象征性地表达了爱情的失意，而“秋”却进一步奠定了其悲的基调。“多情自古伤离别，更哪堪、冷落清秋节”，秋有凄凉、肃杀的象征意味。“汉宫”则是对爱情主人公身份的暗示。《破幽梦孤雁汉宫秋》以其八个字就凝练地概括了汉元帝和王昭君之间的悲剧爱情，表达了爱情得不到满足的酸楚和凄凉。其次，重抒情而轻叙事的诗性特征。《汉宫秋》中有王昭君与毛延寿之间、汉元帝与满朝文武的臣子之间、匈奴与汉朝之间等各个方面错杂的矛盾冲突。然而作者把这些冲突压在两折内叙述，如王昭君与毛延寿、元帝与毛延寿的矛盾冲突都用一两句道白一带而过，毛的索贿、点破美人图等也都在暗场上处理，但却用长达两折的篇幅让汉元帝抒发他失去昭君的痛苦心情。由此可见，前两折的各个矛盾冲突并不是作者要表现的重点，它们只是作为汉元帝与王昭君爱情悲剧的背景出现的。

马致远的剧作重在抒情，而不重视戏的矛盾冲突和故事情节……他是把冲突和情节的安排处理，为戏剧主人公的抒情服务，甚至情节结构有所疏漏亦有所不顾。这与诗歌重抒情而轻叙事的特点相暗合。再次，在表达元帝对昭君的思念之情上，作者借用了虚实结合、意象、意境等多种诗歌创作手法。如第三折写灞桥伤别，是全剧的高潮，其中【梅花酒】与【收江南】二曲把情和景、实感与幻觉有机地结合在一起，把元帝生离死别的感情写得淋漓尽致，他利用回环往复的手法，将汉元帝在昭君走后，凄婉的神情形象地描写出来，也不愧为散曲高手。当臣下以“女色败国”的理由劝汉元帝舍弃昭君时，他忿忿地说：“虽然似昭君般成败都皆有，谁似这做天子的官差不自由！”灞桥送别时，他感慨道：“早是俺夫妻悒怏，小家儿出外也摇装。”对夫妻恩爱的平民生活流露出羡慕之情。尤其第四折“孤雁惊梦”一大段凄婉哀怨的唱词，表现出汉元帝对情人的无限思恋，把剧本的悲剧气氛渲染得愈加浓郁。这里在塑造戏剧人物的同时，也直接抒发了作者对历史变迁、人生无常的感受。

王国维在《宋元戏曲史》中称其：“真所谓写情则沁人心脾，写景则在人耳目，述事则如其口出者。”情、景、事交融，为历代评论家所赞赏。第四折借孤雁悲鸣写形神凄怆的汉元帝对昭君的思念。昭君去后元帝空对着美人图孤寂难眠，孤雁的凄厉哀鸣更增添了元帝痛苦的离情，并引发了元帝无限哀怨的心灵独白。惨淡凄凉的相思之痛呼之欲出，凄厉之景如在目前，情景相称，充满着浓烈的诗意。王国维曾说：“元剧之最佳处，不在其思想结构而在其文章之妙，亦一言以蔽之曰：有意境而已矣。”《汉宫秋》成功的意境营造，是它在元杂剧史上具有重要地位的一个重要原因。昭君是该剧中的主角之一，但我们都知道，历史上昭君自请出塞，生男育女；而剧作中则改写她留下汉家衣服，于番汉交界之处投江自尽。尽管从“忍看主衣裳，为人作春色”及“今生已矣，尚待来生”的自白中，流露出殉情以至殉节的意味，但这种处理，毕竟塑造出了一个更新更美的昭君形象。何况剧本还让毛延寿被解回汉朝受诛，大快人心。在元代民族矛盾尖锐的情况下，《汉宫秋》的这些描写，客观上具有赞颂爱国精神和民族气节的强烈效果，这也许是马致远所始料不及的。元杂剧中还有很多是描写昭君出塞的，但大多都散佚了。

明清之后的昭君戏大多也都以《汉宫秋》为祖本。可以说，《汉宫秋》不论在内容还是艺术手法上，都是元杂剧中的代表作之一。

### 思考与练习

1. 这段曲词中运用了对仗、顶真的修辞手法，试简析它们各有怎样的艺术效果。

2. 有人赞赏《汉宫秋》的词曲写景写情当行出色，这段曲词描写了汉元帝所见、所想的哪两种情景，表现了汉元帝什么样的感情？

## 牡　丹　亭

### 作家与作品

汤显祖(1550—1616)，中国明代戏曲家、文学家。字义仍，号海若、若士、清远道人。汉族，江西临川人。公元1583年(万历十一年)中进士，任太常寺博士、礼部主事，因弹劾申时行，降为徐闻典史，后调任浙江遂昌知县，又因不附权贵而免官，未再出仕。曾从罗汝芳读书，又受李贽思想的影响。在戏曲创作方面，反对拟古和拘泥于格律。其戏剧作品《牡丹亭》《紫钗记》《南柯记》和《邯郸记》合称“临川四梦”，其中《牡丹亭》是他的代表作。这些剧作不但为中国人民所喜爱，而且已传播到英、日、德、俄等很多国家，被视为世界戏剧艺术的珍品。在戏曲史上，和关汉卿、王实甫齐名，在中国乃至世界文学史上都有着重要的地位，被誉为“东方的莎士比亚”。

## 原文节选

### 第十出　惊梦

【绕池游】〔旦上〕梦回莺啭，乱煞年光遍。人立小庭深院。〔贴〕炷尽沉烟，抛残绣线，恁今春关情似去年？〔乌夜啼〕“〔旦〕晓来望断梅关，宿妆残。〔贴〕你侧着宜春髻子恰凭阑。〔旦〕剪不断，理还乱，闷无端。〔贴〕已分付催花莺燕借春看。”〔旦〕春香，可曾叫人扫除花径？〔贴〕分付了。〔旦〕取镜台衣服来。〔贴取镜台衣服上〕“云髻罢梳还对镜，罗衣欲换更添香。”镜台衣服在此。

【步步娇】〔旦〕袅晴丝吹来闲庭院，摇漾春如线。停半晌、整花钿。没揣菱花，偷人半面，迤逗的彩云偏。〔行介〕步香闺怎便把全身现！〔贴〕今日穿插的好。

【醉扶归】〔旦〕你道翠生生出落的裙衫儿茜，艳晶晶花簪八宝填，可知我常一生儿爱好是天然。恰三春好处无人见。不堤防沉鱼落雁鸟惊喧，则怕的羞花闭月花愁颤。〔贴〕早茶时了，请行。〔行介〕你看：“画廊金粉半零星，池馆苍苔一片青。踏草怕泥新绣袜，惜花疼煞小金铃。”〔旦〕不到园林，怎知春色如许！

【皂罗袍】原来姹紫嫣红开遍，似这般都付与断井颓垣。良辰美景奈何天，赏心乐事谁家院！恁般景致，我老爷和奶奶再不提起。〔合〕朝飞暮卷，云霞翠轩；雨丝风片，烟波画船——锦屏人忒看的这韶光贱！〔贴〕是花都放了，那牡丹还早。

【好姐姐】〔旦〕遍青山啼红了杜鹃，荼蘼外烟丝醉软。春香啊，牡丹虽好，他春归怎占的先！〔贴〕成对儿莺燕啊。〔合〕闲凝眄，生生燕语明如翦，呖呖莺歌溜的圆。〔旦〕去罢。〔贴〕这园子委是观之不足也。〔旦〕提他怎的！〔行介〕

【隔尾】观之不足由他缱，便赏遍了十二亭台是枉然。到不如兴尽回家闲过遣。〔作到介〕〔贴〕“开我西阁门，展我东阁床。瓶插映山紫，炉添沉水香。”小姐，你歇息片时，俺瞧老夫人去也。〔下〕〔旦叹介〕“默地游春转，小试宜春面。”春啊，得和你两留连，春去如何遣？咳，恁般天气，好困人也。春香那里？〔作左右瞧介〕〔又低首沉吟介〕天呵，春色恼人，信有之乎！常观诗词乐府，古之女子，因春感情，遇秋成恨，诚不谬矣。吾今年已二八，未逢折桂之夫；忽慕春情，怎得蟾宫之客？昔日韩夫人得遇于郎，张生偶逢崔氏，曾有《题红记》，《崔徽传》二书。此佳人才子，前以密约偷期，后皆得成秦晋。〔长叹介〕吾生于宦族，长在名门。年已及笄，不得早成佳配，诚为虚度青春，光阴如过隙耳。〔泪介〕可惜妾身颜色如花，岂料命如一叶乎！

【山坡羊】没乱里春情难遣，蓦地里怀人幽怨。则为俺生小婵娟，拣名门一例、一例里神仙眷。甚良缘，把青春抛的远！俺的睡情谁见？则索因循腼腆。想幽梦谁边，和春光暗流传？迁延，这衷怀那处言！淹煎，泼残生，除问天！身子困乏了，且自隐几而眠。〔睡介〕〔梦生介〕〔生持柳枝上〕“莺逢日暖歌声滑，人遇风情笑口开。一径落花随水入，今朝阮肇到天台。”小生顺路儿跟着杜小姐回来，怎生不见？〔回看介〕呀，小姐，小姐！〔旦作惊起介〕〔相见介〕〔生〕小生那一处不寻访小姐来，却在这里！〔旦作斜视不语介〕〔生〕恰好花园内，折取垂柳半枝。姐姐，你既淹通书史，可作诗以赏此柳枝乎？〔旦作惊喜，欲言又止介〕〔背想〕这生素昧平生，何因到此？〔生笑介〕小姐，咱爱杀你哩！

【山桃红】则为你如花美眷，似水流年，是答儿闲寻遍。在幽闺自怜。小姐，和你那答儿讲话去。〔旦作含笑不行〕〔生作牵衣介〕〔旦低问〕那边去？〔生〕转过这芍药阑前，紧靠着湖山石边。〔旦低问〕秀才，去怎的？〔生低答〕和你把领扣松，衣带宽，袖梢儿揾着牙儿苫也，则待你忍耐温存一晌眠。〔旦作羞〕〔生前抱〕〔旦推介〕〔合〕是那处曾相见，相看俨然，早难道这好处相逢无一言？〔生强抱旦下〕〔末扮花神束发冠，红衣插花上〕“催花御史惜花天，检点春工又一年。蘸客伤心红雨下，勾人悬梦采云边。”吾乃掌管南安府后花园花神是也。因杜知府小姐丽娘，与柳梦梅秀才，后日有姻缘之分。杜小姐游春感伤，致使柳秀才入梦。咱花神专掌惜玉怜香，竟来保护他，要他云雨十分欢幸也。

【鲍老催】〔末〕单则是混阳蒸变，看他似虫儿般蠢动把风情扇。一般儿娇凝翠绽魂儿颤。这是景上缘，想内成，因中见。呀，淫邪展污了花台殿。咱待拈片落花儿惊醒他。〔向鬼门丢花介〕他梦酣春透了怎留连？拈花闪碎的红如片。秀才才到的半梦儿；梦毕之时，好送杜小姐仍归香阁。吾神去也。〔下〕

【山桃红】〔生、旦携手上〕〔生〕这一霎天留人便，草借花眠。小姐可好？〔旦低头介〕〔生〕则把云鬟点，红松翠偏。小姐休忘了啊，见了你紧相偎，慢厮连，恨不得肉儿般团成片也，逗的个日下胭脂雨上鲜。

〔旦〕秀才，你可去啊？〔合〕是那处曾相见，相看俨然，早难道这好处相逢无一言？〔生〕姐姐，你身子乏了，将息，将息。〔送旦依前作睡介〕〔轻拍旦介〕姐姐，俺去了。〔作回顾介〕姐姐，你可十分将息，我再来瞧你那。“行来春色三分雨，睡去巫山一片云。”〔下〕〔旦作惊醒，低叫介〕秀才，秀才，你去了也？〔又作痴睡介〕〔老旦上〕“夫婿坐黄堂，娇娃立绣窗。怪他裙衩上，花鸟绣双双。”孩儿，孩儿，你为甚瞌睡在此？〔旦作醒，叫秀才介〕咳也。〔老旦〕孩儿怎的来？〔旦作惊起介〕奶奶到此！〔老旦〕我儿，何不做些针指，或观玩书史，舒展情怀？因何昼寝于此？〔旦〕孩儿适在花园中闲玩，忽值春暄恼人，故此回房。无可消遣，不觉困倦少息。有失迎接，望母亲恕儿之罪。〔老旦〕孩儿，这后花园中冷静，少去闲行。〔旦〕领母亲严命。〔老旦〕孩儿，学堂看书去。〔旦〕先生不在，且自消停。〔老旦叹介〕女孩儿长成，自有许多情态，且自由他。正是：“宛转随儿女，辛勤做老娘。”〔下〕〔旦长叹介〕〔看老旦下介〕哎也，天那，今日杜丽娘有些侥幸也。偶到后花园中，百花开遍，睹景伤情。没兴而回，昼眠香阁。忽见一生，年可弱冠，丰姿俊妍。于园中折得柳丝一枝，笑对奴家说：“姐姐既淹通书史，何不将柳枝题赏一篇？”那时待要应他一声，心中自忖，素昧平生，不知名姓，何得轻与交言。正如此想间，只见那生向前说了几句伤心话儿，将奴搂抱去牡丹亭畔，芍药阑边，共成云雨之欢。两情和合，真个是千般爱惜，万种温存。欢毕之时，又送我睡眠，几声“将息”。正待自送那生出门，忽值母亲来到，唤醒将来。我一身冷汗，乃是南柯一梦。忙身参礼母亲，又被母亲絮了许多闲话。奴家口虽无言答应，心内思想梦中之事，何曾放怀。行坐不宁，自觉如有所失。娘呵，你教我学堂看书去，知他看那一种书消闷也。〔作掩泪介〕

【绵搭絮】雨香云片，才到梦儿边。无奈高堂，唤醒纱窗睡不便。泼新鲜冷汗粘煎，闪的俺心悠步亸，意软鬟偏。不争多费尽神情，坐起谁饮？则待去眠。〔贴上〕“晚妆销粉印，春润费香篝。”小姐，薰了被窝睡罢。

【尾声】〔旦〕困春心游赏倦，也不索香薰绣被眠。天呵，有心情那梦儿还去不远。

## 导读与鉴赏

《牡丹亭》中描写得最成功的人物当数杜丽娘。杜丽娘是一个大胆追求爱情、追求自由、追求个性解放的女性叛逆者。

1. 深受封建礼教的束缚。明代统治者很重视“女教”，明史中节妇烈女 308 人之多，在二十四史中显得十分突出。明代各地妇女因节烈殉死者见于各地史籍者不下万余人。杜丽娘作为南安太守的女儿，出自名门，在典型的封建官僚的严格管制下，她的少女天性受到强制性的约束。杜丽娘的母亲看到女儿衣裙上绣的一对花，一双鸟，也怕引起女儿的情思，听说女儿去了一次后花园，便训斥了丫鬟春香，严令禁止。白天杜丽娘小睡片刻也违反家教。为女儿请的老师也是一位思想陈腐的老学究。杜丽娘深受封建礼教的束缚。

2. 人性的觉醒。但杜丽娘的天性并没有因此而被扭曲，相反她的人性处于不断的觉醒之中。在读《诗经》时已经显露出对自己现状的不满。第一次偷入后花园更是关键。面对盛开的百花，成双的莺燕，她觉醒了，开始憧憬幸福的爱情婚姻。在现实中无法得到满足，因而她将希望寄托在了梦中出现的书生身上。

3. 至情思想。汤氏认为，情如果达到至诚的地步，生者可以死，死者复可以生，不然就不能说是情的至诚。《牡丹亭》中安排了杜丽娘的生而至死，死而复生，都是为了突显出“如丽娘者，乃可谓之有情人耳”(《牡丹亭题词》)这一点。因情而死，有因情而生。她的爱超越了生死的界限。

4. 世俗性一面。在还魂以后，杜丽娘的性格特点发生了变化，一方面，要柳梦梅追求功名；另一方面，又要求自己的婚姻以父母之命、媒妁之言的方式得到社会的认同。有人说还魂之后的杜丽娘性格显得苍白无力。但从另一个角度看，一方面，说明了杜丽娘在获得第二次生命后，对生命的珍惜；另一方面，两个杜丽娘的结合，显示了人性的复杂性。

《牡丹亭》通过杜丽娘形象的塑造，揭露了封建礼教的残酷，程朱理学“存天理，灭人欲”的虚伪与反动；反映当时青年男女对自由爱情、个性解放的强烈渴望，表现他们为实现理想不屈不挠的斗争，具有鲜明的历史意义。

《惊梦》在《牡丹亭》的结构中居于重要位置，女主人公春情始发，是整部戏的情感基础，其中的唱词《皂罗袍》历来为人所津津乐道，雅丽浓艳而不失蕴藉，情真意切，随景摇荡，充分展示了杜丽娘在游园时的情绪流转，体现出情、景、戏、思一体化的特点。

《皂罗袍》紧紧贴合主人公情绪的当前状态和发展走向进行布景。“姹紫嫣红开遍”，艳丽眩目的春园物态，予人以强烈的视觉冲击，叩开了少女的心扉，然而，主人公并非只是流连其中，只“入”而不“出”，接承第一眼春色的是少女心中幻设的虚景，她预见到浓艳富丽之春景的未来走向——“都付与断井颓垣”，残败破落的画面从另一个极端给予少女强烈的震撼。“春色如许”开启了主人公的视野，使之充满了诧异和惊喜，接踵而来的对匆匆春将归去的联想则“轰”的一声震响了少女的心房，使之充满了惊惧和无奈。

女主人公心花初放紧接着又上眉头的景象，包蕴的是无奈的情绪——“良辰美景奈何天，赏心乐事谁家院”，她在这里意识到生命的困境，换个角度看待这些唏嘘，则里面并不仅仅残存着纯粹的悲观意绪，主人公情绪跌入低谷之后，仍念念不忘“良辰美景”、“赏心乐事”、“云霞翠轩”、“烟波画船”，美好的事物始终深刻内嵌于少女的思维深处，我们不难从中窥探主人公内心深处的期待，为下一段奇遇柳梦梅、为情而死的故事找到心理依据。

在这段唱词中，从喜乐到苦痛的情绪流变紧紧扣咬着从浓艳的实景向残败的虚景的转变，读者很难剖判外在之景与内在之情的严格界限，只因在此处，景现而情发，情入而景尤存。总之，欣赏《牡丹亭》要从全方位来欣赏剧作的美，切不可只读了片段，那样绝对了解不了这部剧作的精髓。

### 思考与练习

1. 分析杜丽娘的性格特征，并说明作者是怎样刻画杜丽娘内心世界的。
2. 本折戏表达了怎样的主题？

## 雷　雨

### 作家与作品

曹禺(1910—1996)，原名万家宝，字小石，小名添甲，曹禺笔名的来源是因为本姓“万”(萬)。汉族，祖籍湖北潜江，出生在天津一个没落的封建官僚家庭里。其父曾任总统黎元洪的秘书，后赋闲在家，抑郁不得志。曹禺幼年丧母，在压抑的氛围中长大，个性苦闷而内向。三岁即随继母看戏，是一个小戏迷。1922 年，入读南开中学，并参加了南开新剧团。导师张彭春对他格外器重，他则以扮演娜拉等角色而闻名，展露表演才华。1928 年，入南开大学政治系，翌年转入清华大学西洋文学系。在校期间，继续演戏剧并攻读了大量的中外剧作，广泛涉猎欧美文学作品，特别喜欢古希腊悲剧和莎士比亚、易卜生等人的戏剧作品，这为他以后的戏剧创作打下了坚实的基础。

1933年毕业前夕，年仅23岁的曹禺，完成了处女作《雷雨》，引起轰动，继而又发表了《日出》(1936)、《原野》(1937)。他的三部曲，犹如一道道丰碑，矗立在中国的剧坛上，从而决定了曹禺在中国话剧发展史的奠基地位，被人称为“中国的莎士比亚”。1940年创作了《北京人》，并且根据巴金的同名小说成功地改编了话剧《家》。新中国成立以后，长期担任北京人民艺术剧院院长，这一时期的主要作品为历史剧《胆剑篇》(1961)和《王昭君》(1978)。

## 原文节选

【仆人下。朴园点着一支吕宋烟，看见桌上的雨衣。】

朴：(向鲁妈)这是太太找出来的雨衣吗？

鲁：(看着他)大概是的。

朴：(拿起看看)不对，不对，这都是新的。我要我的旧雨衣，你回头跟太太说。

鲁：嗯。

朴：(看她不走)你不知道这间房子底下人不准随便进来么？

鲁：(看着他)不知道，老爷。

朴：你是新来的下人？

鲁：不是的，我找我的女儿来的。

朴：你的女儿？

鲁：四凤是我的女儿。

朴：那你走错屋子了。

鲁：哦。——老爷没有事了？

朴：(指窗)窗户谁叫打开的？

鲁：哦。(很自然地走到窗户，关上窗户，慢慢地走向中门。)

朴：(看她关好窗门，忽然觉得她很奇怪)你站一站，(鲁妈停)你——你贵姓？

鲁：我姓鲁。

朴：姓鲁。你的口音不像北方人。

鲁：对了，我不是，我是江苏的。

朴：你好像有点无锡口音。

鲁：我自小就在无锡长大的。

朴：(沉思)无锡？嗯，无锡(忽而)你在无锡是什么时候？

鲁：光绪二十年，离现在有三十多年了。

朴：哦，三十年前你在无锡？

鲁：是的，三十多年前呢，那时候我记得我们还没有用洋火呢。

朴：(沉思)三十多年前，是的，很远啦，我想想，我大概是二十多岁的时候。那时候我还在无锡呢。

鲁：老爷是那个地方的人？

朴：嗯，(沉吟)无锡是个好地方。

鲁：哦，好地方。

朴：你三十年前在无锡么？

鲁：是，老爷。

朴：三十年前，在无锡有一件很出名的事情——

鲁：哦。

朴：你知道么？

鲁：也许记得，不知道老爷说的是哪一件？

朴：哦，很远的，提起来大家都忘了。

鲁：说不定，也许记得的。

朴：我问过许多那个时候到过无锡的人，我想打听打听。可是那个时候在无锡的人，到现在不是老了就是死了，活着的多半是不知道的，或者忘了。

鲁：如若老爷想打听的话，无论什么事，无锡那边我还有认识的人，虽然许久不通音信，托他们打听点事情总还可以的。

朴：我派人到无锡打听过。——不过也许凑巧你会知道。三十年前在无锡有一家姓梅的。

鲁：姓梅的？

朴：梅家的一个年轻小姐，很贤慧，也很规矩，有一天夜里，忽然地投水死了，后来，后来，——你知道么？

鲁：不敢说。

朴：哦。

鲁：我倒认识一个年轻的姑娘姓梅的。

朴：哦？你说说看。

鲁：可是她不是小姐，她也不贤慧，并且听说是不大规矩的。

朴：也许，也许你弄错了，不过你不妨说说看。

鲁：这个梅姑娘倒是有一天晚上跳的河，可是不是一个，她手里抱着一个刚生下三天的男孩。听人说她生前是不规矩的。

朴：(苦痛)哦！

鲁：这是个下等人，不很守本分的。听说她跟那时周公馆的少爷有点不清白，生了两个儿子。生了第二个，才过三天，忽然周少爷不要了她，大孩子就放在周公馆，刚生的孩子抱在怀里，在年三十夜里投河死的。

朴：(汗涔涔地)哦。

鲁：她不是小姐，她是无锡周公馆梅妈的女儿，她叫侍萍。

朴：(抬起头来)你姓什么？

鲁：我姓鲁，老爷。

朴：(喘出一口气，沉思地)侍萍，侍萍，对了。这个女孩子的尸首，说是有一个穷人见着埋了。你可以打听得她的坟在哪儿么？

鲁：老爷问这些闲事干什么？

朴：这个人跟我们有点亲戚。

鲁：亲戚？

朴：嗯，——我们想把她的坟墓修一修。

鲁：哦——那用不着了。

朴：怎么？

鲁：这个人现在还活着。

朴：(惊愕)什么？

鲁：她没有死。

朴：她还在？不会吧？我看见她河边上的衣服，里面有她的绝命书。

鲁：不过她被一个慈善的人救活了。

朴：哦，救活啦？

鲁：以后无锡的人是没见着她，以为她那夜晚死了。

朴：那么，她呢？

鲁：一个人在外乡活着。

朴：那个小孩呢？

鲁：也活着。

朴：(忽然立起)你是谁？

鲁：我是这儿四凤的妈，老爷。

朴：哦。

鲁：她现在老了，嫁给一个下等人，又生了个女孩，境况很不好。

朴：你知道她现在在哪儿？

鲁：我前几天还见着她！

朴：什么？她就在这儿？此地？

鲁：嗯，就在此地。

朴：哦！

鲁：老爷，你想见一见她么？

朴：不，不，谢谢你。

鲁：她的命很苦。离开了周家，周家少爷就娶了一位有钱有门第的小姐。她一个单身人，无亲无故，带着一个孩子在外乡什么事都做，讨饭，缝衣服，当老妈，在学校里伺候人。

朴：她为什么不再找到周家？

鲁：大概她是不愿意吧？为着她自己的孩子，她嫁过两次。

朴：以后她又嫁过两次？

鲁：嗯，都是很下等的人。她遇人都很不如意，老爷想帮一帮她么？

朴：好，你先下去。让我想一想。

鲁：老爷，没有事了？(望着朴园，眼泪要涌出)老爷，您那雨衣，我怎么说？

朴：你去告诉四凤，叫她把我樟木箱子里那件旧雨衣拿出来，顺便把那箱子里的几件旧衬衣也捡出来。

鲁：旧衬衣？

朴：你告诉她在我那顶老的箱子里，纺绸的衬衣，没有领子的。

鲁：老爷那种纺绸衬衣不是一共有五件？您要哪一件？

朴：要哪一件？

鲁：不是有一件，在右袖襟上有个烧破的窟窿，后来用丝线绣成一朵梅花补上的？还有一件，——

朴：（惊愕）梅花？

鲁：还有一件绸衬衣，左袖襟也绣着一朵梅花，旁边还绣着一个萍字。还有一件，——

朴：（徐徐立起）哦，你，你，你是——

鲁：我是从前伺候过老爷的下人。

朴：哦，侍萍！（低声）怎么，是你？

鲁：你自然想不到，侍萍的相貌有一天也会老得连你都不认识了。

朴：你——侍萍？（不觉地望望柜上的相片，又望鲁妈。）

鲁：朴园，你找侍萍么？侍萍在这儿。

朴：（忽然严厉地）你来干什么？

鲁：不是我要来的。

朴：谁指使你来的？

鲁：（悲愤）命！不公平的命指使我来的。

朴：（冷冷地）三十年的工夫你还是找到这儿来了。

鲁：（愤怨）我没有找你，我没有找你，我以为你早死了。我今天没想到到这儿来，这是天要我在这儿又碰见你。

朴：你可以冷静点。现在你我都是有子女的人，如果你觉得心里有委屈，这么大年级，我们先可以不必哭哭啼啼的。

鲁：哭？哼，我的眼泪早哭干了，我没有委屈，我有的是恨，是悔，是三十年一天一天我自己受的苦。你大概已经忘了你做的事了！三十年前，过年三十的晚上我生下你的第二个儿子才三天，你为了要赶紧娶那位有钱有门第的小姐，你们逼着我冒着大雪出去，要我离开你们周家的门。

朴：从前的恩怨，过了几十年，又何必再提呢？

鲁：那是因为周大少爷一帆风顺，现在也是社会上的好人物。可是自从我被你们家赶出来以后，我没有死成，我把我的母亲可给气死了，我亲生的两个孩子你们家里逼着我留在你们家里。

朴：你的第二个孩子你不是已经抱走了么？

鲁：那是你们老太太看着孩子快死了，才叫我抱走的。（自语）哦，天哪，我觉得我像在做梦。

朴：我看过去的事不必再提起来吧。

鲁：我要提，我要提，我闷了三十年了！你结了婚，就搬了家，我以为这一辈子也见不着你了；谁知道我自己的孩子个个命定要跑到周家来，又做我从前在你们家做过的事。

朴：怪不得四凤这样像你。

鲁：我伺候你，我的孩子再伺候你生的少爷们。这是我的报应，我的报应。

朴：你静一静。把脑子放清醒点。你不要以为我的心是死了，你以为一个人做了一件于心不忍的事就会忘了么？你看这些家具都是你从前顶喜欢的动向，多少年我总是留着，为着纪念你。

鲁：（低头）哦。

朴：你的生日——四月十八——每年我总记得。一切都照着你是正式嫁过周家的人看，甚至于你因为生萍儿，受了病，总要关窗户，这些习惯我都保留着，为的是不忘你，弥补我的罪过。

鲁：（叹一口气）现在我们都是上了年纪的人，这些傻话请你不必说了。

朴：那更好了。那么我见可以明明白白地谈一谈。

鲁：不过我觉得没有什么可谈的。

朴：话很多。我看你的性情好像没有大改，——鲁贵像是个很不老实的人。

鲁：你不明白。他永远不会知道的。

朴：那双方面都好。再有，我要问你的，你自己带走的儿子在哪儿？

鲁：他在你的矿上做工。

朴：我问，他现在在哪儿？

鲁：就在门房等着见你呢。

朴：什么？鲁大海？他！我的儿子？

鲁：他的脚趾头因为你的不小心，现在还是少一个的。

朴：（冷笑）这么说，我自己的骨肉在矿上鼓励罢工，反对我！

鲁：他跟你现在完完全全是两样的人。

朴：（沉静）他还是我的儿子。

鲁：你不要以为他还会认你做父亲。

朴：（忽然）好！痛痛快快地！你现在要多少钱吧？

鲁：什么？

朴：留着你养老。

鲁：（苦笑）哼，你还以为我是故意来敲诈你，才来的么？

朴：也好，我们暂且不提这一层。那么，我先说我的意思。你听着，鲁贵我现在要辞退的，四凤也要回家。不过——

鲁：你不要怕，你以为我会用这种关系来敲诈你么？你放心，我不会的。大后天我就会带四凤回到我原来的地方。这是一场梦，这地方我绝对不会再住下去。

朴：好得很，那么一切路费，用费，都归我担负。

鲁：什么？

朴：这于我的心也安一点。

鲁：你？（笑）三十年我一个人都过了，现在我反而要你的钱？

朴：好，好，好，那么你现在要什么？

鲁：（停一停）我，我要点东西。

朴：什么？说吧？

鲁：（泪满眼）我——我只要见见我的萍儿。

朴：你想见他？

鲁：嗯，他在哪儿？

朴：他现在在楼上陪着他的母亲看病。我叫他，他就可以下来见你。不过是——

鲁：不过是什么？

朴：他很大了。

鲁：（追忆）他大概是二十八了吧？我记得他比大海只大一岁。

朴：并且他以为他母亲早就死了的。

鲁：哦，你以为我会哭哭啼啼地叫他认母亲么？我不会那么傻的。我难道不知道这样的母亲只给自己的儿子丢人么？我明白他的地位，他的教育，不容他承认这样的母亲。这些年我也学乖了，我只想看看他，他究竟是我生的孩子。你不要怕，我就是告诉他，白白地增加他的烦恼，他自己也不愿意认我的。

朴：那么，我们就这样解决了。我叫他下来，你看一看他，以后鲁家的人永远不许再到周家来。

鲁：好，希望这一生不至于再见你。

朴：（由衣内取出皮夹的支票签好）很好，这一张五千块钱的支票，你可以先拿去用。算是弥补我一点罪过。

鲁：（接过支票）谢谢你。（慢慢撕碎支票）

朴：侍萍。

鲁：我这些年的苦不是你那钱就算得清的。

朴：可是你——

[外面争吵声。鲁大海的声音："放开我，我要进去。"三四个男仆声："不成，不成，老爷睡觉呢。"门外有男仆等与大海的挣扎声。]

朴：（走至中门）来人！（仆人由中门进）谁在吵？

仆人：就是那个工人鲁大海！他不讲理，非见老爷不可。

朴：哦。（沉吟）那你叫他进来吧。等一等，叫人到楼上请大少爷下楼，我有话问他。

仆人：是，老爷。

[仆人由中门下。]

朴：（向鲁妈）侍萍，你不要太固执。这一点钱你不收下，将来你会后悔的。

鲁：（望着他，一句话也不说。）

[仆人领着大海进，大海站在左边，三四仆人立一旁。]

大：（见鲁妈）妈，您还在这儿？

朴：（打量鲁大海）你叫什么名字？

大：（大笑）董事长，您不要向我摆架子，您难道不知道我是谁么？

朴：你？我只知道你是罢工闹得最凶的工人代表。

大：对了，一点儿也不错，所以才来拜望拜望您。

朴：你有什么事吧？

大：董事长当然知道我是为什么来的。

朴：（摇头）我不知道。

大：我们老远从矿上来，今天我又在您府上大门房里从早上六点钟一直等到现在，我就是要问问董事长，对于我么工人的条件，究竟是允许不允许？

朴：哦，那么——那么，那三个代表呢？

大：我跟你说吧，他们现在正在联络旁的工会呢。

朴：哦，——他们没告诉旁的事情么？

大：告诉不告诉于你没有关系。——我问你，你的意思，忽而软，忽而硬，究竟是怎么回子？

[周萍由饭厅上，见有人，即想退回。]

朴：（看萍）不要走，萍儿！（视鲁妈，鲁妈知萍为其子，眼泪汪汪地望着他。）

萍：是，爸爸。

朴：（指身侧）萍儿，你站在这儿。（向大海）你这么只凭意气是不能交涉事情的。

大：哼，你们的手段，我都明白。你们这样拖延时候不就是想去花钱收买少数不要脸的败类，暂时把我们骗在这儿。

朴：你的见地也不是没有道理。

大：可是你完全错了。我们这次罢工是有团结的，有组织的。我们代表这次来并不是来求你们。你听清楚，不求你们。你们允许就允许；不允许，我们一直罢工到底，我们知道你们不到两个月整个地就要关门的。

朴：你以为你们那些代表们，那些领袖们都可靠吗？

大：至少比你们只认识洋钱的结合要可靠得多。

朴：那么我给你一件东西看。

[朴园在桌上找电报，仆人递给他；此时周冲偷偷由左书房进，在旁偷听。]

朴：（给大海电报）这是昨天从矿上来的电报。

大：（拿过去看）什么？他们又上工了。（放下电报）不会，不会。

朴：矿上的工人已经在昨天早上复工，你当代表的反而不知道么？

大：（惊，怒）怎么矿上警察开枪打死三十个工人就白打了么？（又看电报，忽然笑起来）哼，这是假的。你们自己假作的电报来离间我们的。（笑）哼，你们这种卑鄙无赖的行为！

萍：（忍不住）你是谁？敢在这儿胡说？

朴：萍儿！没有你的话。（低声向大海）你就这样相信你那同来的代表么？

大：你不用多说，我明白你这些话的用意。

朴：好，那我把那复工的合同给你瞧瞧。

大：（笑）你不要骗小孩子，复工的合同没有我们代表的签字是不生效力的。

朴：哦，（向仆）合同！（仆由桌上拿合同递他）你看，这是他们三个人签字的合同。

大：（看合同）什么？（慢慢地，低声）他们三个人签了字。他们怎么会不告诉我就签了字呢？他们就这样把我不理啦？

朴：对了，傻小子，没有经验只会胡喊是不成的。

大：那三个代表呢？

朴：昨天晚车就回去了。

大：（如梦初醒）他们三个就骗了我了，这三个没有骨头的东西，他们就把矿上的工人们卖了。哼，你们这些不要脸的董事长，你们的钱这次又灵了。

萍：（怒）你混账！

朴：不许多说话。（回头向大海）鲁大海，你现在没有资格跟我说话——矿上已经把你开除了。

大：开除了？

冲：爸爸，这是不公平的。

朴：（向冲）你少多嘴，出去！（冲由中门走下）

大：哦，好，好，（切齿）你的手段我早就领教过，只要你能弄钱，你什么都做得出来。

你叫警察杀了矿上许多工人，你还——

朴：你胡说！

鲁：（至大海前）别说了，走吧。

大：哼，你的来历我都知道，你从前在哈尔滨包修江桥，故意在叫江堤出险——

朴：（低声）下去！

［仆人等拉他，说“走！走！”］

大：（对仆人）你们这些混账东西，放开我。我要说，你故意淹死了二千二百个小工，每一个小工的性命你扣三百块钱！姓周的，你发的是绝子绝孙的昧心财！你现在还——

萍：（忍不住气，走到大海面前，重重地打他两个嘴巴。）你这种混账东西！（大海立刻要还手，倒是被周宅的仆人们拉住。）打他。

大：（向萍高声）你，你（正要骂，仆人一起打大海。大海头流血。鲁妈哭喊着护大海。）

朴：（厉声）不要打人！（仆人们停止打大海，仍拉着大海的手。）

大：放开我，你们这一群强盗！

萍：（向仆人）把他拉下去。

鲁：（大哭起来）哦，这真是一群强盗！（走至萍前，抽咽）你是萍，——凭，——凭什么打我的儿子？

萍：你是谁？

鲁：我是你的——你打的这个人的妈。

大：妈，别理这东西，您小心吃了他们的亏。

鲁：（呆呆地看着萍的脸，忽而又大哭起来）大海，走吧，我们走吧。（抱着大海受伤的头哭。）

萍：（过意不去地）父亲。

朴：你太鲁莽了。

萍：可是这个人不应该乱侮辱父亲的名誉啊。

[半晌。]

朴：克大夫给你母亲看过了么？

萍：看完了，没有什么。

朴：哦，（沉吟，忽然）来人！

[仆人由中门上。]

朴：你告诉太太，叫她把鲁贵跟四凤的工钱算清楚，我已经把他们辞了。

仆人：是，老爷。

萍：怎么？他们两个怎么样了？

朴：你不知道刚才这个工人也姓鲁，他就是四凤的哥哥么？

萍：哦，这个人就是四凤的哥哥？不过，爸爸——

朴：（向下人）跟太太说，叫账房跟鲁贵同四凤多算两个月的工钱，叫他们今天就去。去吧。

[仆人由饭厅下。]

萍：爸爸，不过四凤同鲁贵在家里都很好。很忠诚的。

朴：哦，（呵欠）我很累了。我预备到书房歇一下。你叫他们送一碗浓一点的普洱茶来。

萍：是，爸爸。

[朴园由书房下。]

萍：（叹一口气）嗨！（急由中门下，冲适由中门上。）

冲：（着急地）哥哥，四凤呢？

萍：我不知道。

冲：是父亲要辞退四凤么？

萍：嗯，还有鲁贵。

冲：即使她的哥哥得罪了父亲，我们不是把人家打了么？为什么欺负这么一个女孩子干什么？

萍：你可问父亲去。

冲：这太不讲理了。

萍：我也这样想。

冲：父亲在哪儿？

萍：在书房里。

[冲走至书房，萍在屋里踱来踱去。四凤由中门走进，颜色苍白，泪还垂在眼角。]

萍：（忙走至四凤前）四凤，我对不起你，我实在不认识他。

四：（用手摇一摇，满腹说不出的话。）

萍：可是你哥哥也不应该那样乱说话。

四：不必提了，错得很。（即向饭厅去）

萍：你干什么去？

四：我收拾我自己的东西去。再见吧，明天你走，我怕不能见你了。

萍：不，你不要去。(拦住她)

四：不，不，你放开我。你不知道我们已经叫你们辞了么？

萍：(难过)凤，你——你饶恕我么？

四：不，你不要这样。我并不怨你，我知道早晚是有这么一天的，不过，今天晚上你千万不要来找我。

萍：可是，以后呢？

四：那——再说吧！

萍：不，四凤，我要见你，今天晚上，我一定要见你，我有许多话要同你说。四凤，你……

四：不，无论如何，你不要来。

萍：那你想旁的法子来见我。

四：没有旁的法子。你难道看不出这是什么情形么？

萍：要这样，我是一定要来的。

四：不，不，你不要胡闹，你千万不……

[繁漪由饭厅上。]

四：哦，太太。

繁：你们在那儿啊！(向四凤)等一会，你的父亲叫电灯匠就回来。什么东西，我可以交给他带回去。也许我派人跟你送去——你家住在什么地方？

四：杏花巷十号。

繁：你不要难过，没事可以常来找我。送你的衣服，我回头叫人送到你那里去。是杏花巷十号吧？

四：是，谢谢太太。

[鲁妈在外面叫“四凤！四凤”！]

四：妈，我在这儿。

[鲁妈由中门上。]

鲁：四凤，收拾收拾零碎的东西，我们先走吧。快下大雨了。

四：是，妈妈。

鲁：(向繁漪)太太，我们走了。(向四凤)四凤，你跟太太谢谢。

四：(向太太请安)太太，谢谢！(含着眼泪看萍，萍缓缓地转过头去。)

[鲁妈与四凤由中门下，风雷声更大。]

繁：萍，你刚才同四凤说的什么？

萍：你没有权力问。

繁：萍，你不要以为她会了解你。

萍：这是什么意思？

繁：你不要再骗我，我问你，你说要到哪儿去？

萍：用不着你问。请你自己放尊重一点。

繁：你说，你今天晚上预备上哪儿去？

萍：我——(突然)我找她。你怎么样？

繁：(惘吓地)你知道她是谁，你是谁么？

萍：我不知道，我只知道我现在真喜欢她，她也喜欢我。过去这些日子，我知道你早明白的很，现在你既然愿意说破，我当然不必瞒你。

繁：你受过这样高等教育的人现在同这么一个底下人的女儿，这是一个下等女人——

萍：(爆烈)你胡说！你不配说她下等，你不配，她不像你，她——

繁：(冷笑)小心，小心！你不要把一个失望的女人逼得太狠了，她是什么事都做得出来的。

萍：我已经打算好了。

繁：好，你去吧！小心，现在(望窗外，自语，暗示着恶兆地)风暴就要起来了！

萍：(领悟地)谢谢你，我知道。

## 导读与鉴赏

巴金曾说过：《雷雨》是一部不但可以演，也可以读的剧本。我在看完《雷雨》后也认为这部剧本值得一读。《雷雨》确是才华横溢之作，在戏剧艺术上真的达到了完美之境界。

矛盾冲突是曹禺戏剧结构的核心，《雷雨》最让人记忆深刻的也是它的戏剧冲突。戏剧冲突，是指最足以展示人物性格、人物关系，反映社会生活本质特征、高度典型化的矛盾冲突；在《雷雨》中，表现为多方面：戏剧线索的明暗交互，决定着《雷雨》的戏剧冲突；人物关系的错综复杂，体现出《雷雨》的戏剧冲突；从属阶级的尖锐对立，昭示着戏剧冲突；人物心理的跌宕起伏，展示了《雷雨》的戏剧冲突。戏剧不懂得平静过日子，它需要不断掀起冲突的浪潮，使人物在相互冲突中撞击出性格的火花。大凡读过《雷雨》的读者，在面对剧中人物错综复杂的关系和尖锐的冲突时，定为剧情的跌宕起伏所折服，为人物角色最终悲哀凄凉的结果所叹息。这部剧作在两个场景，不到一小时的时间内，向读者集中展示了周、鲁两家三十年的恩怨情仇和关于人世间爱情、亲情的苦辣酸甜。作者确实独具匠心，笔法高超。《雷雨》是一出两代人的悲剧。剧作家在表现人物生存的悲剧命运的时候，主要是通过强烈的戏剧冲突来实现的。《雷雨》的冲突设置在其自身的特色中起承转合达到极致。《雷雨》的戏剧冲突具有夏日雷雨的征候。开始是郁闷燥热，乌云聚合，继而有隐隐的雷声，有归依的闪电煽动着渐趋紧张的空气，忽地，天地间万物止息，纹丝不动，静极了静极了，就在人刚刚觉察到异样还来不及思忖，当头响起了一个炸雷，电闪雷鸣，雨横风狂，宇宙发怒了。达到此种戏剧效果全凭剧作家牵动剧中人物之间“危险”的关系。曹禺说：“写戏主要是写‘人’。”雷雨中每个人都有自己独特的性格特征，这些激烈的尖锐的性格特征聚集在一起，通过相互摩擦，自然而然地推动了情节的发展，同时在锐化这些性格上的矛盾，或是升华，就促成了戏剧冲突恰如其分地表达了艺术的张力。《雷雨》是个性化很强的作品。

在《雷雨》第二幕中，鲁、周两家三十年的新仇旧恨得到集中的反映，是全剧的精华。第二幕的前半部分，是周朴园和侍萍之间的“相认”。一上场，侍萍就认出了周朴园，而周朴园却没有认出侍萍。于是，这种一明一暗的关系，一下子就扣住了读者的心。从周朴园那些发号施令、居高临下的语言以及当他怀念起侍萍时的“沉吟”“苦痛”的表情中，不难看出他是个地位高、权势大的“尊者”，而且似乎是个多情的人物。在侍萍的话里，也可以发现，她虽然看透了周朴园，仍希望周朴园能认出她。看来，好像这两方面冲突不起来了。然而，周朴园的情感毕竟是虚伪的。当他发现侍萍还活着，很可能会影响他的名誉、地位时，他马上厉声斥问侍萍“来干什么”，“谁指使你来的”，继而企图以他认为是万能的金钱打动侍萍，周朴园虚伪、冷酷的面貌至此暴露无遗。可是，侍萍是有骨气的。她看也没看，就将支票撕得粉碎，说：“我这些年的苦不是你拿钱算得清的。”明示周朴园：金钱弥补不了罪过！表现出对资产阶级金钱至上的蔑视。侍萍和周朴园的冲突，反映了被侮辱被损害的下层人民同剥削阶级势力的斗争。后半部分，鲁大海的出场，展开了工人阶级与封建资产阶级的矛盾冲突。鲁大海站在周朴园面前，父子不相认。因为，鲁大海直接威胁到周朴园的切身利益。

另外蕴含着丰富的潜台词也是曹禺惯用的手法，在《雷雨》中，优秀的潜台词比比皆是，如：大海打周萍时所说的“你准备好了”？就是指你是准备好跑了呢，还是准备好挨打了呢？曹禺的语言也是抒情、诗意的。曹禺在创作中运用了一些诗的语言技法如比喻、象征、含蓄等的综合运用，使他的戏剧语言具有浓厚的抒情性。在剧本中，曹禺喜欢对他所描绘的人物进行外貌、性格和身世的具体描述，对人物生活的场景作详细的说明和描绘。这种语言如同叙事诗一般，具有浓厚的抒情性。那像诗一样的语言，具有浓厚的抒情性，意蕴深厚，发人深思，耐人寻味，达到情景交融的艺术效果。曹禺决不是孤立地、静止地撰写人物台词，而是让人物身临其境地讲话，将刻画人物内心活动的台词同舞台效果、布景的描绘紧紧地联系在一起，产生强烈的戏剧效果。《雷雨》便是当作诗来写的，其中的许多台词准确地展现了人物的性格，抒发了人物的内心情感。繁漪是一个“五四”以后的资产阶级女性，聪明、美丽，有追求自由和爱情的要求；但任性而脆弱，热情而孤独，饱受精神折磨，渴望摆脱自己的处境而又只能屈从这样的处境，正像作者所说，她陷入了“一口残酷的井”。繁漪在第二幕中那段著名的独白，简直就是一首贮满愤懑与渴望的诗：热极了，闷极了，这里真是再也不能住的。我希望我今天变成火山的口、热烈烈地冒一次，什么我都烧个干净，当时我就再掉在冰川里，冻成死灰，一生只热热地烧一次，也就算够了。我过去的是完了，希望大概也是死了的。哼，什么我都预备好了，来吧，恨我的人，来吧，叫我失望的人，叫我忌妒的人，都来吧，我在等候着你们。繁漪在“宇宙残酷的井里”拼死攀援的艰辛与焦灼、压抑与烦闷，“爱起你来像一团火”，“恨起你来也像一团火”的炽烈阴鸷的个性也都熔铸在这诗里。

曹禺在把欧洲近代戏剧的写作技巧运用于中国的话剧创作，在表现中国社会现实方面；在塑造鲜明独特的人物形象，特别是女性形象方面；在使剧本富于激情和诗意，特别是悲剧艺术的建树方面；在把生活中的口语加工成文学语言，使对话艺术趋向完美方面，以及在使剧本同时具有可读性和可演性等方面，都取得了重大的成就。《雷雨》的出现昭示着中国有了第一部可与外国经典戏剧比肩的作品。

## 思考与练习

1. 从和鲁大海的激烈冲突中，可以看出周朴园哪些性格特征？
2. 在鲁侍萍讲述往事的过程中，周朴园经历了怎样的心理变化？

# 哈姆雷特

## 作家与作品

威廉·莎士比亚(William Shakespeare，1564—1616)，欧洲文艺复兴时期英国最重要的作家，杰出的戏剧家和诗人。他创作了大量脍炙人口的文学作品，在欧洲文学史上占有特殊的地位，被喻为“人类文学奥林匹斯山上的宙斯”，剧作主要有《哈姆雷特》《李尔王》《麦克白》《奥赛罗》。他跟古希腊三大悲剧家埃斯库罗斯(Aeschylus)、索福克里斯(Sophocles)及欧里庇得斯(Euripides)，合称为戏剧史上四大悲剧家。《哈姆雷特》是其著名悲剧之一，是莎士比亚最负盛名的剧本，同《麦克白》《李尔王》和《奥赛罗》一起组成莎士比亚“四大悲剧”。在《哈姆雷特》中，复仇的故事中交织着爱恨情愁。

## 原文节选

以下哈姆雷特简称哈，雷欧提斯简称雷，国王简称王，奥菲利亚简称奥，霍拉旭简称霍。

哈：(对雷欧提斯)
请原谅我，先生，我得罪了你；
请原谅我，因你是位绅士。
在座的诸位都晓得，你也必曾听闻，我患有严重的疯症。
我所做的，伤害了你的感情与荣誉，使你怀恨在心；
但是，现在我要说，那是我的疯症所为。
对不起雷欧提斯的，是哈姆雷特吗？不，绝对不是哈姆雷特！
倘若哈姆雷特丧失了他的心志，
然后他不由自主地去做了一些对不起雷欧提斯之事，
那么，这些事情不是哈姆雷特所干的，
而哈姆雷特也不会承认。
但是，这些事情是谁干的呢？就是哈姆雷特的疯症所干的！
既是如此，那么，哈姆雷特本身也就是一个受害者，
而他的疯症也是可怜的哈姆雷特之敌人。
先生，我现在要在诸位观众的面前郑重声明，我并无蓄意为恶，
希望由此能得到你的宽宏谅解，
让你能明白，我是在无意中把箭矢射越了屋脊，

而伤害到了我的一位弟兄。
雷：以我的受创感情而言——光仗着它就足够使一人去图谋报复——
我已满足了。
但是，以我的荣誉而言，为了维护其完整，我仍是冷漠无衷。
未经大众敬仰的父老们调停判决此事之前，我是无法平息此恨的。
不过，在那之前，我能领会你的表白，
晓得它乃出自诚意，而不会去辜负它的。
哈：我乐意地接受此言，并以兄弟之情展开这场竞赛。
取剑来罢！
雷：来，也给我一柄。
哈：把我当做你挥耍之剑吧，雷欧提斯！
依我之庸才，你的技艺必能如黑夜之明星，大放其光彩。
雷：先生取笑了！
哈：我发誓没有。
王：拿剑来给他们罢，奥斯力克。
哈姆雷特爱侄，你懂得赌规吗？
哈：懂得，主公。
您已下注在实力较弱的那一方。
王：我并不为此忧虑；
我曾领教过你们二位的剑技，
既然他的实力近来大有进步，所以他按赌规应让你数招。
雷：（发觉他拿的不是毒剑）这柄太重了，让我试试另一把。
哈：（挥耍他的剑）这柄很适合我。
这些剑都是一般长吗？
奥：是的，我的好殿下。
[二人准备开始竞赛。侍从们端酒出来]
王：请把这盅酒摆在那桌上；
倘若哈姆雷特击中第一或第二回，或在第三回合里取得胜利而停赛，
那么，炮台之炮将一齐鸣放，朕也将敬酒为他祝贺，
并将在杯中投入一颗珍珠，
它比我国四位先王皇冠上所戴之珍珠还更名贵。
拿酒来吧！让隆隆的鼓声传信于号角，号角传信于炮手，
炮手传信于苍天，苍天再传信于大地：本王今日将为哈姆雷特开怀痛饮！
来，开始罢！裁判们，请看好。
哈：来罢，先生！
雷：来呀，殿下。
[开始斗剑]
哈：着！

雷：没中！
哈：裁判！
奥：击中了，显然地击中了。
雷：好罢，再来！{作手示要再赛}
王：稍候，把酒给我。{自己先喝一大口}
哈姆雷特，这颗珍珠是属于你的，祝你健康！{投毒药于杯中}
[鼓、号、炮声齐鸣]
{对侍从}把杯子端给他。
哈：请暂且把它搁在一边，让我先斗完这回再说。
[又开始斗剑]
又中了！你怎么说？
雷：被你点中了，我承认，被你轻轻地点中了。
王：吾子将胜啰……
后：他体胖气急；
来呀，哈姆雷特，用我的手帕去擦你的额头。
哈姆雷特，母后为你的好运敬酒！（举毒酒至唇欲引）
哈：谢母后！
王：乔特鲁德，别喝！
后：我想喝，对不起。
[喝口酒后捧杯给哈姆雷特]
王：[私下]那是毒酒，已太迟了……
哈：{对皇后}我现在还不敢喝，母亲，待会儿再说。
后：来，让娘擦你脸上的汗水。
雷：{对国王}主公，这回我会击中他的。
王：我看不见得。
雷：[私下]虽然我的良心使我几乎下不了手！
哈：来第三回合罢，雷欧提斯，别浪费时间了；
使出你的全力罢，我怀疑你只是在消遣我呢。
雷：你以为？来吧！
{他们三度交锋，纠缠于一团；奥斯力克用力地把他们扯开}
奥：双方打个平手。
雷：去你的！{雷欧提斯在乱中趁哈姆雷特不备，刺哈姆雷特一剑}
[哈姆雷特因被雷欧提斯偷袭而受伤，所以怒火填胸，持剑猛攻。
一阵混乱中，双方的剑都落在地上，然后各方把对方的剑捡起]
王：把他们扯开，他们恼怒了！
哈：不，再来罢！
[哈姆雷特持毒剑刺伤雷欧提斯；皇后也在同时毒性发作倒于地上]
奥：大家看看皇后，别斗了！

霍：双方都在淌血！
{对哈姆雷特}
您还好吗，殿下？
奥：您怎么样，雷欧提斯？
雷：就像只自投罗网的小鸟，奥斯力克，
我活该被自设的诡计害死。
哈：皇后怎么啦？
王：她见血就晕过去了。
后：不，不……那酒，那酒！喔，我的亲爱的哈姆雷特，
那酒，那酒，我中毒了……
[皇后死]
哈：唉哟！狠毒呀！
停止一切，把门栓上；
奸计，露出你的面孔罢！
[奥斯力克出]
雷：它就在此，哈姆雷特；
哈姆雷特呀，你已经死定了！
天下再好之良药对你也无效，你将活不过半个时辰。
奸诈之凶器正握在你的手中；它未上护套，并涂有毒汁；
这宗诡计已转过头来害了我自己；
你看，我躺在此，将永远不能再起。
你的母亲也被下毒了；我已无能再说了。国王……国王就是罪人……
哈：剑尖也涂了毒药？那么，去发挥你的毒性罢！
[持毒剑猛刺国王]
全体人：叛国！叛国！
王：{重伤垂危}喔，朋友们，求你们救救我罢，我受伤了。
哈：去罢，你这个乱伦、杀人、该死的丹麦王，
去痛饮你的这剂药罢！你的珍珠还在里头吗？
尾随我的母亲去罢！
[强迫重伤的国王喝鸩酒；国王死]
雷：这是他的报应，鸩酒是他调的。
高贵的哈姆雷特呀，让我们来互换宽恕罢：
我不怪你杀死我和我父亲，你也勿怪我把你杀死。
[雷欧提斯死]
哈：天堂会赦免你的；我也会马上跟随你去的。
我将死了，霍拉旭。
可怜的皇后，再会罢。
{对众臣}

你们有人面色苍白，有人为此惨变战栗，
但是，你们只是无言的旁观者；
只要我能够有时间，我能告诉你们……啊，不管这些了；
可怖的死神真是个毫不留情的捕快！
霍拉旭，我死了，你尚活着；
请你把我的故事告诉给那些不知底细的民众们。
霍：别提这些了；
我虽身为丹麦人，但是我的内心却像个古罗马人。
这里还有些剩酒……{拿起剩下的毒酒欲饮}
哈：你是个男子汉，把杯子给我！　{与霍拉旭争夺酒杯}
放开！老天，把它给我！　　　　{打翻霍拉旭手中的酒杯}
神呀，如果无人能来揭发此事之真相，那么，
我的留名将多么地受到损害！
倘若你曾爱我，那就请你暂且牺牲天国之幸福，
留在这冷酷的世界里去忍痛告诉世人我的故事罢。
[远处传来军歌与炮声]
那是什么声音？
[奥斯力克入]
奥：福丁布拉斯，远征波兰后班师回朝，为英国大使鸣炮行礼。
哈：喔，我将死了，霍拉旭；
剧毒已经克服了我的灵魂，我将无法活着听到来自英国之消息；
不过，我预测福丁布拉斯将被推举为丹麦王；
他已得到我这垂死之人的赞许；
请告诉他这里所发生之一切事故。
其余的，仅是宁静……　　[哈姆雷特死]

## 导读与鉴赏

哈姆雷特是文艺复兴时期人文主义者的理想人物。他是王子，按照传统，是王权的当然继承者。但是，他的美好前途被颠倒了的时代颠倒了。戏一开头，作者就展现了一幅丑恶的社会画面：国家发生宫廷政变，国王被害，阴谋家窃取了王位；王后改嫁；满朝臣子趋炎附势，等等。世界仿佛到了末日。于是这个王子喊出了“时代整个儿脱节了”的吼声。人们强烈地感受到这是“时代的灵魂”本身在呼喊。哈姆雷特本是个正直、乐观、有理想的青年，在正常的环境下，他可以成为一位贤明君主；但是现实的社会迫使他不得不装疯卖傻，进行复仇。他是英国那个特定的动荡不安时代的产物。

在《哈姆雷特》这部戏剧中，处处可以看出作者着意把自己心目中的典型人物塑造成一个英雄形象的匠心：哈姆雷特很有心计，在敌强我弱的恶劣情况下，他敢于针锋相对地进行斗争，他击破了奸王设下的一个个圈套：先是戳穿了波洛涅斯和罗森克兰

等人进行刺探和监视的把戏；又使王后发现天良；接着采用“调包计”除掉了奸王的两个走卒，把奸王借刀杀人的阴谋击得粉碎；最后以其人之道还治其人之身，把双重陷阱毒剑和毒酒还给了奸王。在每一回合的斗争中，哈姆雷特都显得形象高大。所以有评论说，《哈姆雷特》是一出巨人型的悲剧，此话不无道理。但哈姆雷特绝非“完人”，他虽然善于思索，却优柔寡断；他虽然受到人民的爱戴，却并不相信人民。他说：“时代变得越发不像样子，一个农民的脚趾竟然这么靠近一个朝臣的脚后跟，擦伤了后者的冻疮。”可见哈姆雷特的社会改革与农民所要求的变革相距甚远。尽管哈姆雷特有令人钦佩的才能，竭力想除旧布新，但他总是郁郁不乐，迟疑不决，他始终是孤立的。这就注定了他与丑恶同归于尽的悲惨命运。总之，《哈姆雷特》是一出人文主义思想家的悲剧，是欧洲文艺复兴土壤里长出来的一朵长开不败的艺术之花，直至今天，还在散发出它所特有的馨香。

莎士比亚的悲剧既是社会的悲剧又是性格的悲剧。《哈姆雷特》中体现得很明显，哈姆雷特接受了雷欧提斯的挑战时，已经预感到自己的死亡，然而他却说：“一只雀子的死生都是命运预先注定的。”“一个人既然在离开世界的时候不知道会留下些什么，那么早早脱身而去，不是更好吗？”面对虚无的未来和无力改变的现实，哈姆雷特选择了迎向死亡。纵观整部作品，可以看到哈姆雷特一直游离于复仇行动之外，每当外力的刺激（戏班的剧情、福丁布拉斯的行军）唤起他的仇恨时，他自身的天性又会很快并且轻易地使他远离。

构成《哈姆雷特》全剧核心悬念的不是他如何复仇或者复仇结果将如何，其悬念和戏剧张力来自为何在诸多条件都具备的前提下哈姆雷特仍然不复仇。换句话说，即该剧不仅不是复仇剧，反而是一部“反复仇剧”。那么，从哈姆雷特的诗化意识进入人物，剧中哈姆雷特迟迟不去复仇，却沉溺于复仇想象的行动便可以得到充分的解释。恰恰是理想与现实的鸿沟，行动与思想的矛盾使得哈姆雷特在困惑和探索中将复仇这一行动上升到了人生和存在的高度，也使他脱离了简单的复仇者形象。哈姆雷特的悲剧也因此不仅仅是个人的悲剧，而且是那个时代人文主义者为客观环境和自身弱点所决定的悲剧。

哈姆雷特的悲剧是一代人文主义者的悲剧，哈姆雷特的形象最有概括性和典型性，《哈姆雷特》揭示了为何莎士比亚悲剧具有如此巨大而迷人的魅力，莎士比亚的戏剧是文学史上不朽的存在。

## 思考与练习

1. 莎士比亚十分善于运用内心独白这一艺术手段来塑造人物形象，试赏析“生存还是毁灭”那段内心独白。

2. 请简要分析哈姆雷特的主要性格特点。

3. 请简述《哈姆雷特》中主要的戏剧冲突及其意义。

# 参 考 文 献

[1] 詹福瑞主编：《大学语文》，保定：河北大学出版社，2000 年版。
[2] 王兆胜主编：《现代精美散文》，杭州：炎黄文化出版社，2006 年版。
[3] 张子泉、黄维主编：《文学欣赏》（高职高专），北京：清华大学出版社，2006 年版。
[4] 廖奔、刘彦君主编：《中国戏曲发展简史》，太原：山西教育出版社，2006 年版。
[5] 古明惠、孙留欣主编：《文学欣赏》，河南：大象出版社，2007 年版。
[6] 温春东、岳庆军、王玉芳主编：《大学语文》，北京：新华出版社，2008 年版。
[7] 徐中玉主编：《大学语文》（高职版），北京：高等教育出版社，2009 年版。
[8] 杨春、王涛、韩素萍主编：《文学欣赏》，天津：南开大学出版社，2011 年版。
[9] 唐安明、孙桂芳主编：《大学语文》，石家庄：河北大学出版社，2010 年版。
[10] 阮航主编：《文学欣赏》，北京：清华大学出版社，2010 年版。
[11] 鞠永才主编：《大学语文》，北京：清华大学出版社，2010 年版。
[12] 赵恩龙、朱枝娥主编：《大学语文》，杭州：浙江大学出版社，2012 年版。
[13] 冯国晨、叶振忠主编：《大学语文》，杭州：浙江大学出版社，2012 年版。
[14] 陈爱敏主编：《西方戏剧十五讲》，北京：对外经济贸易大学出版社，2013 年版。
[15] 张子泉主编：《文学欣赏》（第二版），北京：清华大学出版社，2014 年版。

# 后　　记

校对完最后一篇文章，已是六月的夜晚，窗外，微风掠过，透过树木的婆娑，几户人家的灯光忽隐忽现，这样相似的夜，已多次凝望，而今晚在飘忽的灯光下却多了几分闲适可以驻足。回首这本书从开始的起稿到今日，窗外已从寒冬延续至盛夏了……

编写这套教材，初衷仅仅是为了写一本适合自己学院学生的书，也许并不高深，也许并不专业，但求适合。本着这样的目的，我们老师踯躅前行。我们将自己对教授这门课程的过往、感受、见解融汇于编稿中，算是对自己这几年在这门课程上付出的回报。

这本教材是在学校统一部署，由教务处精心组织安排下编写的。学院翟巧丽院长能在百忙中给予指导帮助；教务处葛丽老师、白尉华老师时刻关心教材的编写进度；公共教学部李小敏老师对编写工作给予大力的支持和帮助；武汉大学出版社张璇老师对教材的校对、排版工作，令人十分感动。在此一并表示诚挚的感谢！虽然我们已经努力了，但是由于时间仓促，加之我们对很多内容的赏析、评点或许还存在着一些偏颇，敬请各位读者海涵，如发现有不妥之处，欢迎批评指正。

最后，希望这本教材能形成燎原之势。让我们一起来着力营造良好的校园文化，通过阅读提升文化积淀，在实践中培养人文素养！

谨以此书献给成长中的理工学子！

**耿国丽**

2015 年 6 月夜

**图书在版编目(CIP)数据**

文学欣赏/耿国丽主编．—武汉：武汉大学出版社，2015.8(2017.7重印)
人文素质教育实践教学创新系列教材
ISBN 978-7-307-16492-5

Ⅰ.文… Ⅱ.耿… Ⅲ.文学欣赏—高等学校—教材 Ⅳ.I06

中国版本图书馆CIP数据核字(2015)第186976号

责任编辑:张　璇　　责任校对:汪欣怡　　版式设计:韩闻锦

---

出版发行：**武汉大学出版社**　(430072　武昌　珞珈山)
(电子邮件：cbs22@whu.edu.cn　网址：www.wdp.com.cn)
印刷：湖北民政印刷厂
开本：787×1092　1/16　印张:15　字数:333千字　插页:1
版次：2015年8月第1版　2017年7月第3次印刷
ISBN 978-7-307-16492-5　定价:34.00元

---